La sombra del templario

La sombra del templario

Núria Masot

rocabolsillo

La sombra del templario

Primera edición en España: abril, 2008
Primera edición en México: septiembre, 2008

D. R. © 2004, Núria Masot

D. R. © de esta edición: Roca Editorial de Libros, S.L.
Marquès de l'Argentera, 17. Pral. 1.ª
08003 Barcelona

correo@rocaeditorial.com

www.rocaeditorial.com

ISBN 978-849-694-036-9

Impreso en México / *Printed in Mexico*

Índice

Capítulo I. El viaje. Abril, 1265 9

Capítulo II. Barcelona 27

Capítulo III. Guillem de Montclar 45

Capítulo IV. La Sombra 62

Capítulo V. Frey Dalmau 80

Capítulo VI. Leví el cambista 101

Capítulo VII. El Delfín Azul 118

Capítulo VIII. Fray Berenguer de Palmerola 136

Capítulo IX. El traductor de griego 157

Capítulo X. El pergamino 177

Capítulo XI. El rumor 198

Capítulo XII. La carta 219

Capítulo XIII. *Dies irae* 240

Capítulo XIV. El secretro 259

Capítulo I

El viaje

Abril de 1265

«Señor, he venido ante Dios, ante vos y ante los hermanos, y os ruego y os requiero por Dios y por Nuestra Señora
que me acojáis en vuestra compañía y que me hagáis partíci-
pe de los favores de la Casa.»

La Regla de los templarios

*B*ernard Guils estaba inquieto y preocupado y este estado de
ánimo representaba un peligroso aviso para él. Aquel viaje estaba planteando muchas dificultades, más de las previstas en
un principio, y había que tener en cuenta que había previsto
muchas. Su fino olfato, adiestrado en el riesgo, no cesaba de
enviarle señales de alarma.

Para empezar, le desagradaba el capitán de la galera en la
que viajaba, un tal Antonio d'Amato, un veneciano de cara afilada y oscuros ojos de ave de presa, que no dejaban de observarlo constantemente. Le molestaba su presencia, a pesar de las
garantías que le había dado el Gran Maestre. No eran los mejores tiempos para la confianza, y la sensación de ser espiado
era demasiado intensa para permitirse bajar la guardia. Sonrió
con ironía, al fin y al cabo, él mismo era un espía que se sentía
espiado.

Estaba cansado, cansado y derrotado, como si un negro presagio se hubiera detenido sobre su cabeza. Había dedicado su

vida a la guerra, en Oriente y en Occidente, y su propio cuerpo reflejaba una escaramuza de cicatrices, huesos mal soldados y un ojo vacío. Por un momento recordó, con absoluta precisión, la cara del joven lancero musulmán que le había herido y que no sobrevivió para contemplar su proeza. Ni tan sólo él, en el fragor de la lucha, se había dado cuenta de su pérdida, de que a partir de aquel momento su visión quedaría reducida a la mitad. El bueno de Jacques *el Bretón* lo había arrastrado lejos de la batalla, en tanto él seguía dando golpes con la espada, como un poseído, ajeno a la espantosa herida, ajeno a casi todo. Le curaron en la Casa del Temple de Acre, y no sólo sanaron aquella cuenca, vacía ya de vida, también salvaron su alma maldecida.

Pero entonces era joven y fuerte y el dolor pasajero. En cambio, ahora parecía que el dolor se había instalado en sus huesos, en su estómago, en sus propias entrañas, en lo más hondo de su ser y no daba señales de querer abandonarlo. Intentó consolarse al pensar que sería su última misión tras muchos años de fiel servicio, lo había solicitado y el maestre lo aceptó. Se retiraría a una encomienda tranquila, cerca de su hogar, trabajaría la tierra, criaría caballos. Le gustaban aquellos animales y su confianza en ellos superaba con creces a la que tenía en los humanos. Con un poco de suerte, incluso podría ver a alguien de su familia, si es que no estaban todos muertos. Hacía treinta años que no sabía nada de ellos.

Volvería a ser un templario normal y corriente, reconocible a los ojos de los demás, sin máscaras ni disfraces; retornaría a los rezos cotidianos con los hermanos, a su hábito, lejos de intrigas y de guerras. «Demasiado tiempo en este trabajo —pensó—, demasiado tiempo luciendo mil caras hasta olvidar la mía; quizá lo que me ocurre es que ya no puedo recordar quién soy en realidad.»

Apartó los pensamientos de su mente. Lo estaban distrayendo de su trabajo y sabía que era algo que no podía permitirse. La misión era de gran importancia y el maestre confiaba plenamente en él. Debía entregar un paquete en Barcelona y, en tanto no llegara a su destino, tenía que defenderlo con su propia vida.

—Es una misión de vital importancia, hermano Bernard,

una misión de la que depende nuestra propia existencia —le había dicho el Gran Maestre, Thomàs de Berard—. Es imprescindible que este paquete llegue a su destino en Occidente. Siempre he confiado en tu extraordinaria capacidad para llevar a cabo tu trabajo, eres el mejor, y gracias a ti tenemos unos de los mejores servicios de información, el Temple siempre estará en deuda contigo. Será tu último servicio de esta naturaleza, después podrás retirarte a la encomienda que tú mismo decidas. Ésa será la recompensa por tantos años de fiel servicio.

Sí, éste sería su último viaje en calidad de espía del Temple, sabía que podía confiar en la palabra de Thomàs de Berard, le admiraba y lo consideraba un hombre íntegro y noble. Casi desde el principio, hacía ya nueve años, con una sola mirada habían establecido lazos de mutua comprensión. Y el maestre Berard no lo había tenido nada fácil. Desde su nombramiento como Gran Maestre de la orden en 1256, había tenido que afrontar graves problemas y, sobre todo, el dolor y la impotencia de la imparable caída y destrucción de los Estados latinos de Ultramar. Había visto morir a sus hombres, luchando desesperadamente, ante la indiferencia de Occidente, abandonados por los reyes y por el Papa, más interesados en sus propias batallas de poder.

Jerusalén, la ciudad sagrada que tanta sangre había costado, se había perdido hacía ya años, y los cristianos de Tierra Santa, enfrentados entre sí, parecían haber olvidado los motivos que los habían llevado hasta aquellas lejanas tierras.

Sí, corrían malos tiempos, pensó abatido, y nada ni nadie parecía capaz de frenar aquel enorme desastre. Como si el mismísimo infierno, abandonando sus profundidades, se hubiera instalado entre los hombres. Su misión ya había costado tres vidas y se preguntaba, inquieto, por la naturaleza del paquete que llevaba y que había costado tanta sangre en tan poco tiempo, con el oscuro presentimiento de que el mismo peligro de muerte lo envolvía.

El asesinato de un tripulante de la embarcación, en el puerto de Limassol, en Chipre, le había preocupado profundamente. La mitad de los marineros embarcados se habían negado a seguir, alegando que era una señal, un presagio de muerte y desgracia, provocando las iras del capitán veneciano.

Bernard Guils había arriesgado la vida en innumerables ocasiones a lo largo de su carrera al servicio del Temple, pero esta vez, extrañamente, sentía un frío aliento de muerte a su alrededor, como si todas las extravagantes supersticiones de los marineros de Limassol hubieran atravesado su alma.

«Me estoy volviendo viejo», meditó apoyado en la popa de la embarcación mientras veía alejarse todo aquello que le era familiar, el recuerdo de los desiertos de su juventud de joven cruzado. De este a oeste, del lugar donde nace el sol hacia donde muere. Un helado escalofrío le recorrió la espina dorsal, el pensamiento de la muerte no le abandonaba y eso no le gustaba. Era un mal presagio.

Rezó una breve oración, encomendándose a María, patrona del Temple. Faltaba poco para llegar a Barcelona y allí entregaría aquel importante paquete, que guardaba cuidadosamente en su propio cuerpo, entre la piel y la camisa. Sentía su contacto, el roce de la piel de cordero en que venía envuelto, frío y húmedo de su sudor.

Sí, pronto llegaría a Barcelona, acabaría su misión y empezaría una nueva vida.

Abraham Bar Hiyya estaba sentado en cubierta, sobre unas gruesas cuerdas, mirando el cielo, de un azul intenso. Esperaba no tener que pasar otra tormenta. La última, hacía una semana, había zarandeado aquella nave de tal manera que le había convencido de que su destino era morir en el océano. Pero no había sido así y la galera había superado los embates de las olas, sin casi ni un desperfecto. Se tocó el pecho donde llevaba la rodela, amarilla y roja, que los cristianos le obligaban a llevar para dejar constancia de su condición de judío.

«Malos tiempos se acercan», repitió mentalmente. Era un pensamiento que le acompañaba, sin cesar, los últimos años y que los acontecimientos confirmaban día a día, sin lugar a dudas.

Había sido un viaje para despedir a un viejo amigo. Sabía que no volvería a verlo, que ya no estaría en condiciones para volver a emprender aquel largo viaje. Como médico no dudaba de que su enfermedad no le dejaría tranquilo durante muchos años, aunque intuía que era posible que sus problemas de salud fueran una simple anécdota en comparación con los que podría tener por su condición de judío.

Su viaje a Palestina, a Haiffa, para ver a Nahmánides le había entristecido el alma y los pensamientos. Hacía casi dos años que su amigo estaba exiliado de su propia tierra, casi dos años de aquel gran desastre. Entonces le había insistido en el peligro de su postura, de la ingenua confianza que parecía tenerle al rey, pero ninguna de sus palabras sirvieron para convencerlo del riesgo que corría.

En el mes de julio de 1263, Jaime I, rey de Cataluña y Aragón, ordenaba a Nahmánides, más conocido entre los cristianos como Bonastruc de Porta, que se presentara en la ciudad de Barcelona para que se llevara a cabo la Controversia con un converso llamado Pau Cristiá.

A la nobleza y, sobre todo, al clero cristiano les entusiasmaban este tipo de actos, donde se discutían y se exponían los fundamentos de la fe y, de forma repetitiva, la religión cristiana salía vencedora en detrimento de la fe judía. Para la Iglesia comportaba un gran acto de propaganda pública que se traducía en cientos de conversiones, más o menos espontáneas. El miedo era uno de los mejores argumentos para convencer a los infieles.

Una vez en el palacio condal de Barcelona, el anciano Nahmánides pidió al rey libertad de palabra, cosa que le fue concedida, y el 20 de julio realizó una apasionada defensa de su fe hebraica. Tan apasionada y convincente que se transformó en su propia condena. Sin embargo, Nahmánides se sentía seguro, deseaba explicar los fundamentos de su religión, compartir sus conocimientos y cuando se le solicitó que hiciera una copia por escrito de sus argumentaciones, no vio ningún inconveniente en hacerlo. Y una vez aceptado, se convirtió en la principal prueba de una acusación por blasfemia contra la religión cristiana.

De nada habían servido los avisos de Abraham Bar Hiyya, su amigo y compañero de estudios, cada vez más asustado del giro que estaban tomando las cosas.

El rey, presionado por la Iglesia, lo condenó a dos años de exilio y a la quema de todos sus libros. Sin embargo, sus enemigos no quedaron satisfechos, por considerar que la condena era insuficiente. Sin perder tiempo, escribieron y apelaron al Papa, exigiendo un castigo ejemplar. Y no tardó mucho el Papa en responder a su demanda y ordenó al rey que cambiara la condena y sentenciara al anciano judío al exilio de por vida. De esta manera, el gran filósofo fue arrancado de su Girona natal, la cuna de sus antepasados, y forzado a emprender el largo viaje hacia Palestina. Nunca volvería a pisar la tierra que le vio nacer.

Los recuerdos producían en Abraham una angustia sofocante, deseaba que su memoria desapareciera, que todo se convirtiera en un mal sueño, en una pesadilla irreal que se desvaneciera al despertar.

Se levantó, con esfuerzo, y caminó hacia la popa de la embarcación. Le convenía un poco de ejercicio, tanto para su cuerpo como para su mente. Andaba despacio, inseguro, no estaba acostumbrado al vaivén marinero. A poca distancia, contempló al pensativo Guils, apoyado en la borda, con la mirada perdida. «Su mente parece tan perdida como la mía —pensaba Abraham—. Guils… sí, creo que se llama así, Bernard Guils, un mercenario, o eso me han dicho, que vuelve a casa.» Abraham reflexionaba para sí, descansado de que su mente se hubiera interesado en otro tema, agradeciendo aquel respiro que alejaba de su pensamiento las ideas oscuras y deprimentes. Contempló a Guils con interés y vio a un hombre maduro, de complexión poderosa, alto y delgado, con un parche negro cubriéndole el ojo izquierdo. Recordó la delicadeza con la que le ayudó a embarcar, tan poco acorde con la fiereza de la mirada de su único ojo. Como médico, Abraham había sido requerido, antes de embarcar, para atender a uno de los miembros de la tripulación. Lo habían encontrado detrás de un montón de sacos de trigo, a punto de ser cargados, y cuando el anciano judío llegó, se encontró a Guils, inclinado sobre el cadáver. Le indicó un imperceptible punto, enrojecido, en la base de la nuca. Ambos se miraron, calibrándose uno al otro, sin una palabra y, sin haberse visto jamás, se reconocieron.

No, Abraham no cree que Guils fuera un mercenario, ha visto a muchos hombres pendencieros en su vida y ése no era uno de ellos. Un mercenario haría sentir su presencia, no dejaría de hablar de sus supuestas heroicidades, ciertas o inventadas, y Guils era un hombre silencioso. Más bien parecía un soldado, un fiel servidor de alguna causa que el judío desconocía, y parecía preocupado y abatido, aunque no dejaba de observar todo lo que sucedía a su alrededor, de forma discreta, sin llamar la atención.

Abraham sentía un especial interés por ese hombre. Extrañamente, era el único que le transmitía una corriente de confianza y seguridad y eso era algo raro, ya que él no era una persona inclinada a confiar en extraños, la vida le había enseñado a ser prudente y cauteloso. En sus conocimientos sobre la raza humana, la confianza había sido un factor que había ido desapareciendo con el tiempo. «Quizá fuera por la intensa sensación de tristeza que Guils transmite», reflexionaba Abraham, una tristeza profunda, como si fuera el único contenido de su alma.

Contrariamente, el resto de los pasajeros eran una fuente de inquietud para el anciano judío. Los dos frailes dominicos, sobre todo el de mayor edad, que intentaban evitarle por todos los medios, le producían una intensa desazón. La gran nave en la que viajaban parecía empequeñecerse ante las maniobras de los frailes para evitar su cercanía, su mirada. Si por ellos fuera, ya estaría en medio del océano, abandonado entre las olas, sin necesidad de ninguna tormenta. «En realidad, la peor tormenta son ellos», pensaba Abraham sin poder evitar una triste sonrisa.

También viajaba con ellos un comerciante catalán, un tal Ricard Camposines, siempre vigilante de la carga que la galera transportaba en su vientre. Aunque su actividad, lejos de inquietarle, le divertía, viéndole subir y bajar de la bodega, persiguiendo al capitán veneciano con sus problemas… «El capitán, ése es otra historia —seguía meditando Abraham—, una mala persona. Qué se puede decir de venecianos y genoveses, siempre dispuestos a sacar provecho de la peor desgracia.» Pero al momento se arrepentía de sus prejuicios. Abraham tenía buenos amigos en Venecia y Génova, los prejuicios habían condenado a su buen amigo Nahmánides y también podían condenarle a él mismo. No, en realidad, no le gustaba el capitán, fuera de donde fuera, pero los pensamientos sombríos habían vuelto a su mente. Se sentó en un rincón de la cubierta, más próximo a popa, cerca de Bernard Guils, acariciando su vieja bolsa en la que guardaba sus útiles de medicina. Pero había algo más en ella que sus instrumentos y sus remedios, algo que no debían descubrir los dos frailes que viajaban con él, algo que debía ser protegido y ocultado por un tiempo, quizás un largo tiempo.

En la bodega de la embarcación, Ricard Camposines aseguraba, por milésima vez, las cuerdas que mantenían la carga estabilizada y fija. Desconfiaba de aquella tripulación de ineptos, divertidos ante su preocupación, a los que no parecía importar lo más mínimo que la carga llegara en perfecto estado.

Pero aquella carga era una de las cosas más importantes en la vida de Camposines, un riesgo que corría para asegurar la felicidad y la paz de su familia. Había invertido hasta su última moneda, todo su patrimonio, y lo que era peor, se había endeudado con los prestamistas que, a su llegada, le esperarían dispuestos a cobrar la deuda. Esa carga representaba su futuro.

Repasó, cuidadosamente, las cuerdas que sostenían los fardos repletos de materiales colorantes, pigmentos de los más variados colores, un hermoso arco iris cromático que embellecería pieles y tejidos y que los artesanos del tinte, con sus conocimientos, se encargarían de fijar en telas de tonalidades extraordinarias.

Llevaba un año fuera de casa, viajando por países remotos, tras la pista de aquellas materias de colores y texturas diferentes. Le gustaba su trabajo, le permitía conocer países y gentes diversas y abría su corazón y su mente. En Occidente se juzgaba con demasiada rapidez, con excesiva crueldad, pensó, en tanto observaba al anciano judío sentado en la popa de la nave.

Sus viajes le habían proporcionado otra forma de contemplar a sus semejantes. Había conocido a toda clase de gente, personas sencillas, preocupadas por el bienestar de su familia, por su salud, por su trabajo... igual que en todos los lugares. ¿Qué importancia podía tener el nombre del Dios que cada uno adoraba?

Acarició los fardos pensando en su mujer Elvira, en sus ojos de un gris profundo semejantes a las aguas de un lago en otoño. Amaba a su mujer desde el primer día en que la vio, en una de las innumerables ferias que por aquel entonces recorría. Amaba su fortaleza, la alegría con la que se enfrentaba a la vida y recordó su voz, sus risas. No habían tenido muchos motivos de alegría en los últimos años, la enfermedad de su hija había hecho decaer el ánimo de toda la familia. Y ése era uno de los motivos de aquel interminable viaje, conseguir el dinero necesario para poder pagar a uno de los mejores médicos.

Hacía un año que Ricard Camposines había jurado que su familia no volvería a pasar privaciones nunca más y nadie de aquella maldita tripulación conseguiría que su misión fracasara. Recordar aquella determinación le hizo sentirse un hombre nuevo.

Subió de nuevo a cubierta, indiferente a cómo el capitán veneciano lo observaba irónicamente. No le gustaba aquel tipo ni su mirada de ave carroñera, lista para atacar en el momento más propicio. Se acercó al lugar donde reposaba el anciano judío y le saludó cortésmente. Había observado el comportamiento de los dos frailes dominicos, su obsesión por evitar a Abraham, como si éste sufriera la peor de las pestes y pudiera contagiarles. Dudó unos instantes, al propio Ricard le asustaba acercarse a él, atemorizado por si aquellos dos frailes le vieran hablar o aproximarse demasiado al anciano judío. Les creía capaces de todo, incluso de acusarle de connivencia con los infieles tan sólo por darle los buenos días a Abraham. Deseaba mantener con él una conversación intrascendente y superficial sobre la última tormenta, o hacerle notar el azul brillante y oscuro que tenía el mar a esa hora y comentarle lo hermoso que sería poder teñir una tela con ese color.

Pero no lo hizo y pasó de largo, sin detenerse. Su conciencia se entristeció, aunque escuchó con atención a su mente que le aconsejaba prudencia, porque el viaje estaba llegando casi a su fin y no podía arriesgar tanto esfuerzo por un anciano judío que parecía absorto en sí mismo.

Estiró sus miembros entumecidos y respiró hondamente el aire marino, limpio y transparente, que dio energía a sus pulmones. Se dispuso a dar su paseo diario por cubierta para que sus piernas no olvidasen la función para la que estaban hechas.

Vio a Bernard Guils, apoyado en la popa, como si contemplara todo aquello que se alejaba con pesar, indiferente a todo lo que se aproximaba. A los dominicos en proa, alejados todo lo físicamente posible del viejo judío, rezando sus oraciones, sin dejar su vigilancia. Observó el movimiento de sus labios pendientes de la letanía, en tanto sus mentes y sus miradas prescindían de la plegaria, atentos al mundo exterior. También vio a Arnaud d´Aubert, junto al capitán, contándole una de sus innumerables hazañas en donde él mismo era el principal protagonista, y que no se cansaba de repetir a quien quisiera escucharle. «Éste sí tiene pinta de mercenario —pensó Camposines—, éste y no el otro que dice que lo es. Las apariencias siempre engañan.»

Dio por acabado su paseo y volvió a bajar a la bodega. No iba a permitir que ningún fardo se rompiera, ni que un gramo de su preciosa carga quedara abandonado en aquella maldita nave. Ni hablar, si de él dependía, eso no iba a suceder.

El capitán Antonio d´Amato escuchaba, indiferente, el relato de Arnaud d´Aubert. No creía una sola palabra del discurso del provenzal, ni tan sólo que lo fuera; había trabajado, tratado e incluso matado a muchos provenzales para creerse a aquel charlatán. Sordo a su torrente de palabras, le observó con detenimiento. Era de estatura mediana y muy delgado, aunque bajo la camisa se adivinaba una musculatura tensa, preparada para la acción. Poseía unos ojos claros, azules o grises, desvaídos, aunque en ocasiones un destello de crueldad asomara en ellos. Y después estaba la cojera, aquel andar arrastrando levemente la pierna izquierda. Según D´Aubert, era una vieja herida de guerra, una flecha musulmana que le había atravesado el muslo. Pero D´Amato dudaba mucho de la veracidad de aquella historia, incluso de la propia cojera. Había observado que en algunas ocasiones desaparecía totalmente, y que D´Aubert se levantaba con excesiva rapidez para un tullido. El veneciano no tenía ni idea de por qué un hombre sano finge no serlo, y no le importaba en absoluto. Únicamente pensaba que tal disimulo no podía esconder nada bueno.

El capitán tenía ganas de llegar a puerto y deshacerse de toda la carga de pasajeros que había embarcado en Chipre. No le gustaba aceptar viajeros excepto que ello le reportara beneficios interesantes, y era necesario tener la bolsa muy repleta para satisfacer sus exigencias. Por eso le sorprendió encontrar a tantos pasajeros dispuestos a soltar sumas tan importantes sin una sola queja ni un intento de regateo. Era un caso asombroso, meditó, tantos a la vez y en una misma dirección: Barcelona… nunca había encontrado tantos pasajeros y con los bolsillos tan rebosantes, y eso que llevaba muchos años dedicado a la navegación y al transporte.

En el puerto de Limassol era tiempo de embarque de peregrinos hacia Tierra Santa, aunque el negocio estaba a la baja a causa de las hostilidades en el Mediterráneo. Aquel puerto se había convertido en refugio de comerciantes y náufragos sin destino, y de esos últimos había demasiados y de todas las nacionalidades. El lucrativo negocio de las Cruzadas, tan rentable durante años para los venecianos, estaba en sus peores momentos y la guerra abierta entre las repúblicas italianas no mejoraba la situación. El peor problema para D´Amato en aquellos momentos no era encontrarse frente a una flota egipcia, sino frente a una sola nave genovesa.

Ningún monarca cristiano estaba interesado en salvar Tierra Santa, sus intereses estaban en Occidente, en afilar sus espadas para apoderarse de los restos del gran Imperio alemán, una vez muerto Federico, el último emperador Hohenstauffen. «Los buitres se pelean por cada trozo de despojo —meditó D´Amato—. Pronto se devorarán entre sí y será un buen momento para mí.» De todas maneras no se podía quejar, la guerra comercial contra Génova le había reportado grandes beneficios y, por lo que parecía, iba a poder continuar con el saqueo.

No soportaba a los genoveses, ni a los pisanos; en realidad, D´Amato no soportaba a casi nadie.

Demasiados pasajeros, volvió a mascullar con malhumor. Su mente regresaba al punto de partida, pero faltaba muy poco para llegar a Barcelona y había sido una buena ganancia desviarse de su ruta hacia Venecia. Pensó en las hermosas piedras preciosas que el viejo judío le había entregado en pago a su pasaje. Sacaría una buena tajada por ellas en cuanto llegara a casa, una cantidad equivalente a seis viajes como aquél en el mercado marítimo. Mucha prisa debía de tener aquel judío para volver a casa o quizás era tan rico que no le importaba gastar una suma semejante. De todas maneras, los motivos de sus pasajeros eran la última preocupación del veneciano.

En proa, las oraciones no lograban tranquilizar el ánimo de fray Berenguer de Palmerola. Había sido un viaje de pesadilla, en medio de bárbaros que se llamaban a sí mismos cristianos. Jamás hubiera tenido que aceptar aquella misión, pero su ambición se había impuesto con fuerza, pensando que un encargo de aquella naturaleza le haría brillar a los ojos de sus superiores. Finalmente comprobarían su innata valía, su inteligencia, menospreciada durante demasiado tiempo entre las paredes del convento.

Sus conocimientos de árabe y hebreo, que él había considerado el punto de partida para una brillante carrera, le habían encerrado en bibliotecas, aferrado a una pluma y traduciendo aburridos textos que nadie leería. Se había sentido decepcionado y encolerizado ante la indiferencia de sus superiores —que no apreciaban sus extraordinarias dotes como predicador—, y sus súplicas para ser enviado en misiones de conversión habían sido repetidamente denegadas.

Pero había creído que llegaba su hora cuando su superior le llamó para encargarle aquella delicada misión hacía ya dos años. Debía trasladarse a la corte del Gran Khan mongol y ponerse en contacto con los cristianos que allí había. Le sorprendió saber que entre aquellos salvajes pudiera haber hermanos de fe, pero su superior le comunicó que se trataba de una secta cristiana primitiva, llamada de los Nestorianos, y que la propia madre del Khan y su esposa principal pertenecían a dicha religión. Se enteró también de que los mongoles habían destruido los principales nidos de los infieles musulmanes, que habían caído ciudades como Bagdad, Alepo y Damasco. Era el momento adecuado para emprender aquel viaje y entablar relaciones con el pueblo mongol, y su superior quería un informe completo de la situación.

A pesar de su edad, fray Berenguer emprendió el viaje con la fe de un soldado y la ambición de un príncipe. Soportó las penalidades imaginando que iba a convertirse en la figura más admirada, que todas las tribus mongolas se rendirían ante sus inspiradas palabras, y que el propio Papa suplicaría su ayuda. Hasta era muy posible que llegara a alcanzar la cima más alta dentro de su orden de Predicadores. Por fin, después de tantos años, iba a demostrar su gran talento.

Pero ninguno de sus sueños se había cumplido y el viaje pronto se convirtió en su peor pesadilla. Desde el principio, el Gran Khan se negó a recibirle, ordenándole de forma obstinada que se entrevistara con su hermano, el Ilkhan Hulagu. Nada pudo hacer para convencer al soberano mongol de la importancia de su visita, ni tan sólo cuando, en un arranque de desesperación, juró que le enviaba el mismísimo Papa y que su negativa a recibirle podría acarrearle la excomunión. El Gran Khan no pareció conmoverse lo más mínimo.

Durante un año había esperado la audiencia con el Ilkhan Hulagu, entonces concentrado en conseguir una alianza con los bizantinos, y cuando lo consiguió, sus encendidas palabras no causaron un gran efecto, más bien una cortés indiferencia y el consejo de que lo mejor sería que hablara con su primera esposa, la emperatriz Dokuz Khatum.

Fray Berenguer había quedado escandalizado ante el comportamiento de aquella secta de mal llamados cristianos, de su ignorancia y del libertinaje de sus eclesiásticos, de sus bárbaras ceremonias y de su tolerancia hacia otras religiones herejes. Se había apresurado a escribir a su superior un informe incendiario, notificando que la única solución para aquel pueblo de salvajes era que una lluvia de azufre los borrara de la faz de la tierra, que no había salvación posible para ellos y que la orden de Predicadores haría bien ahorrándose aquel penoso viaje.

«Aniquilarlos completamente —pensó en tanto la plegaria salía de sus labios—, ésa era la respuesta.» Si él, con su talento indiscutible, no había podido convencerlos del error en que vivían, nadie iba a conseguirlo, de eso estaba totalmente seguro. Sentía una gran rabia y frustración, aquellos malditos nestorianos, que con sus ritos humillaban la liturgia romana, se habían convertido en un obstáculo para su carrera. Ni tan sólo había esperado la contestación a su carta, ya que podía tardar meses, y no estaba dispuesto a seguir en aquella tierra de pecado. Más que partir, había huido lleno de cólera y rabia.

Lo único que le faltaba era verse obligado a compartir el escaso espacio de aquel maldito barco con un repugnante judío, que pronto se convirtió en blanco de sus iras. Fray Berenguer ni siquiera reparaba en el resto de pasajeros porque su mirada se había concentrado, desde el principio, en el venerable anciano que para él representaba toda la mezcla pecaminosa de vicios y herejías que había encontrado entre los mongoles. Para él, no había la más mínima diferencia.

Para su compañero, fray Pere de Tever, esta postura había representado un grave problema desde el principio. La intransigencia y el fanatismo de fray Berenguer habían sido malos compañeros de viaje. Sin embargo, su función era la de un simple ayudante además de que, dada la edad de su hermano en religión, más parecía una muleta que un secretario. Su juventud le inclinaba hacia la curiosidad y la excitación de un viaje como aquél, y se había sentido cómodo entre el pueblo mongol. Le había sorprendido la gran tolerancia que existía en aquella corte y las múltiples embajadas de países remotos en espera de audiencia, le habían permitido ocupar muchas horas en conocer a gente diferente y de costumbres tan opuestas. Estaba fascinado por la religión del Gran Khan, el chamanismo, con su creencia de que existe un solo Dios, al que se puede adorar de muchas formas diferentes. Perplejo, contempló cómo el Ilkhan Hulagu asistía a diferentes ceremonias religiosas —budistas, cristianas, musulmanas— con el mismo respeto que le merecía la suya propia.

De todo ello no había dicho ni una palabra a fray Berenguer que, desde el principio, se había negado a aceptar cualquier hecho positivo allá donde fueran. Criticaba ferozmente la comida, la vestimenta e incluso la tradicional cortesía mongol. La propia emperatriz Dokuz Khatum quedó desagradablemente sorprendida ante la violencia de sus argumentos, aunque le escuchó con amabilidad, y no volvió a recibirle, a pesar de los ruegos del joven fraile y de la ira de fray Berenguer, ciego ante todo aquello que no fueran sus propias creencias.

En realidad, los mongoles dejaron a su viejo hermano hirviendo en su propia rabia y frustración, negándose a escuchar sus palabras y, al mismo tiempo, tratándole con suma amabilidad. Y eso había sido lo peor, aquella cortesía era cien veces peor que la tortura y el martirio para su intolerante hermano.

Por otro lado, fray Pere de Tever no había conocido nada igual en su corta vida. Como hijo segundón de una familia de la nobleza rural, había sido entregado a la orden de Predicadores con diez años y había crecido entre las paredes del convento, pensando que su vida permanecería inmutable, de la misma manera. Desde muy joven demostró un gran talento para el estudio y el aprendizaje de las lenguas: el latín, el griego, el árabe, el hebreo. Le apasionaban las bibliotecas de los monasterios, la traducción de antiguos y olvidados libros, y durante mucho tiempo pensó que su futuro estaba allí. Al cumplir dieciséis años, su orden lo enviaba de monasterio en monasterio a copiar algún pergamino, a traducir un texto o simplemente a averiguar el número de libros que poseía alguna gran biblioteca conventual. Y le gustaba su trabajo, le gustaba mucho.

Cuando su superior le comunicó la orden de emprender aquel viaje, su ánimo se inquietó y la perturbación se adueñó de él. No conocía de la vida nada más que el orden estricto del convento y del mundo exterior sólo los rumores de grandes peligros que murmuraban los frailes de más edad. Pero toda turbación desapareció por arte de magia, cuando embarcó en Marsella rumbo a lo desconocido. La vida agitada de la travesía, el aire marino que le impregnaba los pulmones como nunca antes nada le llenó, la visión de la inmensidad de océanos y estepas, todo ello le transmitió el sentimiento de lo minúsculo que era el mundo de donde procedía. Su realidad se ampliaba a cada paso que daba y su mente se enriquecía ante el estallido de colores, lenguas y costumbres que conocía.

En tanto el cerebro de fray Berenguer se encerraba en el baúl de sus creencias, fray Pere de Tever descubría que el mundo no terminaba en el jardín del claustro.

Escribió con pulcritud la carta que su hermano le dictaba, sin hacer ningún comentario, caligrafió la larga lista de ofensas y oprobios, guardando su opinión para sí. Sabía que era perder el tiempo intentar convencer a su hermano y también que podía resultar sumamente peligroso disuadirle. «No —reflexionó—, será mucho mejor esperar una ocasión más propicia, siempre habrá una posibilidad de ofrecer mi punto de vista cuando sea preguntado.» Estaba seguro de que sería interrogado a conciencia, sus superiores no dejarían de comprobar si aquel viaje había influido en sus creencias, si había contraído algún contagio peligroso en su contacto con el mundo exterior. Tenía que actuar con mucha prudencia y cautela. Se quedó absorto en sus pensamientos e incluso sus labios dejaron de musitar la oración. Debía encontrar cómo manifestar su opinión sin ser acusado de rebeldía.

Arnaud d'Aubert vio cómo se alejaba el capitán veneciano con una expresión burlona. Había conseguido molestarlo durante media hora y eso le llenaba de satisfacción, aquel maldito arrogante lo había tenido que soportar únicamente por la abultada bolsa que había pagado. Sentía un enorme desprecio por los venecianos para los que no existía otra idea que la del beneficio; nada los hacía mover tan rápido como una buena cantidad de oro, incapaces de pensar en otra cosa con su escaso cerebro mercantil. Estuvo a punto de soltar una carcajada, aquel cretino presuntuoso le divertía y el viaje era lo suficientemente largo y tedioso como para aprovechar cualquier ocasión para distraerse. Y lo estaba consiguiendo. Hacía unos días, se había acercado al anciano judío para decirle, en voz baja, que había oído rumores de grandes algaradas en la judería de Barcelona, provocándole un gran sobresalto. Se había regocijado al contemplar el pánico en su cara.

Se tocó la pierna izquierda, intentando calmar el dolor que subía, en línea recta, hacia sus riñones. Aquel maldito teutónico de Acre había dirigido una puñalada certera, dejando la memoria de su rostro en la mente de D´Aubert. Saeta musulmana o riña de taberna, qué demonios le importaría a nadie, meditó taciturno. El recuerdo del teutónico le ponía de mal humor y ni siquiera la imagen de las suaves curvas de la adolescente árabe por la que habían peleado, logró tranquilizar el dolor, intenso y agudo, parecido a la misma daga que lo traspasó. «Quizá se acerca una tormenta —rumió—, el dolor es siempre un aviso, tan cerca de puerto… y sólo faltaría que una tormenta nos echara a pique.» Una sensación de hastío subió hasta su garganta, como un alimento en malas condiciones. Necesitaba a alguien con quien distraerse. Estiró las piernas, mirando a su alrededor, buscando a una nueva víctima. La tripulación parecía más activa y atareada que de costumbre y el mar había cambiado de color, el azul intenso desaparecía para dar paso a un gris plomo. Se agarró a las cuerdas que recorrían la nave, alejándose de popa. Había visto a Guils y no le parecía buena compañía, aquel hombre no estaba para chanzas y en su mirada se intuían señales de peligro indefinido, como en los ojos del teutónico de la taberna, clavados en su memoria como su maldita daga.

Empezó a caer una lluvia fina y muy fría, y D'Aubert encaminó sus pasos hacia la bodega. Bien, seguro que allí encontraría al comerciante catalán vigilando su mercancía, repasando cada cuerda, cada saco… podía ser un buen motivo de distracción. Tropezó con un miembro de la tripulación y soltó una imprecación en voz alta, atravesado por el dolor que, traspasando sus riñones, había decidido instalarse en su cerebro. Su primer impulso fue volverse y propinarle un fuerte puntapié al responsable del encontronazo, pero se paró en seco, helado ante la mirada sarcástica del otro que parecía provocarle, esperar su reacción. «Dame un buen motivo para matarte», parecían decir aquellos ojos. Se apartó de un salto de ese hombre que le producía aquel escalofrío extraño y penetrante y descubrió, asombrado, que se encontraba ante la mirada de un asesino. Retrocedió paso a paso, lentamente, sin perder de vista al sujeto que le sonreía, hasta llegar al extremo de la proa, lo más lejos posible. A Arnaud d´Aubert se le habían pasado las ganas de distraerse.

Capítulo II

Barcelona

«Gentil hermano, los prohombres que os han hablado han hecho las preguntas necesarias, pero sea lo que sea lo que hayáis respondido, son palabras vanas y fútiles y nos podría sobrevenir la desdicha por cosas que nos hayáis ocultado. Mas he aquí las santas palabras de Nuestro Señor y responded la verdad sobre las cosas que os preguntemos porque si mentís, seréis perjuro y podríais perder la Casa por ello, de lo que Dios os guarde.»

*L*a ciudad de Barcelona estaba a la vista y el capitán D´Amato exhaló un profundo suspiro de alivio. Los últimos días habían sido una auténtica pesadilla, aquel maldito fraile le había hecho la vida imposible, exigiéndole que encerrara al viejo judío en la bodega, el comerciante Camposines no había cesado de quejarse del servicio y el mercenario tuerto hacía dos días que no se movía del camastro. Empezaba a dudar del buen negocio que todo ello le reportaba y su máximo deseo era deshacerse de aquella ralea de pasajeros y enfilar rumbo a Venecia.

Barcelona había crecido por los cuatro costados y la poderosa muralla romana que durante siglos había protegido su perímetro era ya insuficiente para contener la marea humana que albergaba. La tendencia a aprovechar los más pequeños espacios había convertido al barrio antiguo en un laberinto de callejuelas estrechas y oscuras. La necesidad de espacio obligaba a construir viviendas pegadas a la antigua muralla romana, aprovechando su grueso muro para edificar a ambos lados por medio de arcos entre las torres.

Jaime I, monarca de Cataluña y Aragón, construía una nueva línea defensiva de murallas para dar un respiro a la creciente población. Iniciada en el tramo del nuevo barrio de Sant Pere de les Puelles, la muralla avanzaba hacia la iglesia de Santa Ana y seguía hacia el mar, aprovechando el trazado del torrente de las Ramblas. Este antiguo torrente, llamado durante años por su nombre latino *arenno*, y denominado ahora por su término árabe de *ramla*, marcaba el límite occidental de la ciudad.

Un gran barrio marítimo crecía alrededor de la iglesia de Santa María de les Arenes, en el lugar donde medio siglo después se alzaría la impresionante mole de Santa María del Mar. El barrio, integrado por armadores, mercaderes y marineros, había crecido de forma espectacular, la plaza de la iglesia se había llenado de talleres y de actividad mercantil y nuevas calles se abrían hacia el exterior, dando paso a los espacios dedicados a los gremios de artesanos de la plata y a los que confeccionaban espadas y dagas.

Este nuevo barrio, la Vila Nova del Mar, enlazaba con el mercado del Portal Major, el más importante de la vieja muralla romana y que conducía a una de las vías de salida de la ciudad, la Vía Francisca, sobre el trazado de la otrora importante calzada romana. El antiguo orden romano de urbanización marcaba todavía el recuerdo del *cardus* y el *decumanus*, grabando una gran cruz en el corazón de la ciudad.

Sin embargo, aquella gran urbe en expansión carecía de un buen puerto, a pesar de haberse convertido en una de las potencias marítimas y comerciales del Mediterráneo. El antiguo puerto, a los pies del Montjuïc, estaba totalmente inutilizado desde hacía largo tiempo a causa de las riadas y de la acumulación de arena. Sólo disponía de su amplia playa, con la única protección de varios islotes y bancos de arena. Las grandes naves de carga no podían acercarse a la orilla y se veían obligadas a echar el ancla a cierta distancia, dependiendo de pequeñas embarcaciones que hacían el duro trabajo de transportar a tierra mercancías y pasajeros. Aquella situación había favorecido el crecimiento de varios oficios que ocupaban a gran parte de los hombres de la ciudad. En primer lugar, los mozos de cuerda, responsables de cargar y descargar las mercancías, y también los barqueros que, con sus embarcaciones, trasladaban a gentes y fardos de un lado a otro. El mejor negocio, sin duda, lo hacían los propietarios de las barcas, que solían tener un buen número de esclavos, cosa que les reportaba importantes beneficios.

Barcelona, la gran potencia marítima, que hacía la competencia a venecianos, pisanos y genoveses, que construía grandes naves en sus atarazanas, tardaría casi dos siglos en poseer un puerto en condiciones. La urbe, que se expandía fuera de sus viejos límites, tenía una población que ya excedía los treinta mil habitantes.

Bernard Guils oyó los gritos de los marineros, anunciando la llegada a la ciudad. Intentó levantarse del jergón donde había permanecido los últimos días, deshecho, vomitando lo que ya no tenía en el cuerpo, escondido de los demás pasajeros y de la tripulación para que nadie pudiera contemplar su debilidad. Le fallaba la vista de su único ojo, como si una fina cortina de tul se hubiera descolgado de algún lugar misterioso. Sentía cómo sus entrañas se retorcían produciéndole un dolor agudo y, a veces, insoportable.

«Dios mío —pensó—, dame fuerzas para llegar a puerto y después haz conmigo lo que te plazca, pero necesito llegar a tierra.»

Sabía que no se trataba de un simple mareo. En sus numerosos viajes le habían informado de aquel mal que convertía a los hombres más fuertes en pobres criaturas inútiles e incapaces del mínimo esfuerzo. No, lamentablemente, no era ése el mal que le hacía sufrir de aquella manera, era peor. Mucho peor.

Se obligó a levantarse, y consiguió caminar casi a rastras, con los labios apretados en una fina línea recta, intentando controlar la náusea, el dolor de un hierro candente en sus entrañas. Angustiado, palpó el paquete que todavía guardaba en su camisa comprobando que seguía allí, empapado del sudor que transpiraba todo su cuerpo.

La realidad se impuso con toda su fuerza en la mente de Guils. Se estaba muriendo, ninguna nueva vida le estaría esperando al bajar a tierra, ya no sabría nunca qué se había hecho de su familia, de sus hermanos carnales, de la gran casa rural donde había nacido. Todo se desvanecía con rapidez, finalmente aquellos que le perseguían habían dado con él, pero se había enterado demasiado tarde. Lo único que le quedaba por hacer era un esfuerzo sobrehumano antes de morir, pensar rápidamente y con claridad.

Cerró los ojos con fuerza, casi sin aliento, pero la única imagen que aparecía en su mente con diáfana nitidez era Alba, su hermosa yegua árabe que tantos años había compartido con él, tantos sufrimientos y victorias. Vio su mirada cuando cayó herida de muerte, la mirada más dulce que jamás nadie pudo imaginar y sintió el mismo dolor que le traspasó en el momento de sacrificarla para que no sufriera. Y parecidas lágrimas a las de entonces inundaron su rostro. Allí estaba, moviendo la crin en un gesto de reconocimiento.

—¿A qué esperas, amigo Bernard? Aquí estoy, aguardando tu llegada —parecía decir, con la misma dulzura en la mirada.

Subió a cubierta, arrastrándose, como un borracho perdido en sus fantasías alcohólicas. Respiró el aire puro intentando reponer unas fuerzas que le abandonaban y vio, entre nieblas, la cara del anciano judío, inclinado sobre él con expresión preocupada.

—Guils, Guils, Guils…, parecéis enfermo, necesitáis ayuda.

Abraham le pasó un brazo por la espalda intentando que se incorporara y Guils comprobó que el anciano todavía conservaba una gran fuerza en los brazos. Pensó que la Providencia le proporcionaba un inesperado, si bien extraño, camino.

—Debéis ayudarme a llegar a tierra, amigo mío, es imprescindible que desembarque… llegar a tierra… —Sus palabras sonaron confusas, le costaban esfuerzo y dolor. Tenía que confiar en Abraham, no había elección.

—Os ayudaré, podéis estar seguro, Guils.

—Creo que me han envenenado, Abraham, no me queda mucho tiempo de vida, ayudadme a bajar a tierra.

Abraham dejó a Guils apoyado en el castillo de popa y corrió en busca de agua. Después, abrió con rapidez su bolsa y mezcló unos polvos de color dorado en el líquido.

—Tomad esto, Guils, os ayudará a calmar el dolor para que podáis desembarcar. Después os llevaré a mi casa, soy médico, os pondréis bien.

Bernard Guils bebió el remedio despacio. Tenía que pensar,

sólo quería pensar con claridad. Su brazo apretaba con fuerza el paquete que llevaba consigo, como si toda su energía se concentrara en aquel gesto de protección. Oyó a uno de los tripulantes avisar de la llegada de una barca para recoger a los pasajeros y llevarlos a la playa y, ayudado por Abraham, logró incorporarse a medias.

—Ánimo Guils, apoyaos en mí, podéis hacerlo. —El anciano le sostuvo con fuerza y le obligó a dar unos pasos. Guils sintió las piernas entumecidas, muertas, pero siguió adelante, hacia el lado de estribor, donde los pasajeros hacían cola para desembarcar.

Fray Berenguer de Palmerola, en primera fila, contempló cómo Guils se aproximaba con dificultad, casi llevado en volandas por el judío.

—Mercenarios borrachos y herejes judíos —dijo sin un asomo de piedad—, qué puede esperarse de una ralea maldecida por el propio Dios. Es indigno que me obliguen a viajar en compañía de tanta escoria, tendría que escribir al propio rey para que solucione tan espantoso dilema.

A fray Pere de Tever, sin embargo, no le impresionaron los comentarios de su viejo hermano, no creía que Guils estuviera borracho, ni mucho menos. Parecía enfermo, muy enfermo. Cuando aquellas dos tristes figuras se acercaron a ellos, fray Pere se ofreció a ayudar a Abraham con su pesada carga y su espontánea decisión le costó una horrorizada y furiosa mirada de fray Berenguer. Pero el joven fraile estaba realmente harto del comportamiento de su superior, de su furia destructora. Aquellos últimos días, la ciega rabia de su hermano contra el judío le había hecho reflexionar y se juró a sí mismo que jamás, pasara lo que pasase, se convertiría en alguien tan desagradable como fray Berenguer.

Bajar a Guils hasta la barca fue una operación difícil y complicada que exigió la colaboración de pasajeros, tripulantes y del propio barquero. Incluso Camposines ayudó, olvidando por unos momentos su preciosa carga. La embarcación se dirigió a la costa, en tanto Bernard Guils perdía el conocimiento en brazos de Abraham. D'Aubert, en la proa, no pudo evitar sentir la satisfacción de la malicia. Menudo mercenario, rió para sí, tan orgulloso y prepotente, borracho perdido en brazos de un judío, eso sí que tenía gracia. Se alegraba de la desgracia de Guils, le hacía sentirse realmente bien y, aderezada con un poco de imaginación, aquella historia podía convertirse en una buena narración de taberna. Sí, él y Guils enfrentados en una competición para probar su resistencia con el vino, vaso tras vaso, él sereno y sin perder la compostura, bebiendo sin vacilaciones, Guils, hecho un guiñapo al tercer vaso, tambaleante y balbuciente... sí, realmente, sería una buena historia.

Al llegar a tierra, la operación de desembarcar a Guils volvió a ser ardua. No había recobrado el conocimiento y su alta estatura requirió la ayuda de todos los que pudieron correr a auxiliar, a parte de los pasajeros que se afanaban en la tarea. Todos menos fray Berenguer que, sin esperar a su joven ayudante, saltó de la embarcación sin detenerse ni un momento. Bernard Guils, tendido en la playa con Abraham a su lado, era la imagen del desvalimiento.

El anciano judío contempló al moribundo con compasión y preocupación a la vez. Miraba a su alrededor, buscando a algún compañero de Guils, alguien que esperara su llegada. La urgencia del enfermo por bajar a tierra le había hecho pensar que había alguien para recibirle, pero no encontró a nadie, únicamente la frenética actividad que la llegada de una nave producía.

«Bien —pensó—, hay que llevar a este hombre a un lugar adecuado, quizás aún es posible que le queden esperanzas de vida.» Desconocía el tipo de veneno que le habían suministrado, pero podía intentar encontrar un antídoto, algún remedio que devolviera a aquel hombre a la vida. Sin embargo, no se hacía muchas ilusiones, aquella ponzoña hacía días que atacaba el organismo de Guils, mientras permanecía tirado en el jergón, sin pedir ayuda, muriendo en la más completa soledad.

Desde el principio, Abraham había decidido que Guils le gustaba, le caía bien sin conocerlo, estaba seguro de que era un buen hombre y no pensaba abandonarlo. Pero necesitaba ayuda urgente para llevarlo a su casa y estaba claro que no podía hacerlo solo. Miró, buscando una cara amiga, un rostro que fuera capaz de sentir piedad ante aquella situación y vio que Ricard Camposines, el comerciante, se acercaba a ellos.

—No debió esperar a emborracharse el último día —dijo un tanto decepcionado—. No creí que fuera un hombre de esta clase, no le vi beber en toda la travesía. Escogió un mal momento.

Abraham lo observó atentamente. No estaba seguro de que Camposines abandonara la vigilancia de su carga para ayudarle y mucho menos en el puerto, donde el control de la mercancía tenía que ser minucioso. Lo pensó unos segundos, pero la urgencia de la situación no le permitía mucho tiempo para cavilaciones.

—Veréis, Camposines —empezó a decir, con precaución—, este hombre no se halla en esta situación a causa de la bebida, está enfermo y necesita cuidados.

—¿Enfermo? Si parecía más fuerte que un roble... ¿Estáis seguro?

—Segurísimo —confirmó Abraham—. Su enfermedad es real. Ha sido envenenado y es urgente que pueda trasladarlo a mi casa para ver si todavía es tiempo de soluciones. No hay tiempo que perder, de lo contrario este hombre morirá. Necesito ayuda, Camposines.

El comerciante dibujó una mueca de espanto, las palabras del anciano judío le habían impresionado. «Envenenado», en su lenguaje era sinónimo de conjuras y conspiraciones y él no quería problemas, todo aquel escándalo podía perjudicar su negocio, precisamente en este momento en que había logrado llegar. Sin embargo, tanto Guils como Abraham le agradaban y estaba conmovido por la compasión que demostraba el judío, por su generosidad. Se sentía mezquino y avergonzado. Contempló el cuadro que tenía ante sus ojos, un mercenario alto y fuerte, tirado sobre la playa, inconsciente y frágil, y un viejo judío con una fuerza interior que le brillaba en los ojos. Se sintió miserable, carente del valor que acompañaba a aquellos dos hombres, tan diferentes y a la vez tan parecidos.

—Os auxiliaré, Abraham, aunque no podré hacerlo personalmente. Eso me sería imposible, pero encargaré a uno de mis mozos de cuerda que os ayude a llevar a Guils a donde vos indiquéis. Espero que esto os sirva de ayuda.

—Ése será el mejor socorro que me podéis dar, amigo Camposines. Espero que el tiempo sea generoso conmigo para poder devolveros el favor. Soy médico y estoy a vuestra disposición para lo que necesitéis.

Esta declaración quedó grabada en la mente de Ricard Camposines: médico, había dicho que era médico y sabía que los judíos gozaban de una merecida fama en aquella profesión, no en vano los reclamaban reyes y nobles. Era una casualidad extraordinaria, una lección que tenía que aprender, había viajado con aquel hombre en una larga travesía, casi sin haberle dirigido la palabra, atemorizado. Dios escribía torcido y los hombres se obstinaban en poner las líneas rectas.

Corrió a buscar a su capataz que dirigía la operación de descarga, controlando cada fardo que descendía de la embarcación, tan minucioso como su patrón. Le ordenó que buscara a un mozo de cuerda para un trabajo especial que sería remunerado adecuadamente.

Camposines contempló cómo se alejaban. El mozo transportaba a Guils sobre su espalda, como si fuera una carga ligera y Abraham, a su lado, le indicaba el camino llevando su pequeño maletín. Los vio dirigirse, casi invisibles entre la multitud, hacia la izquierda, como si el anciano judío buscara el camino más corto para llegar al Call, la judería de Barcelona. No se movió hasta perderlos de vista.

Los judíos que integraban las aljamas acostumbraban a vivir dentro de las ciudades donde, por una disposición del papado, tenían barrios especiales que en Cataluña se llamaron *calls*. En aquel espacio, llevaban su vida en comunidad, poseían su sinagoga que era punto de reunión y a la vez escuela, su propia carnicería, horno, baños y todo aquello que les fuera necesario.

Eran propiedad real y por lo tanto no estaban sujetos al capricho de los nobles, sino al único requerimiento del rey. Era al propio monarca a quien pagaban sus tributos y quien se encargaba de protegerlos, aunque esta protección no resultara nada barata. A los impuestos había que sumar los constantes préstamos a la corona, siempre tan necesitada de dinero y de aumentar las finanzas del tesoro real. Pero la comunidad judía se organizaba para hacer frente a los pagos y ésta era una de las funciones prácticas del Call, tenerlo todo dispuesto para el momento en que aparecía el Recaudador Real. A cambio, el barrio judío y sus integrantes estaban bajo la protección del rey contra los excesos de la nobleza y las inesperadas revueltas populares contra ellos.

El IV Concilio de Letrán, hacia el 1215, establecía una disposición por la cual los judíos debían llevar una señal física que los diferenciara de los cristianos, y determinaba que el motivo de esta distinción era evitar cualquier alegato de ignorancia en el caso de relaciones entre judíos y cristianos. En Cataluña, significó la imposición de un círculo de tela, amarilla y roja, que debían llevar cosido a sus vestiduras, los hombres en el pecho y las mujeres en la frente. La mezcla de razas era una prohibición estricta.

Abraham caminaba con rapidez hacia la seguridad de su barrio. Se había dirigido hacia las dos torres redondas del Portal de Regomir, sin entrar en la ciudad vieja, dando un rodeo por el camino de ronda exterior que circundaba la muralla romana y siguiéndolo hasta llegar al Castell Nou, que guardaba el lado sur de la ciudad y era, al mismo tiempo, puerta de entrada al barrio del Call.

Pensaba en los problemas que le reportaría lo que estaba haciendo, y no sólo con los cristianos, sino con su propia comunidad, siempre temerosa de infringir cualquier ley. Pero había tomado una decisión y su condición de médico no le permitía diferencias, fueran de raza o de religión. Para un enfermo lo único importante es su enfermedad y disponer a su lado de alguien con capacidad para aliviarle. Si todo aquello tenía consecuencias, tendría que pensarlo más tarde, después de atender a Guils. Sin embargo, no dejaba de sentirse perturbado e inquieto, si Guils moría en su casa, tendría que explicar qué hacía el cuerpo de un cristiano en el seno de una comunidad judía, algo nada fácil de justificar.

Se obligó a sí mismo a dejar de pensar en las consecuencias, mientras seguía caminando, casi corriendo detrás del mozo. Debía recordar a su buen amigo Nahmánides, él no hubiera dudado ni un momento, actuaría según su conciencia y no según su miedo.

El mozo de cuerda se paró en seco ante la mole del Castell Nou. No pensaba dar un paso más y mucho menos entrar en el barrio judío, aquel trabajo podía ser todo lo especial que quisieran y como tal lo cobraba, pero nadie le había dicho que había que entrar en la judería. No había hecho preguntas por consideración al patrón, pero no pensaba dar un paso más y así se lo hizo saber al anciano judío.

Abraham no contestó, había visto a su amigo Moshe, dueño de la carnicería y vecino suyo. Le llamó discretamente y le rogó que le ayudara.

—Son sólo unos metros, Moshe, yo solo no podré. Ayúdame, por favor.

—¡Esto es increíble, Abraham! Desapareces durante un año y pico sin mandar un triste recado, un aviso de que estás bien, de que vas a llegar. Yo qué sé, ¡algo! Y de repente, apareces cargando con un cristiano moribundo. ¡Te has vuelto completamente loco!

El carnicero estaba enfadado, él apreciaba mucho a Abraham, era uno de sus amigos y le debía muchos favores, pero tenía una manera muy peligrosa de cobrarlos, y no estaban los tiempos para correr riesgos inútiles. Accedió a ayudarlo a regañadientes, mostrando su total desacuerdo y exponiendo todos los argumentos que se le ocurrieron, y fueron muchos, para que el médico desistiera de sus propósitos.

—Tienes toda la razón del mundo —le respondió Abraham, en tanto sostenía a Guils con lo que le quedaba de fuerzas—, todos tus argumentos son acertados, pero se trata de un hombre enfermo, Moshe, y yo soy médico, la enfermedad no tiene religión ni raza, debes comprenderlo.

Entre ambos trasladaron a Guils al dormitorio del anciano, en el primer piso de la casa. Moshe resoplaba por el esfuerzo, pero parecía querer recobrar el aliento para seguir con sus argumentaciones. Abraham no se lo permitió, tenía mucho trabajo que hacer y, después de agradecerle a su amigo la ayuda, le despidió sin contemplaciones.

—Te doy las gracias, Moshe, pero no deseo comprometerte más en este asunto. Cuanto menos sepas, mucho mejor para ti.

Abraham desnudó a Guils, que ardía de fiebre, le abrigó y se dirigió a la pequeña habitación que le servía de consulta y laboratorio. Allí preparaba sus medicinas, poseía una amplia botica repleta de hierbas medicinales y remedios para la sanación. Le tranquilizó el intenso y familiar aroma, pero la urgencia de la situación le obligó a darse prisa, desconocía la naturaleza del veneno pero se guiaba por los síntomas que había apreciado en el enfermo. Tenía que probar con un antídoto general, que abarcara un gran número de sustancias tóxicas, no tenía tiempo para grandes estudios. Empezó a trabajar sin dejar de hacer constantes visitas al enfermo, de aplicarle compresas de saúco para la fiebre y de intentar que tragara pequeños sorbos de agua.

Finalmente encontró una fórmula que le pareció adecuada y una vez preparada, empezó a suministrársela lentamente, gota a gota, hasta que creyó que la dosis era la necesaria. Tenía que actuar con prudencia, un veneno mata a otro veneno, pero también puede rematar al paciente, la dosis debía ser exacta, sin un margen de error.

Se sentó en un pequeño taburete, al lado del lecho, observando la respiración del enfermo. A las dos horas, pareció que Guils mejoraba. Su rostro de un gris macilento empezaba a cobrar vida. Un pálido color rosado empezó a teñir su bronceado rostro y su respiración dejó de ser jadeante, para emprender un ritmo más pausado. Abraham se tomó un respiro, era una buena señal, pero no podía confiarse, los años de experiencia le habían enseñado que los venenos actúan de forma traidora e inesperada. En algunos casos, la mejoría sólo significaba el preámbulo de la muerte, pero reconoció que nada más podía hacer, únicamente esperar y rezar.

Apartó el taburete a un lado y arrastró su sillón preferido al lado de Bernard Guils. El mueble estaba viejo y enmohecido, como él, pero todavía guardaba en sus gastados cojines la forma de su cuerpo. Estaba exhausto, la desenfrenada actividad de las últimas horas se convertía en una fatiga inmensa, y ni tan sólo se había acordado de tomar sus propias medicinas. Pensó que tendría tiempo de sobra más tarde, ahora necesitaba descansar.

Se despertó sobresaltado. Un hermoso caballo árabe, blanco como la nieve, le miraba desafiante. La crin al viento, sus patas delanteras levantadas golpeando el aire, impaciente. Su relincho, como un grito desesperado, atravesó sus tímpanos en una demanda desconocida. Se tapó los oídos con ambas manos, incapaz de asumir aquel sonido agudo, semiconsciente todavía, atontado. Necesitó unos segundos para darse cuenta de que todo había sido un sueño. Se había dormido profundamente y su alma había abandonado el cuerpo para viajar a regiones desconocidas y lejanas y, desde allí, alguien le mandaba un mensaje que no podía descifrar; alguien o tal vez algo.

Se obligó a despertarse del todo para observar a su paciente. Bernard parecía sumido en un tranquilo sueño, sus facciones estaban relajadas y serenas, ajenas a cualquier peligro. La respiración era normal, aquel bronco silbido de los pulmones había desaparecido y su pecho subía y bajaba con un ritmo pausado. Abraham se tranquilizó, aún era posible recuperarlo, quizá sus remedios salvaran aquella vida y todos sus conocimientos, que tanto esfuerzo le habían exigido, sirvieran para algo. Tan viejo, tantos años, y todavía se sentía impotente ante la muerte. Recordó su juventud, su aprendizaje, su primera muerte... tanto llegó a afectarle que estuvo a punto de abandonar sus estudios, dejarlo todo y volver a casa para sustituir a su padre en el taller de joyería. Pero no lo hizo y su padre, decepcionado por aquel hijo que no deseaba continuar la tradición familiar, nunca le perdonó, recordó abatido.

Pero no era el momento adecuado para reflexiones inútiles, divagaciones de la memoria que parece viajar libre e independiente de nuestro sufrimiento, ajena a nuestro dolor. Un caballo blanco y la figura de su padre no eran los mejores compañeros para el trabajo que le esperaba, pero conocía los laberintos de la mente humana, sus extrañas relaciones con la realidad. Abraham había reconocido, hacía ya mucho tiempo, que la realidad no existía. Por lo menos no aquella de la que hablaban en la sinagoga o en los templos cristianos, y este tema le había reportado muchos problemas en su propia comunidad.

—Problemas teológicos —musitó con una leve sonrisa. No, no era el momento para divagaciones filosóficas.

Dejó dormir a Guils. Parecía sereno, pero Abraham no estaba seguro de si despertaría, acaso lo único que él podía proporcionarle era la paz de la agonía, la ausencia de dolor. Apartó todos sus pensamientos con dificultad, el caballo blanco seguía allí, desafiante e impaciente, trasmitiéndole un mensaje que no entendía.

Preparó una sopa caliente. Si Guils despertaba, sería el mejor alimento, un caldo especial elaborado con hierbas, para dos enfermos. La única diferencia entre ambos era la fecha límite. Paseó por la casa, lo único que había encontrado a faltar en su viaje, su estudio, su botica, sus estudios de geometría..., todo estaba igual. Su cuñada se había encargado de mantener aquellas cuatro paredes limpias y en orden durante su ausencia, de que todo se mantuviera como si nunca se hubiera marchado, y de que el fantasma de su mujer, Rebeca, muerta hacía muchos años, siguiera en activo limpiando y ordenando la vida de Abraham.

Volvía a perderse en los recuerdos, como si éstos se negaran a dejarle libre, cuando oyó el grito de Guils. Bruscamente, salió de su ensueño y corrió hacia la habitación donde encontró al enfermo alterado, de nuevo empapado en sudor, con la tez lívida.

—¡Guillem, Guillem, Guillem! —gritaba Guils, con un hilo de voz.

—Soy Abraham, amigo Bernard, vuestro compañero de travesía, tranquilizaos, estáis en un lugar seguro, en mi casa, no debéis preocuparos. —El anciano secaba el sudor, sostenía al hombre en sus brazos.

—Abraham Bar Hiyya. —Guils había dicho el nombre completo, la voz clara y fuerte, la conciencia recobrada—. Abraham, buen amigo, tengo muy poco tiempo. Es muy importante que guardéis el paquete que llevaba en mi camisa. No permitáis que caiga en malas manos. Juradme que lo haréis.

—Debéis descansar, Bernard, no os preocupéis por nada que no sea recuperar la salud.

El anciano intentaba tranquilizarle y no le dijo nada de que no había ningún paquete, nada entre sus ropas. Pensó que quizá se tratara de una alucinación a causa de la fiebre y no quiso alterarlo más.

—Debéis avisar a la Casa del Temple, Abraham, debéis comunicar mi llegada, mi muerte… ellos sabrán qué hay que hacer, procurarán que no tengáis ningún problema por prestarme ayuda, ellos… Avisadles inmediatamente y entregad el paquete a Guillem, me espera…

Bernard Guils se retorció de dolor, el gris ceniciento reapareció en su rostro, el jadeo volvió a sus pulmones. El médico comprobó con tristeza que sus esfuerzos habían sido inútiles, nada parecía detener los efectos de aquel tóxico letal. Volvió a administrarle la poción que había preparado, aunque esta vez sabía que sólo podría calmar su angustia y nada más podía hacer por su vida.

—¡Abraham, hay que avisar a Guillem…, la Sombra surgirá de la oscuridad, que se aleje de la oscuridad!

Bernard Guils se desplomó en el lecho, agitado, presa de sus alucinaciones. Se encontraba en el camino, cerca del Jordán, había andado por el desierto y estaba exhausto y sediento. Fue entonces cuando la vio, estaba allí, esperándole, como si no hubiera hecho otra cosa en la vida que aguardarle. Blanca como la capa que llevaba sobre los hombros, con la crin al viento, las patas delanteras golpeando el aire, lanzando un relincho de bienvenida. Su hermosa yegua árabe le estaba esperando hacía mucho tiempo. Se acercó a ella, acariciándole la cabeza, hablándole en un susurro como sabía que le gustaba y, cogiendo las riendas, montó con suavidad. Ya nada le ataba a su pasado, una nueva vida se abría ante sus ojos y ni tan sólo volvió la cabeza, sonrió y cruzó el Jordán.

Abraham vio cómo una gran paz se extendía por la cara de Bernard, cómo su cuerpo se relajaba liberado del dolor, el estertor desaparecía y con él, la vida. Una enorme tristeza se apoderó del anciano médico cuando cerró el único ojo entreabierto y cubrió su rostro con la sábana. Se quedó sentado, inmóvil y sus labios empezaron a recitar una oración hebrea por aquel cristiano que no había podido salvar.

Unos golpes en la puerta lo sacaron de su ensimismamiento. No tenía ni idea del tiempo que llevaba allí, sentado al lado del cadáver. Pero ni tan sólo los golpes lograron perturbar su espíritu, se levantó lentamente, como si el cuerpo le pesara y se encaminó a la puerta. Su amigo Moshe, el carnicero, estaba ante él con una expresión de disculpa en la mirada.

—Abraham, siento mucho mi comportamiento anterior, no tenía derecho a juzgarte tan severamente, te pido perdón. —Su mirada expresaba tal arrepentimiento que el médico no pudo negarle la entrada, divertido ante los escrúpulos de su amigo.

—Pasa, viejo cascarrabias judío, dentro de un rato pensaba ir a buscarte.

—¿Cómo está tu paciente? ¿Has logrado que se recuperara? ¿Necesitas algo? —Moshe ya no sabía cómo disculparse.

—Ha muerto no hace mucho. Poco he podido hacer contra un veneno tan potente como el que han utilizado para robarle la vida —contestó Abraham, invitándole a que pasara a la pequeña estancia que le servía de comedor.

—¡Veneno! —exclamó Moshe.

Abraham le contó la historia sin ocultarle nada, necesitaba hablar con alguien y conocía a Moshe desde que tenía memoria. Aunque un poco más joven que él, se habían criado juntos desde niños y siempre habían mantenido una fiel amistad. Moshe siempre había sido un conservador, como su padre, siguió la tradición familiar en su oficio y se casó con quien su familia dispuso, a pesar de que Abraham sabía que siempre había estado profundamente enamorado de su hermana Miriam y que ésta le correspondía. Pero aquellos infelices jóvenes no se atrevieron a afrontar las consecuencias y los resultados no habían sido buenos. La esposa de Moshe era una mujer autoritaria y orgullosa que le despreciaba, y su querida hermana Miriam tenía por marido a un rígido rabino que había borrado la sonrisa de su rostro.

El mundo ordenado y rutinario de Moshe sufrió un sobresalto al oír la historia de su amigo. Admiraba a Abraham desde que eran niños, sabía que tenía la amistad de un hombre sabio que le respetaba y quería.

—¡Dios sea con nosotros, Abraham! En buen lío te has metido. Y este pobre hombre, muerto en tu casa. ¿Qué vamos a hacer ahora?

Abraham sonrió al oír que su amigo utilizaba el plural, inmerso en la historia, realmente preocupado por su seguridad.

—Tú volverás a casa y no dirás nada a nadie. Si te preguntan por mí, dirás que he vuelto a emprender un viaje para atender a un paciente y que no sabes cuándo volveré.

—Pero Abraham la gente puede pensar que no has vuelto de Palestina, lo mejor sería…

—No, Moshe —le atajó el médico—, es muy posible que alguien me viera llegar al Call, ya sabes cómo corren las noticias en este barrio, parece que nadie te ve y acabas siendo el tema principal de conversación en la sinagoga. Lo mejor será ceñirse a la verdad lo máximo posible. En cuanto a mí, haré lo que Guils me pidió antes de morir, iré a la Casa del Temple y les contaré la historia.

—Tienes razón, es lo mejor —asintió Moshe, convencido—. Es una suerte que todo este lío dependa del Temple y no del aguacil real. Pero Abraham, ¿has pensado ya con quién vas a hablar? No puedes presentarte allí diciendo «tengo un muerto que les pertenece»…

—No te preocupes, tengo un buen amigo en la Casa, uno de toda confianza. Pero necesito que me hagas un favor, ten los oídos bien abiertos, entérate de si alguien me vio llegar y habla con mi cuñada. Puedes contarle que ya he llegado, pero que una urgencia médica me obliga a marchar de nuevo. No des demasiadas explicaciones, ser demasiado locuaz es la manera de atrapar a un mentiroso.

Abraham despidió a su amigo, dándole las últimas instrucciones. Después hizo otra visita a la habitación donde Guils ya no sentía dolor ni tristeza. Aquella forma humana que escondía la sábana había emprendido un viaje que nadie podía compartir. Revisó de nuevo sus ropas, palpando cuidadosamente cada centímetro de tela, buscando en las costuras y en los bolsillos, pero no encontró nada. Pensó que era posible que todo aquello fuera parte de una alucinación provocada por el veneno, pero algo en su interior le decía que era cierto. Una de las razones era la propia muerte de Guils, su asesinato. Se necesitaba una buena razón para acabar con la vida de un hombre y la existencia de aquel paquete podía ser una causa legítima para matar.

Sin embargo, entre las ropas de Guils no había nada. Abraham se sentó al lado del cadáver e hizo un esfuerzo por recordar. Cerró los ojos y vio a Bernard en la popa de la nave, con el brazo derecho fuertemente apretado contra el pecho. Recordó los enérgicos paseos del hombre, de popa a proa, de proa a popa y de forma constante y reiterativa, el gesto de su mano izquierda rozando el pecho, como queriendo asegurarse de que algo importante seguía en su lugar. Sí, estaba seguro de que Guils llevaba algo valioso para él, pero mientras estuvieron embarcados Abraham había llegado a la conclusión de que estaba preocupado por la seguridad de su bolsa, algo muy común en este tipo de travesías, en la que se encontraban rodeados de una tripulación desconocida y, en muchos casos, proclive al hurto.

Alguien había robado a Guils aprovechando su estado o peor todavía, alguien había provocado el estado de Guils para robarle. Ocasiones para hacerlo no habían faltado, ya que desde el momento del desembarco mucha gente se había acercado al enfermo. La historia iba cobrando forma en la mente de Abraham… Guils había gritado un nombre en su agonía, Guillem, le pedía que avisara a un tal Guillem, pero Guillem qué, era un nombre común que no le proporcionaba ninguna pista. Tenía que actuar con prudencia, la intensa angustia de Bernard indicaba que aquello por lo que había muerto tenía una gran importancia y un gran peligro. Abraham quería cumplir sus últimos deseos, pero su información era escasa, casi mínima. Después de unos minutos de reflexión, el anciano judío tomó una decisión, tomó su capa y salió de la casa.

La tarde empezaba a caer. Tenía que apresurarse, no podía arriesgarse a que cerraran el Portal del Castell Nou y le impidieran salir hasta la mañana siguiente. A Dios gracias, la Casa del Temple estaba muy cerca y no tardaría ni cinco minutos en llegar hasta allí. No se encontró con nadie conocido, a esa hora la gente acostumbraba a recogerse y las patrullas de vigilancia aún estarían apurando los últimos instantes en alguna taberna, antes de empezar la ronda de la noche.

Su mente no dejaba de trabajar. ¿Guillem?… El maestre provincial se llamaba así, Guillem de Pontons, pero… ¿era realmente el hombre al que se refería Guils? Tendría que improvisar sobre la marcha.

Abraham tenía muy buena relación con los templarios de la ciudad. En su calidad de médico había atendido a muchos miembros de la milicia que habían solicitado sus servicios. Siempre había sido tratado con respeto y afecto, y no había que olvidar las intensas relaciones que el Temple mantenía con los prestamistas del Call, ambas partes se beneficiaban de aquella relación y hacían excelentes negocios.

Se paró en seco, deteniendo el ritmo de sus pensamientos. Tenía la desagradable sensación de que alguien lo seguía, pero sólo logró observar, en medio de la creciente oscuridad, un juego de sombras dispersas, casi inmóviles. Hubiera jurado que en tanto se giraba, la sombra de un aleteo de capa se había movido a sus espaldas, desapareciendo en un instante y disolviéndose en un rincón oscuro, como un espejismo. El silencio era total, vacío de cualquier sonido familiar.

Abraham apresuró el paso, ciñéndose la capa a su delgado cuerpo. Un escalofrío le había recorrido la espina dorsal y esta-

ba seguro de que no era a causa del frío, era simplemente miedo. Se reconoció asustado, muy asustado y demasiado viejo para aquel tipo de experiencias. En la penumbra, a pocos pasos,
reconoció la imponente mole de las torres del Temple y respiró aliviado, ellos sabrían qué hacer y cómo actuar.

Una sombra extraña se dibujaba en un muro sin que luz alguna ayudara a proyectarla. Parecía una mancha de la propia
piedra, castigada por las lluvias de siglos. Cuando Abraham desapareció por el portón del Temple, una brisa silenciosa arrancó
la sombra de la piedra, desvaneciéndose.

Capítulo III

Guillem de Montclar

«Primeramente, os preguntaremos si tenéis esposa o prometida que pudiera reclamaros por derecho de la Santa Iglesia. Por que si mintierais y acaeciera que mañana o más tarde ella viniera aquí y pudiera probar que fuisteis su hombre y reclamaros por derecho de la Santa Iglesia, se os despojaría del hábito, se os cargaría de cadenas y se os haría trabajar con los esclavos. Y cuando se os hubiera vejado lo suficiente, se os devolvería a la mujer y habríais perdido la Casa para siempre. Gentil hermano, ¿tenéis mujer o prometida?»

Se levantó del banco de piedra y volvió al ventanuco. Exactamente seis pasos, multiplicado por las veinte ocasiones en que había hecho el trayecto, daba como resultado ciento veinte pasos. Y como en las veces anteriores, echó un vistazo al exterior. Contempló la torre del monasterio de Sant Pere de les Puelles, la que llamaban «Torre dels Ocells», aquel enorme convento había dado vida a todo un barrio. Tierras y molinos, muchos molinos cerca de las aguas de la corriente del Rec Condal.

El molino en que se encontraba, propiedad del Temple, había sido punto de encuentro de innumerables citas con Guils, porque era uno de sus lugares favoritos para tratar de temas delicados.

—Verás, muchacho, ¿a quién se le puede ocurrir que dos malditos espías como nosotros, se reúnan en este viejo molino? Además como es nuestro, todo queda en familia y nadie nos va a molestar, pensarán que somos miembros selectos del sector jurídico de la orden, enredados en algún pleito con las monjas del monasterio por cualquier trozo de tierra, como siempre —le comentó Guils con sorna, al ver su expresión perpleja la primera vez que quedaron citados allí.

No era un mal lugar, había reconocido Guillem, un espacio tranquilo y bastante solitario a excepción de las inquisitivas miradas de sus hermanos del Temple que se ocupaban del molino. Sin embargo, en aquel momento Guillem de Montclar estaba realmente preocupado por la tardanza de su superior. No era habitual que éste llegara tarde a una cita y recordó los consejos de Guils referentes al tema.

—Una demora de quince minutos es motivo de grave preocupación, y media hora equivale a la alerta máxima y a prepararse para correr en dirección contraria. Métetelo en la cabeza, chico, es posible que alguna vez te salve la vida. —Guils le insistía, una y otra vez, en tono doctoral.

Sin embargo, habían pasado cuatro horas y Guillem seguía allí, pegado al ventanuco, negándose a aceptar que hubiera podido pasar algo grave, algo realmente grave.

Pensó en Bernard Guils. Trabajaba con él desde hacía cinco años y había sido su mentor, su maestro de espías, todo lo que sabía se lo debía a él. Representaba la figura paterna que jamás había conocido o que ni siquiera podía recordar. Su padre había sido asesinado cuando él contaba apenas diez años y su madre se había acogido a la protección del Temple de Barberà, el lugar de donde procedía su familia. Berenguer de Montclar, su padre, pertenecía a la nobleza local y siempre había sido un hombre del Temple, un fiel servidor de la orden y por ello, a su muerte, los templarios se habían hecho cargo del pequeño Guillem, de su educación y de su vida. Se habían convertido en su única familia conocida. Cuando cumplió catorce años, resolvió un extraño caso que tenía a su orden muy preocupada y sus maestros observaron en él una capacidad especial, un «sexto sentido», como decía su tutor. No tardaron en ponerle en manos de Guils.

La ausencia de Bernard se le hacía insoportable y una profunda perturbación interior le mantenía paralizado. «Guils, Guils, Guils, dónde demonios te has metido», pensaba con la inquietud y el miedo inundándole el ánimo. No era posible que le hubiera sucedido nada malo, a él no, podía con todo, era la persona con más recursos que había conocido en su corta vida, el más listo. Intentaba por todos los medios hallar una respuesta lógica y razonada a aquella demora, y no la encontraba.

Hacía poco más de un mes que Guillem había recibido instrucciones de Guils a través de un emisario tunecino. Estaba en la encomienda de Barberà, adonde Bernard solía enviarlo para que se tomara un respiro: «A las raíces —le decía—, húndete en las raíces para no olvidar quién eres». El mensaje cifrado no daba muchas explicaciones, como siempre, sólo las necesarias. Era un transporte prioritario con el sello de la más alta jerarquía. Sabía el día probable de la llegada de la nave de Guils, siempre que no hubiera tormentas o huracanes, naufragios o asaltos de los piratas. Por esta razón, llevaba una semana en la ciudad, vagabundeando por el puerto y la zona marítima, escuchando rumores y avisos de la llegada a puerto de las diferentes embarcaciones. Sabía que Bernard viajaba en un barco veneciano porque estaba convencido de la capacidad de los venecianos para no ver nada más que aquello que les era necesario: una buena bolsa bien repleta y no habría preguntas ni interrogatorios. Y también sabía algo que hubiera preferido ignorar: que Bernard Guils no iba a aparecer por el molino, algo terrible había sucedido y tenía que ponerse en marcha de inmediato. Ya no importaba el haber visto con sus propios ojos la llegada de la nave veneciana al puerto y la actividad que su arribada producía, las correrías de mozos de cuerda y barqueros, de mercaderes y prestamistas. Nadie se había fijado en él, con su apariencia de joven inexperto y despistado, quizás hijo de algún comerciante. Pero él se había fijado en todo y en todos, como le había enseñado Guils, comprobando que no había ningún motivo de preocupación, y que todo parecía en orden. Y siguiendo sus instrucciones, antes de que salieran las barcas en busca de los pasajeros, se apresuró a llegar al lugar de la cita. Y allí seguía, pero la demora de Guils indicaba que sí había motivos de preocupación y que nada estaba en orden.

Salió del molino y respiró hondo. No era momento de vacilaciones, y caminando a buen paso, sin correr para no llamar la atención, se encaminó de nuevo hacia el puerto.

Tenía que empezar desde el principio, sin sobresaltos, poner en marcha lo que Bernard le había enseñado todos aquellos años. Sin embargo, la actividad no disminuyó la intensa sensación de soledad que se abría paso en su plexo solar, como si un vacío intenso se agrandara en su interior. ¿Quizás aquélla no era la nave en que viajaba su compañero? ¿Era posible que algún problema le hubiera obligado a subir a otra nave?

El alfóndigo de Barcelona, *l'alfondec,* seguía siendo un hervidero de actividad. Su nombre derivaba del árabe, *al-fondak,* que significaba posada, pero era mucho más que eso. Era un edificio, o mejor un grupo de construcciones que se situaban alrededor de un gran patio central, donde los Cónsules de Ultramar ejercían su cargo y que al mismo tiempo servía de posada, de almacén para los mercaderes, y donde se podían encontrar todos los servicios necesarios: baños, hornos, tiendas, tabernas e incluso capilla. Era el centro neurálgico de la actividad mercantil y portuaria.

Guillem, todavía conmocionado, se adentró en el torbellino de gentes e idiomas diferentes, cruzándose con un nutrido grupo de marineros que se dirigían en tropel a la taberna más próxima. Se acercó al lugar donde el Temple tenía su mesa propia y sus oficiales vigilaban y controlaban sus envíos a Tierra Santa. Frey Dalmau, un maduro templario encargado de todas las transacciones que allí se realizaban, lo vio acercarse con una sonrisa. Sus largas barbas y la cruz roja en su capa blanca eran señal inequívoca de su condición, a diferencia de Guillem que, por su especial trabajo, podía parecer cualquier cosa a excepción de un caballero templario.

Frey Dalmau le miraba con una sonrisa en los labios. Conocía a aquel muchacho desde que era un crío, desde los viejos tiempos en que visitaba la encomienda de Barberà.

—Vaya, vaya, hermano Guillem, en los últimos tres años no te había visto tanto como en el día de hoy. Me alegro de tu visita a este viejo administrador.

—Buen día, hermano Dalmau, vengo en busca de un poco de información.

—¿Información? —repitió frey Dalmau—. Me parece que tratándose de ti, poca información es un término muy extenso.

—Tenéis razón, poca o mucha, necesito información. Esta mañana, rondando por aquí, he visto arribar a un barco veneciano. ¿Habéis visto algo de interés en su llegada?

Frey Dalmau lo observó con atención, había algo más que preocupación en la mirada del joven, quizá miedo, pensó.

—Llegó un barco veneciano, estáis en lo cierto. Su capitán es un tal D'Amato, creo. Traía pasajeros, he visto desembarcar a dos frailes predicadores, a un judío, a un comerciante llamado Camposines al que conozco, uno de los pasajeros parecía enfermo, acaso borracho, no lo sé. Armaron un gran revuelo para sacarlo de la barca. El hombre parecía inconsciente.

—Hermano Dalmau —Guillem sintió un viento helado en los pulmones—, necesito que hagáis un esfuerzo de memoria y, conociendo vuestras habilidades, sé que podéis hacerlo mucho mejor.

—Estáis preocupado, muchacho, algo os perturba y sería mucho mejor que fueseis al grano y me preguntarais qué es, exactamente, lo que queréis saber.

—Quiero saber todo lo que recordéis de cada uno de los viajeros que transportaba esta nave, de todos los que desembarcaron.

Guillem intentaba controlar su impaciencia, el miedo a tener que oír algo que no deseaba escuchar. «Tengo que calmarme, no crear sospechas inútiles y averiguar todo lo que pueda», se dijo a sí mismo.

—Está bien, haré lo que me habéis pedido. Veamos: la primera barca venía bastante llena, daba la impresión de que todos tenían mucha prisa por desembarcar. Ya os he dicho que bajaron dos frailes, uno bastante viejo y otro joven, de vuestra edad aproximadamente. El viejo estaba encolerizado y se marchó dejando plantado al joven; otro hombre, de mediana edad, que cojeaba levemente y se quedó por allí, curioseando; un anciano judío arrastrando a un hombre inconsciente y dos, quizá tres tripulantes; el comerciante Camposines y el capitán, la barca era de Romeu, a veces trabaja para nosotros, pero el barquero era nuevo, un chico joven.

—¿Y el enfermo? ¿Os fijasteis en él, pudisteis ver cómo

era? —Sentía que el pulso le golpeaba en las sienes, que estaba a punto de estallar.

—Era un hombre maduro. —Frey Dalmau había cambiado el tono de voz, más grave, aunque el joven no lo percibiera.

—¿Nada más? ¿Maduro y nada más?

—Alto y muy corpulento, se necesitaron varios brazos para sacarlo de la barca. Y era tuerto. Llevaba un parche oscuro sobre uno de sus ojos. Eso es lo único que os puedo decir.

Guillem tuvo la impresión de que el mundo acababa de caerle encima. Todo el peso de aquel siglo estaba sobre sus espaldas, a punto de tumbarle, de dejarle sin respiración. Hizo un inmenso esfuerzo para sobreponerse, para no manifestar sus emociones, pero frey Dalmau percibió su dolor.

—Sentaos, Guillem. —Le pasó un brazo por los hombros, guiándole hacia su silla de contable—. Este hombre parecía muy indispuesto, pero no conozco la causa ni la gravedad de su enfermedad. El anciano judío estaba pendiente de él, vi cómo hablaba con Camposines y éste le proporcionaba un mozo de cuerda para transportar al enfermo. Marcharon los tres, mozo, anciano y enfermo, el pobre judío parecía no poder con su alma. Y ahora, decidme qué es lo que os perturba tan profundamente, muchacho, que aunque sepa que vuestro trabajo no os permite confianzas, os ayudaré en lo que pueda.

Todo daba vueltas en la cabeza de Guillem de Montclar, joven espía del Temple, y la realidad se abría paso lentamente, con esfuerzo. La soledad ya no era una simple sensación, era algo palpable y espeso que ya nunca le abandonaría. Y la realidad le indicaba que estaba obligado a actuar, encontrar a Guils vivo o muerto, aunque todas las señales le llevaban a pensar, con infinita tristeza, que su maestro había emprendido un viaje al que él no podía acompañarle.

—Os agradezco vuestra ayuda, frey Dalmau. —La voz aún débil e insegura. El joven salía de su conmoción, nadie le había preparado para un golpe así y le costaba adaptarse a una situación de la que desconocía todas las normas. Por primera vez, era Guils quien le necesitaba allí donde estuviera, le exigía una respuesta, la aplicación de todos los conocimientos que, año tras año, le había transmitido. Por primera vez, la vida le pedía un cambio total, el inicio de un nuevo ciclo en el que Guils no estaría para guiarlo, para protegerlo. Y estaba asustado, dudaba de su capacidad sin la ayuda del maestro, pero necesitaba encontrarlo—. Os agradezco vuestra ayuda, frey Dalmau —repitió automáticamente, al contemplar la mirada preocupada del administrador—, pero tenéis razón, mi trabajo no me permite muchas confianzas. Sólo quiero saber si conocéis al anciano judío del que me habéis hablado.

—Le conozco perfectamente, es un viejo amigo del Temple de Barcelona, muchacho. Su nombre es Abraham Bar Hiyya, uno de los mejores médicos de la ciudad y os lo digo con conocimiento porque me ha atendido en muchas ocasiones. Es un gran amigo de frey Arnau, nuestro hermano boticario, ambos acostumbran a compartir secretos de hierbas y ungüentos. También conozco muy bien al comerciante Camposines, un buen hombre. Os ruego que contéis con mi ayuda.

Guillem le miró agradecido, no quería preocuparle más de lo necesario y tampoco podía confiarle sus problemas, porque eso sólo conseguiría poner en peligro al administrador. Recordó una de las frases lapidarias de Guils: «Cuantos menos conozcan tu problema, menos muertos en tu conciencia». Sí, ciertamente, éste era el lado malo de su trabajo, no podía confiar en nadie aunque en aquellos momentos era una condición difícil de cumplir.

Se despidió agradeciendo su colaboración y tranquilizándole con las primeras palabras que encontró. Tenía que encontrar a Abraham Bar Hiyya, tenía que dar con Guils.

Mientras se apresuraba, dejando el barrio marítimo a sus espaldas, reflexionó sobre cuál tenía que ser su próximo paso. ¿Debía detenerse en la Casa del Temple y hablar con el hermano boticario? ¿Dirigirse directamente hacia la judería y preguntar por el médico? Todos conocerían su domicilio, seguro que era un personaje conocido. Se detuvo, respirando con dificultad. Estaba claro que lo primero que tenía que hacer era recuperar el control de sus nervios. Si Bernard Guils estuviera a su lado no podría ocultar su decepción ante el comportamiento atolondrado e imprudente de su alumno. Se obligó a controlarse. Cerró los ojos respirando hondo, sin pensar en nada, permitiendo que su mente se llenara de un único color, el blanco dominando al negro.

Una mujer, que pasaba por su lado acarreando un pesado saco, se lo quedó mirando, perpleja ante su inmovilidad. Le preguntó si se encontraba bien o si necesitaba ayuda. Guillem le contestó, amablemente, que estaba bien, que había tenido un ligero mareo, y ya estaba casi recuperado. La mujer se alejó, mirándole, poco convencida de sus palabras. Él todavía se quedó allí, inmóvil, durante unos instantes. Después sus facciones se endurecieron y emprendió la marcha sin vacilar. Algo había cambiado en su interior, ya no había lugar para el muchacho que unos segundos antes ocupaba su lugar.

La tarde declinaba cuando llegó al barrio judío y se dio cuenta del tiempo que había perdido esperando inútilmente en el molino, un error que no debía repetir. Se cruzó con un hombre de mediana edad al que detuvo para preguntar por la casa del médico.

—Aquí mismo, en la calle de la Gran Sinagoga, a la vuelta de la esquina. Pero me temo que no vais a encontrarle, Abraham está de viaje a Palestina, hace ya mucho tiempo que partió y no sabemos nada de él. Vaya a saber, un hombre de su edad y enfermo emprendiendo un viaje tan peligroso.

Guillem se dirigió al lugar señalado, una respetable casa de dos pisos, muy cerca de una carnicería judía. Llamó y esperó, sin oír ningún ruido, la casa parecía vacía. Esperó y volvió a llamar, sin resultado. «Bien —pensó—, continuaremos con la segunda opción, la Casa del Temple y el hermano boticario.» Se dio la vuelta y observó, a su izquierda, una sombra que parecía querer ocultarse en el rincón más alejado. Alguien estaba espiando la casa de Abraham Bar Hiyya. ¿O tal vez le estaban siguiendo a él? Preocupado, pensó que se estaba saltando todas las normas de seguridad desde primeras horas de la mañana y que si alguien estuviera interesado en matarle, hubiera podido hacerlo quinientas veces, con toda tranquilidad.

—¡Soy un perfecto imbécil! —murmuró—. Si la vida de Bernard hubiera dependido de mí, él mismo me habría asesinado por inepto. ¡Tengo que empezar a actuar con la cabeza!

Bien, si alguien le seguía ahora se daría cuenta muy pronto, y si vigilaban la casa del judío lo tendría presente. Se encaminó hacia la Casa del Temple de Barcelona, con los ojos bien abiertos y enfadado consigo mismo.

El gran convento templario de la ciudad estaba construido en los terrenos suroccidentales de la muralla romana, en las torres denominadas *d´en Gallifa*, a las que la misma muralla servía como muro protector. En realidad, la Casa-madre se hallaba a unos kilómetros de la ciudad, en Palau-Solità: allí estaba el centro administrativo y neurálgico de la encomienda desde hacía muchos años. Sin embargo, poco a poco y por razones prácticas, debido a sus grandes intereses en la ciudad, el convento de Barcelona había tomado mayor importancia.

Al llegar, Guillem preguntó por el hermano Arnau, el boticario, y le indicaron unas dependencias situadas en un extremo, muy cerca del huerto. Se dirigió allí y llamó a la puerta. Una voz le invitó a pasar.

Entró en una amplia habitación muy iluminada, atestada de libros y frascos, con un intenso aroma a especias y hierbas medicinales. Dos ancianos le contemplaban con curiosidad. Uno de ellos, vestido con el hábito templario y sentado en un desvencijado sillón, tomaba un brebaje humeante. Sus pequeños ojos azules parecían no corresponder a su rostro curtido, de facciones cortantes y con unas inmensas barbas grises. El otro anciano era, sin lugar a dudas, un judío. Su capa con capucha y la rodela roja y amarilla no permitían equivocaciones. También sostenía un tazón en la mano, dando la impresión de una gran fragilidad, quizá por su extrema delgadez y el color pálido de su piel.

Eran muy diferentes uno del otro y, sin embargo, Guillem tenía la sensación de encontrarse ante dos hermanos, como si un hilo invisible de familiaridad les uniera.

—Adelante, joven, adelante. ¿Qué os trae por aquí? —La voz de frey Arnau era suave y afectuosa—. Entrad y sentaos, si podéis encontrar algo con qué hacerlo, tengo que ordenar esta habitación un día de éstos. ¿Qué pueden hacer dos ancianos boticarios por vos? ¡Oh, por cierto!, os presento a mi buen amigo Abraham Bar Hiyya.

—A él precisamente iba buscando, frey Arnau —respondió Guillem, mirando con atención al anciano judío. Parecía sereno y eso le dio esperanzas. Era posible que al buen Guils no le hubiera pasado nada grave, que estuviera cerca, descansando.

—¿Me buscáis a mí, joven? ¿Os encontráis mal, estáis enfermo?

—No, no. No se trata de mi salud, sino de la de un compañero con el que tenía que encontrarme esta mañana. En el puerto me han dicho que parecía muy enfermo y que vos os habéis encargado de su cuidado. Quisiera saber dónde puedo encontrarlo.

Los dos ancianos se miraron sin decir nada, impresionados por las palabras del muchacho que tenían delante. Abraham intentaba aparentar una tranquilidad que no sentía y que aumentó al observar una cierta tristeza en la mirada del joven, una tristeza que le recordaba a alguien. No tardó en averiguarlo, con veinte años menos, aquel joven era el espejo, vital y lleno de energía, de Bernard Guils. Y si no hubiera sabido que aquél era un templario, bien podía pasar por su propio hijo.

—¿Os llamáis Guillem? —preguntó con suavidad.

—Así es. Mi nombre es Guillem de Montclar.

—Si estoy aquí, con frey Arnau, es precisamente a causa de vuestro compañero. —Abraham intentaba encontrar las palabras adecuadas para una triste noticia, sin conseguirlo. En su profesión había dos cosas que le producían una honda perturbación, todavía ahora, después de tantos años de ejercer la medicina. La primera era la impotencia que le causaba la propia muerte de sus pacientes; la segunda, comunicarlo a sus seres queridos.

—Os lo ruego, Abraham, decidme dónde está Guils.

Los dos ancianos parecían obstinados en el silencio, buscando palabras perdidas en su mente, negándose a comunicar la tragedia. Su silencio aumentó la angustia que Guillem sentía desde hacía horas, confirmándole sus peores sospechas.

—Guillem, vuestro compañero Bernard Guils murió esta mañana en casa de Abraham —rompió finalmente frey Arnau su silencio.

Aunque esperaba la noticia y se preparaba para ella, las palabras del viejo templario cayeron como un mazo en el alma del joven. Intentó reprimir el dolor que subía por su garganta, pero no pudo evitar que las lágrimas asomaran a su rostro. Inmóvil, en medio de la habitación, con la cara contraída, aguantando la respiración para no gritar, era la imagen del desconsuelo. Abraham y frey Arnau estaban conmovidos por el dolor del joven, pero se mantuvieron en silencio, sabían que debían permitir su sufrimiento, esperar a que se calmara y lo aceptara. La edad y la experiencia les había enseñado a respetar el dolor ajeno, a no inmiscuirse con palabras fáciles y sin sentido. Había que esperar, la pena se colocaría en su lugar correspondiente en silencio.

Y esperaron. Cada uno absorto en sus propios pensamientos, inmóviles, sin intervenir, recordando la primera muerte que les había traspasado el alma. Abraham pensaba en la muerte de su padre, ocurrida a poco de acabar sus estudios de medicina. «Nada puedes hacer por mí, márchate», le había dicho en su agonía, intransigente y orgulloso. No le había perdonado, nunca lo haría, pero él no se marchó, se quedó a su lado probando todos los remedios que conocía, inútilmente.

Frey Arnau estaba perdido en los desiertos de Palestina donde su hermano encontró la muerte, entre sus brazos, arropado con la blanca capa del Temple para protegerlo del frío final. Casi un niño, sin tiempo para crecer. «No me dejes solo, Arnau —había murmurado—, no me dejes solo.»

Así, de esta manera quedaron los tres, estatuas mudas, que no podían evitar la soledad del momento, testimonios de las palabras del sabio poeta que clamaba contra el árido desierto que se extiende en el interior de los seres humanos.

Fue el más joven el que rompió el silencio, cuando ya los dos ancianos se perdían en laberintos de antiguas culpas. Los rescató de su propia memoria, como ocurre en las ocasiones en que la juventud rescata a la vejez del ensimismamiento de antiguas sombras, siempre acechantes en momentos de reflexión.

—¿Qué ocurrió, Abraham?

—Alguien le envenenó en el barco —respondió Abraham—. Los últimos días de la travesía los pasó en el jergón de la bodega, sin poder aceptar ningún alimento porque su cuerpo lo rechazaba. Tampoco quiso ayuda alguna, por mucho que intenté convencerle. Me pareció que, en cierta manera, deseaba morir. Cuando llegaron las barcas ya no se tenía en pie, aunque su único deseo era pisar tierra firme. En el corto trayecto hasta la playa, perdió el conocimiento y no conseguí que lo recuperara, así que lo trasladé hasta mi casa, pensando que era posible salvarlo. Pero no lo conseguí, el veneno había invadido todo su cuerpo, su avance fue fulminante. Creo que aguantó mucho, era un hombre fuerte. La persona que lo envenenó debía dudar de la eficacia de su acción, al ver que pasaban los días y Guils seguía vivo. Quizás incluso ahora, ignora que su plan ha tenido éxito.

—Hicisteis todo lo posible por él, Abraham —le interrumpió frey Arnau, que conocía la pena que le causaba la muerte.

—Sólo hice lo que sabía, Arnau, y por los resultados no sabía lo suficiente.

—Abraham, ¿os dijo algo?, ¿os confió algo que llevara? —Guillem despertaba de la impresión, su misión seguía siendo la misma y el trabajo se imponía.

—Os llamó repetidas veces y después me rogó que guardara algo que llevaba entre las ropas, pero nada encontré. Registré su ropa, pieza por pieza, desconociendo si lo que reclamaba era grande o pequeño, delgado o grueso. Pero allí no había nada.

—¿Y durante el trayecto, os fijasteis si ocultaba algo en la embarcación o en algún otro lugar?

—Observé, por su gesto, que guardaba algo entre sus ropas. Su brazo parecía pegado al torso, custodiando algo celosamente, quizás en el pecho o bajo el mismo brazo. Recuerdo que su mano iba repetidamente hacia su pecho, como si comprobara que fuera lo que fuese, seguía allí. Pero acabé pensando que era una simple precaución, la tripulación de estas naves no son gente de fiar ni tampoco muchos de sus pasajeros. No sé si sabéis a qué tipo de gente me refiero, pero hay algunos que parecen salidos directamente de la mazmorra. Supongo que pensé que cuidaba de su bolsa, como todos los demás, y no le di importancia.

—¿Y cuando desembarcasteis? —Guillem empezaba a tener una sospecha.

Abraham pensó durante unos segundos, intentando recordar con precisión.

—Tuvieron que ayudarme a bajarlo a la barca, y después a llevarlo hasta la playa. Aquellos asnos creían que estaba borracho y no pararon de hacer bromas groseras durante todo el trayecto, casi tuve que suplicar su ayuda.

—Veamos, Abraham. ¿Quién os ayudó a bajarlo a la barca? ¿Quién se acercó a él durante el trayecto hasta la playa? —El joven se aferraba a su disciplina de trabajo, guiando al anciano judío por los rincones de su memoria. «Debes empezar por el principio —le decía Guils—, con paciencia, no te descontroles, abandona toda especulación que creas cierta y aférrate a los hechos. Esto no es un trabajo para filósofos, chico, sino para artesanos.»

—Está bien, joven Guillem, procuraré ir en orden y no confundirme. Veamos: cuando lo bajamos a la barca, me ayudó el fraile más joven y dos miembros de la tripulación, uno de ellos muy fuerte y tosco. También me ayudaron D´Aubert y Camposines. Recuerdo que el viejo fraile despotricaba contra borrachos y judíos y se negó a prestarnos la más mínima ayuda. Incluso ya en la barca, se colocó lo más lejos posible de nosotros. Cuando llegamos a la playa, creo que me ayudaron los mismos y unos mozos de cuerda que esperaban para embarcar. En cuanto al trayecto, nadie se nos acercó. Yo sostenía a vuestro amigo mientras los demás nos contemplaban como a auténticos leprosos.

—Lo más probable es que el robo tuviera lugar al bajarlo o en la misma playa —interrumpió frey Arnau—. Tuvo que ser en un momento de confusión entre tanta gente, de lo contrario alguien se hubiera dado cuenta. Haced un esfuerzo, Abraham, quizá recordéis algo de utilidad.

—¡D´Aubert! —exclamó Abraham, excitado—, se quedó solo con Guils cuando yo buscaba ayuda para transportarlo a mi casa. Fui a hablar con Camposines y, al volverme, D´Aubert había desaparecido. Guils estaba tendido en la arena, solo, y aunque yo sólo estaba a unos pasos, le rogué que se quedara unos segundos con él.

—¿D´Aubert? ¿Quién es este hombre? —preguntó Guillem.

—Según él, un mercenario y no puedo negar que se esforzaba en comportarse como tal, ya sabéis, contando heroicidades y fantasías que nadie creía.

—¿Y pensáis que ocultaba algo?

—Es muy posible —respondió Abraham, pensativo—. Lo

único que os puedo decir, es que no me pareció que fuera quien decía ser. Se esforzaba demasiado en demostrar lo que nadie le pedía. No me caía bien, lo siento, me desentendí de su persona a los pocos días.

—Decidme, Abraham, ¿pasó algo durante la travesía que os llamara la atención? —siguió interrogando Guillem.

—Una tormenta espantosa que estuvo a punto de engullirnos a todos —contestó de inmediato el anciano—. Estuve convencido de que el Altísimo había decidido mi hora, jamás viví algo parecido, os lo juro.

Abraham quedó mudo por el recuerdo, nunca volvería a pisar una nave si podía evitarlo. De golpe, algo le vino a la memoria como un relámpago.

—Tuvimos un asesinato en Limassol, antes de embarcar.

—¡Un asesinato! —Guillem y frey Arnau habían soltado la exclamación al unísono, asombrados.

—Abraham, amigo mío, podríais haber empezado por ahí —le comentó el boticario. Pero todas las alarmas se habían encendido en el cerebro de Guillem.

—¿Recordáis los detalles, Abraham, o sólo oísteis rumores?

—Fuimos espectadores de primera fila, Guils y yo. El capitán D'Amato me rogó que, en mi condición de médico, le diera mi opinión sobre la muerte de un marinero cuyo cadáver había aparecido aquella misma mañana. Fuimos hasta allí y encontramos a Guils, que estaba examinando al muerto. Al principio no hallamos señales de violencia. D'Amato temía que hubiera muerto a causa de alguna enfermedad contagiosa, pero al rato, Guils me indicó una finísima marca en la base del cuello. Llegamos a la conclusión de que alguien había atravesado al infeliz con un estilete muy fino que casi no dejó marca. Guils me pidió que no dijera nada de ello y así lo hice. En realidad, no sé por qué, no le conocía de nada, pero era el único que me inspiraba confianza. Cuando el capitán se interesó por mis conclusiones, mentí y le dije que lo más probable era que hubiera muerto del corazón.

—Abraham —preguntó Guillem con cautela—, ¿se sustituyó el hombre asesinado, se buscó a alguien que hiciera su trabajo?

—Casi de inmediato. Estábamos a punto de partir y el capitán estaba furioso, la tripulación era escasa y no podía permitirse continuar con un hombre menos. Admitió al primero que se presentó.

—¿Y recordáis algo de ese nuevo tripulante?

—¡Oh, sí, desde luego! Fue uno de los que me ayudó con Guils. Se portó muy amablemente conmigo, incluso se ofreció sin necesidad de pedírselo.

Frey Arnau y Guillem se miraron con preocupación.

—Abraham, amigo mío, ¿recordáis cómo era, qué cara tenía? —Frey Arnau había hecho la pregunta con curiosidad y tacto, no deseaba alarmar a su viejo compañero.

—Era de mediana edad, no tan alto como Guils. Normal, un hombre corriente.

—¿«Normal, corriente»? ¿Qué demonios quiere decir esto? —La impaciencia volvía al ánimo de Guillem.

—Lo más posible, hermano Montclar —interrumpió de nuevo el boticario, lanzando una mirada de aviso al joven—, es que Abraham quiera decir que era de ese tipo de personas sin ningún rasgo característico que las definan. Caras y cuerpos anónimos hay muchos, ¿no es así, Abraham?

Frey Arnau sufría por su amigo, conocía su enfermedad y había notado las muestras de cansancio de éste ante el interrogatorio del joven. El día había estado lleno de emociones fuertes para su fatigado corazón, en una jornada excesiva para él. Guillem también percibía el agotamiento del anciano y decidió terminar. Tiempo habría para aclarar sus dudas. Sin embargo, era preciso empezar a tomar precauciones.

—Abraham —dijo en tono serio—, no podéis volver a casa por ahora. Éste es un asunto peligroso y alguien podría creer que sabéis más de lo necesario. No quiero arriesgar vuestra vida, ya hemos tenido bastantes muertos por hoy.

—Estoy totalmente de acuerdo —confirmó el hermano boticario—. Abraham se quedará aquí, conmigo, todo el tiempo que haga falta. No hay sitio más seguro en toda la ciudad que esta casa, nadie se atrevería a entrar.

—¿Y Guils? —preguntó el anciano judío en tono bajo.

—Hay que ir a buscarlo y darle una sepultura digna. Reconocer en su muerte lo que en vida no pudo manifestar a causa de su trabajo, enterrarlo como el magnífico templario que fue. —Frey Arnau había hablado con firmeza.

Guillem asintió en silencio, sabía exactamente lo que Bernard hubiera deseado y así lo manifestó.

—Bernard hubiera deseado descansar en Tierra Santa, en el desierto de Judea, junto al lugar donde reposa Alba, su mejor yegua árabe. Sentía un afecto especial por aquel caballo y juraba que tenía más corazón que la mayoría de personas que había conocido en su vida.

Abraham dio un respingo que casi lo hizo caer de la silla. Los dos hombres le miraron con asombro y cierta preocupación, Arnau creía que se trataba de un síntoma de su enfermedad. El anciano les explicó su sueño, al lado del moribundo Guils: un hermoso corcel blanco como la nieve, con su crin agitada al viento y con un relincho impaciente que atravesó sus oídos, despertándole.

Guillem estaba profundamente impresionado y contempló en la mirada de frey Arnau el mismo sentimiento. Finalmente el boticario habló.

—Posiblemente, el lugar donde enterremos al hermano Guils no sea importante. Lo que me transmite el sueño de Abraham es que él está donde quería estar, su alma ha vuelto al desierto que tanto amó, junto a su caballo blanco que le esperaba. Ambos ya están juntos de nuevo y nada volverá a separarles.

—Tenéis razón, Arnau. Estoy convencido de que soñé lo que Guils también soñaba y que ésta fue su manera de agradecer mi ayuda. Me regaló un sueño y un mensaje para su joven alumno, decirle que está bien, que no está solo en su viaje y que no debe preocuparse por él.

Ambos ancianos asintieron en silencio, mirándose con mutua comprensión. El mundo estaba tejido con hechos asombrosos y desconocidos, y uno de ellos los había convertido en espectadores involuntarios del milagro. Los dos sabían que la esencia misma del milagro no necesitaba comprenderse, únicamente contemplarse.

Guillem de Montclar observó a los dos sabios, con afecto. Entre ellos había encontrado el único consuelo que podían darle, el milagro de la esperanza. Lejos de desdeñar aquel sueño, le habían dado forma y consistencia, transformándolo en un mensaje de su querido Bernard. Una gran paz se adueñó de su interior, como un bálsamo que curara y aliviara sus heridas. Sabía perfectamente lo que tenía que hacer a continuación y dando unas breves instrucciones a los dos ancianos, salió de la Casa.

La noche caía sobre la ciudad y los grandes hachones encendidos iluminaban la fachada de la Casa del Temple. Más allá, la oscuridad levantaba su reino, y hacia ella se dirigió Guillem sin vacilar.

Capítulo IV

La Sombra

«¿Habéis estado en otra orden y pronunciado vuestros votos y vuestra promesa? Porque si lo hubierais hecho y esta orden os reclamara, se os despojaría del hábito y se os devolvería a esta orden, pero antes se os habría vejado lo suficiente y habríais perdido la Casa para siempre.»

Guillem de Montclar no tardó mucho en llegar a la casa de Abraham Bar Hiyya. Había tomado todas las precauciones para comprobar que no le seguían y que nadie vigilaba la casa del anciano. Buscó la llave que le había entregado el médico y abrió la puerta. Un penetrante aroma a hierbas medicinales le dio la bienvenida, aunque también pudo percibir otro olor que empezaba a apoderarse de la casa, el del inconfundible aroma de la muerte.

Encendió un candil que encontró cerca de la puerta, tal como Abraham le había indicado, para que un poco de luz despejara la oscuridad que lo rodeaba. Y cuando lo hizo, comprendió que alguien se le había adelantado. La casa estaba patas arriba, revuelta hasta en los más mínimos detalles, los escasos muebles del judío, tirados o reventados en el suelo y sus frascos medicinales convertidos en miles de fragmentos cristalinos que, a la tenue luz del candil, devolvían reflejos fantasmales que danzaban en las paredes.

Fue hasta la habitación donde yacía el cuerpo de Guils atravesado en el lecho, en medio de un revuelo de plumas y paja. Habían destripado el colchón hasta dejarlo sin forma y el sillón del anciano, en un rincón, era un amasijo de maderas y cuero. Guillem, abatido, contempló a su viejo compañero. El cuerpo estaba boca abajo, el rostro ladeado contra los restos del colchón y su único ojo, ya cerrado, parecía dormir ajeno al desastre. Era la imagen patética del desvalimiento. El joven se desplomó en una esquina de la destrozada cama, la cara inundada de lágrimas, sin necesidad de contener más sus sentimientos y estalló en sollozos. «Guils, mi buen maestro, finalmente te he encontrado, demasiado tarde, pero he conseguido encontrarte. Siempre me avisaste de este momento, desde el primer día, pero yo jamás te creí, convencido de tu naturaleza inmortal y eterna, de que nadie lograría atraparte. ¡Qué voy a hacer ahora, Bernard!» Las últimas palabras resonaron en toda la casa, en un gemido de impotencia y rabia, sin que nada ni nadie pudiera escucharlas ni contestarlas. Pero en la mente de Guillem retumbó una carcajada de Guils. «¡Vamos, muchacho, no te duermas, que pareces un saco de mierda en medio de un establo!» Allí estaba el potente vozarrón inundando su cabeza, riéndose de su ritmo lento y torpe, perdido en divagaciones estériles y llorando como un crío. «Esto no es filosofía, carcamal, si quieres ser filósofo te vuelves a Barberà, bien protegido entre los muros del convento. Despierta de una vez, Guillem, se trata de la vida y la muerte y es de tu querido pescuezo de lo que estamos hablando, no de metafísica barata.»

Como siempre, Bernard tenía razón. Cogió una de las sábanas, tiradas en el suelo, tapó el cuerpo de su maestro y empezó a trabajar metódicamente. Registró la casa, palmo a palmo, las ropas de Guils y el propio cadáver y no encontró nada que le fuera de utilidad. Salió a la calle para inspeccionar la situación y ningún movimiento alertó su instinto, todo parecía en calma.

Fue al pequeño jardín, detrás de la casa, donde Abraham le había indicado que encontraría una vieja carretilla y volvió a entrar. Vistió el cuerpo de Guils con lo más imprescindible para que el sentido del pudor protegiera a su compañero de miradas malintencionadas y después, con dificultad, acomodó el cadáver en la carretilla lo mejor que pudo. La corpulencia de Guils no ayudaba y cuando contempló a su mentor, en aquel miserable transporte, una oleada de sollozos volvió a inundarle la garganta. Estuvo tentado de cubrirlo con una manta vieja, pero no lo hizo, si alguien le hubiera visto habría pensado que llevaba a su compañero borracho de vuelta a casa, lo que no estaría mal a aquellas horas de la noche y con un cadáver a cuestas. A los oficiales reales del Castell Nou no les gustaban las historias extravagantes, eran más tolerantes con las algaradas de borrachos alborotadores.

Volvió a salir a la calle para dar un último vistazo, nadie debía advertir su presencia allí. Apagó el candil y lo devolvió a su lugar. Acto seguido, empujó la carretilla con su carga hacia la puerta entreabierta. Emprendió entonces una carrera apresurada y veloz, inquieto por el chirriante ruido de su transporte, buscando la penumbra más oscura de la calle y sin volver la mirada atrás, igual que un caballo con anteojeras, desbocado y sin freno.

En un instante, se encontró riendo como un loco. Guillem de Montclar, caballero del Temple, aunque nadie lo diría por su aspecto, corriendo calle abajo con una ruidosa carretilla y con el cadáver de su mejor amigo, hecho un guiñapo, como si mil de los peores demonios del abismo le persiguieran con saña.

Frey Arnau, en el portón de entrada de la Casa, estaba vigilante y alerta. No necesitó ninguna consigna especial ni contraseña, el espantoso chirrido de hierros oxidados corriendo a toda velocidad precedía la llegada del joven en medio de la noche. Cuatro hermanos estaban a sus espaldas, con las armas en la mano, dispuestos a solucionar cualquier contratiempo imprevisto. Nadie hizo preguntas, a pesar de la perplejidad en sus rostros al hacerse cargo del cadáver de Guils y de su ruidoso transporte. Guillem, apoyado en la puerta cerrada, respiraba con dificultad, todavía atormentado por convulsiones entremezcladas de risa y llanto, como si el cuerpo humano, llevado al límite, necesitara de los extremos para recuperar de nuevo el punto medio.

Frey Arnau, apenado, lo contemplaba sin intervenir.

—Necesitáis descansar, muchacho, tomaos un respiro.

Guillem le miró mientras intentaba recuperar la respiración y controlar los frenéticos latidos de su corazón a punto de estallar. Su mirada fija pero extraviada inquietó al boticario.

—¿Todo está en orden, Guillem?

—Nada ni nadie está en orden en este maldito mundo, hermano. Alguien ha entrado en casa de Abraham antes que yo y lo ha revuelto todo, como si un huracán hubiera pasado por allí en su ausencia. Mucho me temo que no podrá volver en un largo tiempo. Abraham va a necesitar toda la protección de la orden si quiere seguir vivo.

—Por cierto, quiere hablar con vos, ha recordado algo y dice que es muy importante.

Más recuperado, Guillem se encaminó a las habitaciones del boticario, seguido por éste, todavía preocupado por el estado del joven. Abraham estaba inclinado sobre unos pergaminos que observaba con atención, cuando entraron en la estancia. Se alegró de ver a Guillem sano y salvo, aunque mostró una gran preocupación al enterarse de las últimas noticias, la idea de que alguien hubiera perturbado la intimidad de su casa le producía una profunda inquietud.

—Mi buen muchacho, ¿qué es lo que tengo que hacer ahora? Mi casa es lo único que poseo y no deseo comprometer a mi comunidad en este problema, ya tiene suficientes.

Frey Arnau asintió a las palabras de su amigo, conocía las dificultades y los malos tiempos que se cernían sobre la comunidad judía. Tomando a Abraham por el brazo le tranquilizó.

—Lo he estado pensando, amigo mío, y creo que lo mejor es que os alejéis de la ciudad una temporada. Dentro de unos días, sale un destacamento de los nuestros hacia el Rosellón, a la encomienda del Masdeu. Iremos con ellos y pondremos distancia al problema.

—Mi buen amigo Arnau. —Abraham parecía conmovido por la generosidad de su compañero—. Vos no tenéis que emprender este viaje; no podéis abandonar vuestras obligaciones y no quiero implicaros más, con uno que esté en peligro es suficiente.

Guillem intervino, interrumpiendo a frey Arnau que ya se preparaba para lanzar un discurso.

—Ambos debéis marcharos, de eso no hay duda alguna, los

dos sabéis demasiado y si os quedarais, representaría un problema para mí porque no puedo garantizaros una protección total. Y creedme si os digo que este asunto es realmente peligroso. La muerte de Guils es buena prueba de ello.

—Se acabó la discusión, Abraham, el muchacho tiene toda la razón del mundo. Y ahora, decidle lo que habéis recordado y os tiene tan preocupado.

—Bien, procuraré ser lo más preciso que pueda. Veréis, Guillem, no sé si para vos tendrá algún sentido lo que os voy a contar y tampoco estoy seguro de que todo ello no sea más que producto de alucinaciones del pobre Guils, pero bueno, en los últimos momentos de su agonía, recobró el conocimiento, gritó vuestro nombre y después, al reconocerme, me rogó que me pusiera en contacto con el Temple, me dijo que os haríais cargo del problema y después...

—¡Después, qué! —Guillem casi gritaba, cosa que le valió una mirada de reprobación del boticario.

—Después me dijo que tenía que avisaros de una sombra. —Abraham respondió velozmente, casi avergonzado.

—¿Una sombra? —preguntaron sus interlocutores a la vez.

—Sí. Exactamente, debía avisaros de una sombra. «La sombra que surgiría de la oscuridad», eso dijo. Después murió.

Los tres hombres se quedaron en absoluto silencio, cada uno inmerso en sus propias cavilaciones, intentando dar un sentido lógico a las últimas palabras de Guils. ¿Una sombra? ¿Una sombra surgiendo de la oscuridad? «Evidentemente —pensaba frey Arnau—, toda sombra que se precie debe salir de la oscuridad para manifestarse... qué extraño galimatías.»

Guillem no salía de su asombro. ¿Qué demonios quería decirle Bernard con aquellas palabras, qué mensaje intentaba transmitirle? Parecía claro que era una señal de alerta, pero ¿de qué le prevenía? «Sombra» no era una palabra que entrara en el código secreto que ellos utilizaban, y que el propio Guils le había enseñado. ¿Sombra y oscuridad? ¿Qué significaba todo aquello?

Abraham intentaba recordar cualquier detalle que le hubiera pasado por alto, cualquier minucia que ayudara a clarificar aquel enigma, pero todo había ocurrido tan rápido que, incluso ahora, se veía incapaz de asumir que no fuera más que el producto de un mal sueño, una pesadilla atroz de la que despertaría en cualquier momento, en su casa, en su sillón favorito. Pero ya no tenía casa adonde ir y se veía obligado a huir como un delincuente. Notó que el miedo había hecho un cómodo nido en su interior y no tenía intenciones de abandonarlo, más bien al contrario, crecía a cada minuto que pasaba.

—Bien, lo tendré en cuenta —reaccionó Guillem, con expresión dubitativa—. Aunque no le encuentro significado, pensaré en las palabras de Bernard y actuaré con prudencia. Pero ahora debemos descansar, Abraham, aunque sólo sean unas horas, todos estamos agotados por los últimos acontecimientos y es difícil pensar en este estado.

—Reconozco que ha sido excesivo para mí —convino el anciano judío con el cansancio reflejado en el rostro—. Mañana será otro día y pensaremos con más claridad. Confieso que no podría seguir ni un segundo más, mi salud no es buena.

Frey Arnau se mostró totalmente de acuerdo, el peso de las emociones también le afectaba. Comentó que se ocuparía de Abraham y salió en busca de algo que comer, no sin antes señalar que no olvidaría las medicinas del anciano.

—¡Señor, las medicinas! —susurró Abraham—. Ni siquiera he recordado que debía tomarlas, creo que incluso he olvidado que estoy enfermo. Siento mucho no haber podido hacer algo más por vuestro compañero, Guillem.

—Hicisteis lo humanamente posible, Abraham, no permitisteis que muriera solo, abandonado en la playa, como un fardo de mercancía olvidado. Y eso fue importante. Pero debéis cuidaros. No sabía que estuvierais enfermo y lamento haberos presionado tanto con mis preguntas. Espero que me perdonéis.

—No hay nada que perdonar, muchacho, mi salud es la propia de mi edad y me alegra poderos ayudar en lo que sea. No dudéis en presionarme si este viejo judío todavía os sirve de auxilio.

Guillem se despidió con afecto del anciano y salió de la habitación. Andaba despacio, hacia el gran patio de armas, el corazón de la Casa. Necesitaba aire fresco y soledad para pensar y ordenar sus pensamientos. Todo era excesivamente confuso y las emociones todavía dominaban su alma. Tenía que poner orden, situar cada pieza en el lugar correspondiente y prescindir de lo superficial. En una palabra, aferrarse a los hechos, y uno de ellos era la muerte de Bernard Guils. ¿Por qué había muerto? Alguien quería apoderarse de lo que llevaba, no había otra razón. Sabían que no podían robarle fácilmente, no a Guils, no al mejor. Necesitaban matarlo antes y eso indicaba que le conocían, que sabían quién era. Pero ¿veneno? ¿En una nave en que casi todos compartían la comida, en que cualquier irregularidad alertaría a Bernard? ¿Cómo se lo habrían suministrado sin levantar sus sospechas? Era muy desconfiado y precavido, y en sus largos años de servicio acumulaba una gran experiencia. ¿Cómo lo habían hecho?

¿Y cuál había sido el momento del robo? Averiguarlo determinaría a los posibles sospechosos, a los que se encontraran más cerca de él y tuvieran la posibilidad de sustraer aquel misterioso paquete. Hay que empezar desde el principio, pensó, buscar a todos los que estuvieron cerca de Guils, oír sus versiones. Alguien tenía que haber visto algo, por estúpido que fuera, algo a lo que no había dado la menor importancia y que, sin embargo, la tenía.

Iniciaría sus investigaciones por la mañana. Necesitaba descansar y dejar de pensar, de dar vueltas y vueltas sobre el mismo eje sin llegar a parte alguna. Pensó en pasar unos instantes por la capilla de la encomienda pero desistió. De nada serviría alargar aquel interminable día y era mucho mejor dormir en una cama que en un banco de la iglesia. No, dejaría los rezos para el día siguiente, con la mente clara y el cuerpo a punto. «Si tu vida depende de una oración, reza, pero si depende de ti, cosa harto frecuente, olvídate de letanías y mueve el culo, chico.» Máxima número dos mil quinientas treinta, del interminable libro de instrucciones de Bernard Guils, pensó Guillem con una triste sonrisa.

—¡Maldita sea, Bernard, no voy a poder sacarte de mi cabeza en lo que me resta de vida!

A la mañana siguiente, después de un sueño reparador y un buen desayuno en la cocina del convento, Guillem de Montclar se encaminó, con paso decidido, hacia el barrio marítimo. Antes de salir, había preguntado por frey Dalmau, el oficial templario encargado de los asuntos comerciales de la zona del puerto y le habían contestado que ya había salido hacía unas horas y que le encontraría allí.

La mañana aparecía gris y sobre la ciudad caía el peso de oscuros nubarrones que amenazaban lluvia. Guillem husmeó el aire, inspirando la fría humedad, y apretó el paso en tanto su mente ordenaba el plan del día. La amenaza de lluvia no influía en la actividad del barrio, en pleno rendimiento, con una muchedumbre deambulando en todas direcciones. El joven pensó que éste constituía un magnífico lugar para pasar desapercibido, aunque cambió de idea al observar los penetrantes ojos de frey Dalmau clavados en él desde la distancia. No había nada que escapara a la observación de aquel hombre, habituado a distinguir lo que le interesaba entre una multitud. Se acercó a él, lentamente, con una sonrisa irónica ante la agudeza visual de su hermano.

—Buenos días, frey Dalmau, empezáis muy pronto el día.

—Buenos días, hermano Guillem. Por lo que parece, el tiempo está bien repartido, unos empezamos al alba y otros lo acaban empujando una carretilla.

—Las noticias corren muy rápido en la Casa.

—Ya sabéis, hermano, lo mucho que le gusta al Temple estar bien informado y esto debe contagiarse a sus miembros. Últimamente estábamos un poco aburridos y la verdad, todos preferiríamos seguir aburridos si con ello evitáramos la muerte de uno de los nuestros. Pero no os haré perder el tiempo con palabrería. Decidme en qué puedo ayudaros.

—Quería que me indicarais dónde puedo encontrar al tal Camposines, el comerciante del que me hablasteis.

—¿Camposines? Con gusto lo haré, aunque dudo de que él os pueda ayudar demasiado. El problema de los comerciantes, un problema que ellos consideran virtud, es que su mirada pocas veces se aparta de su mercancía y me parece que no estáis interesado en pigmentos para el tinte.

—Frey Dalmau —rogó Guillem con una sonrisa—, por algo hay que empezar y en mi situación cualquier camino es bueno.

—¿Tan mal andamos? —Dalmau lo observaba con atención, intentando encajar al joven en su particular escala de valores—. Veréis, muchacho. Ayer, cuando la barca arribó a la playa y dejaron a Guils tendido en la arena, me fijé en un detalle un poco extraño que quizás os sirva de algo.

—¿De qué se trata?

—Cuando Abraham hablaba con Camposines, vi que el hombre que se había quedado con Guils se largaba, y uno de los miembros de la tripulación se acercó al enfermo como si estuviera interesado en su estado. Pero no era interés por su salud lo que demostró. En realidad, hizo un registro completo de Bernard, con unas manos realmente rápidas y educadas en estos menesteres. Y esto no es lo más extraño…

—Me tenéis en ascuas, hermano Dalmau. —El joven estaba nervioso ante la precisión de los recuerdos del administrador.

—No perdáis la paciencia, muchacho. Después del registro, el individuo se levantó de un salto, parecía muy sorprendido y enfadado. Miró a su alrededor, luego a Guils y, cuando estaba seguro de que nadie lo observaba, le pegó un brutal puntapié al hermano Guils, que gracias a Dios estaba inconsciente. Después se largó en dirección al barrio de Santa María, hacia la Ribera. ¿Qué opináis?

Guillem se había quedado sorprendido ante la historia y no acababa de comprender el significado de aquello. Frey Dalmau, el administrador, viendo su desorientación, continuó:

—Escuchad, lo que quiero decir es que este hombre buscaba algo y estaba convencido de que lo tenía Guils. Cuando no lo encontró, se sorprendió y enfureció hasta el extremo de desahogar su frustración en un pobre moribundo, arriesgándose a ser visto por alguien. Y lo que es más, me he enterado esta mañana de que ese tipo se ha largado, dejando plantado al capitán D´Amato. El veneciano está de un humor de perros buscando un sustituto para poder largar amarras. ¿No lo encontráis interesante?

Guillem pensó unos segundos antes de contestar, empezaba a comprender el hilo conductor que le brindaban.

—Indica que lo que quería este individuo, fue robado a Guils antes de llegar a la playa. No se os escapa nada, frey Dalmau, me extraña que la orden no os haya dado un trabajo como el mío.

Dalmau lanzó una carcajada. Le gustaba aquel chico.

—Porque esta misma habilidad es lo que salva al Temple de los malos negocios, Guillem, y ya sabéis que sin buenos negocios estamos perdidos.

Guillem se contagió del buen humor del administrador y ambos rieron de la mala fama mercantilista que tenía su orden.

—Me recordáis los chistes malos de un buen amigo.

—Os comprendo, yo también conocía a Guils y muchas de mis ocurrencias son fruto de su ingenio, que no del mío. Juntos, nos habíamos reído mucho en Palestina, luchando codo con codo. Cuando le vi desembarcar en aquel estado, a punto estuve de correr a su lado, pero no lo hice, no le hubiera gustado que le descubriese y me quedé aquí, paralizado e impotente, viendo cómo Abraham se lo llevaba. Mandé recado urgente a la Casa de lo que estaba pasando.

—Desconocía que Guils tuviera buenos amigos en la Casa, pero os comprendo. No hubierais podido hacer nada por él, nadie podía ya hacer nada..

—Podría haber estado a su lado, Guillem, compartir su soledad en el último momento. Podría haber dado una paliza de muerte al individuo que le pegó un puntapié y llevarlo a rastras hasta la Casa para que explicara su indigna conducta. Fijaos en las cosas que hubiera podido hacer, y no hice nada. Ya veis, hermano Guillem, que yo os puedo explicar mis problemas, en tanto que vos y Guils no podéis compartir nada, ésa es la diferencia. Un trabajo solitario el vuestro.

Guillem asintió, el administrador había descrito su trabajo con una sola palabra: soledad. Sin Bernard, esta soledad se hacía irrespirable y sólo entonces se dio cuenta de lo que su muerte representaba para él, y comprendió el intenso miedo que sentía en su interior.

—Debéis encontrar a D´Amato, muchacho. Ignoro si el individuo del que os he hablado pueda ser el asesino de Guils, pero es un buen sospechoso, mucho mejor que Camposines.

—¿Y cuál es el mejor lugar para encontrar al capitán veneciano?

—Yo recorrería todas las tabernas del puerto. Seguro que lo encontráis en una de ellas, borracho o buscando tripulante nuevo, o ambas cosas a la vez.

Guillem agradeció su valiosa ayuda y Dalmau prometió tener los ojos bien abiertos y los oídos prestos a cualquier rumor interesante. Ya estaba a punto de marcharse, cuando se dio la vuelta de repente.

—¿Frey Dalmau, tiene para vos algún significado la palabra «sombra»?

Se arrepintió de la pregunta ante la sorprendente reacción de frey Dalmau. Su cuerpo se tensó, rígido como una vara, y su expresión pacífica se transformó en una mueca de ira y miedo.

—Escuchad, muchacho, ésta es una pregunta peligrosa y debéis ser prudente al hacerla. Ahora no es momento de hablar, pero quiero saber dónde la habéis oído y en qué circunstancias. Nos veremos esta noche, en la Casa, en la habitación de Arnau y charlaremos. Ahora marchaos y buscad a D'Amato. Averiguad todo lo que podáis sobre aquel hombre de la tripulación.

No era un simple comentario, era una orden y eso asombró a Guillem. Frey Dalmau todavía conservaba aquella expresión de rabia contenida, como si algo hubiera removido un poso profundo y espeso. El joven se preguntó qué podía causar aquella reacción. ¿De qué se enteraría aquella noche? Necesitaba la guía de Bernard, su experiencia y seguridad, sin él se sentía perdido. Apartó aquellos pensamientos, que sólo aceleraban el miedo que sentía de no estar a la altura de las circunstancias. Fuera lo que fuese lo que el hermano Dalmau tuviera que contarle, tendría que esperar. Mientras tanto, tenía mucho trabajo que hacer.

Inició su recorrido en busca del veneciano por las tabernas del puerto, y a la sexta lo encontró. Estaba ante una mesa, con una jarra de vino y cara de pocos amigos. Guillem se acercó a él.

—¿Me permitís invitaros a una ronda, capitán? —El joven se sentó a su lado, sin esperar la respuesta.

—¿Qué ocurre? ¿Acaso os interesa el trabajo? Porque si no es así, os juro que no deseo perder el tiempo. —La voz de D'Amato empezaba a tener la misma textura del vino barato que consumía.

Guillem puso una bolsa de cuero encima de la mesa y sonrió al hombre.

—Vaya, vaya…, está claro que el trabajo no os interesa. Pero algo habrá de vuestro interés para que esta bolsa acabe en mis manos, ¿no es así? —La mirada del veneciano había quedado fija en la pequeña bolsa de cuero, calibrando su peso, el tipo de moneda que podía contener, su tacto.

—Un poco de información, nada más —contestó Guillem.

—Mientras el peso de la bolsa y el de la información estén en equilibrio, procuraré complaceros. —El veneciano pidió otra ronda, observando a su interlocutor con interés—. Dejadme adivinar…, seguro que os interesa uno de mis pasajeros, uno que llegó medio muerto a la playa. ¿Me equivoco? ¿Acaso era vuestro padre?

—Os equivocáis, capitán, mi padre hace tantos años que está muerto que ni recuerdo su cara. Tampoco sé nada de ningún moribundo, ni me interesa. Lo que deseo saber es todo lo que sepáis acerca de uno de los miembros de vuestra tripulación, uno que recogisteis en el puerto de Limassol, en una de vuestras paradas.

—¡Ese malnacido, hijo de Satanás! Maldita sea su estampa —aulló D'Amato en un arranque de cólera. El color de su rostro subió varios tonos, pasando del rojo al escarlata—. ¡Ha desaparecido, me ha dejado plantado, varado en esta maldita ciudad! Nunca debí fiarme de él. Desde el primer día supe que era un maldito traidor, escoria. ¿A vos, qué os ha hecho?

Guillem meditó la respuesta, pues no quería que el veneciano relacionara a Guils con aquel asunto.

—Estafó a un comerciante de Chipre y huyó. Me han contratado para llevarlo de vuelta, de la manera que sea. Ya conocéis las malas pulgas de los mercaderes chipriotas. No sé demasiado del asunto ni me importa, pero creo que la hija de ese comerciante tiene algo que ver.

—O sea, que es un maldito estafador que utilizó mi barco para huir. No me extraña la prisa que tenía por abandonar Limassol. Y no me sorprendería que también fuera un criminal. El hombre al que sustituyó apareció muerto, asesinado.

—¿Asesinado? —Guillem sólo parecía mostrar una indiferente curiosidad.

—Eso he dicho. Uno de mis pasajeros, un médico judío, comentó que había sido del corazón, pero… ¡ca!, ni hablar. Aquel bergante tenía una salud de hierro. Además, vi la mirada de aquel mercenario, el tal Guils, el moribundo de la playa, cuando estaba examinando el cadáver. ¡Menuda ralea de pasajeros, sólo me faltaban ellos, otro hatajo de escoria!

—¿Ese tipo, el estafador, os provocó problemas durante el viaje? —El joven tanteaba el terreno, sin prisas, un excesivo interés pondría al veneciano en guardia.

—¿Problemas? Amigo mío, no paró de crear conflictos durante toda la travesía. Estaba donde no tenía que estar, que es lo peor que se puede hacer en una embarcación, no tenía ni idea de hacer el nudo más sencillo, era un inepto. Llegué a la conclusión de que se había embarcado por algún motivo oscuro.

—¿Qué queréis decir?

D'Amato se acercó a él, en tono confidencial. El fuerte olor a vino, en oleadas, llegaba hacia el olfato de Guillem.

—Observé que no le quitaba el ojo a uno de los pasajeros, ese tal Guils del que os hablaba. Desatendía todas sus obligaciones para estar lo más cerca posible de él, cualquier excusa era buena si lo acercaba a ese hombre, pero se dio cuenta de que yo lo vigilaba, de que no me engañaba, y entonces intentó disimular su interés. Pero eso no es posible con Antonio d'Amato, amigo mío, no soy tonto. Pensé que quería robarle, pero ya me diréis qué demonios iba a robar a un mercenario como aquél.

—No tengo la menor idea —le contestó Guillem apurando su jarra y pidiendo otra ronda. Se había percatado de que la bebida aflojaba la lengua del veneciano—. De todas formas, capitán, es un comportamiento extraño para un ladrón.

—Vamos, compañero, no seáis ingenuo, ése tenía de ladrón lo que yo de genovés. No sé si estafó a vuestro patrón, pero de lo que estoy seguro es que buscaba alguna cosa y os juro que no debía de ser nada bueno. ¡Fijaos que incluso he llegado a pensar que tenía algo que ver con la enfermedad del tal Guils, el mercenario, quizás hasta con su muerte!

—¡Otro asesinato! Creí que me habíais dicho que este hombre no había muerto, que estaba enfermo pero vivo.

—Se rumoreó que estaba borracho, pero os puedo asegurar

que eso no es cierto. Era un hombre extraño pero no un borracho. Y estaba muy enfermo. Vos no le visteis la cara cuando desembarcó, pero os juro que era el rostro de un muerto.

D´Amato se persignó tres veces para alejar los malos espíritus y continuó en tono enigmático.

—Os lo contaré porque me caéis bien, compañero. Un día, durante la travesía, encontré a ese malnacido repartiendo las raciones de agua, y ése no era su trabajo. Cuando se dio cuenta de que lo había visto, salió corriendo. Al principio pensé que, como siempre, estaba eludiendo sus tareas, más duras, desde luego, pero después…, cuando ese hombre se puso tan enfermo, no dejaba de pensar en el día que lo había visto trasegar con el agua.

—Pero ¿por qué haría una cosa así? —preguntó Guillem.

—¡Ja!, por cualquier buena cantidad de oro, amigo mío —le respondió el veneciano, convencido del valor del metal—. ¿Por qué otra razón había de ser? Ha sido una travesía de pesadilla, con problemas con la tripulación y con los pasajeros… y, ahora que recuerdo, también hemos tenido un ladronzuelo, un auténtico profesional el tal D´Aubert, siempre con la mano metida en bolsa ajena. Con mis propios ojos contemplé cómo desvalijaba a uno de los frailes sin que éste se diera cuenta. Unas manos rápidas y limpias, sí señor, en el último momento y a punto de desembarcar y ¡zas!, la bolsa del fraile ya estaba en otras manos.

Guillem insistió en pagar una nueva ronda, aunque ya sabía todo lo que tenía que saber. Había vaciado al veneciano de toda la información necesaria. Sin embargo, todavía se quedó un rato con él, escuchando sus diatribas contra marineros y pasajeros, pisanos y genoveses. Mientras D´Amato hablaba, algo se iba perfilando en sus pensamientos. Ya se despedía, cuando le preguntó por D´Aubert.

—¿Sabéis adónde ha ido?

—Se fue corriendo como un conejo, antes de que se llevaran a Guils. Estaba en la playa, rondando como un hurón y vigilando cualquier descuido para sacar ganancia. No me extrañaría que hubiera desvalijado al propio moribundo, aprovechando que estaba medio muerto ¡Ralea de malditos cobardes!

Guillem salió de la taberna. Las piezas iban encajando poco a poco. Pensó entonces que era posible que D´Aubert hubiera robado a Guils en la playa, aprovechando el momento en que Abraham hablaba con Camposines, y que después huyera. O quizás, antes de desembarcar. Si había robado al fraile, era probable que hubiera probado suerte con un hombre gravemente enfermo. Y después había llegado el otro, convencido de encontrar algo que ya no estaba en su lugar.

Algo por lo que estaba dispuesto a matar. No tenía ni idea de lo que Guils transportaba, pero estaba seguro de que si D´Aubert lo había robado, estaba en un grave peligro de muerte. O sea que se imponía encontrar al ladrón, antes de que el asesino de Guils diera con él. Al mismo tiempo que reflexionaba, descubrió una manera para controlar su miedo, incluso para hacerlo desaparecer. Un nuevo sentimiento le exigía encontrar al asesino de Guils y matarlo con sus propias manos. En su ánimo cobraba fuerza una sensación desconocida, que iba a convertirse en su compañera durante un tiempo.

Recorrió de nuevo todas las tabernas del barrio marítimo, en busca de D´Aubert, sin encontrarlo. De vuelta, vio a Ricard Camposines hablando con unos hombres y aprovechó la casualidad, como si la mano del destino le auxiliara en su camino. Quizá tenía razón frey Dalmau, y el comerciante no podría ofrecerle ningún dato de interés, pero valía la pena intentarlo y, sin pensárselo dos veces, se dirigió hacia él.

—Buenos días, señores —se presentó—. Quisiera hablar unos momentos con el señor Ricard Camposines, si fuera posible. No quisiera interrumpir su trabajo.

Camposines se adelantó un paso hacia Guillem, intrigado y a la vez asustado de que éste fuera uno de los representantes de sus acreedores, impacientes por recobrar sus beneficios antes de tiempo.

—Soy Camposines. Supongo que os envían por el asunto del préstamo, pero antes tengo que cerrar el trato, ayer mismo llegué y…

—No, no me envía ningún prestamista, no os preocupéis. Soy un amigo de Abraham Bar Hiyya y de Bernard Guils, vuestros compañeros de viaje, y sólo quisiera haceros unas preguntas, nada más. Si estáis ocupado en estos momentos, volveré más tarde, en cuanto podáis.

—¡Dios Santo! —exclamó aterrorizado el comerciante—. Sois un oficial real. Os aseguro que yo no sé nada.

Al joven le costó tranquilizar al agitado Camposines, presa del pánico ante cualquier conflicto que estorbara su negocio. Le explicó, con suavidad, que era amigo de Guils y que su única pretensión era saber qué había pasado y cómo, y que no tenía ningún interés en perjudicarle. Le llevó a la posada del alfóndigo, con palabras tranquilizadoras, y le invitó a una jarra de vino, comprobando que el comerciante se calmaba poco a poco.

—Y bien, ¿cómo está vuestro amigo? —preguntó.

—Murió ayer, en casa de Abraham, amigo mío. —Guillem le miraba con simpatía y preocupación, esperando su reacción ante la noticia.

Camposines empezó a temblar, como si un frío glacial hubiera atravesado las puertas de la posada, bebiendo la jarra de un golpe.

—¡Dios Santo, Dios Santo, me lo temía! Estaba muy mal al desembarcar, hice lo que pude, no podía dejar la mercancía, yo…

—Calmaos, por favor, nadie os está acusando de nada malo. Hicisteis lo que creísteis correcto, ayudasteis a Abraham, no podíais hacer nada por Guils.

—¿Lo creéis realmente? —Una sombra de duda se extendía por el rostro del comerciante, entristeciendo sus facciones, y Guillem se apiadó de él.

—Estoy convencido de que actuasteis correctamente, y Abraham os agradece mucho vuestra ayuda. Si he venido a hablar con vos, es simplemente porque he pensado que a lo mejor podríais darme noticias de uno de los otros pasajeros.

Camposines parpadeó con sorpresa. Había temido que aquel joven viniera a pasarle cuentas por su cobardía, porque así se sentía, un cobarde que había abandonado a su suerte al viejo judío y a su pesada carga.

—¿De quién me estáis hablando?

—De un tal D´Aubert. Me han contado que robó a uno de los frailes que os acompañaban, y es posible que también robara a Guils cuando éste enfermó.

—¡D´Aubert robó a uno de los dominicos! —Por un momento, la sonrisa inundó la cara de Camposines—. Tenéis que perdonarme, joven, pero uno de estos frailes era realmente desagradable y me estaba imaginando su cara al descubrir el robo. Pero, en fin, no me extraña. D´Aubert era una mala pieza, espero no tener que volverle a ver en mi vida. ¿Sabéis que me lo encontré, más de una vez, rondando mi mercancía en la bodega de la embarcación? Si os he de ser sincero, no le saqué el ojo de encima en todo el viaje, no me fiaba de él.

—¿Lo habéis visto después del desembarco?

—¡Qué casualidad, joven! Precisamente, estábamos hablando de él cuando vos llegasteis.

—Continuad, amigo Camposines, os escucho.

—Veréis, me han contado que el tal D´Aubert se ha pasado el día en el alfóndigo buscando a alguien que dominara el idioma griego. ¿No os parece extraño? Un iletrado ignorante como él, en busca de un traductor de griego. Seguramente está tramando algo y por lo que sabemos, no será nada bueno.

Ya calmado, Camposines se lanzó a narrar su difícil y complicado viaje por tierras lejanas, en busca de sus exóticos pigmentos. Guillem le escuchó durante un rato, interesándose por sus problemas y después se levantó para marcharse. Se despidieron como dos buenos amigos y el comerciante se ofreció a darle toda la ayuda necesaria, e insistió en que contara con él, y se reafirmó en que sentía profundamente la muerte de Guils.

Guillem se encaminó de nuevo hacia la Casa del Temple. La fina lluvia que había caído durante el día, lo tenía empapado y necesitaba cambiarse y comer algo. Ya había recogido bastante información y era momento de ordenarla, de buscar el lugar correspondiente a cada hecho. Meditaba acerca de las palabras de Camposines. ¿Un traductor de griego? ¿Para qué necesitaba un ladronzuelo como D´Aubert a alguien así? Existía la posibilidad de que hubiera robado al fraile una carta o documento escrito en esta lengua, pero ¿qué valor podía tener para lanzarse a la busca de un traductor, de manera tan indiscreta? ¿O quizás era algo que guardaba relación con Bernard Guils? ¡Qué demonios sería lo que llevaba! Nadie le había comunicado la naturaleza del paquete que transportaba, sólo su importancia.

Todo el asunto era cada vez más confuso y su mente no dejaba de dar vueltas y más vueltas, intentando encontrar un hilo conductor que lo guiara. Sin embargo, no conseguía poner en orden la información conseguida. Lejos de clarificar los hechos, los oscurecía todavía más. Personas y datos tejían un complicado laberinto y cuanto más avanzaba, más perdido se sentía.

«Bien —pensó—, frey Dalmau me espera esta noche y es posible que descubra el mensaje de Bernard, acaso sea la solución a todo el enigma, una especie de código secreto que desconozco. Pero si Guils intentaba mandarme una señal de peligro, ¿por qué no utilizar una clave conocida por ambos? Guils, mi buen maestro, me has abandonado en medio de este monumental laberinto lleno de sombras, ladrones y traductores de griego. No estoy preparado para esto, todavía no.» Estaba cansado y harto. Aquel trabajo, sin Bernard, perdía todo su sentido, toda su razón de ser.

Capítulo V

Frey Dalmau

«¿Tenéis alguna deuda contraída con algún hombre del mundo que no podáis pagar vos mismo o vuestros amigos, sin la ayuda de la Casa? Porque se os despojaría del hábito, se os entregaría al acreedor y la Casa no sería responsable de la deuda.»

*L*a muerte de Bernard Guils era ya una noticia en la Casa de Barcelona y los preparativos para su entierro se aceleraban. Su desaparición había creado inquietud entre los miembros de la milicia. Nadie sabía, con exactitud, la causa de su muerte y los rumores añadían más misterio a su asesinato. Muchos de los hermanos, sobre todo los más jóvenes, se preguntaban qué hacía Guils, sin hábito e irreconocible como templario, en casa de un judío. Para ellos, Bernard era una leyenda nacida de sus gestas en Tierra Santa, un fiero lugarteniente del Temple de Acre al que muy pocos habían conocido personalmente. Nadie podía explicar la verdadera naturaleza de su trabajo y aunque las sospechas se extendían y la palabra «espía» se repetía en voz baja, todo aquello no dejaba de pertenecer al terreno de la duda.

Lo mismo sucedía con el joven Guillem, su compañero. También sin hábito, totalmente rasurado, no asistía a los actos litúrgicos y entraba y salía de la Casa siempre que le placía. Sin embargo, no se le conocía un historial heroico que le significara entre sus hermanos y por ello, muchos de ellos pensaron que era un simple criado, quizás un sargento de los muchos que tenía el Temple. Pasó a ser el chico de Guils, simplemente, le clasificaron y dejaron de notar su presencia. Era cierto que esta situación favorecía el especial trabajo de Guillem, pero aquella indiferencia le irritaba. «Si quieres tu capa blanca, olvídate de este trabajo, muchacho», Bernard se lo había repetido en muchas ocasiones, siempre que percibía en los ojos de su alumno aquel brillo especial al contemplar el perfecto orden de un destacamento de templarios, en marcha hacia algún lugar.

Debido a esta extraña situación en que se encontraba, se sorprendió cuando uno de los hermanos, ya entrado en años, se acercó a él para expresarle su condolencia por la muerte de Guils. Conmovido ante el sincero pesar de aquel hombre ya entrado en años pero todavía corpulento, sintió un profundo agradecimiento hacia el hecho de que alguien le tratara como a un igual y le reconociera a pesar de su aspecto.

Pero no podía perder el tiempo en disquisiciones mentales para aliviar su maltratado orgullo, le esperaba una cita con frey Dalmau, una explicación lógica a la reacción de éste ante su pregunta acerca de «la sombra». Recordó la expresión del administrador templario ante la palabra, el destello de furia en su mirada. Aquello le había intrigado y se preguntaba qué podía causar tanta rabia en un hombre aparentemente tranquilo como él.

Repasaba mentalmente los últimos acontecimientos, en tanto se encaminaba hacia las habitaciones del boticario. Era imprescindible averiguar la naturaleza del objeto que Guils transportaba con tanto celo, estaba seguro de que le ayudaría a clarificar el sentido de su investigación. Si era motivo de tanta sangre derramada, debía saber a quién beneficiaba su desaparición, descubrir quién se escondía tras el delito y a quién favorecía, porque de sobras conocía que el instigador, el verdadero culpable, se halla siempre cercano al crimen. Pero ¿qué demonios llevaba Bernard y a quién preguntárselo? Poco a poco, se daba cuenta de que lo ignoraba casi todo de Guils. ¿A quién obedecía? ¿Quiénes eran sus superiores inmediatos? No sabía nada. Él se limitaba a obedecerle, a seguirle, pero ¿quién marcaba el ritmo a Bernard? No tenía ni la más remota idea. Casi nunca compartían información con los comendadores del Temple que se encontraban en la realización de sus misiones, aunque hallaban una completa colaboración, sin preguntas, todos parecían saber que no tendrían respuestas. Entonces, ¿a quién recurrir en un momento como éste, con quién hablar y con quién no?

La muerte de Guils le había dejado incomunicado, desorientado y sin saber qué camino tomar. A cada pregunta que se hacía a sí mismo, la ignorancia de su propia respuesta le dejaba sin aliento, con una gran sensación de rabia e impotencia que le inundaba, a riesgo —sentía él— de ahogarle sin remedio.

—¡Maldita sea, Bernard, de todas las precauciones repetidas mil veces, te olvidaste de la principal, no me preparaste para tu ausencia! —Había hablado en voz alta involuntariamente, sobresaltando a un novicio que pasaba a su lado.

Cuando llegó a las estancias del boticario, le extrañó el silencio de la habitación. Frey Arnau, sentado ante su pequeña mesa que le servía de laboratorio, estaba inclinado sobre un mortero, concentrado en golpear una mezcla. Observó la alargada silueta de Abraham, tendido en el camastro, con los ojos cerrados. Frey Arnau se volvió al escuchar el ruido de la puerta.

—Malas noticias, muchacho. No será posible emprender nuestro viaje, Abraham no se encuentra bien.

—¿Está enfermo?

—Ya lo estaba cuando emprendió esa maldita travesía. A pesar de mis súplicas, se obstinó en partir y su salud se resiente, pero como buen médico él mismo es el peor de sus pacientes. —Arnau volvió a su mortero.

—¿Cuánto tiempo creéis que tardará en recuperarse? No es prudente que se quede aquí, cada vez estoy más seguro de que su vida corre peligro.

—Su vida ya corría peligro antes de todo este lío, hermano Guillem. Pero tranquilizaos, se recuperará. Este obstinado judío no se va a marchar de nuevo sin mi permiso, os lo aseguro. ¡Ah, por cierto! Dalmau os espera en la Sala Capitular y parece nervioso. ¿Pasa algo de lo que debiera enterarme, muchacho?

—En el mismo instante en que lo sepa, os lo comunicaré. —Guillem lo miró con afecto y dándole una palmada en la espalda, salió de la habitación. No era una buena noticia que Abraham estuviera enfermo y no pudiera partir. Ignoraba hasta qué punto el Temple podía protegerlo y los acontecimientos, tras la muerte de Guils, parecían complicarse sin que él pudiera evitarlo.

Se ordenó a sí mismo alejarse de pensamientos sombríos, que sólo iban a conseguir que le estallase la cabeza. Debía apresurarse porque frey Dalmau lo esperaba y necesitaba tener la mente despejada y clara para escuchar lo que tenía que decirle.

Abraham despertaba de su sueño con dificultad, pensando que su buen amigo Arnau le había suministrado algún calmante en la sopa, para paliar el dolor de su cuerpo y de su mente. Había oído, en la lejanía de la inconsciencia, la voz del joven Guillem y los murmullos del boticario, y éstos le habían traído de vuelta a la realidad.

Su cuerpo estaba cansado y débil. La enfermedad avanzaba inexorable, paso a paso, sin ninguna prisa. Pensó en Nahmánides, su viejo compañero, y en el encargo que éste le había hecho. Confiaba en él y temía decepcionarlo, no tener las fuerzas necesarias para llevar a buen fin su misión. Tendría que fiarse de Arnau. Sólo pensar que el manuscrito de Nahmánides pudiera caer en malas manos le aterraba, aquel hermoso libro no podía convertirse en ceniza.

—¡Arnau, Arnau! —Su voz era débil, casi un murmullo.

—Aquí estoy, mi buen Abraham, a vuestro lado. —Arnau había acudido al instante, con cara de preocupación—. No debéis inquietaros, descansad, ya habéis abusado demasiado de vuestras fuerzas. Os dije y os repetí que no estabais en condiciones de partir. Un viaje tan difícil y…

—Debo hablar con vos urgentemente, Arnau —le cortó el anciano judío, intentando incorporarse.

—Vos y yo no tenemos edad para urgencias, os conviene descansar y hablar poco.

—Arnau, no seáis obstinado y ayudadme, os digo que tengo que hablar con vos. —La voz de Abraham se había recuperado y en su tono había enfado e irritación, cosa que sorprendió a su compañero.

—¡Está bien, está bien! —respondió el boticario, colocando varios almohadones en la espalda del enfermo—. No niego que puedo ser muy obstinado en ocasiones, Abraham, pero vive

Dios que vos me superáis ampliamente. ¡Qué carácter! No sabéis estar enfermo.

—Callad y escuchad con atención —cortó Abraham en seco—. Si lo hacéis, comprobaréis la urgencia del tema que me
preocupa, y si no os lo he contado antes es porque temía crea-
ros problemas. Y creedme, es un tema que puede causaros innumerables complicaciones.

—Me estáis asustando, amigo mío, y eso no es fácil. Creía
que confiabais en mí y que nuestras diferentes circunstancias
personales no afectaban a nuestra relación.

—Lo siento, Arnau, pero esto no tiene nada que ver con la
confianza, sino con el miedo —murmuró Abraham, mirando
con franqueza al boticario—. Sabéis que estoy enfermo, enfermo y cansado, me queda poco tiempo y la muerte se ha convertido en una compañía incómoda, invisible, y no se aparta de mí.
No puedo arriesgarme a morir sin confiaros el último deseo de
otro viejo amigo.

—El querido Bonastruc de Porta. Claro que para ti siempre será Nahmánides —le interrumpió Arnau, mirándole con
ironía.

—Pero ¡cómo podéis saberlo!

—Sois un viejo judío terco y tonto —suspiró el boticario
con paciencia—. Por mucho que disimularais vuestro viaje a
Palestina con los motivos más inverosímiles, sabía que queríais
despediros de vuestro estimado amigo. En vuestro estado, la
razón tenía que ser muy importante y lo comprendí de inmediato, pero reconozco que me dolió que no confiarais en mí.
Vos sabéis lo mucho que apreciaba a Bonastruc y lo injusto que
me pareció todo lo que hacían con él. Me enfadé con vos, lo
confieso, pero no tardé mucho en rezar por vuestro retorno, a
mi Dios y al vuestro, por si acaso.

Abraham lo contempló con ternura y afecto. Su amigo tenía razón, habían compartido una excelente amistad durante años y sus diferentes creencias no habían alterado su relación, sino al contrario, ambos se habían enriquecido con
sus diferentes conocimientos, intercambiando información y
ciencia.

—Tenéis toda la razón, Arnau, soy un judío tonto y cansado y estoy asustado, muy asustado. Por primera vez, la idea de

la muerte me atemoriza, como si viviera un inmenso vacío sin futuro ni esperanza en el que de nada me sirven todos mis estudios y conocimientos.

—Os pasa lo mismo que al resto de la humanidad, Abraham, pero como sois más sabio en conocimientos, más orgulloso en realidades —contestó el boticario, con la risa bailándole en los ojos—. Sin embargo, si lo que os preocupa es morir ahora, ya os lo podéis quitar de la cabeza. Moriréis algún día, de eso no cabe ninguna duda, pero no ahora. Os recuperaréis poco a poco. Dentro de unos días os encontraréis mucho mejor y esos lúgubres pensamientos desaparecerán. Os lo dice un buen boticario.

—Os haré caso y me cuidaré, pero de todas formas tengo que hablaros de algo muy importante para mí. Como sospechabais fui a Palestina a ver a Nahmánides y también para cumplir uno de sus deseos. Ya sabéis el triste destino de todas sus obras, quemadas en la hoguera, pero yo… Bien, será mejor que os lo enseñe. Traedme mi maletín y ruego a Dios que esto no os reporte grandes males.

Guillem golpeó un par de veces la puerta de la Sala Capitular. Una voz le ordenó que pasara y, al entrar, se encontró en una habitación muy hermosa. Paneles de madera noble cubrían parte de sus paredes y una amplia chimenea de piedra y mármol, esculpida, proyectaba destellos de luz en el artesonado del techo.

—Pasad, Guillem. Supongo que frey Arnau os ha comunicado los problemas de salud de Abraham y la imposibilidad de emprender nuestro viaje.

Dalmau estaba cerca del hogar, en pie, observándole con afecto. Le pareció más alto y más joven, como si fuera la mesa de administrador que tenía en el alfóndigo la que añadiera años a su figura. Sus ojos, de un gris claro, se hundían tras unas considerables ojeras y, sin embargo, su mirada transmitía serenidad. Su rasgo más característico era su extrema delgadez, casi exagerada en comparación con su altura.

—Parecéis sorprendido —le dijo—. Mucha gente cree que soy una continuación de mi mesa y cuando me levanto, impresiono a más de uno. A Guils le divertía mucho esto, decía que me había convertido en una letra de cambio andante... y creo que no le faltaba razón.

—Ignoraba que conocierais tan bien a Bernard.

—No teníais modo de saberlo, muchacho. Fuimos juntos a Tierra Santa, muy jóvenes, y juntos entramos en el Temple. Durante algunos años, compartimos este trabajo que ahora es el vuestro, una tarea difícil y anónima. Y peligrosa. Después nuestros caminos tomaron rumbos diferentes, pero nuestra amistad continuó.

Guillem le escuchaba con atención. No le había extrañado el pasado de espía de frey Dalmau, había comprobado su habilidad en la observación, su fino olfato de sabueso adiestrado.

—Habéis conseguido una buena máscara —le dijo, sin dejar de observarle.

—Comprendo. Hablais de la vieja teoría de Guils de cómo disfrazarse sin tener que hacerlo. —Dalmau soltó una estruendosa carcajada que contagió al joven—. Un magnífico concepto, no lo dudo, aunque no todos teníamos la extraordinaria capacidad de Bernard para aplicarlo. Os aseguro que provocó muchas polémicas entre nosotros, sobre todo porque yo necesitaba muchos elementos de camuflaje para pasar desapercibido, y Guils se partía de risa con mis disfraces. De ahí viene la broma de la letra de cambio, comentaba que por fin había entendido la filosofía de la «máscara» y que sin añadir nada a mi persona, me había convertido en el administrador más convincente del puerto.

Ambos se contemplaron, riendo, recordando las bromas del amigo desaparecido, cerca de la calidez del fuego que ardía en la chimenea.

—Bien, Guillem, tenemos asuntos de los que hablar.

La gravedad había vuelto al rostro de frey Dalmau. Le indicó con señas que le siguiera y se encaminó hacia uno de los paneles de madera que cubrían la pared. Guillem se fijó en la hermosa rosa del Temple, tan finamente trabajada, que llenaba todo el espacio del panel. También observó los distintos símbolos grabados a lo largo del muro de la Sala, diferentes todos, y se preguntó si en cada lado de la habitación habría el mismo orden. Frey Dalmau manipuló un mecanismo, oculto a la mirada de Guillem, y el panel se deslizó a un lado, sin casi un sonido. Entró tras Dalmau a un oscuro agujero donde unos escalones de piedra descendían hacia el fondo, con dificultad al principio, medio encorvado y con la roca del techo rozándole la espalda. Bajaron durante un tiempo que al joven le pareció interminable, sobre todo por la estrechez del pasadizo. No era la primera vez que se encontraba en un lugar como éste. Recordó los pasadizos del castillo templario de Monzón, un auténtico laberinto subterráneo, donde Guils le había enseñado a orientarse. A oscuras, solo, perdido en la oscuridad de los túneles. «Sabes lo necesario para salir, chico, cuando lo consigas, comerás.» La primera vez se había pasado tres días perdido, sin comer, con el minúsculo frasco de agua vacío, hasta que Bernard lo encontró, desmoralizado y desfallecido. La segunda vez tardó veinticuatro horas, pero la orgullosa mirada de aprobación de Bernard fue mucho mejor que una copiosa comida y una jarra de buen vino. Sin embargo, nunca se acostumbró al fuerte olor a humedad, a tumba vacía, que parecía que saliera de la misma piedra viva. Guils los llamaba «lugares seguros», y para eso estaban, para reunirse o para fugarse, dependiendo de la circunstancia. «Y para esconderse, chico, como conejos en medio de una cacería.»

Desembocaron en una gran gruta natural. Grandes piedras se amontonaban en uno de sus lados, columnas con capiteles, derribadas. Una colosal estatua de la diosa Cibeles, mutilada sin manos, su hermoso rostro ladeado, mirando con la majestad de un dios que contempla, hierático, el dolor humano. Guillem reflexionó sobre ese imperio, que se creía inmutable e imperecedero y que había caído. Tal vez, en realidad, era la memoria la verdadera guardiana de la inmortalidad.

Diferentes túneles salían de una de las paredes de la cueva, un murmullo de agua de otro sumergido en la sombra. De repente aparecieron frente a una amplia sala con una mesa y varios asientos. Frey Dalmau se sentó, invitándole a hacer lo mismo.

—Y ahora que estamos tranquilos, Guillem, necesito saber dónde oísteis hablar de la «sombra», a quién y en qué circunstancias. Comprendo que os sorprenda mi demanda. No sabéis quién soy ni me conocéis demasiado, e ignoráis si podéis confiar en mí. Sin embargo, os ruego que lo hagáis.

Guillem pensó durante unos momentos. Su situación no era fácil, no sabía a quién acudir y desconocía qué ordenes debía seguir. La muerte de Guils escondía algo mucho más importante que un simple asesinato por robo, de eso estaba seguro, aunque ya no sabía qué pensar. Necesitaba confiar en alguien y Dalmau no le parecía una mala opción, era posible que pudiera indicarle a quién debía recurrir.

—Si os lo cuento, pondré en peligro vuestra vida.

—Correremos ese riesgo —respondió Dalmau, paciente.

Y Guillem empezó a hablar. Primero, con cautela, buscando las palabras apropiadas; después, como si una necesidad vital lo impulsara a confiar a alguien toda aquella absurda historia. Dalmau escuchaba, y no quiso interrumpirle ni una sola vez, dejándole hablar libremente de Bernard, de lo que éste había significado en la vida del joven, de su desorientación sin él. Cuando Guillem terminó, se sintió seco y vacío, y permaneció en silencio. No sabía nada de su trabajo, ni de la muerte de Guils, los cinco años a su lado no le habían servido de nada. Frey Dalmau pareció comprender su estado de ánimo, la voz interior que atormentaba al joven.

—Creéis que Bernard no confió en vos y esto os hace daño. Pero creo que os equivocáis, Guillem, él no esperaba este final, era una previsión difícil de hacer. Es posible que, durante este tiempo, lo único que intentara fuera protegeros, adiestraros y, al mismo tiempo, alejaros de las consecuencias de vuestro trabajo. Quizás os estaba regalando tiempo para que tomarais una decisión.

—Vos sabéis lo que quiso decir, sabéis qué significa la «sombra». —Guillem se aferraba a su única pista. No quería pensar en Bernard, en los motivos por los que le había dejado en la ignorancia.

—Sí, lo sé y no me gusta. Prueba de ello es que él está muerto.

—¿Por eso este lugar? ¿Y tanto secreto?

—No, muchacho. —Dalmau contestó de forma tajante—. No se trata de nuestra seguridad, sino la de los otros. Nadie que sepa de la Sombra tiene una larga vida, y sería estúpido y superficial poner en peligro a los miembros de esta comunidad, ¿no creéis? Estamos aquí para evitar más muertes inútiles.

Frey Dalmau miró largamente al joven, calibrando sus aptitudes, y continuó.

—Ésta es una historia de espías, Guillem, un mundo aparte, irreal. Ya sabéis que ésta es una profesión que no existe, no hay espías en el Temple ni en Roma, no los hay en las Cortes reales ni en los caballeros Hospitalarios, ni en los Teutónicos. Los espías no existen y el mundo puede dormir tranquilo.

Guillem sonrió ante la ironía del administrador, pero sabía que decía la verdad. Nadie aceptaba que hubiera espías, pero mientras tanto su número crecía de forma alarmante, desde las cancillerías hasta los conventos.

—La Sombra es un hombre que, en un tiempo, tuvo una estrecha relación con nosotros. Con Guils, conmigo y con el Temple. Su nombre, o el que dio al ingresar en la orden, era D'Arlés, Robert d'Arlés. Era un joven muy atractivo, con una gran cultura y una habilidad especial para los idiomas. Escaló puestos en la orden rápidamente, hasta que llegó a los que empezaban a llamarse «servicios especiales», con Guils y conmigo. —Dalmau calló un momento, inspirando hondo, como si no le fuera agradable recordar.

—Trabajamos varios años juntos, sin problemas. Éramos un buen equipo. Hasta 1251 no empezaron los conflictos. Hacía ya un tiempo que habíamos detectado filtraciones importantes en nuestra orden y varios compañeros habían muerto en extrañas circunstancias. Estábamos realmente preocupados, eran tiempos difíciles y la cruzada de Luis en Egipto había sido un desastre. Toda Tierra Santa lo estaba pagando muy caro.

—¿Luis de Francia?

—El mismísimo rey de Francia, instalado en San Juan de Acre después del desastre de Damieta. Aquella matanza habría podido evitarse. Nosotros habíamos insistido en la necesidad de recuperar Jerusalén y dejar la campaña egipcia para más adelante, pero todo fue inútil.

—Los franceses estaban más preocupados por conseguir el poder en Occidente, frey Dalmau, igual que el Papa. La muerte del emperador Federico y la desintegración del Imperio era un enorme pastel, una gran tarta de colores llamando a los comensales.

—Sí, tenéis razón, un apetitoso pastel…, todavía lo es, a pesar del tiempo transcurrido. —Dalmau resopló en un gesto de disgusto—. Siria y Egipto estaban en guerra entonces y no negaré que los intereses de la Orden estaban con los sirios, lo que nos iba a traer graves problemas. Siria acababa de tener una grave derrota y ofreció al rey Luis la ciudad de Jerusalén, a cambio de una alianza militar contra Egipto. Era una propuesta tentadora, sobre todo después de Damieta. Luis podía recuperar su fama y convertirse en el héroe de la cristiandad, algo que él deseaba. Sin embargo, entre esta halagadora propuesta y el rey, se encontraban los miles de cautivos cristianos encerrados en las mazmorras egipcias. Era un asunto delicado, los nobles le presionaban con la amenaza de que si pactaba con los sirios, Egipto mataría a todos los cautivos.

—¿No fue por aquel tiempo que saltó el escándalo Vichiers? —comentó Guillem.

—Estáis bien informado, muchacho. En medio de aquella delicada situación, alguien susurró al oído del rey Luis que el Temple mantenía negocios con los sirios. Como veis, las filtraciones en nuestro servicio iban de mal en peor y todos nuestros esfuerzos para atrapar al traidor habían sido inútiles hasta entonces. Nos costaba creer que fuera uno de los nuestros, que estábamos alimentando a la serpiente en nuestras propias entrañas.

—¿Cuál fue la reacción del rey?

—Luis montó en cólera contra el Temple, no podía creer que alguien moviera un dedo sin su divino consentimiento. Planeó una humillación sin precedentes para la orden, y el comportamiento del entonces Gran Maestre, Vichiers, le hizo caer en la ignominia para el Temple. Su nombre debería ser borrado de nuestros Libros.

—Pero ¿qué tiene que ver la Sombra en todo esto? —Guillem perdía el hilo y la paciencia.

—La Sombra era nuestro traidor, muchacho. El que desvelaba a oídos franceses y papales nuestros secretos, por eso os he puesto en antecedentes, para que podáis calibrar el peso de su traición.

—Creo recordar que Luis no llegó a pactar con nadie, ni con sirios ni con egipcios.

—Cierto, se quedó donde estaba, sin Jerusalén ni cautivos,

pero muy irritado con el Temple. ¿Conocéis la obsesión de Luis por las reliquias?

Guillem hizo un gesto negativo, desconcertado por el cambio en la conversación.

—Veréis, Luis creía que las reliquias eran portadoras del Cielo y que cuantas más poseyera, más Cielo tendría. Tenía la colección más increíble de la historia, amigo mío, y os la puedo recitar de memoria de tanto que se hablaba de ellas: la corona de espinas y un fragmento de la Vera Cruz, compradas en Constantinopla por un precio fabuloso; la Santa Lanza, los Santos Clavos, la Santa Esponja…

—¿La Santa Esponja? —murmuró Guillem, estupefacto.

—La Túnica Sagrada, un trozo del Santo Sudario, un trozo de la toalla que María Magdalena usó con Jesucristo —Dalmau seguía la lista imparable—, una ampolla con leche de la Virgen y otra con la Divina Sangre… En fin, cuando acabó con el Nuevo Testamento, empezó con el Antiguo. Al mismo tiempo, las arcas de los comerciantes bizantinos, venecianos y genoveses se llenaban con fortunas colosales. Cada día salía a la luz una nueva reliquia, y no sé cómo el tesoro francés pudo soportar un saqueo parecido. Bueno, el caso es que en las reliquias está el principio y fin de esta historia, muchacho, aunque os sea difícil de creer.

—Tendréis que perdonarme, frey Dalmau, pero no veo la relación.

—No me extraña, Guillem. Todavía hoy me admira la complicada e increíble historia en que nos metió D´Arlés, sólo para salvar el pellejo. Habíamos conseguido encontrar la pista definitiva que nos llevaría al traidor, cuando D´Arlés se presentó para comunicarnos que había encontrado una reliquia auténtica, que había hablado con nuestros superiores y que se había decidido que su búsqueda era prioritaria. Había que encontrarla para ofrecérsela al rey de Francia y calmar así su cólera contra la orden.

—¿Y os lo creísteis?

—Sí y no, nos creímos lo que decía D´Arlés, pero no nos creímos la naturaleza de la reliquia en cuestión. Llevábamos dos meses en el desierto, aislados de nuestros compañeros, únicamente en contacto con nuestros informadores árabes, y no os miento si os digo que estábamos exhaustos. Pero, por fin, habíamos logrado abrir una brecha en nuestra investigación, un camino que nos llevaba, directo, al nombre de nuestro traidor. Y aparece D´Arlés con una historia demencial.

—¿Qué debíais buscar, una sandalia de Nuestro Señor o el mendrugo que sobró de la Santa Cena?

—¡Oh, no, amigo mío! Se trataba del Manto de la Virgen. D´Arlés juró que su plan había sido aprobado y que debíamos partir de inmediato, que el comerciante que poseía la reliquia nos estaba esperando y que nuestros superiores habían insistido en que fuéramos nosotros los encargados de la misión, ya que no deseaban más filtraciones. Tuvimos una reunión de urgencia, no podíamos abandonar nuestra investigación en el punto en que se hallaba, y para nosotros lo prioritario era encontrar al traidor. Decidimos enviar a Jacques *el Bretón* para que continuara, pensando que en un par de días nos reuniríamos con él. Guils estaba furioso, convencido de que nos habíamos vuelto completamente locos y aullando que no daría ni un paso hasta tener la confirmación del maestre para aquella demencial misión. Pero estábamos muy lejos de San Juan de Acre y D´Arlés jugó muy bien su papel.

—Pero vosotros todavía desconocíais el nombre del traidor.

—Así es. Jacques *el Bretón* lo averiguó dos días más tarde, y nosotros fuimos capturados y encerrados en una mazmorra siria. Mientras tanto, D´Arlés se escapaba a Francia, a convencer al rey Luis.

—¿Qué ocurrió?

—Cuando llegamos al lugar indicado, D´Arlés dijo que se adelantaba para recibir al individuo del Manto, mientras nosotros aligerábamos las monturas. Pero no había ningún comerciante ni Manto: D´Arlés nos había vendido y fuimos atacados y capturados, Guils, mi hermano Gilbert y yo. Pasamos dos años en aquella mazmorra, mi hermano murió allí, y nosotros también hubiéramos muerto de no ser por Jacques *el Bretón*. Nos encontró, nos sacó de aquel inmundo agujero y nos contó lo que había ocurrido.

—¿Y D´Arlés?

—Se presentó ante el rey de Francia con un mugriento trapo, jurando que se trataba del Manto de María. Contó que el

Temple tenía escondida la reliquia porque tenía propiedades milagrosas de curación, que él, en persona, había insistido en donarla al rey, pero que la orden se lo había prohibido. Dijo que su fidelidad a Luis era mayor que la que sentía por el Temple, que suplicaba su protección porque la orden había puesto precio a su cabeza y que, al mismo tiempo, le suplicaba discreción. Que a pesar del gran sufrimiento que le había causado la orden, conocía la valentía y honradez de muchos de sus miembros y no quería ofenderlos, por ello rogaba al rey que sólo comunicara al Gran Maestre el resultado de su acción y que quedara secreto para el resto. Luis estaba encantado, con el trapo, con D'Arlés y con la idea de soltarle una dura reprimenda al maestre Thomàs de Berard. Pero mi hermano Gilbert estaba muerto y tanto Guils como yo habíamos perdido dos años encerrados, sin saber nada.

—Podríais haberle descubierto.

—Lo intentamos. También lo intentó el maestre Berard, pero Luis no quiso oír nada. «Francia no necesita ni tiene espías», le dijo, negándose a escuchar cualquier hecho delictivo de D'Arlés, ni tampoco a poner en duda la autenticidad de la reliquia. Ya os he dicho que estaba encantado. En cuanto a D'Arlés, podéis suponer que se hizo un nombre en la corte y se convirtió en el brazo derecho de Carlos d'Anjou, el hermano menor de Luis. Berard estaba convencido de que siempre había trabajado para él y es posible que tuviera razón.

—¡Carlos d'Anjou! Un hombre ambicioso —dijo Guillem, asombrado por toda la historia.

—Eso es decir poco, querido muchacho. Es un hombre sin escrúpulos, con un servicio de espionaje digno de un rey, y que tiene en su centro a D'Arlés. Ambos son almas gemelas, no se detendrán ante nada, ni tan sólo ante el Papa que ahora come en su mano.

—Recuerdo unos versos que me enseñó Guils, no hace mucho. —Guillem se concentró para recordar mejor el poema—. Creo que son de uno de nuestros hermanos.

El Papa prodiga indulgencias
a Carlos y a los franceses para luchar contra los lombardos
y, en contra nuestra, da pruebas de gran codicia,

ya que concede indulgencias y dona nuestras cruces a cambio
de sueldos torneses.
Y a cualquiera que quiera cambiar la expedición a Ultramar
por la guerra de Lombardía
nuestro legado le dará poder,
puesto que los clérigos venden a Dios y las indulgencias,
por dinero contante.

—Versos del templario Ricaut Bonomel, muchacho, que
explican claramente cuál es la situación actual. —Dalmau bajó
la mirada, abatido—. Carlos d´Anjou no se detendrá ahora, ha
conseguido que el Papa apoye y financie su ambición en Sicilia
y que, a través de él, aniquile a toda la dinastía del emperador
Federico, los Hohenstauffen. Sin embargo, su ambición va más
lejos, hacia Constantinopla, el viejo imperio de Oriente. Tierra
Santa abandonada a su suerte, en tanto el Papa desvía dinero y
gentes para Carlos, en el corazón de Occidente, en una guerra
de cristianos. Son malos tiempos para nosotros, Guillem.

—¿Por qué la Sombra? ¿Por qué este nombre? —preguntó
el joven, interesado.

—Por su forma de matar. Se ha convertido en un asesino
experto, el brazo ejecutor del D'Anjou. El apodo se lo pusieron
los genoveses, por su habilidad en no dejar rastro, se rumo-
reaba que después de derramar sangre, lo único que puede per-
cibirse de él es el murmullo de una sombra desvaneciéndose.
Muy poca gente conoce su rostro, vive en la sombra que pro-
yecta Carlos d´Anjou y se ha convertido en una leyenda entre
los espías.

—Pero vosotros sabéis quién es —afirmó Guillem.

—Sí, pero vamos quedando pocos. Guils, Jacques y yo, ju-
ramos encontrarle y ejecutarle, en un pacto de sangre. Bernard
nos ha dejado a medio camino, sólo quedamos Jacques y yo.

—Contad conmigo, frey Dalmau, ocuparé el lugar de Guils.

—No, Guillem, vos tenéis otro trabajo. Debéis buscar lo
que robaron. La Sombra es nuestra tarea desde hace años. No
debéis inmiscuiros en nuestra caza. Es algo personal que no
tiene nada que ver con vos, ni con la Orden. Alejaos de D´Ar-
lés. —Frey Dalmau había hablado con autoridad, sin una vacilación.

—Pero es posible que matara a Guils, y si fue así, ¿por qué no le reconoció?

—Le reconoció, aunque tarde. Bernard nos envió un último mensaje con su nombre. Es posible que D´Arlés haya cambiado después de tantos años, o que encontrara la «máscara» perfecta para engañar a Bernard, no lo sé. Quizás estaba distraído, cansado… Es posible que nunca lo sepamos, ahora no es importante.

—Si la Sombra va detrás de lo que llevaba Guils, es posible pensar que es algo que interesa a Carlos d´Anjou. ¿No creéis, frey Dalmau?

Dalmau estaba absorto en sus propios pensamientos, con la mirada perdida en algún punto de la oscuridad. Tardó unos segundos en responder.

—De eso podéis estar seguro, muchacho.

—Entonces, necesito saber de qué se trata. ¿Qué era lo que Guils transportaba? ¿A quién iba dirigido? ¿Quién era su superior, de quién recibía las ordenes? —Las preguntas se agolpaban en la mente de Guillem.

Frey Dalmau lo miró fijamente, con preocupación. Ignoraba hasta qué punto aquel joven estaba preparado para dar el último paso. Bernard lo había protegido hasta el final, lo había alejado de aquella decisión que una vez ambos habían tomado y que había determinado sus vidas. Dudaba, a pesar de que las circunstancias parecían empujar al joven Montclar, hacia aquella delgada línea que, una vez cruzada, no tenía retorno. Debía pensarlo, no estaba seguro de que fuera la mejor solución. Esperaría y quizá Bernard, allá donde estuviera, le enviaría una señal que le guiara.

—Debéis buscar a D´Aubert, es muy posible que él sea el ladrón, y la pista del traductor de griego es un buen inicio. Concentraos en buscar toda la información posible del robo, no os preocupéis de nada más.

—¿He de entender que vos seréis mi superior inmediato, frey Dalmau?

—Si ello os tranquiliza, así podéis pensarlo, Guillem.

El joven lo estudió con curiosidad, convencido de que podría darle mucha más información, pero no insistió. Sabía que no conseguiría nada, llevaba el tiempo suficiente con Guils para aceptar que hay respuestas que no existen. Necesitaba respirar aire puro con urgencia, aquel lugar le deprimía y la oscuridad empezaba a pesarle físicamente. Dalmau pareció intuir los sentimientos del joven y, levantándose, dio por terminada la reunión.

Guillem salió al gran patio central de la Casa, respirando con fuerza, como si hubiera estado inmerso en una tinaja de agua durante demasiado tiempo. Se apoyó en el pozo que había en el centro, concentrando su mirada en el oscuro vacío. Imaginaba a Guils en el barco, alargando la mano hacia el cuenco de agua, sin prestar atención al rostro que se lo ofrecía, perdido en sus propias reflexiones. ¿En qué estaba pensando? Lo contempló mientras se acercaba el cuenco a los labios y bebía, distraído, sin sospechar que sería su último sorbo de agua, palpando su camisa para encontrar la seguridad de que «aquello» seguía allí. De golpe, recordó la silueta que había visto desaparecer en casa del anciano judío, ¿la Sombra? Por un instante habían respirado el mismo soplo de aire.

Y frey Dalmau, desde luego, sabía mucho más de lo que decía, estaba seguro. Ya tenía demasiada información que asimilar, pensó: sombras y reliquias, traiciones y muertes. ¡La Santa Esponja! ¿Quién podía creerse tal cosa? El rey de Francia, por ejemplo. ¡Por los clavos de Cristo, aquello era un monumental laberinto! Se arrepintió de la maldición y, por un breve momento, deseó estar en la seguridad de la capilla, junto a sus hermanos, en el orden regular de los rezos, sin sorpresas ni sobresaltos.

—Abraham, esto es una auténtica maravilla. —Frey Arnau acariciaba, con delicadeza, la página del manuscrito, casi con veneración.

—Estoy de acuerdo con vos, Arnau, es una auténtica maravilla. Incluso su título, *El Tesoro de la Vida,* expresa con fuerza sus extraordinarias palabras. Debemos evitar que caiga en malas manos, amigo mío, encontrarle un refugio seguro lejos del peligro de las llamas.

Abraham se expresaba con excitación, sus mejillas enrojecidas por la fiebre, mientras reseguía cada página, cada línea del manuscrito que el boticario sujetaba con respeto. Ambos lanzaban frases de admiración, vencidos por el verbo luminoso del sabio judío.

—Podéis estar seguro, Abraham, de que este tesoro no alimentará ninguna hoguera y, si lo creéis necesario, os lo prometo por mi propia vida. Encontraremos el lugar más seguro para que nada ni nadie pueda amenazar su existencia.

—Gracias, amigo mío, no sabéis la ayuda que me estáis ofreciendo, vuestra fortaleza compensa mi debilidad.

—Animaos, Abraham, pronto os habréis recuperado. Tenemos mucho que pensar y mucho que hacer. —Frey Arnau apretaba una de las manos del anciano entre las suyas, transmitiéndole todo el calor y la vitalidad que necesitaba.

Unos golpes en la puerta sobresaltaron a los dos hombres y el pánico se reflejó en el rostro de Abraham. El boticario se levantó de un salto, guardando el manuscrito en el maletín del médico e indicándole, con gestos, que guardara silencio. Si hasta entonces aquel escondrijo había resultado seguro, pensó, que siga siéndolo.

—¡Ahora voy, enseguida abro la puerta, un momento por favor! —gritó Arnau, dirigiéndose a la puerta y lanzando gestos tranquilizadores hacia Abraham.

Guillem asomó la cabeza, sorprendido por encontrar la puerta cerrada y ante la expresión de los dos ancianos.

—¿Qué ocurre? ¿Habéis visto a un fantasma? No he dormido mucho y es seguro que tengo mala cara, pero no me imaginaba que fuera algo tan espantoso.

—¡No, no, muchacho, no es eso! Lo que ocurre es que estos dos viejos se habían dormido como marmotas y vuestra llamada nos ha despertado de golpe —le contestó frey Arnau, con una risita nerviosa.

El joven los observó con escepticismo. Frey Arnau era un pésimo mentiroso y Abraham, pese a sus esfuerzos, conservaba una mirada de pánico en sus ojos. El boticario mantenía una sonrisa rígida, como si la hubiera cogido prestada y todavía le faltara encajarla en el lugar correspondiente. Algo le ocultaban, aunque procuró disimular y conformarse con la explicación que le habían dado.

—Bien, me alegro de veros más animado, Abraham, porque necesito de vuestra ayuda.

—Contad con ella, muchacho. Este pobre enfermo hará lo que pueda para ayudaros. —Las manos de Abraham todavía temblaban.

—Bien, necesito encontrar a un traductor de griego —soltó Guillem, escuetamente.

—¿Un traductor de griego? —repitió frey Arnau, sorprendido—. Pues no tenéis que ir demasiado lejos, tanto Abraham como yo conocemos el idioma.

—Muy agradecido, pero yo también conozco el idioma. No se trata de esto, caballeros. Veréis, necesito al tipo de traductor que un ladrón escogería, alguien sin escrúpulos pero con conocimientos y que por un buen puñado de monedas sepa guardar un secreto.

Viendo la cara de perplejidad de sus amigos, Guillem les puso al corriente de sus últimas pesquisas.

—Creo que vais por buen camino —asintió Abraham—. Lo que Guils ocultaba tenía que ser de pequeño tamaño, quizás un manuscrito o documentos, posiblemente escritos en esta lengua.

—O acaso papeles del fraile al que también robó. —Arnau estaba pensativo—. Sea lo que sea, podemos deducir que estaba escrito en griego y que el ladrón lo necesita traducir para averiguar si tiene algún valor.

—O para tirarlo al mar si cree que no puede sacarle beneficio —sugirió Guillem—. Lo realmente seguro es que, tratándose de un objeto robado, recurra a alguien que no le reporte problemas con la ley. ¿Comprendéis lo que estoy buscando?

—Leví, el cambista. —Abraham dijo el nombre sin dudar.

Guillem se lo quedó mirando, en tanto frey Arnau entraba en profunda meditación, absorto en el nombre que su amigo había dicho. Finalmente, el boticario levantó la cabeza, en un gesto de asentimiento.

—Sois un clarividente, Abraham, no se me hubiera ocurrido. Pero sí, es una posibilidad acertada que encaja con las necesidades del ladrón, de ese tal D'Aubert, como un anillo al dedo. Leví responde a todas las características que buscáis, Guillem, si hay un negocio turbio en esta ciudad, a buen seguro que el bolsillo de Leví aumentará de peso. Tiene magníficas relaciones con los bajos fondos y una reputación que asustaría a cualquier buen cristiano... y a todo buen judío.

Las palabras del boticario arrancaron una sonora carcajada de Abraham, divertido ante su turbación.

—Leví es escoria, Guillem —dijo, todavía riendo—, pero hay que reconocer que es un tipo listo. No es fácil seguir viviendo entre tantos criminales a los que conoce y de los que sabe demasiado. Creo que debes tener mucho cuidado con él, muchacho, es astuto como un zorro y no se dejará engañar fácilmente.

—Podemos considerar que tiene un punto débil —dijo Arnau mirando a Abraham, cómplice—, su vanidad excede a su inteligencia, está convencido de ser alguien muy importante.

Ambos estallaron en carcajadas, ante el asombro de Guillem que, por un instante, pensó que habían perdido la razón.

—Debéis perdonarnos, muchacho —exclamó Abraham, sacudido por la risa—, pero Leví es un personaje que nos ha proporcionado momentos hilarantes a ambos, aunque a prudencial distancia. Lo comprenderéis en cuanto le veáis.

—Es por su forma de vestir —añadió Arnau, sin dejar de reír.

—Por lo visto será difícil que me equivoque de persona, caballeros. Me alegra veros de tan buen humor y espero a mi regreso no sobresaltar vuestro tranquilo sueño.

Guillem no había podido evitar el sarcasmo, pero se arrepintió al momento. Las carcajadas de los dos ancianos pararon en seco y el miedo reapareció en las pupilas de Abraham. El joven salió de la estancia con una profunda sensación de culpa y pesar por haber estropeado aquel momento de placer.

—Sospecha, Arnau, este muchacho sospecha de nosotros —murmuró Abraham cuando Guillem hubo cerrado la puerta tras él.

—No me extraña, Abraham, le hemos recibido como si se tratara del mismísimo Satanás, ¡Por el amor de Dios!, debe estar convencido de que le ocultamos algo.

—Y con toda la razón, amigo mío, somos un desastre disimulando.

—De todas formas, no debemos preocuparnos por Guillem,

Abraham. Es un buen chico. Incluso he estado tentado de confesarle nuestro problema, pero ya tiene bastantes preocupaciones con las que cargar. Esto debemos llevarlo sobre nuestras espaldas y si flaquean, entonces le pediremos ayuda. Merece toda nuestra confianza, además, ¡por todos los santos, Abraham, tampoco somos tan viejos!

—Estoy de acuerdo en cuanto a Guillem, pero en lo demás... somos viejos, Arnau, dos mulas viejas, ésa es la realidad.

—Me alegro profundamente de que después de veinte años de amistad, te hayas decidido a tutearme aunque sea para decirme mula vieja. Pero es hora de descansar, viejo obstinado, tantas emociones acabarán contigo.

Arnau reclinó a su amigo en el lecho y lo abrigó. Después, se sentó a su lado, montando guardia, como en los viejos tiempos. Acariciaba el pequeño puñal que guardaba entre sus ropas, la edad no le había hecho olvidar su manejo, acaso más lento pero no por ello menos preciso. Estaría preparado y vigilante.

Capítulo VI

Leví el cambista

«¿Estáis sano de cuerpo y libre de toda enfermedad aparente? Porque si se probara que sois víctima de alguna antes de que seáis nuestro hermano, podríais perder la Casa, cosa de la que Dios os guarde.»

*G*uillem de Montclar salió de la Casa en dirección al barrio de Santa María del Mar. Parecía que todo lo que estaba sucediendo le empujara, de forma obstinada y tenaz, hacia el mismo camino.

«Salgo del punto de partida para volver a él —pensó—, como si girara dentro de un círculo cerrado del que no puedo salir.» Se sentía atrapado, dando vueltas a un mismo eje: «Guils, Guils, Guils».

En aquella ocasión, no siguió la línea recta en dirección al mar, sino que se encaminó hacia el norte. Iba encorvado, sumido en sus pensamientos, reflexionando en la mejor manera de enfrentar al viejo cambista para aprovecharse de sus debilidades. Recordaba las explicaciones de sus experimentados amigos: «Lo verás sólo entrar en el lugar de los Cambios —le habían dicho— como un pavo real entre un rebaño de cabras, vestido de sedas y oropeles, viejo y enteco como una ciruela secada al sol del mediodía y con unos ojos de pajarraco carroñero, avistando nuevas presas, en tanto su puntiaguda barba protege su bolsa. No hay pérdida, muchacho, Leví es la excentricidad hecha carne».

Mantenía una cuidadosa vigilancia a su alrededor. Desde

que conocía la naturaleza de la Sombra, no estaba dispuesto a descuidar su protección. Su mirada, aunque pareciera distraída, no dejaba de observar cada centímetro de calle y a cada individuo que se cruzaba con él. Se acercaba la hora del mediodía y un cálido sol atravesaba las estrechas callejuelas por las que deambulaba, hasta que desembocó en el lugar donde se agrupaban los artesanos de la plata. Un sonido agudo y repetitivo salía de los talleres, en donde los operarios se afanaban con sus pequeños martillos de metal. De improviso, aflojó el paso, como si un gran interés le hiciera detenerse ante el trabajo de un aprendiz que, con cara de aburrimiento, bruñía un candelabro. No captó ningún brusco cambio de ritmo en el andar de las gentes, todo parecía estar en orden.

A medida que se acercaba al lugar de los Cambios, su rostro empezó a sufrir serias transformaciones, acentuándose el aire distraído e ingenuo, un paso vacilante e inseguro, como si no estuviera demasiado convencido de adónde ir. Al desembocar en la amplia zona donde los cambistas tenían instaladas sus mesas, un nuevo Guillem apareció a la luz del mediodía, más joven e inseguro, con alguna grave preocupación que le contraía el rostro, vacilante y con las manos tironeando de la capa, incapaces de mantenerse quietas.

Sólo entrar en la plazuela, descubrió a su objetivo y comprendió que Abraham y Arnau no habían exagerado lo más mínimo. A unos metros, en un rincón detrás de su mesa, el pavo enseñaba las plumas sin el menor recato, vestido con las mejores sedas y alhajas, con su puntiaguda barba recortada con esmero y hablando con un incauto que le escuchaba con desconfianza. Guillem se acercó, mirando en todas direcciones, como si se hubiera perdido, cada vez más encorvado.

—Ése es un interés muy alto, Leví. —El cliente hablaba en tono suplicante—. Es un riesgo que excede mis posibilidades. Además, mi amigo Bertrand, el naviero, me ha comentado que ofrecéis un interés que, a la vuelta, se duplica milagrosamente. Ya sabéis que esto no es legal y que puede traeros muchos problemas.

—¡Ay, ay, ay, amigo mío! Intentáis amenazarme y esto no está nada bien. —Leví ronroneaba como un gato satisfecho, falsamente escandalizado por las insinuaciones—. Vos no me habéis pedido un servicio reglamentario ni conforme a ley alguna que yo conozca y, por lo que yo sé, ¡pobre de mí!, esto tampoco es legal. Vos no queréis complicaciones, pero esperáis que me las quede yo solito, y no está bien, nada bien... Acostumbro a tener una idea exacta del precio de mis complicaciones, cosa que vos ignoráis. Sois demasiado pusilánime y la cobardía encarece mis servicios, tenedlo en cuenta. Además, si no os gustan mis condiciones, largaos a otro lugar y no me hagáis perder el tiempo.

—Sois un sinvergüenza, Leví, mi amigo ya me avisó de vuestras estratagemas para engañar a los ingenuos, y yo no lo soy.

—¡Señor, qué miedo me dais! No sé si seré capaz de superar tal espanto. ¡Que alguien me ayude! —Leví gesticulaba, poniendo voz de falsete y burlándose del pobre hombre que lo miraba entre asombrado y asqueado. Sin decir una sola palabra más, su interlocutor se dio media vuelta y se marchó a toda prisa.

Leví hizo un grosero gesto de despedida a las espaldas de su frustrado cliente, con una sonrisa de oreja a oreja y lanzando un profundo suspiro que acabó convirtiéndose en una risa estridente y desagradable. Era un descanso para él sacarse de encima a individuos como aquél, que sólo le hacían perder su precioso tiempo. ¡Malditos cobardes, ovejas de corral sin miras ni ambiciones! Aquel estúpido estaría arruinado en menos de lo que canta un gallo, y era lo que se merecía, él lo sabía. Lo único que le pesaba era que los beneficios de su ruina no fueran a parar a su bolsillo. El mundo estaba lleno de infelices desgraciados, dispuestos a llenar sus arcas, pensó satisfecho.

Su mirada se detuvo, con penetrante interés, en un jovenzuelo de apariencia estúpida que vagaba de mesa en mesa, vacilando, con el miedo dibujado en su cara. Allí había un sujeto apropiado, un tierno cordero con problemas. Por su forma de vestir dedujo que era hijo de algún rico comerciante, inexperto y con cara de haber cometido bastantes errores, una fuente de riqueza para Leví. Sonrió, con su cara más honorable, aunque no lo consiguió del todo.

—Buenos días, joven —saludó desde su mesa.

—¡Oh, buenos días...! —respondió Guillem, titubeante en su papel.

—Acercaos, no temáis. ¿Puedo ayudaros en algo?

—Sinceramente, no estoy seguro. He venido a familiarizarme con todo esto, mi padre es comerciante y desea que me acostumbre a este ambiente, pero…

—Una medida muy inteligente, ésa es la mejor manera de aprender, joven, la mejor manera.

Leví estaba encantado de la posibilidad que se le ofrecía, una fruta madura a punto de caer, lo había captado al primer vistazo. Un muchacho aterrado de enfrentarse a su padre y confesarle algún error comercial grave. Leví conocía perfectamente la casta de aquellos duros comerciantes, valientes en el riesgo y la aventura e incapaces de asumir que sus hijos no valían ni la mitad que ellos. Jóvenes estúpidos e inútiles, criados entre plumas y criados, pensó.

—No sois de aquí, mi joven amigo. Tengo un olfato especial para los acentos y, a pesar de que habláis con gran corrección, noto su particularidad. Quizá provenzal… aunque lo más seguro es que sea marsellés. ¿Me equivoco?

—¡Es increíble! Nadie se percata normalmente. —Guillem le miraba con los ojos abiertos como platos, genuinamente admirado—. Sois muy inteligente, maese…

—Leví, maese Leví —contestó el cambista, encantado con las maneras del joven. Aunque sus clientes le reportaban grandes fortunas, eran todos descorteses, con una mala educación indescriptible—. No quisiera ser indiscreto, joven, pero os veo muy preocupado, como si tuvierais graves problemas —continuó Leví lanzando su espesa tela de araña.

—Cuánta razón lleváis, maese Leví, tengo un grave problema y muy poca experiencia. No sé a quién recurrir. Cometí un pequeño error y quisiera enmendarlo antes de que llegara a oídos de mi padre.

El cambista se frotó las manos, estaba orgulloso de su fina inteligencia, no había nadie en el mundo capaz de engañarle. Podía captar las más pequeñas sutilezas con una precisión asombrosa y allí estaba aquel estúpido joven para demostrarlo. Hasta él mismo estaba admirado de su perspicacia.

—Supongo que se trata de dinero, mi joven amigo. —Leví se conducía con precaución de equilibrista, no quería asustar a su víctima antes de tiempo.

—La verdad es que no estoy seguro, maese Leví. Podría corregir mi error si encontrara al bergante que me engañó.

—¿Y por qué no me contáis el problema? Si está en mi mano, seguro que os ayudaré.

—Veréis, esta mañana hemos desembarcado un valioso cargamento de seda y yo era el encargado de vigilar que la descarga transcurriera con toda normalidad. Todo iba bien, pero no sé por qué razón en el último momento dos fardos del precioso tejido quedaron a un lado. Un hombre de mediana edad, que cojeaba levemente, se acercó a mí para decirme que venía a recoger aquellos dos fardos que el capataz había olvidado. Me pedía autorización para llevarlos al almacén y disculpas por lo sucedido. No me pareció nada sospechoso, os lo aseguro, pero al llegar al almacén y contar los fardos, descubrí que faltaban dos. Desde ese momento, no he hecho más que recorrer todo el barrio en busca del ladrón. Estoy realmente desesperado, maese Leví, no puedo volver a casa sin los fardos de seda.

Leví le miraba con fingida conmiseración, disimulando el desprecio que sentía. El truco más viejo del mundo para el joven más estúpido del mundo. Era increíble que existiera gente de tan poca inteligencia.

—Desde luego que puedo ayudaros, aunque mis servicios no son gratuitos.

—¡Por descontado, maese Leví! —Un rayo de esperanza iluminaba la cara de Guillem, que siguió fingiendo entusiasmo—. Os pagaré lo que me pidáis, no soy un pobre miserable. Mi trabajo me reporta beneficios y nuestra parada en Génova llenó mi bolsa, mi padre fue muy generoso.

Los ojos de Leví se entrecerraron de placer hasta formar una delgada línea recta. Génova era una palabra mágica en su idioma, la traducción exacta del metal reluciente. No hacía muchos años, aquella república había encuñado una nueva moneda, el «genovino», una joya de 3,5 gramos de peso del oro más puro y perfecto.

—Ya os he dicho que mi precio no es barato, joven, no quisiera que pensarais que os engaño, pero mi valiosa experiencia y mis consejos tienen el precio del mismísimo oro. Podéis preguntar a quien queráis, soy el hombre más respetado y con mayor reputación de este barrio.

Guillem se llevó la mano a la bolsa, sin precauciones, deseoso de arreglar sus problemas filiales al precio que fuera. Entre sus dedos brillaba un dorado «genovino» a dos palmos de la puntiaguda barba del cambista, lo que logró arrancarle un gesto de avaricia. La excitación dominaba a Leví ante aquella preciosa moneda, pero aquello podía representar un peligro para él, a alguien no le iba a gustar nada descubrir que poseía una información como aquélla... pero ¿quién iba a decírselo? El «genovino» seguía lanzando destellos en la mano del joven, hipnotizando al cambista. «Vale la pena arriesgarse», pensó Leví. Se consideraba lo suficientemente listo para poder controlar la situación sin que nadie le descubriera.

—Estoy seguro de que a vuestro padre no le importaría que ofrecierais un poco más —dijo, pensando en los posibles riesgos.

—Es un magnífico precio para una simple información, Maese Leví. No soy un tonto, sólo quiero encontrar a un ladrón, no que lo matéis en mi nombre.

Algo en el tono de voz del joven le sobresaltó, encendiendo una señal de alarma, pero el «genovino» seguía reluciendo en su mano y toda su atención se encontraba allí. No quería pensarlo más, sabía que era un precio excelente y nadie se enteraría de aquella pequeña transacción.

—Vuestros deseos son órdenes. ¿Conocéis una posada llamada El Delfín Azul, al final del barrio?

—No la conozco, pero no me será difícil encontrarla.

—Allí encontraréis a vuestro cojo, joven. —Leví hizo ademán de coger la moneda, pero la mano de Guillem se cerró con rapidez y el disgusto apareció en el rostro del cambista.

—¿Y cómo puedo estar seguro de que se trata del mismo hombre al que busco? ¿Cómo podéis estar tan seguro vos mismo?

Leví se mostraba huraño, no le había gustado aquel gesto y la desconfianza empezaba a instalarse en su mirada.

—Os lo explicaré de forma que lo podáis entender —contestó con suficiencia—. Este hombre apareció ante mi mesa para preguntarme si conocía a algún traductor de griego. Me sentí humillado ante tal pregunta. Yo soy un próspero hombre de negocios conocido en toda la ciudad, incluso yo mismo hablo griego, pero mis servicios no están al alcance de todo el mundo, no me pareció que ese hombre pudiera pagarlos. Pero juró y aseguró que contaba con los recursos necesarios, y fue entonces que me contó que había acabado de vender dos fardos de la mejor seda y que su bolsa estaba bien llena. No me convenció y me limité a enviarlo a la posada que os he indicado, un lugar de mala muerte, para que preguntara por allí. Eso es todo. Me temo que no podréis recuperar vuestra seda, pero si no os demoráis, es posible que recuperéis el dinero.

—Y decidme, Leví. —Guillem depositó la moneda en la mano del cambista, que se cerró como una garra—. ¿Por qué un simple ladrón necesita a un traductor de griego? ¿No me habréis engañado? Eso no sería justo.

—Ni lo sé ni me importa, jovencito. Nuestro negocio ha terminado. Si no estáis satisfecho, podéis ir a quejaros a vuestro padre y explicarle vuestros problemas. Quizás él no se muestre tan generoso.

Leví ya había conseguido lo que quería. Había mezclado un poco de verdad y fantasía para contentar a aquel estúpido mozalbete y no estaba dispuesto a disimular su desprecio ni un minuto más, ni tampoco a correr riesgos mayores, sólo deseaba que desapareciera de su vista.

Guillem se alejó abatido, dando a entender con sus gestos que se sentía engañado y estafado. Aquella demostración dejaría a Leví satisfecho, encantado de haber desplumado a otro incauto por tan escaso servicio. Guillem no se alejó demasiado, ya tendría tiempo de comprobar la veracidad de la información que le había dado. Volvió sobre sus pasos hasta encontrar una posición favorable que le permitía vigilar a Leví sin que éste se percatara de su presencia. Le había contado una verdad a medias y esperaba que la otra mitad se desvelara por sí misma. Con un poco de suerte, no tendría que aguardar mucho. Por el momento, se apoyó en el muro y esperó.

—Siempre tenemos la posibilidad de confiar en Montclar, hermano Dalmau.

—Eso es cierto, señor, pero sería mejor esperar. Si entregamos ahora esta información a Guillem, también le exigimos mucho más y es pronto todavía, está desorientado por la muerte de Guils. Habría la posibilidad de que tomara la decisión sin pensar, y vos sabéis, tan bien como yo, que esta situación exige una larga reflexión. Es para siempre, señor, no hay retorno...

—¿Acaso vos cambiaríais vuestro camino si pudierais, hermano Dalmau? ¿Os arrepentís de vuestro juramento?

—No se trata de mi vida, señor. La he dedicado a lo que voluntariamente escogí y siempre he sido fiel a mi juramento.

—¿Incluso cuando se trata de D'Arlés?

—Fui sincero en lo que se refiere a este tema y vos mismo me prometisteis que no intervendríais cuando se presentara el momento. Jamás he negado mis sentimientos y, ya antes de serviros, sabíais que mantenía un juramento de sangre con mis compañeros. Guils también os lo comunicó.

—Sí, tenéis razón, hermano Dalmau, pero creo que el joven Montclar está preparado. Guils lo hizo bien, aunque lo protegió en exceso, y ello es lo que motiva inquietud en Guillem, no sabe de quién depende después de la muerte del hermano Bernard. Está desorientado y confuso. Ha perdido su hilo conductor y no sabe a quién recurrir ni en quién confiar. Estaréis de acuerdo en que es una situación muy desagradable para él.

—Completamente, señor, es por ello que le he dado a entender que, por ahora, seré su superior, su hilo conductor. —Dalmau hablaba con convicción. Deseaba que Guillem decidiera por sí mismo, sin presiones. Sabía que aquella decisión determinaría la vida del joven, que en cierta manera le ocultaría definitivamente a la vista del mundo entero.

—¿Qué ocurrió con Bernard Guils, hermano Dalmau? ¿Qué pudo pasar para que alguien le cogiera tan desprevenido?

—Creo que estaba cansado, gastado de tantos años de lucha. No es un trabajo fácil, señor, vos lo sabéis.

—Está bien, hermano Dalmau, el mal ya está hecho. Pero todavía desconocemos cómo averiguaron lo que Guils transportaba. Era sumamente cauto y dudo mucho de que cometiera algún error. De todas maneras, gentes muy cercanas a la Iglesia tenían conocimiento de nuestras excavaciones en el templo de Jerusalén y desde entonces llevamos años vigilándonos unos a otros. Carlos d´Anjou necesita tener al Papa doblegado a su voluntad y la mercancía de Guils es una flecha bien dirigida al corazón de Roma. Tenemos varios sospechosos, hermano, todos ellos igual de interesados en hacerse con nuestro botín.

—No hay que perder de vista a Roma, señor. Hay una tropa de espías papales recién llegados a la ciudad y no nos pierden de vista, y si a ello sumamos a la gente de D'Anjou… bien, la situación se está complicando por momentos.

—Por eso estoy preocupado por el joven Guillem de Montclar, hermano. Está en medio de un avispero sin tener conocimiento de ello.

—Permitidme que me ocupe, señor. Jacques y yo cuidaremos de él y, llegado el momento preciso, le explicaremos todo lo que debe saber. Entonces, podrá tomar su decisión.

—Confío en vos. Sé que vuestra gran amistad con el hermano Guils os convierte en el mejor tutor para el joven Montclar.

—Estoy completamente de acuerdo con vos, señor.

—Bien, hermano Dalmau, es hora de que me contéis vuestros planes. ¿Cómo habéis distribuido a nuestra gente y cuál es el paso siguiente?

—Tengo a Guillem tras la pista del ladrón, ese tal D´Aubert, un simple delincuente sin implicaciones políticas. Es un caso de mala suerte, señor, si Guils no hubiera estado tan enfermo, jamás nadie le…

—Si ese ladronzuelo de D´Aubert no le hubiera robado, nuestro transporte ya estaría en manos de D´Arlés, hermano, y eso sería mucho más grave y complicado. Nos queda una oportunidad, espero que sepáis aprovecharla.

Dalmau asintió, no podía negar la evidencia. Después de un breve silencio, pasó a informar detalladamente de todos los pasos dados.

Leví seguía abstraído, perdido en pensamientos más bien desagradables, según evidenciaba por los gestos de su rostro. Sus ojos se movían intranquilos y vigilantes, de un lado a otro, observando cada detalle a su alrededor. Algo le preocupaba y no le dejaba en paz. Después de pasear, nervioso, de una punta a otra de su mesa, pareció tomar una decisión y recogiendo sus bártulos de trabajo, emprendió la marcha.

Guillem le siguió a prudente distancia, la suficiente para que el perspicaz cambista no se diera cuenta de la persecución. Llevaba unas tres horas vigilando a Leví y agradecía un poco de acción, sus piernas estaban entumecidas por el tiempo de espera y su espalda casi se había convertido en parte del muro en que se apoyaba. Las estrechas calles se sucedían como en un laberinto, y cuanto más avanzaban peores lugares atravesaban, como en un descenso a los infiernos. Los excrementos cubrían las calles y las paredes, y montones de deshechos de todo tipo se amontonaban en las esquinas, hasta que el hedor empezó a molestar el olfato del joven.

Leví seguía su marcha incansable, a buen paso, y Guillem comprendió que habían estado dando vueltas y más vueltas, cosa que le alegró comprobar. Las precauciones del viejo usurero sólo podían indicar que la verdad, medio oculta, estaba en proceso de iluminación. Varios borrachos deambulaban, sin sentido, entre vapores etílicos y zigzagueando de esquina en esquina, buscando un apoyo sólido para llegar a la siguiente taberna. Guillem extremó las precauciones. Sabía que algunos maleantes se hacían pasar por ebrios para poder así tener un amplio radio de acción que les permitiera un rápido y sorpresivo ataque. Cuando la víctima reaccionaba, ya era demasiado tarde. Se detuvo en seco, atento, Leví se había parado ante un portal, tras lanzar una mirada a sus espaldas.

El joven esperó unos minutos mientras estudiaba la casa por donde había desaparecido el cambista. Era una construcción casi en ruinas, a punto de desmoronarse, un lugar interesante para una cita.

La puerta se hallaba en estado de putrefacción y ni tan sólo ajustaba en el dintel. Únicamente tuvo que empujarla un poco, con precaución para evitar el chirrido de los goznes sueltos, y colarse dentro del edificio. Tardó unos segundos en habituarse a la oscuridad reinante y poder definir las sombras que lo rodeaban. Se encontraba en una amplia estancia, abandonada hacía tiempo, pero que guardaba todavía el olor de las bestias que había cobijado. Maderos y restos de cercas por el suelo, fragmentos de vajilla y excrementos secos... Andaba con cuidado, evitando provocar cualquier ruido que delatara su presencia. Al fondo, encontró una escalera de piedra, en bastante buen estado de conservación, por la que empezó a subir, tanteando cada escalón, sin apoyarse en la frágil barandilla, temiendo que toda la casa se desmoronase sobre él. Al llegar al primer rellano descubrió una insospechada limpieza; alguien había eliminado los restos de polvo acumulado, y sobre el pavimento recién fregado, las pisadas de las zapatillas del cambista, como única señal. Una pequeña lámpara de aceite reposaba en un estante de la pared, llena y preparada para iluminar. Guillem continuó la ascensión con las mismas precauciones, conteniendo la respiración y con el cuerpo en tensión, hasta llegar a un estrecho corredor con tres puertas, todas ellas cerradas. Oyó murmullos en la última y, en absoluto silencio, entró en la que tenía más cerca, encontrándose en un sencillo dormitorio, limpio y preparado para su huésped, con la tinaja de agua fresca lista para ser usada. Salió cerrando de nuevo la puerta con sigilo, y continuó por la escalera que se estrechaba en este último tramo, perdiéndose en la oscuridad. Finalmente, llegó a una diminuta buhardilla, un antiguo palomar abandonado, y desde allí comprobó que las voces del piso de abajo, se oían con toda claridad. Ajustó su cuerpo al mínimo espacio, sin levantar el más pequeño crujido y se quedó inmóvil.

—Eres un maldito embustero, Leví, me haces perder el tiempo.

Hasta el viejo palomar subía una voz sin tono, fría y del color del acero.

—Sois injusto conmigo, señor, vos me ordenasteis que os avisara de cualquier cosa que tuviera relación con D´Aubert, por pequeña que fuera. Vos lo dijisteis y así lo he hecho. —La voz de Leví había perdido la consistencia presuntuosa con la que acostumbraba a tratar a sus clientes y en su lugar, un agudo falsete atemorizado se adhería a cada partícula de aire.

—Muy bien, un jovencito estúpido te preguntó por D´Aubert porque le había estafado con la mierda de la seda. ¡Estupendo! Muy propio de D´Aubert. En cuanto al chico, sólo era un crío inútil que pide a gritos que le estafen. ¿Me dejo algún dato de vital importancia, Leví?

Guillem grabó aquella voz en su memoria, aquella frialdad impersonal del sonido le impresionaba.

—Y todavía hay más. El inteligente e importante usurero de ladrones, corre como un conejo asustado para avisar al amo de tan impresionante hecho, sin detenerse a pensar que es posible que le sigan, o que le estén vigilando desde hace días. Una simple escaramuza de ladronzuelos convertida en la tragedia del día. Eres un estúpido, Leví, sólo tu codicia es tan grande como tu estupidez.

—¡No me han seguido! Estuve dando rodeos, tal como me enseñasteis. Llevo una hora dando vueltas y vueltas, asegurándome de que nadie me pisara los talones, muy alerta. Y sólo se acercó a mi mesa ese jovencito inútil, ningún templario ni nadie de aspecto sospechoso me ha hecho preguntas embarazosas. ¡Os lo juro!

—Vamos, vamos… un descreído como tú jurando en vano, Leví. Tus palabras no servirían ni para asegurar tu nombre, maldito embustero.

—¡Os digo la verdad, nadie del Temple se ha…!

—O sea que ningún templario se ha dejado caer por los Cambios. —La voz pareció metalizarse más, en un tono que no parecía posible en una garganta humana—. Supongo que quieres decir que no has visto templarios, porque no has visto capas blancas. ¡Qué extraordinario talento para la observación!

—Ninguna capa blanca, no señor, ni ninguna pregunta sobre D´Aubert… Eso es, pero creo tener una pista.

Por un instante, Guillem se apiadó del pomposo usurero. Estaba jugando en terreno peligroso y desconocía las reglas. Era una mala transacción que le reportaría serias pérdidas, posiblemente irreparables. Pero Leví seguía convencido de su habilidad para el engaño, ajeno a la realidad que se imponía por momentos y al tono, cada vez más acerado, de su interlocutor. Quería jugar fuerte sin disponer de capital, un mal negocio para su profesión.

—¿Una pista de D´Aubert? —repitió la voz, con sorna—. Me tienes en ascuas, Leví, después de tantos días de escasez informativa, logras sorprenderme.

Su tono, sin embargo, no era de sorpresa.

—He oído rumores, señor, rumores que indican que puede

estar escondido en una posada de mala muerte, en el barrio marítimo, cerca de…

—¿No será por casualidad, la posada de tu amigo Santos? —cortó la voz con desprecio.

—Santos no es mi amigo —se defendió Leví—. Hemos hecho algún negocio juntos, pero no es un tipo de confianza.

—¡Claro! Tú no tienes amistades, viejo avaricioso, todo el mundo confiaría antes en un escorpión del desierto que en una escoria como tú. Y además eres un pésimo embustero, me temo. Desde el principio sabías dónde encontrar a D´Aubert, pero has preferido sacarle tú mismo la ganancia. ¿No es así, Leví?

—¡Eso no es cierto, jamás os engañaría!

—Desde luego que sí, amigo mío, engañarías a tu propia madre si con ello sacaras unas miserables monedas. Lo sabías desde el principio, D´Aubert es de tu calaña, un viejo conocido que acudió a ti en el mismo instante que desembarcó. Lo que sí es cierto es que no tienes ni remota idea de dónde está escondido el médico judío, pero D´Aubert… tú mismo lo escondiste, esperando a ver qué podías sacar de este negocio. Me has engañado, Leví, y ya te avisé de las consecuencias.

—¡No es verdad, lo juro por lo más sagrado! ¡No conozco a D´Aubert! He trabajado para vos honradamente, no os mentiría, no me atrevería, señor.

—¡Por todos los demonios, Leví, di de una vez la verdad. Te va la vida en ello!

La amenaza era cortante, no había necesitado ni siquiera elevar el tono de voz para que un aire gélido se extendiera por toda la casa. Leví sollozaba, jadeaba como un animal herido y el sonido de su respiración reptaba por la paredes, en un desesperado intento de huida. Las posibilidades de transacción se agotaban y empezaba a darse cuenta, aquello era un mal negocio.

—Está bien, tenéis razón. Conocía a D´Aubert, pero sólo superficialmente. Vino a verme al desembarcar, buscaba un refugio seguro y me prometió mucho dinero. Decía que iba tras algo grande.

—¿Cómo de grande, Leví?

—¡No lo sé! No quiso explicarme nada, decía que todavía

tenía que descubrir algunas cosas. Sólo quería que le pusiera en contacto con un traductor de griego. ¡Sólo eso!

—¿Y eso es lo que hiciste, le enviaste a alguien?

—¡No, a nadie, os lo juro! Le dije que en la posada encontraría la información que buscaba. ¡Nada más!

—No me molesta que mientas, Leví, todo el mundo lo hace continuamente. Lo que me enfurece es que intentes engañarme a mí, y que tengas la convicción de que puedes hacerlo. No me gusta nada, vieja rata de muelle. Por eso he decidido prescindir de tus servicios, ya no me sirves de nada. Nada personal, ya lo sabes, sólo negocios, y me temo que tú has hecho una inversión equivocada.

Guillem oyó un sollozo roto, las súplicas del usurero en demanda de clemencia, y un escalofrío le recorrió el espinazo al escuchar sus gritos de auxilio. Leví lloraba, gritaba, se le oía arrastrarse por el suelo mientras balbuceaba frases incoherentes. Se trataba de su último negocio y el joven no le juzgó por ello, estaba intentando apostar hasta su dorado genovino para salvar el pellejo. Pero Leví desconocía la verdadera naturaleza de la Sombra, porque Guillem sabía con seguridad que aquella voz sólo podía pertenecerle. El usurero estaba perdido, porque desconocía su total ausencia de piedad.

Un sonido entrecortado que no supo identificar llegó hasta el palomar, un ruido leve, casi un murmullo. El vacío volvió a apoderarse de la casa; un silencio sepulcral lo envolvía todo, como si las palabras que Guillem había escuchado no se hubieran pronunciado jamás. No se movió ni un milímetro, rígido, con la musculatura contraída contra la pared, atento a cualquier rumor, a cualquier sonido que le indicara la presencia del hombre, su trayectoria. «Nada puede desvanecerse en el aire», pensó.

La espera se hacía interminable y el dolor por la inmovilidad agarrotaba sus piernas. De repente, oyó con claridad el ruido de una puerta al cerrarse. Se relajó en silencio, intentando recuperar el ritmo de su respiración, casi detenida, mover un pie. De repente, una voz de ultratumba le obligó a detenerse, a permanecer paralizado. «¡Quieto!» Apoyado en aquella sucia pared llena de excrementos de palomas, conmocionado, tardó unos segundos en comprender que la orden provenía de su propia memoria. Como si el recuerdo viajara en su ayuda para salvarle la vida, los consejos de Guils y sus particulares opiniones acerca de los espías papales se le hicieron audibles.

«Son como serpientes, muchacho, de las peores. Utilizan los trucos más sucios que puedas imaginarte, reptando por las paredes, dispuestos a lanzarte su veneno cuando tú crees que han desaparecido. O sea, mi querido caballero Montclar, debes actuar como si nunca se hubieran ido, otorgarles el divino don de la ubicuidad y de la transmutación, igual que si trataras con espectros del infierno.» Guils se reía a carcajadas, el odio que sentía hacia los espías papales le hacía maldecir como un poseso. «¿Conoces el truco de la puerta? Pues escucha con atención, chico. Tú espías en tanto ellos también espían y estás convencido de que ignoran que tú estas allí. ¿Me sigues, cachorro de hiena? Bien, sin que sepas muy bien por dónde han ido, oirás una puerta que se cierra y respirarás tranquilo, pensarás que por fin, esta peste romana ha desaparecido de tu vista, y te moverás. Y estarás muerto en unos segundos. ¿Por qué? Ya te lo he dicho, asno, no se van, permanecen inmutables y eternos, esperando que el pobre imbécil se mueva y les indique su presencia. Tu única esperanza es tener más tiempo que ellos, esperar pacientemente y rezar, rezar para que después de tantas tonterías, tengan prisa en jorobar a algún otro desgraciado como tú.»

Sí, tenía que haber sido aquel recuerdo lo que le había paralizado cuando con seguridad iba a encontrarse con su muerte. Pero todavía no lo estaba, pensó concentrándose en su propia inmovilidad, olvidando el dolor del cuerpo entumecido y respirando sin que un solo murmullo saliera de sus labios. Hombre y pared, casi fundidos, convertidos en la misma espera. Su mente distraída en Guils y en los ejercicios que le obligaba a hacer, «ejercicios antipapales» los llamaba con irreverencia, al tiempo que lo tenía paralizado en los lugares más increíbles. «Hazme un favor, chico, pierde el sentido del tiempo, ya no existe.» Horas y horas, colgado de un árbol, arrodillado en un confesionario, sentado, de pie, estirado, boca arriba, boca abajo… ¡Dios, lo que había llegado a maldecir a Bernard por aquella tortura! «Maldice, caballero Montclar, pero en silencio y no me mires como un carnero en el matadero.»

Oyó de nuevo la puerta pero se mantuvo quieto. Hasta el aire parecía paralizado, atrapado en miles de motas de polvo eterno. «Sí, eso es, lo he conseguido, soy ubicuo y transmutado, tengo todo el tiempo del mundo, me quedaré aquí, me moriré aquí mismo dentro de unos años.» Oyó unos pasos, alejándose, pero no le importó, iba a quedarse allí hasta el final del mundo, convertido en mota de polvo.

Cuando se movió, no tenía noción del tiempo transcurrido ni le importaba, se sentía ligero y despierto. Bajó al piso y encontró a Leví, el mentiroso, con los ojos muy abiertos, todavía sorprendidos por la manera en que había acabado su negocio. Un preciso corte le recorría el cuello de oreja a oreja, tendido en medio de un gran charco de sangre. Cuando Guillem se inclinó para observarlo, la cabeza del usurero rodó hasta el final de la estancia despidiéndose del resto del cuerpo. Era una imagen patética, aunque el joven se concentró en un detalle extraño. Las ropas de Leví estaban en un orden exquisito, su larga túnica de seda y su capa, con cada pliegue dispuesto de forma armoniosa; ni sus collares se habían movido al desprenderse su cabeza. Alguien había dado un toque final a la escena. Guillem encontró su genovino y lo devolvió a su bolsa, el préstamo había vencido y no había nadie para cobrar los intereses. Después, sin tocar nada, abandonó la habitación. Salió de la casa tan sigilosamente como había entrado y no encontró a nadie en su camino.

Su cita involuntaria con la Sombra le provocaba reacciones contradictorias y extremas. Por un lado, se sentía eufórico por su actuación, casi al límite de lo permitido y que había estado cerca de ponerlo junto a Leví camino del infierno de los judíos, si es que tal cosa existía. ¿Había sido parte de su memoria o era la voz de Guils, convertido en protector de ultratumba? Por otro lado, estaba impresionado por el sonido de aquella voz que había quedado grabada en su ánimo, dejándole un rescoldo de miedo y respeto por aquel asesino. Dalmau tenía razón, Robert d'Arlés era un hombre peligroso y extraño, y él tendría que andar con mucho cuidado si quería seguir vivo.

Se detuvo un momento, inconscientemente no había parado desde que salió de aquella casa, como si le persiguieran cien demonios. Debía pensar cuál era el siguiente paso, y ya anochecía, su estado de eternidad se había alargado y se hacía tarde. Pero ¿tarde para qué? No lo era para hacer una visita a El Delfín Azul, todo lo contrario, era la mejor hora, la más concurrida. Y si tenía que encontrarse de nuevo con la Sombra, prefería un lugar público, con mucha gente; su última experiencia le aconsejaba tomarse un respiro. ¿Qué máscara necesitaría para ir allí? La del joven estúpido e inútil ya no le servía, tendría que pensarlo mientras se dirigía hacia allí. Pensó en D´Aubert, el ladronzuelo. La Sombra conocía su escondite antes de hablar con Leví, era posible que se le hubiera adelantado. ¿Debía informar a frey Dalmau? Quería encontrar a D´Aubert vivo, interrogarle, recuperar lo que le había robado a Bernard y cada instante que perdía en elucubraciones y dudas era un regalo para la Sombra. Dejó de pensar para encaminarse con rapidez hacia la posada. Sólo una cosa le inquietaba profundamente: ¿habría adivinado la Sombra su presencia en la casa? «Carne y hueso —había dicho frey Dalmau—, lo demás es sólo una leyenda que él mismo se ha encargado de transmitir y aumentar, es tan mortal como tú o yo.» Pero el joven no estaba tan seguro, ni siquiera lo había visto pero había notado su presencia, el murmullo de una sombra desvaneciéndose.

Capítulo VII

El Delfín Azul

«¿Habéis prometido o dado a algún seglar o a un hermano del Temple, o a cualquier otro, dinero u otra cosa para que os ayude a ingresar en esta orden? Porque esto constituiría simonía y no podríais disculparos, si estáis seguro de ello perderíais la compañía de la Casa.»

*L*a posada El Delfín Azul se hallaba al final de un callejón sin salida, al límite del barrio de la Ribera. Leví no había exagerado al describir aquel local de mala muerte, su emplazamiento y el tipo de gente que concurría a él, no permitían engaños en cuanto a su naturaleza. Sus clientes provenían, especialmente, de los bajos fondos de la ciudad y del paso de la marinería. No era un burdel, como muchos pensaban, sino un centro de diversión y de negocios que rozaban el límite de la ley y, en muchos casos, lo sobrepasaban sin ningún problema. Las autoridades consideraban la prostitución un mal necesario que evitaba problemas peores, por ello toleraban los burdeles, aunque bajo un control municipal y real. Estaba totalmente prohibido que las prostitutas ejercieran su duro trabajo fuera de los locales adecuados para ello, de esta manera eran obligadas a vivir encerradas entre las cuatro paredes del burdel. Sin embargo, en El Delfín Azul también se podían encontrar grupos de mujeres que se reunían allí para divertirse y hablar de sus problemas, sin que fuese posible contratar sus servicios. Si una de ellas era encontrada ejerciendo su trabajo fuera del burdel, el mismo patrón y sus compañeras la iban a buscar con redoble de tambores, y la devolvían a la casa, aunque raramente sucediera así en aquel barrio, en el que ni los guardias reales se atrevían a patrullar.

Guillem caminaba con rapidez, con la cabeza alta y cara de pocos amigos. El ingenuo muchacho de los cambios había desaparecido y, en su lugar, asomaba un hombre joven, de mirada torva y con las armas a la vista. En la entrada de la posada, un grupo de hombres apalizaba a un tercero que acababa de desplomarse, desmayado o inconsciente, en tanto los golpes y puntapiés arreciaban sin que la víctima expresara el más mínimo lamento. A un lado, dos mujeres contemplaban el espectáculo con expresión aburrida, semejantes a dos estatuas de piedra que soportaran el peso del portal, excepto que carecían de capiteles en sus cabezas.

Guillem dio un vistazo al infeliz que yacía en el suelo, sin detenerse ni intervenir, aquél ya no pertenecía al mundo de los vivos y él tenía un gran interés en permanecer en él. Cuando penetró en la posada, un ambiente espeso y cargado lo envolvió, había muchas zonas de penumbra y sus ojos tardaron unos instantes en adaptarse a la oscuridad, repasando cada rincón y cada huésped que llenaba el local. Era una estancia de grandes dimensiones, rectangular, donde una enorme chimenea ocupaba un lugar de privilegio, dando mucho calor y poca luz. Las mesas se amontonaban sin orden ni concierto, como si un ejército de bárbaros hubiera conquistado el lugar y se dispusiera a arrasarlo. Los parroquianos se apretujaban alrededor de las mesas y encima de ellas, casi sin dejar un resquicio por el que pudieran pasar unas mujeres portadoras de grandes jarras. Los gritos y aullidos eran la conversación más habitual y también los coros, espontáneos, entonando obscenas canciones a voz en grito. El fragor de la peor batalla se hubiera convertido allí en un simple murmullo.

Guillem se abrió paso con dificultad, observando las miradas de curiosidad que, tras el primer vistazo, volvían a la indiferencia. Un lugar como aquél acogía caras nuevas cada día, tripulaciones enteras gastaban sus míseras pagas en aquel brebaje inclasificable que se servía, fuera vino o cerveza, para desaparecer después hacia otro puerto, hacia otro local exactamente igual a aquél. Aunque no siempre sucedía así, muchos de esos alegres parroquianos no llegarían nunca a otro puerto ni a otra taberna, el océano se los tragaría sin ningún remordimiento.

Mientras avanzaba entre la marea humana, el joven se fijó en un hombre que se apoyaba en un largo mostrador que, desde la chimenea, se extendía hasta la pared opuesta. Era un auténtico gigante de casi dos metros. Guillem le miraba con respeto, por su privilegiada situación, no podía tratarse de otro que de Santos, el conocido de Leví. El hombre estaba hablando con uno de los clientes, cosa que permitió que Guillem lo estudiara con atención. Una de las cosas que le distinguían del resto era un rostro especial, trazado por miles de cicatrices de todo tipo y tamaño, aunque una de ellas sobresalía por derecho propio cruzando toda la cara, atravesando uno de sus ojos y desapareciendo en el mentón. Era posible que continuara por la nuca hasta perderse, cuerpo abajo, en algún lugar invisible y secreto. Su gran corpulencia estaba en consonancia con su altura, y la masa muscular se dibujaba bajo sus ropas en un complicado mapa de tendones y nervios sabiamente organizados. Guillem calculó que debía de tener la edad de Bernard, quizás un par de años más, aunque era posible que las cicatrices le engañaran.

El largo mostrador en que se apoyaba servía como frontera y delimitaba el amplio territorio de los parroquianos de su atalaya particular. A sus espaldas, las camareras desaparecían en la oscuridad para reaparecer con las jarras bien provistas. Era una situación estratégica perfecta que le permitía vigilar y controlar cada rincón de su local, cada individuo que entraba o salía, cada murmullo. Un poco más apartada del mostrador, al otro lado del fuego, una escalera de madera se perdía en las alturas. Seguramente comunicaba con las habitaciones de los huéspedes. Guillem siguió estudiando con detenimiento la posada, buscando los puntos más favorables para una hipotética huida. No deseaba encontrarse en la desagradable experiencia de acabar en un agujero sin salida y mucho menos con un contrincante como la Sombra. Su mirada se posó en una pequeña puerta bajo la escalera, posiblemente la bodega o una leñera, que estaba disimulada en la pared y que sólo por un extraño reflejo en el fuego de la chimenea había atraído su atención.

Se acercó pausadamente hacia donde reinaba aquel gigante

sin que nadie osara poner en duda su legitimidad. Como era de esperar, llamó su atención de inmediato. Santos le observaba, dejando en suspenso la conversación que mantenía, y la interrupción alejó a su interlocutor hacia una de las mesas cercanas, como en una ceremonia ensayada mil veces, donde todos los participantes sabían el papel que debían hacer. La mirada de Santos se concentró en el joven desconocido con una curiosidad no exenta de indiferencia.

—Sois forastero, compadre. —Era una afirmación en toda regla. Santos seguía la ley, no escrita, de evitar las preguntas.

—Y vos adivino. ¿Cómo habéis llegado a tan difícil conclusión?

—¿Os sirvo algo o necesitáis mis servicios de adivinación?

—Tomaré lo mismo que vos, siempre que no sea la porquería que éstos están tragando.

—Vaya, vaya… un paladar fino, algo que no acostumbro a disfrutar en este antro, señor, aunque es posible que incluso lo que yo bebo, sea insuficiente para vos. —Santos parecía divertido con el nuevo parroquiano, y el sarcasmo encontraba acomodo entre los dos.

—Supongo que sois Santos, dueño absoluto de este territorio.

—Ahora el adivino sois vos. —Santos sirvió dos jarras, extraídas de algún lugar bajo el mostrador.

—Vino de Messina. Excelente. Tenéis buen gusto en el beber. —Guillem había tomado un largo trago de la jarra.

—Os costará caro, aunque no dudo de que lo podéis pagar. Vuestra salud os agradecerá la elección. Estos miserables carecen de estómago y en su lugar esconden un saco de plomo, indiferente a lo que le echen.

—¿Por qué Santos?

—¿Por qué, qué?

—Me refiero a vuestro nombre, los demás nos conformamos con un santo, vos parece que necesitáis a toda la corte celestial.

Santos lanzó una estruendosa carcajada que resonó en toda la enorme estancia, sobresaltando a más de uno.

—Vaya, vaya, tenemos a un gracioso. Os lo agradezco, mi trabajo es soberanamente aburrido por norma general y me gustan las bromas, impiden que se me seque el cerebro. Por lo que se refiere a mi nombre, no os puedo responder, es tan antiguo que he olvidado su razón de ser.

Guillem sonrió, estaba pensando en la mejor manera de encauzar la conversación hacia los temas que le interesaban, sin llamar la atención ni levantar sospechas, pero Santos no era presa fácil, no era un tipo que se dejara engañar fácilmente como Leví. Tendría que arriesgarse.

—Me han aconsejado que hable con vos —dijo en voz baja.

—¿Y qué maldito ladrón os ha dado este consejo?

—Un ladrón muerto —contestó Guillem, observando la reacción de Santos.

Santos se quedó en silencio, mirándole sin parpadear, sopesando las palabras. Aquella mirada fija, obligaba a uno de sus ojos, cruzado por la espantosa cicatriz, a tomar una forma extraña, como un ocho irregular y mal garabateado que buscara ampliar sus deformadas circunferencias.

—Deberíamos sentarnos, ¿no os parece? —dijo finalmente.

Le hizo un gesto indicándole que le siguiera y su salida del mostrador provocó un murmullo de admiración, el gigante parecía estar concediendo un privilegio especial al joven desconocido. Santos avanzó hacia una mesa, cerca de la chimenea, que se desalojó en el acto cuando sus ocupantes le vieron avanzar. Ambos se sentaron con las jarras en la mano, uno frente al otro sin dejar de observarse.

—¿Y bien? —Santos parecía levemente interesado.

—Leví el cambista me dijo que vos me daríais una información sobre alguien a quien busco.

—¿El avaro mercader está muerto? —Parecía realmente perplejo—. Creía que esa ralea de usureros gozaba de un trato especial ante la Parca, pero veo que no es así. ¿Le habéis matado vos?

—No, se me adelantaron. Últimamente siempre me pasa lo mismo. Si sigo así, no podré matar a nadie más, es deprimente.

Santos volvió a estallar en carcajadas, lo que de nuevo provocó el desasosiego entre sus clientes más cercanos, pero había decidido que aquel muchacho le gustaba.

—Ese viejo gusano rastrero de Leví no ha hecho un buen negocio esta vez. Eso le pasa por andar con malas compañías.

—Tenéis razón —asintió Guillem, en tono grave—, no invirtió bien y me temo que no va a recuperarse de sus pérdidas.

Miró el rostro del posadero en busca de alguna señal que le permitiera seguir por aquel camino, pero las facciones de Santos encerraban un misterio tan antiguo como su nombre, y no daban facilidades de ningún tipo. El joven decidió soltar un poco más de información.

—El gusano rastrero, como vos le llamáis, ha sido asesinado hace unas horas, degollado, mejor dicho, decapitado por una mano experta, sumamente hábil en estos menesteres.

—Una muerte digna para un ave carroñera como él. —Santos no parecía impresionado—. Os puedo asegurar que su muerte será celebrada por muchos cuando la noticia se conozca. Nadie va a llorar su ausencia, no tenía mujer ni hijos, ni hermanos ni tíos, nada de nada. El pobre imbécil decía siempre que la familia era una inversión sin futuro y mirad ahora, no tiene ni a un perro que se encargue de su entierro.

Guillem comenzó a exasperarse ante la impasibilidad de su interlocutor, nada parecía conmoverlo y escuchaba sus noticias sin un parpadeo de su mutilado ojo. Estaba regalando información a cambio de nada y ya no sabía qué táctica utilizar.

—Estoy buscando a un tal D´Aubert —espetó. Ya había perdido demasiado tiempo.

—O sea que es esto lo que habéis venido a buscar, muchacho, al estúpido de D´Aubert. ¡Por fin se hace la luz en la oscuridad! ¿Para qué le buscáis?

—Muchas preguntas y pocas respuestas —graznó Guillem, irritado y con su dosis de paciencia totalmente agotada. Estaba molesto ante las sonoras carcajadas de Santos, quien se divertía por su enfado.

—Perdéis muy pronto la paciencia, joven, pero voy a responderos de una vez. Conozco, desde luego, a D´Aubert. Incluso os diré que yo mismo he estado a punto de matarlo para ahorrarme su insufrible charlatanería. Es un ser repugnante.

—¿Es uno de vuestros huéspedes?

—Era, joven, era uno de mis huéspedes, pero en estos momentos ya no lo es —le contestó Santos como única explicación.

Aquello fue un mazazo para Guillem, aquélla era la única

pista que poseía para encontrar a D´Aubert, para recuperar lo robado. Si aquel ladrón había huido, sería difícil volver a localizarle y todo aquello le estaba volviendo loco. Otra vez se encontraba como al principio, sin nada sólido. Era tal su abatimiento que hasta Santos pareció compadecerse de él.

—¿Tanto interés tenéis en semejante imbécil, «hermano»?

El joven dio un salto de la silla, perplejo y asombrado. Se sentía descubierto, como si le hubieran arrancado su máscara de golpe. Su mirada se dirigió hacia una de las probables vías de escape con inquietud. «Hermano.» Aquel gigante tabernero había averiguado su condición sin una duda, casi a primera vista, y eso era algo con lo que no contaba.

—Tranquilizaos, nadie va a delataros, sólo me estaba divirtiendo un poco al contemplar a un honesto templario en un lugar como éste. Aunque, la verdad, no gozáis de muy buena reputación. —Santos parecía relajado y tranquilo.

—¿Cómo me habéis descubierto? —La mente de Guillem se esforzaba en encontrar una explicación. Su máscara no había sido eficaz, en algo se había equivocado. Seguramente le había reconocido desde el mismo momento en que puso un pie en aquella maldita taberna de mala muerte. Estaba enfadado con Santos, que tenía la capacidad de ver a través de las máscaras y temía que si él había podido descubrirle, otros también podían hacerlo. Tenía la desagradable sensación de estar atrapado. Santos le estudiaba con atención, intuyendo los sentimientos que su broma había provocado y arrepintiéndose de su ligereza.

—Calmaos, os lo ruego, es una buena máscara, nadie más os ha descubierto. Lamento mucho haberos inquietado de tal manera, pero no os preocupéis por este hatajo de borrachos, no reconocerían ni a su propia madre si entrara por la puerta. Bernard os enseñó bien.

Los ojos de Guillem se abrieron como platos y no pudo evitar una exclamación de asombro. Aquello era demasiado, no podía creer que el espectro de Bernard Guils se obstinara en perseguirle hasta aquel antro. Pero ¿quién demonios era Guils para tener conocidos como Santos? Guils el desconocido, eso era. Su enfado e irritación tomaban un camino diferente, un camino que llevaba a Bernard, el amigo desaparecido, el maestro… el que tan poco le había contado de sí mismo, el que le mantenía en la ignorancia, el mismo que le había abandonado en mitad de aquella tormenta.

—Tenéis que perdonarme, muchacho, cuando os he visto entrar no he podido evitar la tentación de reírme un rato. Pero acabo de recibir un buen puntapié en el trasero, una señal de Guils desde la tumba para que os deje recuperar el aliento. No os preocupéis por vuestra seguridad, estáis a salvo. Hace ya muchos años pertenecí a la orden, por eso os he reconocido. No hay ningún templario que entre en esta taberna al que Santos no reconozca, por muy disfrazado que vaya. Son viejas costumbres.

Guillem le miraba desafiante, intentando controlar la cólera que sentía, harto de aquel asunto que giraba y giraba siempre en torno al mismo punto: Guils.

—El fantasma de Bernard me persigue con más saña que entusiasmo. Me lo encuentro en cada esquina sobresaltándome e incluso creo haber oído su voz. Podéis pensar que me estoy volviendo loco porque así lo creo yo mismo… Y supongo que lo conocisteis en Palestina, cómo no, y que luchasteis juntos a brazo partido, íntimos amigos desde la infancia. ¡Oh, y seguro que sabéis todo lo que debe saberse de este asunto y que yo puedo largarme a la Casa y dormir tres días seguidos, abandonando definitivamente mi ridículo papel de títere!

—¡Dios santo, estáis realmente enfadado! —Por primera vez, Santos parecía asombrado—. Lo lamento de verdad, amigo mío, no era mi intención provocar vuestro enojo, pero no tengo ni idea de lo que me estáis hablando. Conozco la muerte de Bernard, es cierto, en este barrio las noticias corren más que saetas musulmanas, pero desconozco el «maldito asunto» del que habláis. ¿Cómo murió en realidad Bernard? Aquí sólo corren rumores, historias increíbles.

Guillem comprobó que Santos estaba diciendo la verdad y se arrepintió de haber volcado toda su frustración e impotencia en aquel gigante que le miraba con verdadera preocupación.

—Fue envenenado.

—¡Envenenado! No me lo puedo creer, no en Bernard. —La sorpresa se apoderó de las facciones de Santos, marcando de un tono púrpura la larga cicatriz.

Y entonces Guillem le contó todo lo que sabía, sin omitir

nada, en un esfuerzo para determinar sus emociones y sentimientos, harto de aquel trabajo, de engañar y de ser engañado. Se vació, hasta quedar en paz, cansado de esperar que alguien le indicara una pieza en aquel rompecabezas de reliquias, sombras y muertes que le arrastraba de un lado a otro, como si estuviera unido a hilos invisibles que le manejaran a su antojo. Guillem de Montclar había decidido estallar y ya no le importaban las consecuencias.

Santos escuchó con atención, sin interrumpir en ningún momento. En tanto sus facciones se endurecían a medida que la historia avanzaba, pero sin dejar traslucir al exterior ninguna emoción. Escuchó, durante una hora, las palabras de aquel muchacho enfadado, perseguido por fantasmas que no reconocía. Y mientras le escuchaba, multitud de recuerdos e imágenes acudían a su mente en tropel, con una claridad diáfana, como destellos de la intensa luz del desierto de Judea.

En la pequeña construcción de adobe, perdida en mitad del desierto, dos hombres hablaban a gritos. Nadie les escuchaba en aquella inmensidad vacía, sólo sus dos caballos, inquietos ante el tumulto de voces.

—¡Maldita sea, Bernard, te has vuelto totalmente loco! —Jacques *el Bretón* aullaba como un lobo en celo, andando a grandes zancadas por la pequeña estancia. El suelo retumbaba a cada uno de sus pasos, como si un ejército de turcomanos estuviera a punto de invadirles.

—¡Para de una vez, Jacques, y deja ya de maldecir! ¡Ya sé que tiene todo el aspecto de una trampa! —La voz de Guils sonaba un tanto hastiada a causa de los gritos de su compañero.

—¿Todo el aspecto? ¡Por los clavos de Cristo, Bernard, no te atrevas a contestarme esto, no después de tantos años! Tanto secretismo va a volverme loco de atar a mí también.

—Serénate y no grites más, me estás poniendo nervioso.

—Está bien, no gritaré, pero Bernard…, estamos a un paso de descubrir al maldito traidor, ése es nuestro trabajo prioritario. No te parece sospechoso que tan cerca de averiguarlo nos manden tras un pringoso manto con una historia increíble. ¿¡Es que quieres suicidarte!?

El potente vozarrón de Jacques hizo temblar las frágiles paredes. Guils, por toda respuesta, le propinó un puñetazo en la espalda, aunque Jacques no pareció notarlo.

—¡Déjame hablar, Jacques, de lo contrario te amordazaré, te prometo que lo haré! No tengo tiempo de ir a Acre para convencer a quien sea de la locura de esta misión, ni tampoco tengo motivos para desobedecer. Y sí, tienes razón, es sospechoso que nos manden tras un espejismo en forma de manto, y nos obliguen a dejar nuestra investigación. Por eso quiero que me escuches con toda tu escasa atención: tú no vas a venir con nosotros.

Guils hizo un severo gesto de aviso ante la intención de su amigo de responder, pero no pudo evitar que éste la emprendiera a golpes con una de las paredes.

—Jacques, ¡Jacques! Escúchame, tú vas a ir solo a la cita con nuestro contacto e indagarás el nombre del traidor. Después te dirigirás a Acre y le contarás a Thomàs de Berard todo lo que descubras y dónde nos encontramos. Y sobre todo, pondrás atención en revelar de quién fue la idea de esta absurda misión. ¿Lo has entendido bien?

—Tengo tiempo para ir a la cita y volver con vosotros, por si acaso.

—¡No! ¡No vas a volver, te largarás a Acre a toda prisa y sin mirar atrás! ¡Sin discusión, maldita sea, por una vez obedece!

—No entiendo por qué te fías de este caballerito de corte, Bernard, siempre preocupado por subir de categoría... «Prefiero que me llamen «Caballero D´Arlés». —Jacques imitaba los modales exquisitos y amanerados del aludido—. Es una serpiente rastrera, te lo he dicho siempre... Pero lo del manto... ¡Eso no tiene nombre, Bernard, por el amor de Dios!

—Jacques, siempre has detestado a Robert d´Arlés, no lo puedes soportar, pero ¿por qué demonios iba a inventarse una historia tan absurda?

—¡Ja! Por salvar el culo, Bernard, ése todo lo hace para que su culo encuentre mejor acomodo que una silla de montar.

—Estamos metidos en un grave problema y a ti sólo se te ocurren incoherencias.

—Un grave problema, sí, señor, me alegro de que lo reconozcas, Bernard, y de que seas realista, porque en las últimas horas andas colgado de una palmera y boca abajo, sin tener los pies en el suelo. Y más que grave, es una situación peligrosa, vas a acabar con el pescuezo a rebanadas.

Bernard Guils suspiró profundamente. Necesitaba de toda su paciencia para tratar con su rebelde compañero, un hombre que se encendía con sólo oler fuego.

—Te prometo que procuraremos acabar vivos, pero tú debes hacerme caso esta vez.

—Pero Bernard, ¿quién puede creerse que un sucio mercader de Éfeso, ¡además de Éfeso!, pueda tener un manto que perteneció a la Virgen? ¿Quién puede creerse que tal cosa exista en la tierra? ¿Qué demonios os va a vender? Yo te lo diré, amigo mío, un harapo deshilachado que su madre tiró por viejo.

—No se trata de esto. ¡Olvídate del maldito manto! Estás obsesionado con él, y es lo menos importante. Lo que cuenta es que alguien nos está apartando de la investigación y que debe creer que lo ha conseguido.

—Entiendo, y por eso os vais a suicidar en grupo.

Bernard entendía el punto de vista de su compañero, el motivo para alejarles era realmente ridículo y nadie en su sano juicio correría tras un harapo deshilachado, como decía Jacques. Esto lo tenía intrigado. ¿Se estaba inventando D´Arlés todo aquello? Pero ¿por qué motivo? ¿Y si no era D´Arlés quién estaba jugando con ellos?

—Sinceramente, Jacques, lo que más me molesta de todo esto es que nos tomen por estúpidos.

—Claro, te molesta pero vas a hacerlo de todos modos —saltó Jacques, sin comprender su razonamiento.

—Sí, tienes razón, tendremos que arriesgarnos. No levantar sospechas, simular que caemos en la trampa. Por eso te necesito fuera, eres nuestro salvoconducto.

—¿Y qué les vas a decir cuando yo no aparezca? —Jacques parecía resignado, sabía que no habría forma de convencer a Bernard de lo contrario.

—¡Eso es fácil, querido amigo! Les diré que no te he encontrado. Todos conocemos tu afición a las fugas «a ninguna parte». Les diré que has vuelto a desaparecer, que no te has presentado. «Este maldito imbécil nos ha vuelto a plantar.» Me mirarán con resignación cristiana y no dirán esta boca es mía.

—Menos D´Arlés. «El Temple tendría que escoger mejor a sus miembros de élite, alguien tendrá que dar cuenta de las fugas de nuestro hermano, esto no puede quedar así...»

Bernard Guils lanzó una carcajada ante la imitación de Jacques. Tenía razón, además de imitarlo perfectamente, seguro que D´Arlés iba a decir algo parecido.

Salieron de la cabaña con la preocupación reflejada en sus rostros. Jacques abrazó a su compañero con fuerza, tenía un mal presentimiento. Vio montar a Bernard en su hermosa yegua blanca, y se acercó a acariciar la cabeza del animal.

—Jacques, ten mucho cuidado, no dejes que ese maldito traidor se escape. ¡Y vete a Acre!

—Lo mataré con mis propias manos, te lo juro.

Pero Bernard ya no le oía, él y su montura se alejaban a toda prisa en dirección al norte. Durante un rato observó la silueta de su amigo alejarse, empequeñeciéndose en el horizonte de arena.

Santos despertó bruscamente del ensueño de su memoria, las palabras del joven templario le traían de vuelta a la posada.

—Es urgente que hable con D´Aubert —decía Guillem.

—Perdonad, muchacho, estaba distraído. Comprendo vuestra urgencia, pero os he de confesar que ese charlatán os servirá de bien poco.

—¿Habéis hablado con él, os ha contado algo de interés?

—Está muerto. De nuevo alguien se os ha adelantado.

Guillem se quedó helado, no esperaba que la Sombra pudiera adelantársele esta vez. Más bien creía que estaría muy ocupado buscando una nueva madriguera. Había supuesto que no quería quedarse allí, con el cadáver de Leví.

—Pero ¿quién va a encontrar a Leví en una casa semiderruida y abandonada? Pueden pasar días, meses... ¡Dios Santo, acabo de cometer un error imperdonable! —musitó el joven.

—Bienvenido al mundo real, muchacho —respondió Santos, con ironía—. Mal estaría que fuerais perfecto, seríais insoportable. Espero que Bernard no os metiera esta idea en la cabeza, aunque era muy capaz. Hace unos momentos, recordaba un día en que intenté convencerle y…

—¿Cómo sabéis que D´Aubert está muerto, Santos? —interrumpió el joven, una nueva posibilidad se abría paso en el laberinto.

—Lo encontré yo mismo, ya cadáver, en su habitación. —Santos empezaba a pensar que aquel muchacho era tan cabezota como Guils.

—¿Cuándo?

—Ayer por la noche.

—Entonces mató a D´Aubert antes que a Leví. ¡Ya había descubierto la madriguera del ladrón! Y es posible que recuperara lo que éste robó a Bernard. ¿Cómo murió D´Aubert? —Guillem saltaba de una cosa a la otra, excitado.

—De mala manera, os lo aseguro. Todavía está arriba, en su habitación. Lo maniataron de tal modo que él mismo se asfixió, no pudo aguantar la presión de las cuerdas. Hacía mucho tiempo que no veía este sistema, le llamaban el «nudo del suicida», aunque os confieso que no comprendo la razón del nombre, es casi imposible que uno mismo se mate de esta manera. Tuvo que pasarlo muy mal, os lo aseguro. Estaba amordazado y los pocos muebles que hay en la habitación estaban cuidadosamente apartados, para que no pudiera alertar a nadie. De todas formas hubo algo que me llamó la atención: una silla, muy cerca de él, casi pegada a su cara. Como si alguien se hubiera sentado tranquilamente, mientras el infeliz agonizaba. No debía ser un espectáculo muy agradable, muchacho.

—Montclar. Guillem de Montclar —contestó el joven con el ceño fruncido.

—¿Cómo decís?

—Que no me llamo muchacho, ni joven, ni nada parecido. Mi nombre es Guillem de Montclar.

—Perdonad, no quería ofenderos, Guillem.

—¿Registrasteis la habitación de D´Aubert? —Guillem estaba seguro de que lo había hecho.

—Naturalmente, pero si queréis, podemos volver a hacerlo.

El joven hizo un gesto afirmativo y ambos se levantaron de la mesa, dirigiéndose hacia las escaleras.

D´Aubert todavía conservaba un gesto de sorpresa, como si

no pudiera creer lo que le estaba sucediendo. Su cuerpo, retorcido por las cuerdas, parecía el de un contorsionista paralizado, interrumpido en mitad de su ejercicio. Santos le echó una sábana encima mientras observaba el cuidadoso registro que llevaba a cabo Guillem, era indudable que le habían instruido bien.

—¿Qué vais a hacer con él? —dijo el joven, señalando el cadáver.

—Tengo que pensarlo, no os preocupéis. Es posible que nadie vuelva a saber de este miserable.

—Aquí no hay nada de lo que busco, la Sombra ha debido encontrarlo.

—No os precipitéis, Guillem. Encontré algo que quizás tenga interés para vos. Al principio, no le di importancia, pero al oír vuestra historia he cambiado de parecer.

Guillem se acercó a él, con curiosidad. Santos le mostraba algo en su mano extendida.

—¿Piel de cordero? ¿De dónde la habéis sacado?

—Sí, es piel de cordero, tratada y pulida con extrema delicadeza. Es posible que protegiera lo que andáis buscando. Había también unas cuerdas muy finas y resistentes, seguramente para asegurar el paquete. Lo encontré aquí, en la habitación, alguien lo había tirado sobre la cama.

—O sea, que la Sombra ya tiene lo que quería —afirmó Guillem.

—Vais demasiado rápido en vuestros razonamientos. —Santos hablaba en voz baja—. D´Aubert recibió varias visitas en pocas horas, buscaba un traductor de griego, ya lo sabéis, y yo le di algunas ideas.

—¿Qué intentáis decirme?

—Estuvo hablando con un tal Mateo, un clérigo de mala vida. Creo que le expulsaron de la orden de Predicadores por algún escándalo que desconozco. Ahora vive a costa de dos prostitutas que le mantienen a cuerpo de rey y tiene muy buena relación con gentuza poco recomendable.

—¿Y creéis que ese hombre sabe algo?

—Mateo y D´Aubert estuvieron discutiendo, creo que no se ponían de acuerdo en el precio. Finalmente, cerraron el trato y el clérigo se marchó precipitadamente de la taberna. Eso sucedió anoche. Observé que Mateo llevaba algo escondido entre sus ropas. Aunque intentaba disimularlo, era visible que apretaba algo con fuerza entre sus garras, incluso llegué a pensar que había robado algo de la habitación del ladronzuelo.

—¿Sospecháis que fuera el asesino de D´Aubert?

—¡No, no! De eso estoy bien seguro, Guillem. Al observar su conducta, subí a la habitación de D´Aubert y estaba muy vivo, preocupado y nervioso, pero vivo. Me preguntó si Mateo era de confianza, si yo respondía de él, que tenía un negocio muy importante entre manos y que el clérigo no le acababa de gustar.

—¿Y no conseguisteis averiguar nada más?

—Le contesté que yo no respondía de nadie y me reí de su desconfianza, añadiendo que entre ladrones era difícil encontrar una virtud tan escasa y que, al fin y al cabo, Mateo era de su misma calaña. Intenté averiguar de qué tipo de negocio hablaba, pero se cerró en banda, me juró que tendría mi parte por los servicios prestados y que no necesitaba saber nada más.

—¿Y no visteis nada extraño esa noche, algo que os llamara la atención?

—Nada que me asombrara en un local como éste, pero hoy he reflexionado a la luz de vuestras noticias. Se produjo una colosal pelea, una tripulación forastera se enzarzó en un brutal tumulto y no quedó ni un mueble en su sitio…, pienso que es muy posible que alguien pagara la pelea, algo muy favorable para quien quisiera colarse hasta las habitaciones superiores. Nadie se hubiera fijado en él. Muy apropiado, ¿no os parece?

—¿Sabéis dónde puedo encontrar al tal Mateo? Parece que es mi única pista.

—Viene de vez en cuando a la taberna —respondió Santos—, pero haré averiguaciones para saber dónde está su madriguera.

—No quiero implicaros más, Santos, ya veis cómo acaban todos los que tienen que ver con este sucio asunto.

Santos se rió con ganas, la preocupación del muchacho por su salud era algo nuevo en su mundo. Normalmente, la vida y la muerte ocupaban el mismo lugar de privilegio en su taberna, el privilegio de la indiferencia más absoluta.

—Sois muy amable, Guillem, pero ya estoy implicado. ¿No os parece que matar a uno de mis huéspedes, en mi propia taberna y en una de mis habitaciones, es un detalle de mal gusto? Encontraré a Mateo, mis pesquisas levantarán menos sospechas que las vuestras, os lo aseguro, nadie se interesará por mis motivos para encontrar al clérigo y sé a quién preguntar.

—Está bien, es posible que tengáis razón. ¿Cómo sabré que le habéis encontrado?

—Os enviaré recado a la Casa. Sed paciente, muchacho.

Guillem dio un último vistazo a la habitación de D´Aubert. Ya nada más podía hacerse allí y Santos le había proporcionado toda la información que tenía. Miró con aprecio al gigante tuerto, admiraba la seguridad que emanaba de su persona, el control que tenía de la situación, como si cada día encontrara cadáveres maniatados repartidos entre las habitaciones. Necesitaba confiar en él, un contacto en aquel barrio le sería de gran utilidad, y era más prudente tener a una persona como amigo que como enemigo. Estaba a punto de marcharse, cuando el tabernero le llamó.

—Debéis andar con mucha precaución. Por lo que me habéis contado, hay demasiados muertos en esta historia y no sería prudente distraerse ni un segundo. Centrad vuestra atención y manteneos alerta. No permitáis que la muerte de vuestro compañero os afecte hasta el punto de bajar la guardia, eso sería muy peligroso.

Guillem le aseguró que tendría sus consejos muy en cuenta y después de despedirse, salió de la taberna. El cuerpo del hombre apalizado seguía en el mismo lugar, doblado sobre sí mismo, y lo único que había cambiado era el tamaño de la gran mancha de sangre que se extendía a su alrededor. Las mujeres también seguían allí, inmutables, ajenas a todo lo que ocurría. El joven tuvo la sensación de hallarse dentro de un sueño, el cansancio y la oscuridad daban un aire de irrealidad a la escena y si por la esquina hubiera aparecido un unicornio, ni tan sólo se hubiera inmutado. «Si esto es una pesadilla —pensó—, lo mejor será despertarse en la Casa y en mi camastro.» Llevaba cuarenta y ocho horas de pie y el sueño empezaba a vencerlo.

Santos vio alejarse al muchacho con la preocupación en el rostro, temía por su vida. No le había dicho toda la verdad, Guillem aún no necesitaba saberlo todo. Las viejas sombras de su memoria no debían acumularse en sus espaldas y a Bernard no le hubiera gustado que el joven se viera envuelto en un antiguo ajuste de cuentas. No, eso era cosa suya y de Dalmau, aunque ahora Guils no estaría a su lado. El viejo y querido Guils.

Por primera vez, desde hacía mucho, tenían a D´Arlés al alcance de la mano. Lo que le había obligado a venir tenía que ser muy importante, vital. Robert había evitado su proximidad como quien evita al diablo, y había hecho bien, no ignoraba que las viejas cuentas siempre acaban saldándose y que ellos no olvidarían jamás, pasara lo que pasase. Mientras quedara uno de ellos con vida, D´Arlés no dormiría tranquilo. Ahora comprendía la nota urgente que Dalmau le había enviado y que acariciaba dentro de su bolsillo, esta vez serían más rápidos… Recordó su estupor cuando descubrió el nombre del traidor. No se lo podía creer. A pesar de su animadversión hacia D´Arlés, nunca había soportado a aquel «caballerito» que creía ser alguien importante, pero ¿un traidor? No, era un engreído, un presuntuoso y un ambicioso, pero no un traidor… Tardó unos minutos en reaccionar cuando finalmente se enteró del nombre: el maldito D´Arlés les había engañado a todos. Desobedeciendo las órdenes de Guils, galopó como un loco para avisarles, pero llegó tarde, la tragedia se había consumado y él no pudo evitarlo. Volvió a Acre, abatido y furioso, para comunicar al maestre el final de sus averiguaciones y enterarse, por descontado, que ninguna orden tan increíble como aquélla había salido de las paredes de la Casa templaria. El nombre del traidor había sido un gran escándalo para la orden y D´Arlés, huido, corría hacia Francia para susurrar en los oídos del rey francés calumnias y mentiras. Aquel malnacido arrogante había conseguido lo que ambicionaba, a costa de lo que fuera y sin que Jacques *el Bretón* pudiera impedirlo. Estos pensamientos todavía encendían su cólera. ¡Maldita política! Un traidor elevado a la categoría de confidente de un rey mientras sus compañeros agonizaban en una mazmorra siria. ¿Quién podía entender todo aquello? Ni tan sólo ahora, convertido en Santos, lo comprendía.

No se arrepentía de nada, había abandonado el Temple para rescatar a sus compañeros, el maestre Thomàs Berard tenía las manos atadas. Aquel maldito traidor había convencido al rey Luis de la culpabilidad de sus amigos, imputándoles sus propios actos y el rey había prohibido a la orden cualquier tentativa o canje para salvarlos. Sólo estaba él, Guils se lo había dicho, «eres nuestro salvoconducto, Jacques», y no dudó ni un instante en lanzarse en su busca. Le había llevado tiempo, demasiado tiempo, pensó, recordando al joven y dulce Gilbert. Recordaba la huida, en plena noche, con Dalmau herido y rabioso por abandonar el cuerpo de su hermano, con Bernard medio muerto, llevándolos a los dos, uno en cada hombro. Sí, él, Jacques *el Bretón*, la mula más obstinada del Temple de Acre, lo había conseguido. Los escondió y los curó, y un atardecer, en mitad de la nada del desierto, juraron su venganza ante las dunas rojizas. Una venganza que pasaría por encima de todo, hasta de sus propios votos si ello era necesario.

«Se acerca la hora, Bernard, mi querido amigo, las piezas volverán a su lugar y el peón dejará de ser rey. ¡Y que el infierno se nos trague si lo considera conveniente.»

Capítulo VIII

Fray Berenguer de Palmerola

«¿Sois hijo de dama y caballero, de linaje de caballeros y nacido de matrimonio legal?»

*L*as obras de construcción del gran convento dominico de Santa Caterina seguían su ritmo. Empezadas dos años antes, en 1263, el trabajo continuaba y se colocaban los fundamentos de lo que sería su gran iglesia. Los frailes se habían habituado al trajín constante de materiales y operarios de lo que se convertiría en el convento más grande de la ciudad. Fray Berenguer de Palmerola se hallaba enfrascado en una discusión con uno de los capataces, y aunque carecía de conocimientos en el arte de la arquitectura, estaba convencido de la importancia de sus opiniones y de la ineptitud de todos aquellos hombres que, día a día, y piedra a piedra, levantaban el edificio.

—¿Una nave, una sola nave?

—Así fue diseñada y después aprobada, fray Berenguer, de eso hace veintidós años. —El capataz estaba irritado, intentando controlar su enfado.

—¿Y este ábside? ¡No me diréis que va a tener siete lados!

—Nos encontramos en una parte delicada de la construcción, fray Berenguer; como veis, el arranque de las vueltas obliga a una cuidadosa reflexión. Os ruego que no distraigáis a los operarios.

—¡Que no...! ¡Cómo os atrevéis a dirigiros a mí en ese tono! Tendré que hablar seriamente con mis superiores, no os permito estas formas, vos no sabéis quién soy yo y no tolero faltas de respeto.

—Hablad con ellos, os lo ruego. Yo también lo haré.

Fray Berenguer dio media vuelta, enfurecido por las palabras del capataz, y se dirigió hacia los edificios del convento. Todavía no había conseguido contarle a su superior los entresijos de su viaje, y la espera le impacientaba. Sus propios hermanos no parecían estar interesados en los grandes riesgos que había sufrido e incluso le evitaban. Además su acompañante, fray Pere, había desaparecido de su vista desde el día de su llegada y desconocía dónde podía estar. Y qué decir de las obras que se prolongaban durante tantos años, una orden tan importante como la suya y viviendo en medio de cientos de operarios y miles de cascotes por todos lados. Era una vergüenza, aquello más parecía una cantera que la casa del Señor.

Cuando entró en las dependencias, le dieron aviso de que tenía una visita esperándole en el locutorio. Se quedó sorprendido, calculó que hacía unos veinte años que nadie venía a verle, y lleno de curiosidad marchó con rapidez hacia la Sala de Visitas. Una amplia sonrisa apareció en su rostro al contemplar a quien le esperaba.

—¡Mi buen amigo, esto es un honor para mí, no tenía ni idea de que os encontrarais en la ciudad! —El fraile estaba encantado, su hosco carácter se había transformado en los más exquisitos modales.

—¡Querido fray Berenguer! El placer de volveros a ver es para mí una grata sorpresa. Me enteré por casualidad que habíais llegado de un largo viaje, y encontrándome aquí, de paso, no quise dejar escapar la oportunidad de saludaros.

—¡Es un honor, caballero, un gran honor! Cuando fuimos presentados, no creí jamás que volvierais a acordaros de este pobre fraile.

—No seáis modesto, amigo mío, nos dejasteis realmente impresionados de vuestros conocimientos y sabiduría.

—Por favor, tomad asiento, caballero. ¿Puedo ofreceros algo de beber?

—Sois muy amable, fray Berenguer, gracias pero por ahora mi sed es escasa. En realidad, quiero confesaros que en cuanto oí que estabais en la ciudad, el cielo se abrió ante mí. Sólo vos podéis ayudarme, querido amigo. Tengo un desagradable problema y necesito de vuestros sabios consejos.

—Me sobrevaloráis, caballero, soy sólo un simple fraile.

—Vos y yo sabemos que eso no es cierto. Deberíais estar en un cargo digno de vuestra estatura moral, hermano. No comprendo cómo vuestra orden no se beneficia más de vuestros estudios y de vuestra competencia. Quizás es que sois demasiado humilde y dado al recogimiento.

—Sois muy amable conmigo, caballero. Os ayudaré en todo lo que pueda. —Fray Berenguer rezumaba satisfacción por todos sus poros, los halagos habían hecho mella en él.

—Veréis, es un asunto sumamente delicado, una misión diplomática difícil. Me han enviado tras la pista de un hombre muy peligroso, uno de los enemigos de nuestro querido rey Luis. Nos han llegado rumores de que se está preparando algo contra la vida de mi señor, Dios no lo permita, y me encuentro en un momento decisivo.

—¡Por todos los santos! No puedo creer que sucedan tales cosas.

—El diablo anda suelto en estos tiempos, fray Berenguer, vos lo sabéis tan bien como yo y es una lástima que el resto del mundo parezca tan poco interesado… Por eso he pensado que vos podríais ayudarme. Mi señor, Carlos d´Anjou, el amado hermano de nuestro rey, me comentó que sería una suerte contar con vuestra ayuda, y aquí estáis, como si de un milagro se tratara.

—¡Bendito sea vuestro señor, caballero, disponed de mí!

—El hombre que busco es judío, un médico judío, y creo que goza de buena reputación en vuestra ciudad, hermano Berenguer.

—¡Esa maldita raza de asesinos de Nuestro Señor! Nuestro rey es demasiado tolerante con ellos, le engañan con el brillo del oro, caballero. No podéis imaginar mis continuas plegarias para que esa convivencia se acabe.

—¡Cuánta razón lleváis, fray Berenguer, cuánta razón y ya veis lo incapaces que somos de solucionarlo! Veréis, ese hombre se llama Abraham Bar Hiyya y ha desaparecido de su casa desde hace dos días. Nadie sabe nada, dicen que está fuera de la ciudad. Pero ¿cómo voy a creer a gente tan dada al engaño?

Fray Berenguer abrió la boca, como si se estuviera ahogando, con la sorpresa pintada en el rostro.

—¡Es increíble, realmente increíble, caballero!... Como si el Señor guiara nuestro camino para encontrarnos. ¡Un milagro!

—¿Acaso sabéis alguna cosa que pueda ayudarme, amigo mío?

—Ese hombre que buscáis viajó conmigo desde Chipre hasta llegar a la ciudad. ¿No lo creéis milagroso? Claro que vi enseguida que no era de confianza, sólo poner un pie en la nave descubrí rápidamente que era un hombre peligroso. Incluso llegué a quejarme al capitán por obligarnos, a nosotros, cristianos, a viajar en compañía tan detestable, pero ya sabéis cómo son estos venecianos. Los conocéis muy bien, me temo.

—¡Por el dulce nombre de Nuestro Señor! Tenéis razón, es casi un milagro, los propios ángeles me han guiado hasta vos. Sois la respuesta a mis plegarias, fray Berenguer, la persona adecuada para ayudarme. —Robert d'Arlés cogió las manos del fraile entre las suyas, en un intento de besarlas con veneración.

—¡Oh, no, no, mi buen caballero, no hagáis eso! Vos un caballero tan importante, el mejor amigo de nuestro cristianísimo señor Carlos, el más fiel servidor del buen rey Luis. ¡Soy yo quien tendría que inclinarse ante vos!

Era ya noche cerrada y las calles estaban vacías, en la lejanía se escuchaba a los borrachos, perdidos y desorientados, sin encontrar el rumbo de vuelta a casa. Guillem avanzaba hacia la seguridad de su encomienda con la única idea de desaparecer en su camastro y dormir durante tres días seguidos. No pensar en nada, dejar la mente en blanco sin que un solo pensamiento le turbara. Pero algo le puso en aviso, casi de forma inconsciente. El cansancio desapareció de inmediato y todo su cuerpo se puso en tensión. Alguien le estaba siguiendo, sin lugar a dudas, alguien de su oficio, con la habilidad especial que procuraba un buen adiestramiento y que sólo una fina intuición educada podía percibir.

«Bien —pensó—, otra noche sin sábanas.» Mantuvo el ritmo de sus pasos sin variación, su perseguidor no debía descubrir que le había descubierto. Cambió el rumbo, alejándose de la Casa del Temple, en dirección a la pequeña plaza de Santa Maria y se internó en la callejuela de los Baños Viejos. Reflexionaba en cuál sería el mejor camino para sorprender a su perseguidor, desconocía sus intenciones y por el momento era sólo un leve murmullo a sus espaldas. Pasó el edificio de los Baños y giró a la izquierda, entrando en un oscuro callejón, percibiendo casi al instante la silueta de una puerta medio abierta por la que se coló. Un ronco gruñido de aviso provocó su sobresalto. Un cerdo de considerable tamaño le observaba tras su cerca, inquieto ante la llegada del intruso. Entornó silenciosamente la puerta hasta dejar un delgado resquicio, casi invisible en la oscuridad, y quedó a la espera, inmóvil, agradeciendo interiormente la imprudencia de los propietarios. No eran buenos tiempos para olvidar cerrar las puertas y mucho menos con animales a la vista, pero unos jadeos y el crujido de la madera por encima de su cabeza le hicieron sonreír: tenían una buena razón para el olvido.

Guillem esperó con paciencia hasta observar la silueta oscura que parecía trepar por los muros, vio cómo se detenía y volvía a avanzar como un gato pegado a la pared. Pasó tan cerca de él que pudo aspirar el penetrante olor a sudor frío que transpiraba, la ligera brisa que provocaba su movimiento. Transcurridos unos segundos, salió de su escondite sin que un solo murmullo delatara su presencia, entornando cuidadosamente la puerta y dispuesto a seguir con la cacería. Pero esta vez él sería el cazador.

No había avanzado muchos metros, cuando vio la presencia oscura cerca de unas casas, agazapada y a la espera. Alguien andaba delante de su perseguidor, un hombre envuelto en su capa que marchaba apresuradamente ansioso por llegar a su portal, quizá rezando para no tener que dar muchas explicaciones a su mujer. Lo que siguió a continuación fue tan rápido que Guillem no tuvo tiempo para reaccionar. El hombre que le perseguía se movió a la velocidad del viento cayendo sobre el incauto trasnochador sin un ruido, y sólo el destello del metal avisó a Guillem del fatal desenlace. Contuvo el aliento mientras un escalofrío le recorría la espina dorsal. El asesino había confundido a aquel infeliz con él y ya era demasiado tarde para ayudarlo, nunca regresaría a su casa. Observó cómo el desconocido registraba las ropas de la inocente víctima al tiempo que lanzaba un juramento, una exclamación reprimida que denotaba la frustración del asesino, porque no había encontrado lo que buscaba. Un revuelo de capa le confirmó que el individuo daba por terminado su trabajo y se alejaba maldiciendo en voz baja. Guillem reemprendió entonces la persecución.

Se alejaban de la ciudad, hacia el norte. Guillem intentaba controlar el impulso de saltar sobre aquel sicario y dar rienda suelta a su rabia contenida, pero algo reprimía su deseo. Quizás el recuerdo de la maldición que había escuchado, en italiano, una lengua que conocía a la perfección. ¿Qué motivos podía tener aquel sujeto para querer matarle? No era D´Arlés, la Sombra, su voz era totalmente distinta, alejada del tono duro y cortante, metálico, que el joven guardaba en su memoria. ¿Quizás uno de sus esbirros? Era posible que pensara que él era una pieza menor, que no se tomara la molestia de hacer personalmente el trabajo. ¿Habían descubierto su verdadera identidad? Pero ¿cómo? D´Arlés no dejaba cabos sueltos, lo tenía comprobado, por muy superficiales que éstos fueran, borraba sus huellas con la precisión de un carnicero. Entonces, ¿quién era aquel hombre al que seguía? Entraba dentro de lo posible que estuviera perdiendo el tiempo, que persiguiera a un simple salteador de caminos ya de regreso al seguro refugio de su madriguera. Tenía que arriesgarse, pensó protegiéndose tras la sombra protectora de los árboles que delimitaban el camino. Su presa caminaba delante de él, tranquila, ajena a su persecución.

La noche era clara, iluminada por una luna transparente que reflejaba una luminosidad espectral a su alrededor. Guillem pudo ver, unos metros más adelante, el perfil de una casa de campo para la que los buenos tiempos ya habían pasado, un cascrón grande y abandonado con un considerable pajar a su izquierda. Allí se adivinaba un resplandor entre las rendijas de su desvencijado portón, y hacia allí se dirigía su presa, entrando en el pajar sin una vacilación.

Guillem rodeó el edificio, inspeccionándolo, buscando el espacio perfecto que le permitiera entrar sin llamar la atención. Lo encontró en el lado sur, donde una escalera indolente se apoyaba en la pared. Había sido construida con manos hábiles y a pesar de los años de escaso servicio, parecía sólida. Subió con precaución, probando la resistencia de cada escalón antes de apoyarse en él, hasta llegar a la boca oscura en donde tiempo atrás se amontonaba la paja recién cortada. Una vez arriba, se arrastró por el altillo, buscando una rendija en el suelo lo suficientemente ancha para ver cómodamente lo que sucedía unos metros más abajo.

Dos hombres estaban sentados en el suelo del pajar, comiendo y calentándose en torno a una pequeña fogata.

—¿Ya has acabado tu trabajo, Giovanni? —preguntó uno de ellos al recién llegado.

—¿No ha llegado Monseñor? —El mencionado Giovanni no parecía dispuesto a dar explicaciones.

—No creo que tarde mucho, acostumbra a ser muy puntual, como ya sabes.

—No me gusta este asunto —masculló Giovanni—. He visto a uno de los esbirros de D´Arlés merodeando por El Delfín Azul.

—A ti no te gusta y yo no entiendo nada. No hace ni tres días que trabajábamos juntos, la gente de D´Arlés y nosotros, y ahora… ¿Puede alguien explicarme este embrollo? —El hombre masticaba un trozo de pan con dificultad, sus escasos dientes provocaban un extraño silbido cuando hablaba.

—Más vale no hacer demasiadas preguntas, Carlo —respondió Giovanni—. Tu vida se alargará, a Monseñor no le gusta dar respuestas. ¡Este asunto lo ha descontrolado todo!

—Pero ¿qué demonios de asunto, Giovanni? Estamos a oscuras, ni tan sólo sabemos qué estamos buscando. Lo único cierto es que en esta ciudad se han reunido tantos espías con diferentes amos que ya nadie sabe a quién vigila.

—Te repito lo mismo que le he dicho a Carlo, cuando los amos se pelean entre sí, más nos vale no prestar atención, Antonio. Ellos ya sabrán el porqué, yo prefiero ignorarlo.

En el exterior, el sonido de un galope se acercaba rápidamente.

—Bien, muchachos —comentó Giovanni, levantándose—, si alguien quiere acortar su vida, es momento de preguntar, creo que Monseñor ya está aquí. Más vale que nos preparemos, nuestros resultados han sido escasos.

Fray Berenguer de Palmerola aprovechó su paseo diario para acercarse hasta la Casa del Temple. Las noticias que le había comunicado aquel importante caballero francés le habían inquietado. ¿Aquel viejo judío un traidor, un conspirador? Apartó las dudas de su mente, aquella raza abominable era capaz de todo y Robert d'Arlés era un hombre de toda confianza, no le mentiría. Sabía que era un íntimo colaborador de Carlos d'Anjou, su mano derecha, y era de sobras conocido que Carlos sería muy pronto coronado rey de Sicilia y acabaría de una vez por todas con el herético linaje de los Hohenstauffen, ¡aquellos malditos gibelinos! Y, sobre todo, tenía que cuidar de sus propios intereses, el noble D'Arlés era una persona muy influyente y reconocía su talento, incluso había llegado a sugerir un cargo muy importante en Roma, lejos de la mediocridad de la vida del convento.

—Tenéis cualidades muy importantes para mí, fray Berenguer —le había comentado en voz baja—, cualidades imprescindibles en estos tiempos. Muy pronto estaremos en Sicilia y mi señor Carlos necesitará de alguien de su absoluta confianza, alguien que sea digno de él, ya me entendéis.

Las palabras de D'Arlés eran música celestial en sus oídos y habían encendido sus esperanzas. Después del desastre de Mongolia, sus posibilidades de ascender en la orden eran escasas y prueba de ello era que su superior no se había dignado todavía a llamarle a su presencia. Tenía mucho que ganar y muy poco que perder, al fin y al cabo el caballero francés sólo pedía un pequeño favor, un encargo sin importancia que no le comprometía a nada.

Cuando fray Berenguer llegó al portón de la Casa del Temple, solicitó ser recibido por el comendador, pero le notificaron que éste se hallaba de viaje. Sin embargo, podía ser atendido por el hermano Tesorero, frey Dalmau, el administrador. Mientras iban a avisarle, le instalaron en una amplia sala, iluminada por la luz que entraba a través de grandes ventanales, y a su lado dejaron una copa y una jarra de vino. Lo paladeó con deleite, el vino hecho en las grandes encomiendas templarias gozaba de merecida fama y, desde luego, no le decepcionó.

—¡Estimado hermano! Me han dicho que deseabais hablar conmigo. —Frey Dalmau había entrado en la estancia y se dirigía hacia el dominico con los brazos abiertos.

—Sois muy amable al recibirme. Lamento haber interrumpido vuestro trabajo.

—Muy al contrario, fray Berenguer, de esta manera me permito unos minutos de asueto y disfruto del placer de vuestra compañía. Decidme, ¿en qué puedo ayudaros?

—Veréis, frey Dalmau, me temo que el motivo de mi visita no es nada agradable. —El dominico estudiaba con atención el rostro de su interlocutor, intentando adivinar sus reacciones—. Ha llegado a mis oídos un rumor que me niego a creer y es por esta razón por lo que he creído conveniente avisaros, ya que dicho rumor se refiere a vuestra orden. Ya sabéis, querido hermano, el perjuicio que pueden causar las malas lenguas.

—Lo sé, lo sé, pero confieso que habéis despertado mi curiosidad.

Frey Dalmau no mentía, estaba realmente intrigado ante el comportamiento del fraile. Sabía que era uno de los compañeros de viaje de Abraham y de Guils y, por las explicaciones del anciano judío, no había resultado una buena compañía. ¿Qué estaría tramando?

—Escuchad, amigo mío —siguió fray Berenguer—, se comenta que la Casa del Temple esconde a un judío acusado de alta traición. Estoy indignado, no sabéis lo que me irritan las falsas acusaciones, pero no he tenido más remedio que venir a comprobarlo personalmente, espero que no os moleste.

—¿Un judío acusado de alta traición? —Frey Dalmau estaba perplejo, aunque empezó a intuir las intenciones del visitante—. No hemos recibido ninguna información al respecto, lo cual es muy grave si lo que decís es cierto. Los oficiales reales no nos han comunicado nada parecido y siempre nos ponen al corriente. ¿De quién estáis hablando, fray Berenguer?

—Su nombre es Abraham Bar Hiyya, vive aquí en la ciudad y es médico. Según mis informes, ha atendido a más de un miembro de vuestra milicia.

—Vuestros informes no os engañan, mucha gente conoce que Abraham nos ha atendido siempre que lo hemos necesitado, al igual que a una gran parte de la nobleza y de la ciudadanía de Barcelona. Pero no hay ninguna acusación contra él, y mucho menos de alta traición. Me temo que os han engañado, fray Berenguer, y os aconsejo que actuéis con prudencia, alguien podría pensar que intentáis difamar el buen nombre de una persona muy respetada en la ciudad. Y no creo que ésta sea vuestra intención.

—Mis informaciones provienen de lo más alto y...

—Lo más alto que yo conozco en esta tierra, hermano, es nuestro amado rey, y os aseguro que si existiera esa acusación de la que habláis, seríamos los primeros en enterarnos. —Frey Dalmau mostraba irritación ante la insistencia del fraile y la retorcida mente de su invitado empezaba a molestarle.

—Nuestro rey está muy distraído últimamente. —Maliciosamente, fray Berenguer apuntaba hacia los últimos devaneos amorosos del monarca.

—Ni vos ni yo estamos capacitados para juzgar el comportamiento de nuestro rey, hermano, y vuestras palabras podrían ser consideradas causa de traición. Deberíais ser más cauto y prudente.

—¡Cómo podéis insinuar tal cosa! Mis informes, ya os lo he dicho, no provienen de cualquier taberna, sino de las más altas instancias de un país vecino que ha confiado a este pobre fraile una misión tan delicada. Ellos conocen mi experiencia y...

—Entonces vuestra experiencia os sirve de bien poco, fray Berenguer —cortó secamente frey Dalmau—. Deberíais saber que colaborar con otro país, especialmente en estos momentos, os podría colocar en una situación muy peligrosa y la injusta acusación que lanzáis contra Abraham podría girarse contra vos.

El rostro del fraile adoptó un tono escarlata ante la sugerencia del templario y en sus manos, fuertemente aferradas a los brazos de la silla, asomaron una multitud de venillas azules. Su tono cambió de forma abrupta.

—¿Por qué protegéis a este judío? —exclamó.

—No creo que el anciano Abraham necesite protección, fray Berenguer. Hace más de un año que partió hacia Tierra Santa y creedme si os digo lo mucho que mis huesos lo echan de menos. Es un excelente médico al que he recomendado en muchas ocasiones, cosa que no dejaré de hacer por vuestras infundadas acusaciones. Pero ya que sois un experto, no os costará mucho encontrarlo en Palestina.

—¡Ese judío ya no está en Palestina!

—Entonces sabéis mucho más que yo.

—Pero ¿no os dais cuenta de que ese judío es un peligro, frey Dalmau?

—Lo único que veo, hermano, es que alguien está utilizando vuestra ignorancia con fines que me son oscuros. Y yo de vos, no andaría clamando que estáis ayudando a un país extranjero. Es un mal momento para alianzas extrañas y, si me lo permitís, debemos poner fin a esta conversación. No deseo perjudicaros, pero si continuáis, me veré obligado a poner en conocimiento de la autoridad real vuestras palabras.

Fray Berenguer de Palmerola salió de la Casa del Temple furioso y congestionado por la ira. Nada había funcionado tal como había previsto y aquel orgulloso templario le había humillado de forma indigna, riéndose de su falta de experiencia. Y no sólo eso, ¡se había atrevido a amenazarle, a llamarle traidor en su propia cara! ¡Malditos presuntuosos! No sabían a quién se enfrentaban, ignoraban el poder de sus influencias y de sus amistades. No había descubierto si aquel sucio judío se escondía entre aquellas paredes, pero no sería de extrañar, aquella gentuza del Temple actuaba siempre como le daba la real gana, sin obedecer a obispos ni abades. Pero si el judío se escondía allí, si ellos lo estaban protegiendo, lo descubriría y haría todo lo posible para perjudicarles. Sí, iban a acordarse de él durante un largo tiempo. Sólo la idea de la venganza logró calmar su ánimo y muy pronto, en su mente, la figura de un fray Berenguer, poderoso e influyente, castigando a los osados que se atrevían a cruzar en su camino, le llenó de satisfacción.

Escondido en una esquina, cerca de la Casa del Temple, un asustado fray Pere de Tever, contemplaba la furiosa salida de su hermano y superior. No sabía qué hacer ni a quién acudir.

Durante unos breves días había conseguido esquivar la presencia de su irascible compañero, incapaz de soportar su arrogancia y su mezquindad, pero aquella mañana, arrepentido de su poca paciencia, había ido a buscarlo. Había sido un error, pensaba ahora, no debía haberse quedado junto a la puerta, escuchando. La curiosidad le había arrastrado, no podía creer que aquel viejo rencoroso tuviera una visita, porque nadie le conocía amistades ni familia. Y se quedó allí, oculto tras la puerta, espiando la conversación con aquel elegante caballero francés. Casi de inmediato, descubrió su error, pero no podía huir sin que ellos se dieran cuenta de su presencia, y el miedo se apoderó de él. Escuchó con espanto cómo querían acabar con la vida de aquel pobre hombre, un judío que no había lastimado a nadie, únicamente perjudicado por su raza y por el odio intenso que sentía fray Berenguer hacia toda diferencia. Pero todo esto no fue lo peor. El terror se apoderó de él cuando pudo observar al caballero francés, cuando contempló su rostro. Conocía aquella cara, estaba seguro, sin lujosas ropas ni alhajas, más bien al contrario, sucio y con barba de varios días, pero era el mismo hombre, sin lugar a dudas. Comprendió que estaba ante uno de los tripulantes de la nave en la que habían viajado, el hombre que había embarcado en Limassol.

Guillem aguzó los sentidos. Sobre el suelo del pajar, inmóvil, con la mirada fija en lo que sucedía. Alguien había llegado y los hombres se habían levantado en silencio, con el respeto que impone el miedo.

Un nuevo personaje apareció en la puerta. Vestía completamente de negro, alto y corpulento, con unas relucientes botas altas de buen cuero, sus manos enguantadas, y en ellas un gran anillo. El joven contuvo la respiración al verlo, parecía un anillo cardenalicio, aunque a aquella distancia era difícil asegurarlo.

—Buenas noches, caballeros, ¿qué tenéis para mí? —El sarcasmo de sus palabras molestó a los hombres, pero no respondieron de inmediato.

—El muchacho se escapó, desapareció en un instante. Ha sido bien instruido —contestó Giovanni.

—Es increíble, Giovanni, mi hombre más curtido, burlado por un jovenzuelo imberbe. Creo que te estás haciendo viejo.

—No es exacto lo que decís, Monseñor. No es un simple joven, no hay que olvidar que es el hombre de Guils —se defendió.

—¡El hombre de Guils! Vamos, Giovanni, no intentes engañarme. Querrás decir más bien el chico de los recados de Guils. Me temo que hay muchos fallos últimamente, señores.

Giovanni calló, estaba en un terreno peligroso y no era saludable llevar la contraria a su patrón. Viendo su silencio, Carlo, su compañero, intervino.

—Ese chico estuvo en la taberna, señor, se puso en contacto con Santos. Y en lo que se refiere a D´Aubert... está muerto, parece que la Sombra se nos adelantó. Registramos la habitación y también el cadáver, pero no hallamos nada.

—El judío sigue en la Casa del Temple, Monseñor... —añadió el llamado Antonio, en voz muy baja, como si temiera molestar al hombre de negro—. No se ha movido de allí. Tenemos vigilancia las veinticuatro horas del día, no ha habido movimientos sospechosos y únicamente un destacamento de seis templarios ha salido hacia la encomienda del Mas-Deu. Abraham no estaba con ellos.

—¡Menudo hatajo de inútiles que tengo a mi servicio! —El desprecio impregnaba las palabras y el tono de voz del hombre oscuro.

Un sombrero de ala ancha impedía a Guillem descubrir el rostro del hombre, y sólo gracias a un contraluz que danzaba en torno a la hoguera, pudo vislumbrar una nariz larga y aguileña y unos labios carnosos y bien perfilados.

—¿Y dónde está D´Arlés?

Un espeso silencio se instaló entre los tres hombres que le escuchaban, y se miraron unos a otros sin atreverse a contestar.

—¡O sea, que no habéis encontrado a ese malnacido! —tronó la voz—. Decidme, ¿hay algo que me demuestre que estáis trabajando para mí, o es que habéis cambiado de bando?

—Señor, comprendo vuestro enfado, pero encontrar a la Sombra no es tarea fácil. Se nos escurrió de las manos en el puerto, desapareció sin dejar rastro, sabéis que ese hombre es un mago des…

—¡Ya basta de estupideces, Giovanni! Vuestras supersticiones me hastían. Sabes perfectamente que es de carne y hueso, y por lo tanto tan mortal como tú mismo, no se trata de ningún espectro infernal… —Monseñor quedó unos segundos en silencio—. Lo único que sabéis es que estuvo en El Delfín Azul, que mató a D'Aubert y fin de la historia. Muy poca información para unos agentes que llevan tantos años de servicio, ¿no creéis?

—Monseñor… —empezó titubeando Giovanni.

—¡Basta de excusas! Quiero que saquéis de en medio al chico de Guils, hay demasiada gente en este asunto. Interrogad a Santos, sacadle todo lo que sabe y matadlo. ¡Despejadme la situación! No quiero interferencias entre D'Arlés y yo, ningún impedimento. ¿Queda claro, caballeros?

—Clarísimo, Monseñor —masculló Carlo.

—D'Arlés está descontrolado, y su gente también, hay que evitar por todos los medios que el transporte de Guils caiga en sus manos. El honor de Roma está en juego, señores, eso es algo que necesito que comprendáis de una vez. ¿Habéis puesto vigilancia en los burdeles de la ciudad?

—Están todos vigilados, Monseñor —contestó Antonio.

—Bien, es una de nuestras bazas más importantes. Ese bastardo de D'Arlés no podrá aguantar mucho sin apalizar a una prostituta, es un vicio demasiado fuerte, no lo puede evitar. ¡Maldito traidor!

—Ése es un dato que también posee Jacques *el Bretón*, o Santos. Si no somos nosotros, Santos le pillará, Monseñor. —Giovanni hablaba con cautela.

—¡D'Arlés es mío! ¡Todo lo que sabe y lo que tiene me

pertenece, Giovanni! No quiero que nada ni nadie se interponga, creo que ya lo he dejado suficientemente claro.

—No creo que al Temple le guste que liquidemos al chico de Guils, Monseñor, están realmente molestos con su muerte y…

—Pues mucho mejor, Carlo, sus molestias me hacen feliz. Fueron ellos quienes empezaron este maldito asunto, ya hace muchos años, y cuanto más perjudicados ellos, mejor para nuestros intereses. Pero me temo que lo que os preocupa a vosotros, pandilla de ineptos, es la posibilidad de encontraros entre dos grandes hogueras: por un lado, el bastardo D´Arlés y, por el otro, el Temple; sí, dos grandes hogueras. Mis fieles servidores están asustados de salir quemados del fuego. Es realmente preocupante, quizá sea el momento justo de buscar gente más capacitada que vosotros.

—Sois injusto, Monseñor, os hemos servido fielmente y hemos arriesgado nuestra vida por vos en muchas ocasiones.

—Tienes razón, mi buen Giovanni, lo habéis hecho. Pero me pregunto si podéis seguir así. Hasta ahora, sólo tengo dudas acerca de vuestra capacidad, no parecéis comprender la importancia que este asunto tiene para mí.

—Encontraremos a D´Arlés, Monseñor, y cumpliremos vuestras órdenes. No habrá más fallos. —Carlo hablaba con seguridad, sin una vacilación. No le gustaba el brillo de rebeldía que contemplaba en la mirada de Giovanni, su compañero, temía que éste pudiera decir algo de lo que después se arrepintiera.

—Bien, gracias Carlo, así me gusta, que comprendáis mis preocupaciones y me ayudéis a solucionarlas. No tengo más tiempo para vosotros, mañana, quiero resultados.

—¿Aquí mismo, Monseñor? —Carlo llevaba la iniciativa ante el obstinado silencio de Giovanni.

—No, nos veremos en la ciudad, a la misma hora. Y espero que no me hagáis perder el tiempo.

El hombre se los quedó mirando un largo rato, estudiándolos con atención, sin añadir ni una palabra más y reforzando con la mirada las órdenes dadas. Después se dio la vuelta y desapareció por donde había venido, y el sonido del galope señaló a los hombres que ya podían respirar tranquilos.

—Esto se está poniendo feo, Giovanni —musitó Carlo.

—Desde luego, si D´Arlés o el Temple no acaban con nosotros, el propio Monseñor lo hará con sus propias manos. Tenemos que movernos rápido, Giovanni. ¿Qué demonios te pasa? —Antonio parecía intranquilo por el comportamiento de su compañero.

En un rincón, Giovanni mantenía su silencio, parecía hallarse muy lejos de allí, perdido en algún lugar de la memoria.

—¿Cuáles son tus órdenes? —insistió Carlo.

—Antonio se encargará del chico de Guils y de supervisar la vigilancia de la Casa del Temple; nosotros buscaremos a D´Arlés y terminaremos con Santos. —Giovanni había despertado de su ensimismamiento.

—¿Y el judío?

—Después, ya habéis oído las prioridades de Monseñor. Tú, Antonio, encárgate de arreglar todo esto y apaga la hoguera, nadie debe sospechar que hemos estado aquí. ¡Vámonos, Carlo!

Una vez fuera del pajar, los dos hombres hicieron un aparte, parecían preocupados e inquietos.

—No me gusta, Giovanni, no me gusta nada.

—Sólo sabes repetir lo mismo, como una oración pesada y aburrida. ¿Por qué no cambias de tema, Carlo?

—¿Cómo se imagina que vamos a cazar a D´Arlés? Nadie ha visto su cara y se comenta que tiene poderes mágicos y…

—¡Ya es suficiente, Carlo, deja de decir tonterías! Yo sí conozco su cara. Olvidas que llevo mucho más tiempo con Monseñor que vosotros, y que trabajé con D´Arlés cuando éste estaba a las órdenes de nuestro amo y señor. —Las palabras de Giovanni no escondían la ironía.

—¿D´Arlés trabajó para Monseñor? —El asombro se pintó en el semblante de Carlo.

Giovanni no respondió, se dirigió hacia los caballos en silencio. Sabía perfectamente lo que deseaba su patrón. No había olvidado aquel día en que entró en las estancias de Monseñor en Roma, sin llamar a la puerta, como acostumbraba a hacer en los últimos tiempos. Monseñor y Robert d´Arlés estaban abstraídos en sus juegos amorosos, ajenos a su presencia, y Giovanni comprendió que su papel había terminado, que las cosas cambiarían a partir de entonces, simplemente había sido sustituido. Tendría que volver a llamar antes de entrar en los aposentos de Monseñor, el juego había terminado. Por entonces, era joven e inexperto, aunque descubrió que D´Arlés, bastante más joven que él, tenía una amplia experiencia y un instinto casi animal. Sí, Giovanni conocía a la perfección las emociones más profundas de Monseñor, había seguido con él, sirviéndole con lealtad durante todos aquellos años y se preguntaba por qué razón había continuado a su servicio. No envidiaba a D´Arlés en aquellos momentos, la venganza de Monseñor podía ser muy cruel. Jamás había aceptado la traición de aquel bastardo a pesar de que sus oscuros deseos hacia él seguían allí, guardados celosamente. Sí, Giovanni casi podía verlos: deseo y pasión por aquel malnacido, como serpientes enroscadas al cuello de su patrón. Sin salir de su obstinado silencio, montó y dirigió su caballo hacia el camino, había mucho trabajo por hacer.

Guillem observaba cómo el tercer hombre, Antonio, recogía sus pertenencias y apagaba los rescoldos del fuego. Tenía órdenes de matarlo y era necesario poner remedio a la situación. Esperó unos minutos, dando tiempo a que los dos hombres se alejaran, en tanto el llamado Antonio silbaba y daba un último vistazo, comprobando que todo estuviera en orden. Sonrió ante el resultado de su trabajo, el pajar volvía a su naturaleza abandonada, como si nadie lo hubiera pisado en siglos, propiedad exclusiva de las almas en pena. Dio media vuelta, dispuesto a marcharse, cuando algo le tiró al suelo y lo envolvió con una tela pesada y oscura. Un pánico supersticioso se apoderó de él, la Sombra lo había atrapado y estaba perdido, impotente ante el poder maléfico de aquel espectro. Sintió un golpe sordo que le rasgaba la garganta y sus manos, en un intento desesperado, acudieron ciegamente para detener el fluido vital que se le escapaba. Un sereno abandono invadió su cuerpo y se quedó quieto, resignado a la fatalidad, envuelto en la capa oscura que le había cegado, sin poder ver a su agresor. Aunque no hacía falta, el pensamiento de Antonio estaba fijado en aquella Sombra evanescente cuya leyenda siempre le había provocado un miedo irracional y sin sentido. Sus manos se aflojaron abandonando la garganta, y un caudal rojo se abrió paso, libre de ataduras, impregnando su piel.

Guillem le contempló sin ninguna expresión. No ignoraba

que aquel hombre le hubiera matado y lo hubiera celebrado en la primera taberna; no sentía ninguna piedad ni tampoco culpa. Indiferencia, acaso, y la alegría de seguir vivo.

—Mi primer espía papal, Bernard. ¡A tu salud, compañero!

Frey Dalmau recorría a grandes pasos la corta distancia que había entre las dos paredes. Era una estancia diminuta, vacía de muebles y de cualquier elemento. Oyó un ruido en el techo y se pegó a una de las paredes, la mano en la espada, listo para reaccionar. Una trampilla se abrió encima de su cabeza, apareciendo la gran cicatriz de Jacques *el Bretón*, que bajó por una estrecha escalerilla de mano hasta llegar junto a su compañero. Se abrazaron con emoción.

—Éste es uno de los peores lugares, Jacques, podrías haber escogido cualquier otro. Nunca me gustó, parece una ratonera.

—Es el que tenía más a mano, Dalmau. Me he pasado la mañana recorriendo nuestros viejos agujeros y poniendo orden. Era necesario establecer si todavía conservan unas mínimas reglas de seguridad, y lamento decirte que he prescindido de un par de ellos, ya no existen.

—¿Y los «santuarios» de Guils? Deben de estar en perfectas condiciones. Bernard era sumamente cuidadoso con sus espacios de seguridad, «sagrados», como les llamaba. ¿Los has revisado?

—He revisado los que conocía, Dalmau, y están impecables. Pero tengo que confesar que desconozco muchos de ellos, Bernard ampliaba continuamente su red de seguridad.

—¿Qué has hecho con El Delfín Azul?

—Todo arreglado, Santos ha desaparecido de la faz de la tierra y un nuevo propietario aparece en escena. Nadie sabe quién es, naturalmente; el único visible es un encargado que no sabe nada de nada, un desgraciado facineroso que está convencido de que va a hacerse de oro. Monseñor va a tener una desagradable sorpresa, sus esbirros llevan días rondando por allí.

—¡Ya ha llegado! —Dalmau no pudo evitar una exclamación de asombro.

—Querido amigo, me parece que no le valoras en lo que vale. Está aquí desde el mismo momento en que el barco de Guils llegaba a puerto, husmeando la pista de D´Arlés como una perra en celo. No se fía ni de sus propios hombres, necesita ser el gran almirante de sus ejércitos. ¡No se perdería esto por nada del mundo!

—Eso nos complica las cosas, Jacques, hay demasiada gente metida en este asunto.

—Vamos, Dalmau, muchacho, no te desanimes. El transporte de Guils, sea lo que sea, ha alborotado a todo el gallinero: los papales de Monseñor, los franceses de D'Arlés, nosotros... ¿No han venido los bizantinos? Es una lastima, sin ellos no será lo mismo.

—No te lo tomes a broma, Jacques, éste es un asunto muy serio. Ha estallado una guerra subterránea y no declarada, pero una guerra que puede convertirse en una auténtica carnicería si no andamos con cuidado.

—Bien, maldito espía, ¿puedes decirme cuál es el motivo de esta especie de guerra? ¿Qué llevaba Bernard?

—Documentos —respondió evasivamente Dalmau.

—¿Documentos? Vamos, no te hagas el misterioso conmigo, resulta muy aburrido. ¿Qué malditos papeluchos valen tanta sangre? ¿Se ha vendido Tierra Santa a los mamelucos?

—Te diré lo que sé, Jacques, y reconozco que no es mucho. ¿Recuerdas las excavaciones que la orden realizaba en el Templo de Jerusalén?

—¡Pues claro! Y como yo todos los servicios especiales de Occidente y de Oriente.

—Eso no es verdad, Jacques, no lo sabe tanta gente. —Dalmau parecía irritado ante la frivolidad de su compañero.

—¡Ya salió el hombre enigmático del Temple! No puedes negar la evidencia, las filtraciones son un negocio en alza y, que yo sepa, la mitad de los que se dedican a este repugnante negocio lo hace en nombre de dos o más amos. El estilo D'Arlés se ha impuesto, Dalmau, es el más fructífero, aunque te moleste. No entiendo cómo puedes seguir en esto.

—Está bien, está bien, no empecemos a discutir, Jacques. —Dalmau lanzó un profundo suspiro, conocía muy bien las opiniones de su compañero al respecto—. Volviendo al asunto, parece que encontraron algo en las excavaciones, algo importante y que se ha mantenido en secreto durante todo este tiempo. Pero la actual situación en Tierra Santa es inestable, por no decir crítica, y temieron por su seguridad. Organizaron una operación de gran envergadura, al mando de Bernard, para encontrar un escondite más seguro.

—¿De qué se trata? ¿Sabía Bernard lo que era?

—Desconocía la naturaleza del documento, sólo su importancia.

—Bien, ¿y qué demonios es, Dalmau?

—No lo sé, créeme, no tengo la menor idea. Todo se ha llevado con el máximo secreto y muy pocas personas conocen su contenido. Lo único que conozco es que se trata de dos pergaminos, uno en griego y otro en arameo. No me han dicho nada más.

—Muy poca cosa para un cancerbero tan fiel como tú, Dalmau. «Ellos» se encargan de este asunto, ¿no es verdad?

—Sí, si quieres verlo de esta manera tan peculiar, pero no olvides que «ellos», como tú dices, somos nosotros.

—Como siempre, en este tema no estoy de acuerdo. Nunca lo he visto claro, Dalmau, y sabes que tengo parte de razón. Yo también trabajé con ellos, contigo y con Bernard, no lo olvides. El selecto «Círculo interior» siempre en primera fila.

—Te dejas llevar por una animadversión irracional, Jacques, tú has seguido trabajando para nosotros… a través de Bernard, es cierto, pero ¡por todos los santos!, ¿para quién piensas que trabajaba Bernard?

—Bernard era diferente, tú eres diferente… —se obstinó Jacques.

—Dejemos de discutir y de perder el tiempo que no tenemos, amigo mío. Nuestra prioridad es D´Arlés. Hay que encontrarlo antes de que lo haga Monseñor. Es importante que esta vez no se nos escape. No después de la muerte de Bernard.

—¿Y qué piensan tus superiores? —Jacques se obstinaba en la pregunta.

—No interferirán, conocen mi postura y saben que si me impidieran saldar esta vieja cuenta, abandonaría el oficio. Y eso no les interesa, o sea que asienten y callan. ¡Déjalo ya, Jacques, olvídate de «ellos» de una vez!

—Tienes razón, no podemos perder el tiempo. Y el chico de Guils, ¿qué hacemos con él?

—Por ahora, Guillem ha pasado a nuestra tutela, me he convertido en su superior inmediato, en su único superior, y tú en su protector, Jacques, pero hemos de apartarlo de nuestro asunto. Sólo nos concierne a ti y a mí, ahora sólo quedamos nosotros. El chico se mantendrá al margen.

—No será nada fácil apartarlo si anda cerca.

—Lo intentaremos, Jacques, y que sea lo que Dios quiera. Y ahora, por favor, ¿quieres explicarme cuál es tu plan de acción?

Jacques *el Bretón* se lo quedó mirando con ternura. Su compañero había envejecido, como él, como todos. Otros se habían quedado en el camino, sin posibilidad de hacerlo. Se convenció de que su recuerdo les daría las fuerzas que los años les arrebataban, y acto seguido empezó a hablar. Dalmau le escuchaba con toda atención.

Capítulo IX

El traductor de griego

«¿Sois sacerdote, diácono o subdiácono? Si lo ocultáis, podríais perder la Casa».

*E*l clérigo andaba todo lo deprisa que le permitían sus cortas piernas. La sotana, raída y en estado deplorable, estaba a tono con un rostro surcado por el recuerdo de una antigua viruela que, de forma inexplicable, le había permitido sobrevivir. Tenía la nariz ancha y abotargada, de un color casi púrpura, y un cuerpo que a partir del pecho se convertía en un tonel de vino añejo. Andaba sumido en sus propias reflexiones, indiferente a su entorno, molesto con aquel ladronzuelo de D´Aubert que le estaba haciendo perder su precioso tiempo. La traducción del pergamino que le había entregado le dejó confuso y desorientado, sospechando que su cliente no le había dicho toda la verdad. ¿Acaso se trataba de una clave secreta, un código desconocido? Todo aquello no tenía ningún sentido y cada vez se convencía más de que D´Aubert intentaba estafarle. Pero, ¿por qué razón? ¿Qué ganaba aquel miserable con el engaño? Mateo, el clérigo, no entendía nada, y esa sensación le mantenía inquieto y preocupado. ¿Qué importancia podía tener aquella carta? Lo único indiscutible era su antigüedad, aquel pergamino era auténtico, no se trataba de ninguna falsificación, de eso estaba completamente seguro. Había trabajado durante muchos años en pergaminos parecidos en el convento, incluso había falsificado bastantes bajo la sabia dirección de sus superiores; ése era su trabajo más admirado, su habilidad en simular e imitar los trazos antiguos con una perfección notable.

Sin embargo, el que le había entregado D´Aubert no era una falsificación, simplemente no podía entender que la naturaleza del texto mereciera tanto secreto. Cierto que el ladronzuelo lo había robado y el asunto debía ser llevado con discreción, pero aquel estúpido creía tener el mapa de un fabuloso tesoro, el secreto de la mismísima piedra filosofal. Pensó con desprecio que más bien se trataba de una simple carta, una notificación en la que alguien comunicaba que iba a emprender un viaje. Una voz anónima, muerta desde hacía siglos, hablando con otra, igualmente difunta, de su interés en hacerle una visita, de que sus parientes estaban bien de salud y esperaba que los suyos también estuvieran en perfectas condiciones.

—¡Menuda estupidez! —murmuró Mateo—. Para esto tanto secreto.

En cuanto al otro pergamino, eso era ya otra cosa; él desconocía el arameo y por lo tanto ignoraba su contenido. Le había sido imposible localizar a uno de sus viejos compañeros para que lo tradujese, pero si era como el anterior, estaban perdiendo el tiempo. Aquello no tenía ningún valor, excepto si se trataba de un mensaje oculto en el texto, una especie de enigma escondido entre banalidades. Y si era así, el precio acordado con D´Aubert debía ser corregido y aumentado, tendría que hablar con aquel embaucador y exigirle explicaciones, desde luego. A buen seguro, sabía mucho más de lo que decía saber y él no estaba dispuesto a que le engañaran con historias para tontos. Si todo el asunto resultaba ser lo que sospechaba, iba a sacar una magnífica tajada. Todavía no había nacido nadie capaz de estafarle, a menudo se olvidaba de que él mismo era un artista en estos menesteres.

Mateo, irritado, se apresuraba en dirección a la taberna de El Delfín Azul, aquel maldito agujero donde D´Aubert se escondía, y a cada paso su rostro reflejaba una sonrisa más amplia, perdidos los pensamientos en la forma, cada vez más llena, de una bolsa repleta de dinero.

En una de las habitaciones de El Delfín Azul, Giovanni contemplaba cómo su compañero Carlo golpeaba al desgraciado que decía ser el nuevo encargado de la taberna. Se habían encontrado con la desagradable sorpresa de la desaparición de Santos. No había el menor rastro del gigante y nadie parecía saber nada.

—Vamos, vamos, es sólo una simple pregunta, ¡por el amor de Dios! Dinos dónde podemos encontrar a Santos, nada más, y te dejaremos en paz.

—No lo sé, os juro que no tengo la menor idea de dónde está. —El hombre tenía la cara ensangrentada y sus palabras eran casi ininteligibles.

—¡Que no lo sabes, maldito embustero! ¿Y qué demonios haces tú en su lugar? ¡De dónde sales tú, desgraciado! —Carlo se estaba poniendo nervioso y no cejaba de zarandear al hombre.

—¡Hug, me llamo Hug! Preguntad en el puerto, todos me conocen por el apodo de «Sisas». ¡No sé nada, dejadme por favor!

—Bonito nombre para un ladrón de gallinas. —Giovanni reía divertido ante las súplicas de Hug—. Deberías ser más inteligente, amigo mío, haces mal en provocar a mi compañero, tiene muy poca paciencia.

—¡Os juro por lo más sagrado que no sé nada! Santos dijo que tenía problemas urgentes que solucionar, que debía volver a casa y que me encargara de la taberna en su ausencia. ¡Nada más, os juro que no sé nada más! —El infeliz estaba aterrado, cubriéndose el rostro con ambos brazos, en un desesperado intento de protegerse de los golpes de Carlo.

—¿Has oído, Giovanni? Este maldito bufón está blasfemando.

—Tranquilízate, es posible que nos esté diciendo la verdad, Carlo. ¿No es así, Hug? ¡Hug, Hug, Hug, me gusta este nombre!

Como única contestación, Carlo reanudó los puntapiés y patadas de forma mecánica, como si no hubiera hecho otra cosa en su vida. El hombre suplicaba, con la cara convertida en un amasijo de carne y sangre, los huesos partidos, irreconocible, sus palabras convertidas en murmullos sin sentido.

—Más vale que pares, así sólo conseguirás matarlo y estaremos como al principio. —Giovanni estaba asqueado del espectáculo—. Sólo sabe lo que Santos tuvo a bien decirle, o sea, nada. Me temo que tenemos un grave problema.

Carlo tardó en captar el mensaje, como si le costara abandonar la tarea y sin poder evitar un último revés, brutal, que envió a su víctima contra la pared más alejada, inconsciente, como un muñeco de trapo abandonado.

—No son buenas noticias a Monseñor no le va a gustar —susurró en voz baja.

—Tu inteligencia es extraordinaria, Carlo, a mí no se me hubiera ocurrido un pensamiento tan profundo. Eres un perfecto imbécil… y Antonio sin aparecer. ¿Dónde demonios se ha metido?

—Quizá la Sombra lo ha atrapado. —Carlo se santiguó.

Giovanni lanzó una imprecación de desprecio. Se acercó al ventanuco de la habitación, mirando fijamente el muro que tenía a tan sólo dos palmos. «¡Una ventana que daba a un muro, menuda taberna!», pensó. Empezaba a estar harto y las cosas no podían ir peor. Monseñor no era comprensivo con los problemas ajenos y mucho menos con los de sus esbirros. ¿Dónde demonios estaría Santos? Como un buen sabueso adiestrado, había olido el peligro y se había largado. Santos, invisible, era todavía un peligro mayor, Giovanni le conocía bien. Rió para sus adentros, a buen seguro el gigante estaría preparando una trampa mortal para D´Arlés, no le dejaría escapar fácilmente. Suspiró, le gustaría estar presente, contemplar cómo Santos acababa con aquel maldito bastardo sería algo impagable. Pero ¿dónde se había metido Antonio? La idea devolvió el gesto ceñudo a su semblante abstraído, pensaba a toda prisa, concentrado en encontrar una salida, una manera de cumplir las órdenes de Monseñor. «¡Maldito el día en que le conocí!», pensó.

Dos sonidos cortantes y secos, como zumbidos, le sacaron de su ensimismamiento, y se dio la vuelta, molesto, creyendo que Carlo había decidido por su cuenta liquidar al infeliz. Se quedó paralizado, con un gesto de incredulidad en la mirada, el miedo ascendiendo como una culebra en su estómago. Carlo estaba en el suelo, con los ojos muy abiertos, las dos manos apretando el vientre del que sobresalía la punta de una flecha y un charco de sangre extendiéndose entre sus piernas. En la esquina, el cuerpo de «Sisas», con otro dardo atravesándole la garganta, sin haberse enterado siquiera de su breve paso al mundo de los difuntos.

Un hombre, con una ballesta en la mano, ocupaba todo el dintel de la puerta.

—¡Pero si es mi buen amigo Giovanni, mi antiguo compinche! —La voz metalizada estaba francamente divertida. D´Arlés lanzó una sonora carcajada al contemplar el asombro de su antiguo compañero—. Desde que no trabajo para vosotros, vais de mal en peor, amigo mío. Monseñor debe de estar de un humor de perros, seguro que me echa de menos.

—Lo único que echa de menos es tu cabeza colgando de su chimenea, bastardo. —Giovanni intentaba reponerse con esfuerzo.

—¡Ja! Tienes sentido del humor, ya no me acordaba. Vamos, no te lo tomes así, no es nada personal, Giovanni, ya no hay motivo para estar celoso, ¿no crees? —D´Arlés utilizaba un tono malicioso e irónico—. Te devolví toda la cama de Monseñor, toda para ti solito. O sea, que estamos en paz.

Giovanni lanzó una carcajada, su miedo había desaparecido.

—No me gustaría estar en tu piel, D´Arlés, tienes a cien demonios tras de ti, no me parece que me lleves mucha ventaja. Si Monseñor te atrapa, no quiero ni pensar de lo que es capaz, aunque tú ya conoces su estilo, fuiste un alumno aventajado.

—Me asustas, Giovanni, fíjate cómo tiemblo de espanto. Deberías decirle a Monseñor que se ocupara de sus propios problemas, que no son pocos. He oído decir que el Papa está bastante irritado ante su falta de resultados. Es posible que piense en un merecido retiro para su señoría.

—Quizá, pero yo no me fiaría de Monseñor a pesar de que estuviera confinado en la isla más lejana, su mano es muy larga.

—Lo tendré en cuenta, mi viejo Giovanni, pero basta de charla inútil. Por lo que veo, también habéis perdido a Santos.

—¿Habéis....? Parece que tú también lo has perdido, caballero D´Arlés. Y, francamente, es un dato mucho más peligroso para ti que para nosotros. —Giovanni se había recuperado por completo y el odio que sentía hacia aquel hombre se manifestaba con toda su fuerza. Ni tan sólo la posibilidad de que pudiera matarle parecía afectarle lo más mínimo.

—Santos no me importa, es una pieza prescindible en este asunto, no sé por qué razón tendría que inquietarme, no puede decirme nada que ya no sepa.

Un brillo perverso iluminó los ojos de Giovanni. Por una sola vez, desde hacía muchos años, tenía una información que podía perjudicar a aquella maldita Sombra que se había convertido en su peor pesadilla.

—Tu prepotencia será tu perdición, D'Arlés. Haces mal en despreocuparte de la desaparición de Santos. Monseñor no es el único que desea verte colgado de una pica. Tu ignorancia te está colocando en el último lugar de la carrera, cosa de la que me alegro.

—Ilumíname, Giovanni, me tienes en ascuas.

—Tienes muchas cuentas pendientes, algunas muy viejas pero no por ello menos peligrosas. ¿Acaso has olvidado a Jacques *el Bretón* y a sus amigos? Dime, D'Arlés, por curiosidad, ¿alguna vez has visto a Santos?

El rostro de D'Arlés sufrió una brusca transformación, una mueca oscura se apoderó de sus facciones, borrando cualquier rastro de ironía.

—¿Qué estás intentando decirme, maldito asno? —Pensaba con rapidez, las palabras de su antiguo compinche habían logrado inquietarle. Realmente nunca había visto al tabernero cara a cara, ni siquiera la noche en que había asesinado al infeliz de D'Aubert. Aquel día, aprovechó la confusión creada por sus hombres para distraer a Santos y a su parroquia de borrachos. Algo se abría paso en su mente, algo que no le gustaba.

—Es fácil de entender si te esfuerzas, sobre todo para una leyenda con poderes sobrenaturales como tú. —Giovanni había empezado a reír de nuevo.

—¡Maldito lacayo romano! ¿Qué significa esto?

D'Arlés estaba fuera de sí, cogió al italiano por el cuello, con la furia exudando por todos sus poros, zarandeándolo violentamente. Pero Giovanni seguía riendo como un poseso, ajeno a la presión que las manos de su contrincante ejercían sobre él, riendo y gritando a la vez.

—¡Santos y Jacques *el Bretón* son la misma persona, estúpido, dos identidades en un solo hombre! ¡Por mucho que corras, esta vez no escaparás, maldito bastardo del demonio!

Un ruido a sus espaldas sobresaltó a D'Arlés, que se volvió como un rayo, ballesta en mano. Un clérigo, gordo como un tonel de vino rancio, les estaba observando desde la puerta, con los ojos desorbitados por el pánico. Antes de que pudiera reaccionar ante el intruso, el clérigo echó a correr lanzando un agudo alarido, como alma que lleva el diablo. D´Arlés estalló en maldiciones y soltando al italiano, sin una palabra, emprendió una carrera tras el fugitivo.

Giovanni respiró profundamente varias veces, todavía sacudido por las carcajadas, incapaz de controlar la salvaje alegría que le producía el miedo en la mirada de D´Arlés. Sí, eran malas noticias para la Sombra, su pasado se materializaba en presente para liquidar cuentas y... una mala noticia también para el maldito Monseñor. Estalló de nuevo en carcajadas, sin poder contenerse, liberado de la presión y el miedo, doblado y pateando el suelo por las contracciones de la risa.

Mateo tenía un brillante discurso preparado cuando llegó a El Delfín Azul, no estaba dispuesto a que D´Aubert volviera a engañarle. Muy al contrario, debería darle mucha más información si deseaba que continuara con el asunto y, desde luego, tendría que reajustar el precio. Además, si se negaba a darle explicaciones, si intentaba apartarle, su silencio le resultaría más caro todavía. Estaba satisfecho, fuera cual fuese la decisión de D´Aubert, él ganaría una sustanciosa cantidad a cambio del mínimo esfuerzo.

Cuando llegó a la taberna, no vio a Santos en su atalaya particular, cosa que agradeció interiormente, le desagradaba la estricta vigilancia que el gigante mantenía sobre gentes y espacios. Subió las estrechas escaleras resoplando por el esfuerzo, y al acercarse a la habitación de D´Aubert observó que la puerta estaba abierta. Decidido, se asomó a la estancia preparando el inicio de su discurso, abstraído y casi de puntillas, pero lo que contempló le dejó helado. Había dos hombres en el suelo, en medio de un enorme charco de sangre que avanzaba lentamente hacia donde él se encontraba. Dos hombres más que desconocía se hallaban delante de él, uno desencajado por las carcajadas reprimidas, el otro se había dado la vuelta con rapidez y le observaba con sorpresa. Mateo se llevó las manos a la boca para acallar el agudo y estridente chillido que salió de su garganta, casi sin aviso, y dando media vuelta se precipitó escaleras abajo, ciego a todo lo que no fuera huir. En la planta baja, la abigarrada clientela de Santos estaba en plena celebración, los cánticos y las peleas se sucedían en extraña armonía. Un estrépito a sus espaldas, avisó al clérigo de que alguien estaba siguiendo sus pasos con ligereza y aullándole que se detuviera. Mateo, con los pulmones a punto de estallar, entró en la gran sala de la taberna, lívido y casi sin respiración, con el aire suficiente para gritar con todas sus escasas fuerzas la palabra mágica.

—¡Fuego, fuego, fuego en el piso superior!

En respuesta a sus gritos, un tumulto ensordecedor llenó el local y la muchedumbre, como una sola alma, se levantó precipitadamente para emprender una enloquecida carrera hacia la puerta de salida. Empezaron a volar mesas y sillas, fragmentos de jarras y platos, los gritos de terror se mezclaron con los lamentos de los que eran pisoteados y abandonados. Mateo se vio arrastrado por la turba, llevado casi en volandas sin que sus pies tocaran el suelo, aferrado a la espalda de un hombre que repartía estacazos en todas direcciones, despejando su camino hacia el exterior. Sin saber cómo, se encontró en la calle, rodeado de gente que no cesaba de gritar y de pedir auxilio. Conmocionado pero sin dejar de correr, Mateo ponía distancia entre él y el peligro, sin volverse ni una sola vez, ciego y con el pánico golpeando sus sienes. Mientras sus cortas piernas luchaban para seguir el ritmo de su miedo, su mente no podía apartarse de los dos cadáveres que había visto en la habitación de D'Aubert, en la sangre extendiéndose hacia él como un mal presagio.

D'Arlés se abrió paso a empellones, maldiciendo. El clérigo había desaparecido de su vista, tragado por la marea humana que huía entre alaridos. Se detuvo con la cólera reflejada en el rostro, las cosas parecían torcerse desde que el bastardo de Giovanni le había escupido la identidad de Santos en medio de risotadas. No quería pensar en ello, no era el momento. ¿Y si el italiano mentía? Era capaz de hacerlo, aunque sólo fuera por el odio intenso y los celos que alimentaba contra él.

La Vilanova del Pi se extendía entre la calle Boqueria, antigua Vía Morisca que se dirigía hacia el Llobregat, y las tierras que pertenecían al monasterio de Santa Ana. El barrio crecía alrededor de la iglesia de Santa Maria del Pi, llamada así a causa del gran árbol que había crecido allí desde el siglo x, y su fama se debía en buena parte a sus burdeles, famosos en la ciudad.

Mateo se paró en una esquina, exhausto, su cuerpo se negaba a dar un paso más. Temblaba, sacudido por espasmos cada vez más frecuentes y difíciles de controlar. Sangre y más sangre en su mente, como si todo lo que mirara se transformara en rojo, impidiéndole pensar con claridad, pero se encontraba muy cerca de casa y deseaba llegar allí, costara lo que costase; no podía detenerse ahora cuando su refugio estaba tan próximo. Sin embargo, sus piernas se negaban a obedecerle. Debía calmarse, recuperar el aliento. ¿Era D´Aubert uno de los muertos? ¡Santo Cielo!, pensó, seguro que así era. Posiblemente, era aquel cuerpo con la cara totalmente desfigurada, un amasijo destrozado de carne y sangre. ¡Tenía que ser él, era su habitación! O sea, que aquel miserable tenía razones de peso para mantener el secreto. Aquello era realmente muy peligroso y le habían descubierto. ¡Por todos los santos del Paraíso, aquellos hombres le habían visto, sabían quién era…, los asesinos vendrían a por él!

Miró a su alrededor respirando pesadamente, nadie parecía seguirle, sólo algunos vecinos le miraban con curiosidad y desprecio. Le conocían y desaprobaban su vida, ¡malditos campesinos ignorantes! El enfado le ayudó a recuperarse, devolviendo las miradas con un gesto de desafío, pero siguió apoyado en la pared durante unos instantes. Después reemprendió el camino hasta el portal de su casa. Abrió la puerta, murmurando un hosco saludo a dos mujeres que parecían estar aguardándole, sin fijarse en la extraña tensión de sus rostros, en la inmovilidad de sus gestos.

—¿Qué es lo que pasa, no tenéis nada que hacer, espantajos?

La puerta se cerró a sus espaldas con suavidad. Le sorprendió no oír el portazo habitual: le había dado un buen empujón para cerrarla, como siempre. Era un aviso para los ocupantes de la casa de que el amo y señor había llegado y de que todo debía estar preparado y listo para servirle. Se volvió extrañado y vio a Santos tapando la salida, con una sonrisa irónica. Mateo lanzó un nuevo alarido y cayó al suelo desvanecido.

Fray Berenguer de Palmerola paseaba arriba y abajo de la estancia, impaciente, con la cólera habitual a flor de piel. En toda la mañana no había podido dejar de pensar en aquel asunto.

No deseaba defraudar al caballero francés que tanto confiaba en él, ni mucho menos desaprovechar las grandes ventajas que se le habían ofrecido. Ardía de rabia al pensar en aquel arrogante templario que, lejos de facilitarle la labor, se había atrevido a amenazarle. Se detuvo bruscamente cuando vio avanzar hacia él a fray Pere de Tever.

—¡Esto es indignante, fray Pere, vuestro comportamiento es una vergüenza! Llevo dos días sin encontraros en parte alguna y sin que nadie sepa de vuestro paradero! ¿Qué significa vuestra ausencia? ¿Quién os ha autorizado a desaparecer de mi vista?

—Os ruego que me disculpéis, fray Berenguer, pero cuando llegamos a puerto, creí que ya no necesitaríais de mis servicios y enton...

—¡Creísteis! ¡Nadie os ha pedido que penséis ni creáis nada, hermano! Vuestro trabajo se limita a obedecer, nada más, y os recuerdo que estáis a mi servicio y que no podéis ausentaros sin mi permiso. Si continuáis con vuestra indisciplina, no tendré más remedio que hablar seriamente con vuestro prior, y os aseguro que no os gustará lo que tengo que decirle.

—Tenéis razón, fray Berenguer, os pido humildemente perdón.

—¡El perdón no es suficiente para vuestra culpa, hermano Pere! Tendré que pensar en el castigo que os merecéis; sin embargo, ahora tengo un trabajo para vos y es de la máxima urgencia. Debéis ir a la Casa del Temple y entregar este aviso, pero seguiréis unas instrucciones muy precisas, poned atención en lo que os digo. Encontraréis a algún mozalbete desocupado, que por unas pocas monedas se encargue de dejarlo en el portón de entrada, pero vos debéis vigilar que así lo haga. Es importante que nadie os relacione con el mensaje. ¿Lo habéis comprendido?

—Lo he comprendido, fray Berenguer, pero yo mismo puedo entregarlo, y no sería nec...

—¡Nadie os ha pedido vuestra opinión! —cortó tajante fray Berenguer—. Seguiréis las órdenes que os he dado y aprenderéis a obedecer sin preguntas ni comentarios. No aumentéis el castigo que, tened bien seguro, se aplicará a vuestra desobediencia.

Fray Pere de Tever asintió en silencio. Compungido, cogió el papel que le tendía su superior y esperó.

—La curiosidad es un pecado muy grave, hermano, y sólo se supera con el recogimiento y la obediencia. Deberíais saber que soy un hombre muy ocupado y no se debe molestarme con preguntas estúpidas e inútiles. Y ahora marchad de una vez y cumplid mis órdenes a rajatabla.

Fray Pere no se movió. Miraba a su hermano con desconfianza.

—¿Se puede saber a qué estáis esperando?

—Me habéis ordenado que entregue unas monedas a cambio del encargo, fray Berenguer. Olvidáis que además del voto de obediencia, también prometí el de pobreza. ¿Con qué se supone que debo pagar?

Fray Berenguer lanzó un resoplido de disgusto ante la insolencia del joven, pero no quería perder más tiempo, y rebuscando en su bolsa le entregó un par de monedas murmurando.

—Con esto os bastará, procurad que no os engañen.

Fray Pere salió del convento, pensativo y cabizbajo. Sus graves sospechas no hacían más que aumentar y temía los manejos de fray Berenguer. A buen seguro estarían tramando algo contra el anciano judío, él y el caballero francés, el hombre que había embarcado en Limassol como un tripulante más. ¿Qué pretendía con aquel disfraz? ¿Quién era en realidad? Lo único seguro en aquella situación era que estaba manipulando la cólera de fray Berenguer en su provecho, halagándole descaradamente con palabras que nadie, excepto su vanidoso hermano, era capaz de creerse. ¿Qué estaría tramando aquel hombre? Nada bueno, sospechaba. Se sentía perdido y desorientado, no quería colaborar en las intrigas para perjudicar al bueno de Abraham. ¿Qué tenía aquel hombre contra el anciano médico? Tenía muchas preguntas y muy pocas respuestas. Dudó unos instantes mientras vagaba sin rumbo, sin atreverse a emprender el camino que le llevaría hasta la Casa del Temple, vacilando sobre qué debía hacer. De repente, tomó una decisión y cobijándose en un recodo de la muralla antigua, sacó la nota que le habían entregado, la desdobló y leyó con atención, casi sin atreverse a respirar. La perplejidad asomó a su rostro durante la breve lectura, sorprendido ante la mezquindad de su hermano, del poder perverso de su ambición. Aquello acabó por convencerlo, sabía perfectamente lo que debía hacer y no le importaban los riesgos. Sin más demora, emprendió el camino hacia la Casa del Temple.

Finalmente, Guillem había conseguido descansar un par de horas. Había recurrido a uno de los escondrijos de Guils, uno de tantos en la gran red de refugios seguros que había tejido cuidadosamente durante años de servicio. Los «Santuarios». Aprovechó para tumbarse en un viejo jergón, estaba completamente rendido y no tardó ni un segundo en perderse en el mundo de la inconsciencia. Soñó con los desiertos de Palestina, aquella inmensidad de arena dorada que tan bien describía Bernard en las horas muertas, la luz especial que se reflejaba en las calladas dunas. Un caballo blanco apareció en su sueño, mirándole con curiosidad, con las riendas sueltas, inmóvil. Después de unos instantes de contemplación, la bestia dio la vuelta, emprendiendo un ligero trote, alejándose de él. La llamó con un grito desesperado, comprobando con terror que de su garganta no salía sonido alguno, a pesar de lo cual la hermosa bestia se detuvo volviendo el cuello y observándole de nuevo. «¿Qué quieres?», parecía decir. Pero por mucho que Guillem se esforzaba, no podía emitir sonido alguno, estaba mudo.

Despertó sobresaltado y con la camisa empapada en sudor. Unos fuertes golpes en la puerta habían conseguido arrancarle de la visión del desierto. Tardó en despejarse, en recordar dónde se hallaba y quién era, y finalmente se dirigió hacia la puerta tomando todas las precauciones. Uno de los viejos colaboradores de Guils en la ciudad, a quien conocía, le traía la respuesta al aviso que había mandado a la Casa. El hombre no necesitó decir nada, y con un movimiento de cabeza desapareció, siguiendo todavía las estrictas órdenes de Bernard: «Si no hay nada que decir, el silencio es seguridad». Guillem leyó el mensaje: Santos había localizado al traductor de griego. ¿Santos? ¿Por qué no le había confesado Jacques *el Bretón*, uno de los mejores amigos de Bernard, su verdadera identidad? El joven creía que estaba muerto hacía tiempo, y Bernard hablaba de él en pasado, aunque lo cierto era que hablaba de muchas cosas utilizando el pasado, como si una parte de su memoria deseara estar enterrada en los paisajes que describía. Nunca lo había contemplado desde esta perspectiva y Guillem quedó pensativo. Quizá debería revisar sus propios recuerdos a la luz de esta nueva realidad.

—Si lo que os trae aquí es la intención de continuar con el interrogatorio que empezó vuestro hermano, estáis perdiendo el tiempo. No tengo nada que añadir a lo que ya os dije. —Frey Dalmau observaba al joven fraile con dureza.

—No es lo que creéis, frey Dalmau. No sabía qué hacer ni a quién acudir… hasta que leí la nota no… ¡no quiero que le ocurra nada malo al anciano judío! —Fray Pere de Tever se derrumbó en el sillón al tiempo que sus manos intentaban ocultar las lágrimas.

El templario quedó turbado ante la reacción del joven, no se esperaba algo así y su dureza inicial desapareció.

—Perdonad mi insolencia, hermano Pere, os ruego que me disculpéis. Tuve una pequeña discusión con vuestro superior hace tan sólo unas horas y al presentaros como su ayudante, temí que… Bien, veo que hay algo que os inquieta profundamente. ¿Queréis contármelo?

Primero con balbuceos inseguros, el joven fraile explicó al templario todas sus preocupaciones. Después, recuperándose gracias a la atención que frey Dalmau le procuraba, le contó con detalle su relación con fray Berenguer: el viaje realizado y la travesía marítima, el estupor al reconocer en el caballero francés a uno de los miembros de la tripulación.

—Tranquilizaos, muchacho. Aunque le conozco poco, tengo la impresión de que esta nota anónima es muy propia de fray Berenguer. «Vuestro huésped judío está en grave peligro, debéis buscar un refugio más seguro.» Y firma, «un amigo». ¡Menudo amigo! Hay que reconocer que vuestro hermano es un poco ingenuo al creer que nos apresuraremos a sacar a Abraham de la Casa, ¿no creéis?

—Está bajo la influencia absoluta del otro hombre, frey Dalmau, del caballero francés del que os he hablado. Le ha dicho que Abraham es un peligroso traidor y asesino.

—Sí, es cierto, pero vuestro hermano ya estaba dispuesto a

creerse cualquier estupidez. El pobre Abraham no tiene un aspecto muy feroz, ¿no estáis de acuerdo, fray Pere?

El joven fraile sonrió por primera vez, al recordar el aspecto venerable del anciano.

—Habladme de ese otro hombre, de ese caballero francés. —sugirió frey Dalmau a la expectativa.

—Veréis, vino a visitar a fray Berenguer en el convento y yo, llevado por mi curiosidad, estuve espiando. No podía creerme que alguien le visitara... ¡Dios me perdone! Escuché su conversación y me asusté mucho, no podía entender su interés en perjudicar a Abraham. Entonces, cuando se levantó para marcharse, pude verle la cara y me quedé aterrorizado, era el hombre de Limassol.

—¿Estáis realmente seguro, fray Pere?

—Totalmente, os lo aseguro, siempre recuerdo los rostros. Veréis, este hombre provocaba las iras del capitán D´Amato, siempre estaba donde no debía, y por ello me fijé especialmente en él. Cuando visitó a fray Berenguer en el convento, vestía lujosas ropas y alhajas, pero era el mismo hombre; le prometió cargos importantes y le halagó hasta hacer relucir sus ojos con el brillo de la avaricia. ¡Dios misericordioso, perdonadme por hablar así de mi hermano!

—Vos no sois culpable de la ambición de los demás, fray Pere —susurró con suavidad el templario.

—Sólo deseo que no perjudiquen al anciano, sólo eso. Ese hombre no ha hecho mal a nadie, frey Dalmau. Sólo quiero hacer lo correcto.

—Habéis actuado correctamente, fray Pere, y vuestra información nos permitirá proteger a Abraham. Pero estoy preocupado por vos, éste es un asunto muy peligroso, ya lo veis. No puedo contaros nada, lo siento, porque si lo hiciera, pondría vuestra vida en peor situación y correríais un peligro aún mayor.

—No necesito que me contéis nada, frey Dalmau, no soy hombre de mundo ni de intrigas palaciegas. Mi único deseo es proteger a Abraham de gente tan perversa.

Frey Dalmau lo miró en silencio, estaba convencido de las buenas intenciones del joven, pero también de su falta de experiencia y eso le preocupaba. Había demasiados muertos en aquel asunto y no podía permitir que fray Pere aumentara tal cantidad.

—Deberíais alejaros de la ciudad por un tiempo. Pedid permiso para visitar vuestro convento y quedaros allí una temporada. Ese hombre que habéis reconocido os mataría sin vacilar si descubre que lo habéis desenmascarado; es un asesino, muchacho, un peligroso asesino.

—Quiero ayudar —contestó simplemente el fraile—. Lo he visto con toda claridad en cuanto leí la nota. Agradezco vuestros consejos, frey Dalmau, pero ya no me puedo quedar al margen, jamás podría perdonarme el haber cerrado los ojos ante la injusticia. No puedo volver al convento, no puedo huir por muy asustado que esté.

Dalmau lo miró con afecto. La juventud era una extraña enfermedad que sólo los años ayudarían a contener y a encauzar, pero ¡bendita enfermedad!

—Temo por vos —insistió—. En este asunto hay fuerzas perversas y poderosas que no vacilarían ni un momento en quitaros la vida, si ello les fuera de utilidad, debéis creerme fray Pere.

—Dios velará por mi vida, frey Dalmau, y yo correré el riesgo de confiar en Él. Creo que os seré más útil si vuelvo al convento de la ciudad y no pierdo de vista a fray Berenguer. Si intentan algo, os avisaré, os tendré informado. Nadie se fijará en mí.

—Procurad que sea así —asintió Dalmau, con resignación—. Que nadie se fije en vos y no olvidéis el riesgo que corréis, tenedlo muy presente. Recordad que más vale reconocer el miedo que ser imprudente, amigo mío, y estad alerta. Si tenéis la más mínima sospecha de que os han descubierto, huid rápidamente y tened en cuenta que nuestra Casa está estrechamente vigilada.

Dalmau acompañó al joven dominico hasta una salida más discreta y alejada, dándole los últimos consejos. Fray Pere de Tever estaba satisfecho de su decisión, por primera vez era consciente de que había elegido por sí mismo, por su propia voluntad y de nadie más. No sabía nada del asunto ni nada quería saber, no le interesaban los asuntos mundanos, pero había hecho suya la bandera de Abraham y que el viejo judío conservara su integridad física era para él una obligación moral, estaba dispuesto a luchar por ello. Se sentía asustado y excitado, la misma sensación que había experimentado en Marsella cuando embarcó por primera vez en su vida. Aspiró con fuerza, una gran paz inundaba su espíritu.

Mateo gimoteaba, tenía una pesadilla atroz en la que alguien se obstinaba en abofetearlo, una y otra vez. No soportaba el dolor físico y su sola mención le provocaba sudores helados de pánico. Se despertó gritando, al tiempo que una jarra de agua fría caía sobre su cara.

—¡Despierta de una vez, clérigo mentiroso y falsario!

Santos volvió a abofetearle y se detuvo al ver que parecía despertar de su desvanecimiento.

—¡Basta, basta. No me peguéis más, no me torturéis!

—Cuánta sensibilidad, Mateo, unos simples bofetones convertidos en tortura…, un poco exagerado, ¿no crees?

—¿Qué queréis de mí? Os diré lo que queráis, pero no me torturéis.

Santos le observaba con sorpresa, aquel hombre estaba realmente asustado y no era por su causa. Santos se preguntó sobre las razones de su miedo.

—Nadie va a matarte ni a torturarte, bufón eclesiástico, solo quiero hablar contigo. Que yo recuerde, las palabras todavía no han asesinado a nadie.

—Tú y yo no tenemos nada de qué hablar, Santos. —Mateo había reconocido a su intruso visitante y parecía recuperado del susto inicial—. Yo, en tu lugar, me preocuparía de los cadáveres que se amontonan en tu taberna. No les va a gustar nada a los alguaciles y es posible que vaya a contarlo.

—¿Ves como tenemos mucho de qué hablar, Mateo? Por ejemplo, ¿de qué cadáveres me estás hablando?

Mateo se levantó del suelo, buscando la protección de las dos mujeres, refugiadas en un rincón alejado.

—He ido a tu asquerosa taberna para visitar a un cliente, y me he encontrado con tanta sangre, que más parecía matadero que pensión de mala muerte.

—Eso ya lo has repetido, procura ser más explícito, Mateo, porque mi paciencia es escasa. —Santos hizo un esfuerzo por controlar la irritación que sentía.

—En la habitación de mi cliente había dos hombres muertos y dos vivos, contemplando el espectáculo. Asesino y a-se-si-na-dos. He huido a toda prisa y uno de ellos me ha perseguido con una ballesta en la mano, con muy malas intenciones. Soy un hombre honrado y…

—¡Ja, ja, no me hagas reír, maldito embustero! Tú no sabes lo que significa la palabra honradez. Pero me interesa el tema de tu cliente, cuéntame qué tratos te llevabas con él.

—No voy a decirte nada —graznó Mateo—. Los asuntos entre mis clientes y yo son secretos, y sólo terminan con la muerte.

Unos golpes en la puerta provocaron un nuevo aullido de Mateo, que corrió a esconderse tras un aparador. Santos abrió la puerta y dejó pasar a Guillem.

—O sea que éste es el palacio de nuestro traductor —dijo el joven a guisa de saludo, con una expresión torva en su mirada.

—Es el hombre que buscabais, señor —le contestó Santos, lanzándole un gesto de advertencia que Guillem entendió.

—¿Y qué nos cuenta este viejo cerdo de engorde, Santos?

—Me temo que no desea hacernos partícipes de sus conocimientos, señor.

—Eso tiene fácil arreglo, Santos —suspiró Guillem, acercándose al clérigo con gesto amenazante. Mateo retrocedió hasta topar con la pared, demudado y lívido.

—¡No me hagáis daño, señor, yo no sé nada!

—Eso lo decidiremos nosotros, pero te aconsejo que nos ayudes. No me obligues a mancharme con tu sangre.

Mateo reanudó sus gemidos y lamentos, en tanto Santos lo arrastraba hasta el centro de la estancia y lo sentaba, de un empellón, en un pequeño taburete.

—Si no paras de gimotear, te arrancaré la lengua de un manotazo —rugió Santos, consiguiendo un silencio repentino y absoluto.

—Eso está mucho mejor, Mateo —intervino Guillem—. Ahora vas a contarnos tus negocios con D´Aubert y más te vale andar con cuidado; no nos engañes, nuestra poca paciencia es famosa en el mundo entero.

—D´Aubert está muerto. Lo mataron en la taberna de ése —bramó Mateo, señalando a Santos.

Nadie le contestó, los dos hombres tenían la mirada fija en el clérigo que, con ademanes nerviosos y sudando a mares, empezó a hablar.

—Me contrató para la traducción de unos pergaminos antiguos, en griego y en arameo. Le dije que desconocía el arameo, pero que encontraría a alguien de confianza... bueno, con dinero se encuentra todo, ¿no es cierto? Dijo que era muy secreto, que nadie podía enterarse de su existencia. Él pensaba que eran muy importantes.

—¿Y lo eran? —preguntó Guillem.

—¡Era un engaño! —chilló Mateo—. Por eso volví a la taberna, para arreglar cuentas con el maldito D´Aubert. Quería ponerme a prueba ¡y está muerto, muerto!

—¿Un engaño? —Guillem y Santos lanzaron la pregunta al unísono.

—Los pergaminos son auténticos y el texto también, pero el contenido no vale nada, no tiene ninguna importancia.

—Verás, Mateo, es mucho mejor que nos dejes decidir a nosotros. Comprobaremos lo que dices. Trae los pergaminos aquí —ordenó el joven.

Mateo se levantó con desgana, arrastrando los hinchados pies hacia el mismo aparador donde se había refugiado. Rebuscó en uno de los cajones y sacó un envoltorio que entregó a Guillem. Los dos hombres se inclinaron sobre la mesa y extendieron los pergaminos y las notas que Mateo había hecho.

—¿Estás seguro que son los mismos pergaminos que D´Aubert te entregó? —Guillem todavía estaba inclinado, leyendo con atención, y la pregunta había sido hecha sin ninguna entonación.

—¡Os lo juro, señor! Me los entregó en mano y como veis es una carta sin importancia. Por ello pensé que el miserable me estaba poniendo a prueba, eso me irritó mucho.

Santos y Guillem hablaban en voz baja, ajenos a la charla compulsiva del clérigo.

—¿Puedes describir al hombre que te persiguió en la taberna? ¿Y al otro?

—No tuve mucho tiempo, la verdad. El hombre de la ballesta estaba de espaldas a mí, frente al otro, un hombre de mediana edad, estaba riendo como un loco y hablaba en italiano, no parecía importarle que intentaran estrangularle, la verdad. Yo sólo quería huir de allí y no me volví. Había sangre por todas partes. Se trataba de mi vida, caballeros.

Santos lanzó una carcajada ante la última frase de Mateo.

—De repente descubres que somos caballeros, viejo infame. ¡Harías lo que fuera para salvar el pellejo, embaucador del demonio!

Guillem dobló cuidadosamente los pergaminos y los guardó en su camisa. Observaba con atención al clérigo y a las dos mujeres. Una de ellas, ya entrada en años, conservaba en los surcos de su rostro la imagen del sufrimiento, una infinita red de lágrimas y resignación. La otra era muy joven y muy hermosa, con un gesto de desafío en la mirada, una tupida cabellera rojiza enmarcando una cara de finas facciones y ojos fieros y oscuros que mantuvieron su mirada sin un parpadeo. Una turbación extraña invadió al joven que se apresuró a retirar la mirada, un poco avergonzado. Santos se acercó a él discretamente y le susurró algo al oído. Guillem asintió con la cabeza y se dirigió hacia el clérigo.

—Estás en peligro muy grave, Mateo. El hombre de la ballesta te buscará y si te encuentra, no va a conformarse con tus explicaciones. Necesita eliminar cualquier rastro que tenga relación con este asunto, por pequeño que sea, y tú mismo has comprobado su especial forma de diálogo. Te aseguro que es un consumado maestro en el arte de la tortura.

—¡Pero yo no sé nada de nada y...!

—Eso no tiene ninguna importancia para él —le respondió Santos—. Además, sabes demasiado, no te engañes, sabandija con sotana, y eso te coloca con el agua al cuello. Si te encuentra, que seguro que lo hará, tu vida valdrá tanto como esas raídas y sucias ropas que llevas.

—¿Y qué se supone que debo hacer? Las mujeres no tienen nada que ver con todo esto y no tengo adónde ir y...

—Podemos facilitarte un escondite seguro, durante un tiempo, hasta que las cosas se calmen, siempre que obedezcas nuestras órdenes. —Guillem le estudiaba, atento a sus reacciones, sin fiarse de él—. Nuestra protección tiene un precio, Mateo, y se llama obediencia absoluta. ¿Lo entiendes?

—¡Os juro por lo más sagrado que haré todo lo que digáis!

—¡Dios bendito, Mateo, tus juramentos valen lo que el estiércol! —saltó Santos—. Coge lo indispensable y preparárate para partir. Además, tengo otra condición: la boca bien cerrada y nada de preguntas.

Mateo asentía con movimientos de cabeza mientras ordenaba a las mujeres que se movieran, que recogieran lo necesario, repitiendo de forma incansable, «deprisa, deprisa, deprisa».

Guillem le pidió papel y pluma y, en tanto la tropa de Mateo se afanaba bajo la atenta vigilancia de Santos, se sentó para redactar una nota. Cuando terminó, Mateo y las mujeres estaban junto a la puerta, esperando. Santos se inclinó para leer la nota que Guillem había dejado sobre la mesa y después de leerla con curiosidad, palmeó la espalda del joven con una sonrisa. Tras comprobar que no había peligro en el exterior, los cinco se pusieron en marcha, abandonando la casa a buen paso. Santos encabezaba la comitiva y Guillem se ocupaba de defender la retaguardia. En la mesa de la casa abandonada, una nota esperaba a su destinatario:

D´Arlés, a buen seguro, tarde o temprano encontrarás este agujero, y cuando lo hagas, creo prudente avisarte de que, a pesar de tus esfuerzos, el buen Abraham logró rescatarme de la muerte, esa extraña compañera que tanto deseabas para mí. Las piezas vuelven a estar en el tablero de juego y la partida se reanuda. Como es ya habitual, no voy a desearte suerte.

Bernard Guils

Capítulo X

El pergamino

«¿Estáis excomulgado?»

$\mathcal{F}$rey Dalmau se encaminaba con paso rápido hacia las estancias del boticario. Acababa de recibir un aviso urgente de Guillem, le esperaban, pero antes deseaba hablar con Abraham y comunicarle los últimos acontecimientos. Golpeó con suavidad la puerta y entró sin esperar respuesta. El anciano judío se hallaba cómodamente sentado, con mejor aspecto, y el boticario, a su lado, se ocupaba de que tomara sus medicinas.

—¡Buenos días a los dos! —saludó afectuosamente—. Veo que os encontráis mucho mejor, Abraham. Vuestro aspecto es formidable.

—El milagro es obra de Arnau, lo único que ha hecho estos días ha sido ocuparse de mí, desatendiendo otras obligaciones, frey Dalmau.

—¿Alguna novedad sobre la muerte de Bernard? —intervino el boticario, sin hacer caso a la palabras de Abraham.

—Por ahora nada, Arnau, pero las cosas se están complicando. —Dalmau tomó asiento cerca de ellos, con un gesto cansado—. Debemos hablar de la seguridad de Abraham, la situación ha empeorado.

—¿Crees que intentarán alguna cosa aquí, en la Casa? ¡Eso sería una idiotez y no creo que estén tan locos, Dalmau!

—Cálmate, amigo mío, y déjame hablar. Si te he de ser sincero, ya no sé qué pensar. Vino a verme un dominico, un tal Berenguer de Palmerola, con la inaudita excusa de que corrían

177

rumores de que teníamos escondido a un judío en la Casa, a un judío acusado de alta traición, nada menos.

Arnau lanzó una alegre carcajada, aquello rayaba en lo cómico, aunque era posible que todo el mundo se hubiera vuelto loco. Abraham, con gesto preocupado, intervino en la conversación.

—Fray Berenguer de Palmerola era uno de mis compañeros de viaje, Arnau. Ya os he hablado de él, pero ¿de verdad cree que soy un traidor?

—No sólo eso, también que sois un peligroso asesino —respondió Dalmau—. Parece que alguien está manipulando su odio ancestral hacia vuestra raza, Abraham, alguien que le ha comunicado que pretendéis atentar contra la vida del rey de Francia.

El boticario y Abraham estaban perplejos, ambos con la boca abierta y los ojos abiertos como platos.

—Pero ¡quién iba a creerse tamaña insensatez, semejante insulto a la inteligencia! —estalló Arnau, indignado—. ¿Qué significa este disparate?

—Tranquilízate, Arnau. Deja que nuestro buen amigo termine su historia.

—Por lo que he deducido —siguió Dalmau—, el caballero francés que calienta los oídos al viejo fraile y el tripulante de vuestra nave que embarcó en Limassol son la misma persona. Y tiene un nombre: Robert D´Arlés, nuestra evanescente Sombra.

Viendo el creciente asombro de sus compañeros, frey Dalmau pasó a contarles las últimas noticias sin omitir detalle alguno.

—No entiendo qué tiene que ver este dominico en todo este asunto, la verdad, ni tampoco entiendo el interés de D´Arlés en Abraham. —El boticario estaba confundido, no conseguía establecer una relación entre los hechos.

—Es simple, Arnau, la tal Sombra se aprovecha de la ambición del fraile, pero ¿por qué ese interés en mi persona? ¿Qué se supone que desean de mí? —Abraham intentaba poner orden a sus ideas.

—Os diré lo que pienso de todo esto —intervino Dalmau—. Creo que están convencidos de que tenéis en vuestro poder algo que transportaba Bernard Guils, o que vos sabéis dónde encontrarlo. Es la única explicación que encuentro, Abraham.

—No sé cómo puedes trabajar en esto, Dalmau, intrigas, conspiraciones, asesinatos, robos...

—Porque alguien tiene que hacerlo, Arnau. —Frey Dalmau parecía molesto.

—Hay algo que no logro comprender, amigos míos. —Abraham interrumpió el enfado del boticario—. Se supone que lo que transportaba Guils fue robado por D´Aubert, ¿no es así? Entonces, ¿por qué me buscan a mí? ¿Y el traductor de griego que busca Guillem?

—Sí, tenéis razón, Abraham, pero es posible que D´Arlés quiera asegurarse de que no queda nadie con vida que tenga relación con este asunto —respondió Dalmau—. Es posible que todos los pasajeros que viajasteis juntos desde Chipre a Barcelona, os hayáis convertido en testimonios molestos. No estoy seguro de nada, pero hay que extremar las precauciones. Esta mañana, al recibir el anónimo...

—Ése es un truco muy viejo, Dalmau, una chiquillada —saltó el boticario.

—Lo sé, lo sé, pero no me gusta y mucho menos si D´Arlés está mezclado en todo esto. Quizá sólo sea una maniobra para distraer nuestra atención, caballeros, pero aun así hemos de estar preparados.

—Lamento provocaros tantas molestias. —Abraham estaba abatido, cansado de su reclusión. Su único deseo era volver a su casa, a sus libros y a su laboratorio, a pasear por su barrio y poder hablar con sus viejos amigos de la sinagoga.

—No sois vos quien nos causa inquietud, querido Abraham, nunca os agradeceremos lo suficiente todo lo que hicisteis por Bernard —respondió Dalmau al observar su tristeza.

—¿Tienes alguna idea? —Arnau estaba nervioso.

—Sólo una, amigo mío. Para empezar, quiero que os trasladéis a mis habitaciones, en la Torre, y ahora mismo. He reforzado la guardia en las puertas y he mandado un informe urgente al comendador, comentándole las maquinaciones de fray Berenguer. No me gustan las amenazas de este fraile, y es posible que convenga que tome un poco de la misma medicina.

—¿Crees que D´Arlés se atreverá a entrar en la Casa, Dalmau?

—No lo sé, es capaz de todo. Lo único que podemos hacer es tomar todas las precauciones posibles y estar alerta, Arnau. Y ahora he de marcharme, amigos míos, nos veremos más tarde.

Fray Pere de Tever estaba en el Oratorio, detrás de fray Berenguer. Llevaba allí una hora, arrodillado, en actitud recogida, sin perder de vista la amplia espalda de su superior que parecía dar cabezadas, cómodamente sentado en un holgado sillón. El dolor de las rodillas empezaba a molestarlo y cualquier pequeño movimiento provocaba un agudo dolor que le recorría el muslo hasta instalarse en la base de la espalda. Fray Berenguer le había ordenado que permaneciera así, de rodillas, reflexionando sobre la obediencia y la sumisión, cualidades necesarias para convertirse en un buen fraile.

—No sé en qué convento os han enseñado, pero lo han hecho muy mal. Vuestro comportamiento deja mucho que desear, hermano, y una buena ración de disciplina es lo que necesitáis.

Fray Pere había asentido, sin rechistar, a los caprichos educativos del viejo dominico. Le interesaba mostrarse sumiso y obediente, convencerlo de su absoluta falta de personalidad y carácter, y conseguir que ni tan sólo se diera cuenta de su presencia.

Un hermano lego se acercó a fray Berenguer y le susurró algo al oído. Éste se levantó pesadamente, con la excitación en el rostro y, dirigiéndose al joven, le espetó:

—Podéis salir un rato al patio, tengo cosas importantes que hacer que necesitan de toda mi atención. Pero a mi vuelta, fray Pere, estaréis de nuevo aquí, en el Oratorio, exactamente igual que ahora. Espero que no os atreváis a desafiar mis órdenes, las consecuencias podrían ser terribles.

—Estaré aquí, hermano Berenguer.

El dominico se alejó mientras fray Pere le contemplaba marchar hacia las obras del templo. Esperó unos minutos, atento a cualquier presencia, y le siguió a una prudencial distancia. Los operarios habían terminado su jornada y una extraña calma flotaba entre vigas y piedras. Las vueltas de los arcos empezaban a perfilarse, encogiendo cada vez más el breve retazo de cielo que podía verse entre ellas. A lo lejos, observó cómo fray Berenguer se encontraba con el caballero francés, muy cerca del ábside poligonal de siete lados. Repentinamente, desaparecieron de su vista tras unas enormes piedras talladas, apiladas con sumo cuidado en el centro del ábside. Se apresuró tras ellos con sigilo, intentando hacer el menor ruido posible y escondiéndose entre el bosque de columnas.

Iba oscureciendo y el joven fraile se movía con precaución, inquieto ante las sombrías siluetas que la construcción arrojaba por doquier. Se persignó varias veces, temblando de miedo, hasta llegar a la pila de piedras en donde había visto desaparecer a los dos hombres. Estuvo a punto de lanzar un grito cuando uno de sus pies resbaló en el vacío, cayendo en la cuenta del boquete que se abría en el suelo. «¡La cripta!», pensó. No se le había ocurrido tenerlo en cuenta. En realidad, temía que los dos hombres hubieran desaparecido en la mismísima boca del infierno, envueltos en vapores de azufre. Era un supersticioso estúpido y cobarde, meditó sentado en el suelo, con el pie todavía colgando al abismo, y el corazón latiendo frenéticamente, provocando un estrépito que a buen seguro se oiría hasta en las cocinas del convento. «¡Dios misericordioso, dame fuerzas para seguir!»

Se asomó a la oscuridad del rectángulo perfecto, comprobando que había unos escalones de piedra. No se oía ni un murmullo, y se deslizó por el agujero hasta encontrar la seguridad del primer escalón. No tenía por qué resultar difícil. Si fray Berenguer se había metido por allí, él podría hacerlo sin ninguna dificultad. Bajó unos escalones más, agachado, siguiendo la inclinación natural del techo del pasadizo y continuó adelante. Llegó a una gran cripta vacía, con una gruesa columna en su centro, como una palmera que extendiera sus hojas a través de la piedra y se fundiera en ella. Era hermoso y tétrico a la vez, como si ambos conceptos se vieran obligados a convivir en aquel reducido espacio. Se detuvo respirando pausadamente, acostumbrando sus ojos al color de las tinieblas. Un destello de luz, a su izquierda, le guió hasta un estrecho pasadizo que salía de la cripta. Avanzó despacio, un murmullo de voces ininteligibles le llegó amortiguado, ayudándole a mantener una dirección concreta, con las manos rozando el muro hasta volver a desembocar en una nueva estancia de la que salían tres aberturas, como tres bocas de lobo abiertas. Se paró de nuevo, observando un sepulcro tallado en mármol que le sobresaltó, pero vio que estaba vacío, sin tapa que lo cubriera, esperando sin prisa a su huésped. Aguzó el oído y siguió a las voces, como Ulises seducido por los cantos de las sirenas, y a cada paso, las palabras adquirían nitidez.

—Pensaba que podía confiar en vos, fray Berenguer.

—Y podéis hacerlo, caballero, sin ninguna duda. Pero confieso que mis esfuerzos no han tenido el resultado esperado. Bien, por lo menos, hasta ahora.¡Esos arrogantes templarios, malditos mercenarios! Espero que mi pequeña estratagema les obligue a actuar.

—¿Estáis bromeando, fray Berenguer? ¿Acaso creéis tratar con estúpidos? Creo que sobrestimé vuestra capacidad.

—He cumplido todas vuestras órdenes, caballero, y me he esforzado en complaceros.

—Sí, mi buen amigo, en eso tenéis toda la razón. Debéis disculparme, la sola idea de que pueda ocurrirle algún percance a mi buen rey Luis provoca en mí los peores instintos. Os ruego que me perdonéis, no debí hablaros en este tono. ¿Puedo seguir contando con vuestra ayuda, amigo mío?

—Os comprendo perfectamente, caballero, y no es necesario que os disculpéis. Por supuesto que podéis contar con mi ayuda.

—Bien, eso está muy bien, fray Berenguer. Tendremos que pensar en algo convincente, el tiempo apremia.

Guillem leía los pergaminos de D´Aubert por enésima vez, en tanto Santos le observaba en silencio.

—Esto no tiene sentido —repitió el joven.

—Quizás otros se lo encontrarán, muchacho —respondió de nuevo Santos.

—Es posible que tengas razón. ¿Por qué no me dijiste antes quién eres en realidad? —La pregunta sorprendió a Santos, que lo miraba con asombro—. Estuve siguiendo a un italiano y escuché una interesante conversación, acerca de ti, entre otras cosas. Eran agentes romanos y por lo que decían deduje que sentían un venerable respeto hacia ti, incluso su jefe, al que llamaban Monseñor, pareció impresionado al oír tu nombre. Jacques *el Bretón*. Estaba muy interesado en que te mataran.

—¿Tuviste el extraño placer de conocer a Monseñor? No te equivoques, ése no se impresiona por nada ni por nadie. Carece de los mecanismos necesarios para impresionarse. ¿Dónde viste a esa serpiente ponzoñosa?

Guillem le contó su aventura de la noche anterior, siguiendo al italiano llamado Giovanni, y sin poder evitar una sonrisa de triunfo al llegar al final de la historia, le explicó que se había desembarazado de su primer agente papal. Después insistió en la pregunta que no había tenido respuesta.

—¿Por qué razón no me lo contaste? Bernard siempre te consideró su mejor amigo.

—Era mi mejor amigo, chico, pero tú ya tienes suficientes problemas.

—¿Vas a matar a D´Arlés? ¿Tú y Dalmau vais a matarlo? —El joven parecía fascinado.

—Debes apartarte de la Sombra, no interferir. —Santos tenía el ceño fruncido, una expresión sombría—. Son viejas cuentas, viejas historias que sólo tienen sentido para dos viejos como Dalmau y yo, no tiene nada que ver contigo ni con este maldito asunto de los pergaminos. Bernard no te querría ver envuelto en este lío, te hubiera mandado a Barberà de una patada en el culo.

—¿Por qué D´Arlés os traicionó? —El joven insistía.

Jacques hizo un gesto de desagrado, el muchacho estaba demasiado inmerso en aquel drama y sería difícil apartarlo. Suspiró con resignación.

—¿Por ambición, por avaricia, por orgullo… por el placer de hacerlo? No lo sé, chico, y a estas alturas sus motivos no me importan. Pregúntaselo a Dalmau, él siempre fue el inteligente del grupo.

Como si le hubiera oído, el sonido de una llave les avisó de la llegada de Dalmau, que apareció por la puerta con expresión expectante.

—Siento la demora, pero las cosas se están complicando. ¿A qué viene tanta urgencia?

Por toda respuesta, Guillem extendió una mano hacia la mesa donde reposaban los pergaminos. El rostro de Dalmau se iluminó.

—¡Lo habéis conseguido!

—El chico no está seguro, Dalmau, pero son los que tenía D´Aubert en su poder. Le contó al traductor que se los había robado a Bernard. Logramos sacarle esa información al maldito bastardo de Mateo. Pero más vale que te los mires, ese imbécil no es de fiar.

—No seas tan pesimista, Jacques. Si son los pergaminos que llevaba Bernard, no hay motivo de preocupación. Nuestra misión era recuperarlos, no descifrarlos, para eso hay otros más preparados que nosotros.

—¿Queréis decir que están en una clave secreta, frey Dalmau? —intervino Guillem.

—Le gusta preguntar —se mofó Jacques—. Será cosa de la edad.

—Eso no nos incumbe a nosotros, Guillem, y no puedo responderte porque no lo sé.

—Demasiado fácil, frey Dalmau. —Guillem no podía ocultar su desconfianza.

—¡Demasiado fácil! ¡Han muerto personas por su causa, un goteo de sangre desde Tierra Santa! ¡Sangre de los nuestros, muchacho! ¿Cómo puedes decir algo así? —Dalmau estaba irritado, toda su alegría ante la visión de los pergaminos se había evaporado y su enojo se dirigía hacia el joven.

—Vamos, Dalmau, no te enfades con el chico. Sólo está expresando sus dudas, no hay que fiarse nunca de lo evidente, ¿recuerdas?

—¡Tú también, Jacques!

—Cálmate y comprobarás que hay muchas preguntas sin respuesta, Dalmau, y hay una sobre todo que me inquieta. Verás, D´Arlés interrogó brutalmente a D´Aubert antes de matarlo; por lo tanto, sabía que había robado los pergaminos a Guils. Eso está claro, son los que llevaba Bernard. ¿Estás de acuerdo hasta aquí? —Dalmau asintió con la cabeza, todavía molesto, y el gigante continuó—. Descubrió también que el traductor, Mateo, los tenía en su poder. —Jacques hizo una pausa larga, para permitir que los demás reflexionaran—. La pregunta que me hago es por qué razón D´Arlés no corrió en busca de Mateo.

—Es posible que no lograra localizarlo —saltó de inmediato Dalmau.

—Yo tardé media hora, Dalmau. Ese rufián de clérigo es un bastardo, pero no se esconde ni del obispo. Los hombres de D´Arlés le hubieran encontrado en tres segundos. Piénsalo, ese desinterés es extraño.

—¿Estás insinuando que D´Arlés no tiene ningún interés en el traductor?

—La siguiente pregunta, frey Dalmau —intervino Guillem sin dejar que Jacques respondiera—, es el motivo de esa desidia. Sabemos que está tan interesado como nosotros y Monseñor en los pergaminos, pero no se apresura tras Mateo para arrebatárselos. ¿Por qué?

—Corrió tras él, cuando Mateo apareció por mi taberna por casualidad. Pero juraría que no se esforzó mucho en darle alcance —añadió Jacques.

—¿De qué demonios estáis hablando? —Dalmau fue puesto al corriente de la entrevista con el clérigo y de su desenlace. Parecía preocupado y confundido. Los últimos acontecimientos se estaban precipitando de forma desordenada y confusa, y las piezas de aquel complicado rompecabezas se negaban a ocupar su lugar en el espacio. Meditó unos breves segundos y pasó a contar a sus compañeros, a su vez, la forma de las piezas que poseía: la visita de fray Berenguer y sus absurdas acusaciones, la charla con el asustado y joven fraile, y el traslado de Abraham y Arnau a sus aposentos de la Torre.

Los tres quedaron en silencio, absortos y perplejos. Jacques se sentó en una silla, estirando sus largas piernas sobre la mesa. Sus compañeros le imitaron sin decir una sola palabra. Finalmente, frey Dalmau rompió el silencio.

—¿Sospecháis que estos pergaminos son un engaño?

—Por lo menos hay que contemplar esta posibilidad, Dalmau. Dime, ¿tienes alguna idea acerca del interés de D´Arlés por Abraham?

—Sólo se me ocurre una cosa y, a buen seguro, es la misma que estáis pensando vosotros. Es posible que crea que Abraham sepa o tenga algo relacionado con los pergaminos. El único nexo de unión entre el anciano y este asunto es su relación con Bernard, que estuviera a su lado en sus últimos momentos. Quizá D´Arlés cree que Guils le confió algo en su agonía.

—Si D´Arlés sospecha que éstos no son los pergaminos auténticos, es que sabe mucho más que nosotros —sugirió Guillem.

—Sí, ése es un buen principio. —Jacques parecía despertar—. Supongamos que D´Arlés ha tenido bajo vigilancia a Bernard desde el principio de este asunto, desde Tierra Santa. Supongamos que Bernard ha sido consciente de esa vigilancia a la que está sometido, y hagamos un esfuerzo para pensar en cómo lo haría Bernard en esta situación.

—Distracción —saltó Guillem—. Pondría en movimiento estrategias de distracción, concentrar la vista de los demás en el punto más alejado del objeto realmente interesante. Eso es lo que haría, desde luego.

—Estoy de acuerdo, chico. No tenemos más remedio que volver a la fuente y en esto, Dalmau, tú tienes toda la información. ¿Qué hizo Bernard desde el momento en que le entregaron los documentos?

—No lo sé —confesó Dalmau desconcertado—. Os creéis que estoy al mando de esta operación y os equivocáis. Sé casi tanto como vosotros.

—Entonces, cuéntanos este «casi», Dalmau, ¡maldita sea!

—Se le entregaron los pergaminos en San Juan de Acre y desapareció. Lo único que sé es que le esperábamos en la ciudad tres días antes de su llegada y que durante estos tres días estuvimos convencidos de que le había pasado algo grave. No era normal en Bernard una demora parecida.

—Estáis equivocado, frey Dalmau —intervino Guillem—. Yo estaba citado con él el mismo día de su llegada, no hubo atraso ni demora. Me hizo llegar un aviso una semana antes.

—Tres días —reflexionó Jacques—. No sabemos qué hizo en estos tres días y no hay tiempo de pedir información a San Juan de Acre. Podía haber estado en cualquier lugar, montando una de sus operaciones especiales.

—Quizá D´Arlés sí lo sabe —dijo Guillem en un susurro.

—Si es así, vuelve a colocarse en ventaja. —Jacques se había puesto en pie, caminando a grandes zancadas por la estrecha habitación, las manos en la cabeza.

—Tengo una idea, una espantosa idea. He recordado la nota que dejó Guillem en casa del clérigo.

—Estaba pensando en lo mismo, Jacques. —Guillem le miraba fijamente, un escalofrío se había apoderado de su estómago.

—¿De qué diablos estáis hablando? —Dalmau no entendía nada.

—¿Quién está enterado de la muerte de Guils?

—Toda la Casa, Jacques, no es cosa que pueda ocultarse mucho tiempo. ¿Qué pretendéis?

—Propagar un rumor, Dalmau, y de eso sabemos mucho, ¿no crees?

La perplejidad de frey Dalmau dio paso a una certeza terrible. Observó a sus compañeros que esperaban su confirmación, su beneplácito, y en tanto recogía los pergaminos de la mesa y los ocultaba en las profundidades de su capa, se levantó, resignado, asintiendo con un golpe de cabeza.

Giovanni estaba situado detrás de unas bellas columnas, entre cascotes y material de construcción. «Iba a ser un hermoso claustro —pensó—. Todas las innovaciones de Occidente se hallaban allí, con sus arcos apuntados hacia el firmamento.» «Se acabó el arco de medio punto —reflexionó aburrido—. Todos se lanzarán a la nueva idea y destruirán para construir de nuevo... y vuelta a empezar.» Se rió de su ocurrencia, los años le estaban convirtiendo en un filósofo. Pero estaba satisfecho, había conseguido localizar al escurridizo D´Arlés sin que él se percatara, y eso significaba que aquel maldito engreído estaba realmente preocupado. Le había seguido hasta allí, donde se había reunido con aquel gordo fraile, y le había visto desaparecer por una cripta, seguro. Al maldito bastardo le encantaban los lugares lóbregos y húmedos, como una alimaña en busca de madrigueras profundas.

Al poco rato, desde su improvisada garita de vigilancia observó, asombrado, a un joven fraile jugando a espías, saltando de columna en columna, agachándose de repente para volver a aparecer unos metros más adelante. ¿Qué demonios estaba haciendo? No pudo evitar una corriente de simpatía, estaba haciendo las mismas insensateces que un jovencísimo Giovanni había cometido años antes, y parecía estar gritando a todo pulmón: «¡Eh, perversos del mundo, aquí estoy para que me matéis con todas las facilidades!». Lo vio caer y desaparecer de la faz de la tierra. Esperaba que no se hubiera lastimado en su improvisada bajada a la cripta, no debía de ser muy alto, de lo contrario aquel fraile gordinflón hubiera sido incapaz de descender.

La cita con Monseñor se había convertido en un infierno. Su cólera había hecho temblar las paredes del palacio. «¡Tráeme a ese hijo de mala madre, estúpido inútil! ¡Quiero a D´Arlés vivo, si deseas mantener tu cuello en su lugar, Giovanni, maldito asno toscano!» Sí, quería a D´Arlés mucho más que aquellos pergaminos del demonio que medio mundo parecía buscar, y ya no podía disimularlo, estaba obsesionado con su cacería. Su pasión era peor que su cólera, mucho peor, y su despecho temible. Monseñor no olvidaba, y ésa era la gran equivocación de D´Arlés, el estúpido engreído estaba convencido de ser un encantador de serpientes, incapaz de contemplar el odio acumulado en su camino. Sí, incapaz era la palabra exacta, la soberbia le cegaba, y perecería igual, asombrado de que la muerte le tratara con tan poco respeto. Porque la maldita Sombra iba a morir, Giovanni no tenía ninguna duda al respeto, los problemas se le estaban acumulando peligrosamente.

Se agachó tras la columna con rapidez, D´Arlés y el fraile gordo salían de la cripta, enzarzados en una discusión. El dominico parecía asustado. Después de unos minutos, la Sombra emprendió una veloz carrera en dirección a las viejas murallas romanas de la ciudad y Giovanni hizo una seña a sus hombres, agazapados para que no le perdieran de vista. Esperó a que el fraile se decidiera a iniciar la marcha hacia su convento y siguió atento, con la mirada fija en el ábside. Sin embargo, nadie salió. ¿Dónde se había metido el joven aprendiz de espía?

Fray Pere de Tever seguía pegado a la pared del estrecho pasadizo, escuchando, cuando oyó que las voces se acercaban, discutiendo. Una helada sensación de pánico le subió por la garganta. Tenía que huir de allí, retroceder. Empezó a desandar el camino, primero con cautela, después a toda velocidad, las voces se acercaban muy deprisa y fray Berenguer hablaba en voz muy alta.

—Lo que me pedís es imposible, caballero. Hay unos límites, no puedo implicar a mi orden en esto.

Fray Pere llegó a la estancia del sepulcro, mirando desesperadamente hacia todos lados, dudando de poder llegar a la salida sin que los otros notaran su presencia. A sus espaldas, le llegó el rumor de otra conversación.

—Como veis, padre, la columna central aguanta todo el peso; sólo nos tenéis que indicar el lugar donde deseáis que instalemos los nichos correspondientes, uno de los pasadizos.

Un terror descontrolado se apoderó del joven. Atrapado entre dos fuegos, corrió hacia la derecha, entrando en otro de los pasadizos y perdiéndose en la oscuridad, a tiempo de oír, en la lejanía, el cruce de las dos conversaciones.

—¡Fray Berenguer, qué hacéis aquí!

—¡Qué sorpresa, reverendo padre! Estaba enseñando nuestra hermosa obra.

Fray Pere corría en la oscuridad. El pánico ponía alas en sus pies y no paró hasta que el eco de las conversaciones desapareció. Entonces, se dejó caer en el duro y húmedo suelo de piedra, sollozando y golpeando las losas con sus puños. Tenía que avisar al anciano judío, salvarle de aquellas mentes perversas. Cuando intentó levantarse, se dio cuenta de que había perdido una de sus sandalias; uno de sus pies estaba hinchado y ensangrentado y un agudo dolor le obligó a sentarse de nuevo. Se arrastró, asustado, debía encontrar la salida, era preciso huir de aquella oscuridad que le rodeaba, pero ¿iba en la dirección correcta? La caída le había desorientado e ignoraba si se arrastraba en la dirección adecuada. «¡Dios —pensó—, ¿no estaré adentrándome en la boca de lobo?»

Un hombre con una gran joroba y un carro se detuvo ante el portón de la Casa del Temple. Su aspecto era el de un miserable mendigo, arrastrando su sucia choza y cargando con todos los desechos humanos que encontraba en su camino. De su cuello colgaba un inmenso hueso animal de origen desconocido. Uno de los espías de D´Arlés se volvió, asqueado por la visión, estaba resultando un día pesado y aburrido, y sus pies necesitaban un merecido descanso. Y no sólo eso, el sueño le había estado venciendo en la última media hora. «¡Malditos pordioseros! —pensó—. Siempre encuentran un plato de sopa caliente aquí!» Contempló cómo el templario que estaba de guardia en la puerta discutía con aquel sucio mendigo y después, con un gesto de hastío, le abría la puerta y le dejaba entrar. «¡Se les habrá acabado la sopa con tanto miserable!», pensó, riendo y apoyándose de nuevo en el muro, dispuesto a echar una cabezadita.

Una vez dentro, el pordiosero se desprendió de su joroba con un resoplido, ante la mirada divertida del hermano cocinero.

—¡Siempre logras asombrarme, Bretón!

—¡Pero si es mi viejo amigo, el rey de los asados! ¿Qué hacéis aquí, frey Ramón?

—Todavía vivo, si te refieres a eso, muchacho. Salí de Palestina hace un año, y aquí me tienes.

El carro que arrastraba Jacques sufrió violentas convulsiones, escupiendo harapos y restos de mobiliario. De entre los deshechos, apareció Guillem, cubierto de sacos.

—Vaya, vaya, Bretón, ahora te dedicas a los juegos de magia —exclamó riendo el cocinero.

—Algo parecido, frey Ramón. En cuanto tenga un momento, os haré una visita en la cocina. Mi estómago sigue rugiendo como siempre, pero ahora nos espera Dalmau. ¡Hasta pronto y vigilad los fogones!

—Pareces Bernard, tienes amigos en todas partes —dijo Guillem con cierta envidia, en tanto se dirigían a las habitaciones de Dalmau.

—Son los años, chico, nada más. Claro que puedes pensar que es gracias a nuestro carácter encantador —contestó Jacques con una carcajada.

Pronto llegaron a las habitaciones del tesorero en la Torre, pero su sorpresa fue mayúscula al encontrarlas completamente vacías. No había rastro de Abraham ni de Arnau.

—¿Qué significa esto? —bramó el Bretón

—Más vale que preguntemos, Jacques. Es posible que todavía no se hayan trasladado y sigan en la estancia de frey Arnau. No pueden haber desaparecido.

En la Casa, todos estaban convencidos de que los dos ancianos seguían en las habitaciones de la Torre. Nadie los había visto salir y no podían explicarse su desaparición. Se registró la fortaleza, metro a metro. Jacques y Guillem registraron hasta en los rincones más improbables, pero Abraham y Arnau seguían sin aparecer. Los centinelas de las puertas confirmaron que nadie había salido, excepto frey Dalmau, que todavía no había regresado. En el patio de Armas, junto al pozo central, Guillem y el Bretón se miraban perplejos y asustados.

—Esto no puede estar sucediendo, chico.

—Nadie los ha visto salir de la Casa y, sin embargo, se han evaporado. Es como si hubieran atravesado las paredes. —Guillem no daba crédito a lo que estaba ocurriendo.

—Esto no puede estar sucediendo —repitió Jacques, mecánicamente.

Fray Pere de Tever se había detenido de nuevo. El dolor era cada vez más intenso y cualquier movimiento lo acentuaba. Había cambiado de dirección en varias ocasiones; en una de ellas le había parecido reconocer una protuberancia de la misma piedra del muro; en otra, como si un destello de luz se moviera más allá, delante de él. Pero eran simples espejismos, nada de lo que había intentado había dado resultado, estaba perdido en aquel laberinto oscuro y sus fuerzas se estaba agotando. Tenía mucha sed y había perdido el sentido del tiempo. Se tendió sobre la fría piedra, exhausto, sin poder avanzar ni un paso más, con las facciones marcadas por el dolor. Pensó que iba a morir allí, completamente solo, pero no le importó, desde que tenía memoria había estado solo. No recordaba el rostro de su madre por mucho que se esforzara, sólo una silueta borrosa, sin forma. No sabía dónde se encontraba y nadie podía ayudarlo, y fray Berenguer volvería a estar furioso por su ausencia. Pero ¿acaso no lo estaba siempre? ¿Qué podía importarle ahora? «Mejor, me alegro de no tener que volver a verlo», pensó un instante antes de desvanecerse.

Mateo, con evidente excitación, llenaba una bolsa. El lugar a donde les habían trasladado no le merecía ninguna confianza. Además, se preguntaba quiénes eran aquellos hombres. No les conocía, incluso Santos parecía un completo desconocido, como si se hubiera transformado en otra persona diferente. Aunque en realidad sólo le había visto en unas cuantas ocasiones, siempre vigilante en su particular atalaya de la taberna. No le habían informado de nada, aparte de que estaba en peligro, y, desde luego, no les necesitaba a ellos para saber eso. Olía el peligro desde que vio a los dos muertos y el charco de sangre viscosa avanzando hacia él, como si quisiera atraparle y envolverle. Y qué decir del hombre de la ballesta. No se necesitaba ser letrado para darse cuenta de que algo le amenazaba, y no pensaba confiar en nadie, y mucho menos en Santos y en su joven amigo.

—Sería mucho mejor que te quedaras donde estás, Mateo.
—La mujer había aparecido de repente, a su espalda, sin que nada le avisara de su cercanía.

—¡Maldita sea, te he dicho cien veces que no hagas esto! ¿Qué puede importarte a ti lo que yo haga, maldita bruja?

—Creo que esos dos hombres intentan ayudarte, aunque desconozco la razón, no te mereces la ayuda de nadie. Y es cierto lo que dices: no me importa nada lo que pienses hacer ni tampoco lo que pueda ocurrirte.

Mateo se volvió con la ira reflejada en el rostro, golpeando con brutalidad a la mujer. No soportaba contemplar su cara, envejecida y arrugada, tan diferente al rostro que hacía años había conocido. Entonces era una mujer muy hermosa y muy adecuada para sus planes, durante años le había enriquecido sobradamente, pero ahora no le servía de nada, era como un pellejo vacío de todo contenido. Además, la contemplación de aquel rostro se había convertido para él en el espejo de su propia corrupción y no podía soportarlo.

Alguien se abalanzó sobre él y unas afiladas uñas se clavaron en su carne, golpeándole y mordiéndole con rabia. Mateo aulló de dolor, deshaciéndose con dificultad de su atacante y lanzándolo contra la pared. Aquella maldita chica había sido un problema desde su nacimiento y se arrepentía diariamente de no haberla ahogado el mismo día en que vino al mundo, conmovido por las lágrimas de su madre. «¡Asquerosa bruja del demonio!» Toda su cólera se dirigió hacia la joven, pateándola con dureza hasta que no pudo más, dejando un bulto informe sobre el suelo. Respiró pesadamente, si alguien le buscaba, que las encontrara a ellas, que las torturara hasta la muerte si era su gusto. ¡Jamás sabría el favor que le estaba haciendo!

Cogió la bolsa con sus pertenencias y guardó una considerable cantidad de dinero bajo la sotana. Tenía oro suficiente para huir hasta el mismo final del mundo si era necesario, nadie iba a atraparle. Ni tan sólo se dignó mirar a la mujer que seguía en el suelo, con la cabeza enmarcada en una mancha de sangre, los ojos abiertos mirando fija y obstinadamente al clérigo. La muchacha se había recuperado y se arrastraba hacia su madre, mientras un gemido sordo salía de su garganta. Mateo salió a la calle sin girarse, y desapareció por una esquina.

Giovanni se movía con cautela. La oscuridad de la cripta no representaba un problema para él, sabía perfectamente cómo orientarse. Acababa de encontrar una sandalia en el suelo, delante de una de las bocas que se abrían en la segunda sala. Siguió el pasadizo, rozando con una mano la pared de la derecha, recordando cada saliente, cada hendidura, haciendo un mapa mental del túnel en que se hallaba. De pronto, estuvo a punto de tropezar, algo le impedía el paso. Se agachó, dándose cuenta de que había encontrado al joven fraile desvanecido. Palpó el cuerpo con delicadeza, en busca del pulso, las manos expertas buscando una herida, una lesión. El joven estaba vivo aunque uno de sus pies se encontraba hinchado y casi deformado. «Una mala caída», pensó el italiano, intentando incorporar al joven, al tiempo que vertía unas gotas de agua en sus labios. Pareció despertar.

—¡Ayudadme, ayudadme! ¿Quién sois? —Fray Pere estaba atemorizado.

—Tranquilizaos, muchacho, no temáis. No soy vuestro enemigo.

—¡Perdido, estoy perdido!

—Calma, calma. Os habéis torcido un pie, quizás esté roto. No debéis preocuparos, os sacaré de aquí, no estáis perdido.

Giovanni cargó el cuerpo del joven fraile a sus espaldas, con suma delicadeza, procurando proteger el pie dañado. Salió de la cripta tan silenciosamente como había entrado y, una vez fuera, buscó su refugio tras las columnas del claustro en obras y dejó su carga sobre el suelo, apoyando a fray Pere sobre unas piedras.

—Escuchadme con atención, jovencito. Me temo que no sois consciente del peligro que corréis, pero no es una buena idea espiar a gente como ésa. Esto no es un juego. Podríais salir lastimado, mucho más de lo que estáis.

—¿Quién sois? ¿Por qué me ayudáis? —Fray Pere despertaba de su inconsciencia.

—No soy nadie, muchacho, es mejor para vos no saber mi nombre. Y si os estoy ayudando es por la simple razón de que a mí tampoco me gusta la gente perversa, como esos dos a los que espiabais. Tened en cuenta que si uno de ellos os descubriera, vuestra vida no valdría nada, creedme. Debéis apartaros de todo esto ahora mismo. Prometedme que lo haréis.

—¿Sois del Temple?

Giovanni le miró con afecto. Conocía la impresión que causaban las capas blancas con su cruz roja en la imaginación de los jóvenes. Caballeros cruzados sin temor a nada ni a nadie, los héroes del desierto de Judea. Era cierto, hacía mucho tiempo, él mismo había querido formar parte de la milicia templaria, pero su familia tenía otros proyectos para él, malos proyectos. Sacudió la cabeza en un intento de apartar aquellos pensamientos.

—Seré lo que queráis que sea, mi joven amigo, no es importante. Pero ahora, debemos pensar en lo que es mejor para vos. Nadie debe saber dónde os habéis perdido, y mucho menos qué estabais curioseando. Decidme, ¿cuál es el mejor lugar para que os encuentren, que no levante sospechas?

—En el patio, tras los árboles, hay un rincón que nadie visita mucho y no está lejos de donde fray Berenguer me ordenó que le esperara.

—Muy bien, eso nos conviene. Diréis que caísteis, que el dolor os hizo perder el conocimiento. De esta manera, no incurriréis en ninguna mentira.

Fray Pere sonrió. Giovanni lo cogió de nuevo y lo trasladó al lugar acordado, siguiendo las instrucciones del joven, con todas las precauciones para no ser vistos. Una vez allí, se despidió.

—Recordad lo que os he dicho, éste es un juego muy peligroso, no hagáis más tonterías heroicas. Y ahora dadme diez minutos para desaparecer y empezad a gritar pidiendo ayuda.

—¡Esperad! No os he dado las gracias, sois mi ángel guardián.

—No lo hagáis, muchacho —contestó Giovanni con tristeza—. No me deis las gracias, no me las merezco. Nunca he salvado a nadie de nada. Apartaos de todo esto. ¡Lo habéis prometido!

Dalmau esperaba. La reunión se estaba alargando demasiado y se temía lo peor. Estiró las piernas en un gesto de dolor, tendría que recurrir de nuevo a Abraham, sus viejos huesos volvían a reclamar atención. ¡Todo había pasado tan deprisa! Como en un abrir y cerrar de ojos, sólo sus cansados huesos le advertían del paso de los años, como un aviso silencioso. Y sin embargo, Dalmau había hecho oídos sordos durante mucho tiempo, como si fuera el joven ágil y fuerte de antaño, el «caballero de los pensamientos profundos», como le llamaba Jacques, mofándose. Sonrió ante los recuerdos que se agolpaban a su memoria. «Si hay que correr, que lo haga Dalmau, no hace falta que nos cansemos todos.» Era el más rápido, le gustaba correr a toda velocidad, sintiendo la potencia de sus largos pasos, fundiéndose con el viento del sur. Bernard, el mejor jinete; Jacques, el toro más fuerte; Gilbert, su querido Gilbert, la mejor espada. Sí, el mejor equipo de todos, nadie lo había puesto en duda nunca.

Sin embargo, todo había desaparecido en unos segundos con la muerte de Bernard, nada parecía lo mismo, y el peso de los años le había caído de golpe, inopinadamente, aplastándole. La memoria era lo único vivo que sentía en su interior, lo que daba fuerzas a su cuerpo y a su mente. Todo lo demás había pasado a un segundo plano. «D´Arlés, maldito bastardo —pensó—, y yo convertido en un saco quejumbroso y dolorido.» A pesar de todo, no se permitió este pensamiento ahora.

Alguien le avisó de que le esperaban en la sala de reuniones. Se levantó, obligando a su espalda a mantener la línea recta, y entró. Tres hombres le aguardaban, sus hábitos los identificaban como miembros de su orden, y se hallaban inmersos en el estudio de los pergaminos que les había entregado.

—Sentaos, frey Dalmau, haced el favor.

—Nos habéis dicho que estos pergaminos son los que estaban en poder del traductor, de ese tal Mateo, y que fueron robados a Bernard Guils por un ladronzuelo, llamado D´Aubert.

—Exacto, señor —respondió Dalmau—. Son los que D´Aubert le entregó para su traducción.

—¿No tenía otros documentos en su poder?

—No, señor.

—Me temo, frey Dalmau, que no son los que estamos buscando.

—Ésa era también la sospecha de mis compañeros, señor.

—¿Estáis seguro que son los mismos que transportaba Bernard?

—Caballeros, llegados a este punto ya no estoy seguro de nada —Dalmau suspiró profundamente—, pero hay testigos que vieron al tal D´Aubert robando en la nave y muy cerca del cuerpo de Guils en la playa. También tenemos la confesión que D´Aubert le hizo al traductor, afirmó que estos pergaminos los había robado del cuerpo de Bernard Guils. La muerte violenta del ladrón nos hizo pensar que íbamos en el buen camino. Sin embargo, tenemos la sospecha de que Bernard pudo organizar una gran operación de distracción, es posible que se diera cuenta de que estaba vigilado y creara un gran engaño para confundir al enemigo.

—Quizá tengáis razón, frey Dalmau. No hay otro remedio que volver atrás, examinar todo el asunto desde una nueva perspectiva.

—Necesitamos conocer los movimientos de Guils desde que se le entregó el transporte. Conocemos la demora de tres días. Hay que averiguar qué hizo en ese espacio de tiempo.

—Desconocemos este dato, frey Dalmau, Bernard desapareció. Tenía que embarcar en uno de nuestros navíos rumbo a Chipre, pero no se presentó. En su lugar nos mandó un aviso: nos comunicaba que se responsabilizaba de la misión y que era mejor que nadie estuviera al corriente de sus movimientos. No nos sorprendió, era muy meticuloso y desconfiado, y desde la traición de D´Arlés no se fiaba ni de nosotros. Por esta razón lo elegimos. Era el mejor de nuestros hombres y desde luego, nuestra confianza en él era ilimitada.

—Quizás escondió los auténticos pergaminos en algún lugar que sólo él conocía. —Dalmau intentaba pensar como lo hubiera hecho Bernard.

—Es posible, frey Dalmau, pero nuestra misión es hacer todo lo posible para volver a encontrarlos, no importa el tiempo que nos lleve. ¿Habéis hablado con Guillem?

—No, señor. Todavía no. Creo que es mejor solucionar este asunto primero.

—Eso puede llevarnos varias vidas, frey Dalmau. Pensad que el lugar de Bernard sigue vacío, y que preparó al muchacho para sustituirle. Sin embargo, es posible que tengáis razón. La muerte de su compañero es muy reciente. Le daremos algún tiempo y, si es necesario, otra persona se encargará de comunicárselo.

—No será necesario, señor, yo mismo lo haré dentro de un tiempo prudencial.

—Bien, frey Dalmau, esperamos estar de acuerdo con vuestra prudencia.

Capítulo XI

El rumor

«Gentil hermano, procurad habernos dicho la verdad a todas las preguntas que os hemos hecho porque, a poco que hayáis mentido, podríais perder la Casa, cosa de la que Dios os guarde.»

Mateo atravesó el Mercadal a paso rápido, molesto ante la muchedumbre que se agolpaba, curiosa, en la plaza. Oyó a unos comerciantes discutir el precio del trigo delante de él, impidiéndole el paso, como si la plaza les perteneciera. ¿Qué podía importarle a él el precio del grano? «¡Malditos ladrones!» Los empujó bruscamente, haciéndoles ver que estaban molestando y lanzándoles una mirada incendiaria. Pero éstos, lejos de sentirse ofendidos, se mofaron de sus modales y siguieron discutiendo sus problemas. Mateo siguió su camino hacia la Vía Francisca, hacia la iglesia de Marcus. Su destino era la hospedería de la iglesia, un lugar de descanso para los viajeros y los encargados de correos, un lugar en donde disponía de un buen amigo que le debía muchos favores que esperaba que le devolviera con creces. A medida que se acercaba, observó cómo el número de pordioseros aumentaba y pensó que ya era la hora del mendrugo de pan, aunque con un poco de suerte llegarían a tomar un plato de sopa caliente, si es que se podía llamar sopa a aquella bazofia.

Entró en aquella especie de posada y hospital buscando con la mirada a su conocido, sin encontrarlo. Después de vagabundear en todas direcciones, preguntó a un hombre que parecía el encargado del reparto de la sopa.

—Lo siento, buen hombre, hace mucho que vuestro amigo se marchó y no sé dónde podríais encontrarle. ¿Queréis un plato de sopa caliente? —le contestó solícito.

Enojado ante la respuesta, Mateo pidió una habitación para pasar la noche. Aquello era una contrariedad que no había previsto, algo que le obligaba a cambiar sus planes por completo. Había confiado en que su amigo le proporcionaría caballerías para emprender el viaje, necesitaba huir de la ciudad con rapidez. La idea de pagar por aquel servicio le ponía enfermo. Pero lo hubiera tenido que preveer, su amigo era un perfecto truhán que debía favores a más de la mitad de los habitantes de la populosa ciudad, y era muy propio de él huir sin pagarlos. Se echó en el catre, seguro de que iban a cobrarle una fortuna por la miserable habitación en que se encontraba, pero quería estar solo, poder pensar en lo que iba a hacer. La idea de compartir una habitación con algún maloliente parroquiano le repugnaba, y no se sabía nunca quién iba a tocarte de compañero. La última vez que había recurrido a aquel antro se había pasado la noche entera en vela ante los espantosos ronquidos de un mercader de lanas que apestaba, además, a rebaño de ovejas.

Estaba cansado de tanto correr y los párpados tendían a cerrársele de forma involuntaria. Echaría una breve siesta, quizás así podría pensar con más claridad. Unos suaves golpes en la puerta le obligaron a hacer un esfuerzo para abrir los ojos. «¿Quién demonios sería ahora? Si es ese estúpido insistiendo en que dé un donativo para el hospital, iba a acordarse durante mucho tiempo de quién era Mateo.» Se levantó pesadamente, le dolían las piernas y casi ni notaba los tobillos.

—¡Ya os he dicho que no pienso daros nada, maldito pedigüeño, dejadme en paz! —gritó a través de la puerta cerrada.

—Lamento molestaros, señor —hablaba una voz educadamente—, pero me han dicho que os avise. El amigo al que buscáis está abajo, en el comedor.

Mateo despertó de golpe. Aquélla era una inmejorable noticia. Aquel bribón iba a pagarle hasta el último favor con intereses. Abrió la puerta y fue empujado sin miramientos, cayendo en el camastro con la sorpresa pintada en el rostro.

—Pero ¿qué significa esto?

—¡Por fin! Mateo, no sabéis las ganas que tenía de conoceros.

Mateo abrió los ojos como platos, asombrado ante la irrupción de aquel intruso al que jamás había visto, aunque sí era cierto que algo de él le resultaba familiar. No había acabado de recuperarse de su modorra cuando un violento golpe en la mandíbula le devolvió al mundo de los sueños.

—¡No está bien, nada bien! Andarán como locos buscándonos. ¡Esto es una auténtica locura, Abraham! —Frey Arnau estaba inquieto y nervioso, pero la obstinación de su amigo se había impuesto, y de nada habían servido sus advertencias.

—Estamos donde debemos estar, Arnau, donde se nos necesita.

El boticario exhaló un profundo suspiro de resignación ante lo inevitable, y se sentó en una silla cercana mientras observaba a su compañero. Llevaba horas pensando en la difícil situación en que se encontraban. Intentó recordar los hechos, desde aquella mañana en que estaban a punto de trasladarse a las estancias de Dalmau, en la Torre. Había recibido un aviso urgente para que se presentara en la puerta, alguien estaba empeñado en verle y juraba que no se marcharía de allí sin antes haber hablado con él. Bajó al portón con desconfianza para atender al visitante, que no era otro que el comerciante Camposines.

—Vos no me conocéis, frey Arnau, pero soy uno de los compañeros de viaje de Abraham, y necesito verlo urgentemente. Él me prometió que me ayudaría y es ahora cuanto más lo necesito y… —El hombre calló de pronto, sacudido por los sollozos.

Arnau, conmovido, lo condujo hasta una de las salas y le ayudó a sentarse, obligándole a tomar una copa de vino con especias. Recordaba las palabras de Abraham acerca de él, se trataba de un buen hombre que le había ayudado a trasladar a Bernard, pero Dalmau no entendía el motivo de la desesperación del comerciante.

—Amigo Camposines, decidme cuál es vuestro problema, quizá yo pueda ayudaros.

—Sólo Abraham puede ayudarme, frey Arnau. Necesito hablar con él.

—¿Por qué creéis que Abraham está aquí?

—Un amigo suyo del Call me sugirió que preguntara por él en vuestra Casa. Allí no saben nada de él. Muchos creen que todavía está en Palestina, pero ¡Dios misericordioso, necesito encontrarlo!

—¿Para qué lo buscáis? Perdonad mi indiscreción.

—Mi hijita, mi pobre hijita se está muriendo. He llegado demasiado tarde. ¡Señor, tanto esfuerzo y sufrimiento y todo es inútil! Es un castigo por no haber ayudado más al anciano judío y ahora él no está para ayudarme a mí. —Camposines, abatido, lloraba con una pena profunda y sin esperanza.

Frey Arnau contemplaba la desesperación del comerciante sin saber qué hacer. No estaba seguro de poder admitir la presencia de Abraham en la Casa sin ponerle en peligro. En tanto reflexionaba, vio aparecer al anciano judío en la puerta y aunque intentó con gestos perentorios obligarle a retroceder, Abraham avanzaba sin vacilar hacia donde se encontraban.

—¡Amigo Camposines! ¿Qué es lo que ocurre? —El anciano se acercó al comerciante con los brazos abiertos. Camposines se abalanzó sobre él sin dejar de llorar desconsoladamente, dando gracias a Dios por la presencia de Abraham y de forma entrecortada y confusa le explicó la grave situación en la que se encontraba su pequeña hija.

—No debéis preocuparos, amigo mío, inmediatamente nos pondremos en marcha. No perdáis las esperanzas. Los niños acostumbran a tener una gran capacidad de recuperación, creedme. —Abraham hablaba con convicción y dirigiéndose al boticario añadió—: Arnau, tendrás que recoger algunas de tus cosas de la botica y mi maletín.

—Pero ¿es que te has vuelto loco? —Arnau no pudo contener la exclamación, sobresaltando al pobre Camposines que ya veía un rayo de esperanza a su aflicción—. ¡No puedes salir de la Casa, Abraham! ¡No te lo permitiré!

—De lo que me doy cuenta, amigo mío, es de que alguien me necesita y de que eso es lo único, principal y prioritario.

Fueron inútiles los ruegos y amenazas del boticario para impedir la marcha de Abraham, ni sus advertencias acerca de su enfermedad, ni los avisos de las grandes catástrofes que les esperaban funcionaron. Cansado de su fracaso, Arnau impuso su presencia, allí donde fuera Abraham iría él, y si de llegar al mismísimo infierno se tratara, no le temblaría el pulso. Al tiempo que lanzaba sus discursos al aire, iba recogiendo los útiles necesarios de la botica, el maletín de su amigo, y todo lo que creyó que les iba a servir de ayuda. Abraham parecía complacido con su compañía y no objetó nada a las precauciones que el boticario iba enumerando. No saldrían por la puerta principal, había allí tanta vigilancia extraña que sería como suplicar que les mataran al instante. Además, Abraham no saldría vestido con sus ropas. Arnau fue a ver al hermano encargado del ropero y volvió cargado con todo el ajuar que un caballero templario necesitaba.

Había sido una extraña procesión. Arnau, en cabeza, Abraham disfrazado de caballero templario y un asombrado Camposines, entre el llanto y la perplejidad. Recorrieron los subterráneos que los alejaban de la Casa, como delincuentes, siguiendo las instrucciones del boticario, incapaz de callar las maldiciones que iba murmurando. Salieron a la luz del día a través de la cripta de la iglesia de San Justo y Pastor, y se apresuraron en dirección a la casa de Camposines, un tanto alejada del centro de la ciudad.

A frey Arnau todavía le daba un vuelco al corazón al recordar aquella huida. Sentado, con las manos sosteniendo su cabeza, miraba a aquella pobre criatura postrada en el lecho y ardiendo de fiebre. A pesar de todo, comprendía a Abraham, comprendía su dedicación y responsabilidad. Camposines, en un rincón, abrazaba a su esposa y ambos observaban cómo el médico luchaba por la vida de su pequeña.

La estancia del superior de la orden de Predicadores era de una gran austeridad. Una gran mesa de roble oscuro presidía el lugar, y sus líneas rectas, sin adornos, aportaban un aire claustral y grave al lugar. La silla, alta y de respaldo duro, y una gran cruz de madera sobre el escritorio, eran casi los únicos elementos del mobiliario. Sentado en la silla, un hombre esbelto y enjuto, con escaso cabello, fijaba unos pequeños ojos, muy juntos, en la persona que se sentaba delante de él. A pesar de ello, tenía en sus manos unos papeles que movía con ceremonia, como si estuviera en ambas tareas a la vez.

—Bien, hermano Berenguer...

—Veréis, padre superior, me temo que mi lenguaje al escribir el informe no fuera todo lo correcto que hubiera deseado, pero el ayudante que me facilitasteis no fue de gran ayuda. Es un joven atolondrado y...

—No me interesa vuestro informe. No por ahora —atajó el Superior con voz grave—. En realidad, mi interés se centra en vuestras actividades, fray Berenguer.

—No sé de qué me habláis, padre.

—No disimuléis conmigo, fray Berenguer, hace mucho tiempo que nos conocemos. Ha llegado a mis oídos que habéis lanzado una grave acusación y que incluso os habéis atrevido a proferir amenazas.

Fray Berenguer quedó en silencio, mudo ante las palabras de su superior. Aquel maldito y arrogante templario intentaba crearle problemas, ponerle en evidencia, no se había impresionado por sus amistades y ahora tendría que dar explicaciones.

—Es un asunto muy delicado. En realidad, quería hablar con vos para pedir vuestro consejo —empezó a hablar con cautela.

—Mentir es un hábito que no habéis perdido, hermano Berenguer. Habéis tomado decisiones llevado únicamente por vuestro orgullo, sin consultar a nadie, poniendo a nuestra orden en un grave aprieto.

—¡Eso es falso! —chilló fray Berenguer sin poder contenerse. Su humildad había desaparecido por completo—. Vos os creéis las mentiras de un hombre impío, que sólo busca ensuciar mi buen nombre. Ese templario arrogante que incluso llegó a amenazarme.

—¿De quién me estáis hablando, hermano Berenguer?

—Lo sabéis muy bien, padre, del hombre que se encarga de los negocios del Temple, del tesorero.

—¿Os referís al hermano Dalmau? ¿De qué le conocéis? Mis referencias de él son excelentes, nos ha asesorado en varios litigios acerca de nuestras propiedades. ¿Qué tiene él que ver con el asunto que nos ocupa, hermano Berenguer?

La estupefacción se pintó en las facciones del fraile. Sólo Dalmau estaba al tanto de sus actividades en favor del caballero francés. ¿De qué demonios le estaba hablando su superior?

—Os entregué a fray Pere de Tever para que cuidarais de él, hermano Berenguer, en lo espiritual y en lo temporal, y ¿qué me encuentro? Este joven está en la enfermería; no sólo se ha caído, lastimándose gravemente el pie, sino que el hermano enfermero ha observado también graves daños en las rodillas. Interrogado por mí, y muy a su pesar, me ha dicho que le habéis obligado a estar arrodillado durante un tiempo ilimitado, como castigo. Y eso no es lo peor, hermano, cuando le habéis encontrado, caído en el suelo y medio desvanecido, no sólo no le habéis ayudado, sino que le habéis amenazado con la expulsión de nuestra orden, acusándolo de mentir y fingir. ¿Qué tenéis que decir a eso, hermano Berenguer?

—Ese joven, y lamento decíroslo, no ha hecho otra cosa que desobedecer y crear problemas desde el primer día, padre. Y sí, mi experiencia me decía que estaba fingiendo. Es un mentiroso y un embaucador. —Fray Berenguer intentaba disimular la sorpresa. Por un momento había creído que su superior le estaba amonestando por sus relaciones con el francés, pero se trataba únicamente de aquel infeliz que le hacía la vida imposible—. Además, no quería ponerlo en vuestro conocimiento, pero ese joven desapareció desde el día de nuestra llegada y ...

—Nadie desapareció, hermano Berenguer, fray Pere fue requerido por nuestro bibliotecario. Sus conocimientos exceden su juventud y nos ha sido de gran ayuda. Y sus referencias son notables, nadie nunca se ha quejado de su carácter, excepto vos. No os pido vuestra opinión, hermano; me temo que en este convento, todo el mundo ya se la imagina. En realidad, os manifiesto mi completo desacuerdo en cómo tratáis a fray Pere, parecéis creer que es vuestro criado y os equivocáis. Por lo tanto, a partir de ahora, no creo que necesitéis ningún ayudante. Desde que habéis llegado, vuestro trabajo es inexistente, y no habéis vuelto a vuestra labor en la biblioteca. ¿Puedo saber el motivo, fray Berenguer?

—Tenía que daros mi informe, padre, poneros al corriente de mi viaje y de mis experiencias, esperaba que...

—Ya me escribisteis un larguísimo informe, fray Berenguer, que por cierto, llegó antes que vos. Una vez leído, creí que ya habíais expresado todo cuanto queríais decir. Dudo que pudierais añadir algo interesante. No veo razón para que no volváis a vuestro trabajo. Y ahora, podéis retiraros, no tengo nada más que deciros.

Fray Berenguer se levantó con el rostro congestionado por la rabia. A duras penas consiguió controlarse. Cuando se dirigía hacia la puerta, la voz de su superior le detuvo.

—Por cierto, ¿qué tiene que ver frey Dalmau o la Casa del Temple, en lo que nos ocupa? —La pregunta paralizó a fray Berenguer junto a la puerta, su mente bullía de actividad en busca de la respuesta adecuada.

—Veréis, padre, como habéis dicho, me conocéis bien. Es por culpa de mi carácter. Tropecé con frey Dalmau esta mañana, en la calle, y la cólera me cegó. No fui cortés con él, me enfadé y… Creí que habían presentado una queja por mi conducta. Lo siento, padre. En cuanto le vea pediré disculpas. Si no queréis nada más, iré a los rezos.

El superior le observó detenidamente, con desconfianza, haciéndole un gesto de despedida. Sin embargo, se quedó pensativo, la reacción de fray Berenguer contra el templario había sido desmesurada, y la excusa era irrisoria. También estaba la extraña visita que había recibido. «Extraña», así la había definido el hermano portero. Temía que Berenguer volviera a crear problemas. ¿Qué estaría tramando ahora? Porque de eso estaba seguro, le conocía lo suficiente para saber que tanta humildad sólo escondía algún manejo turbio.

Llamó de nuevo a la puerta y empezó a preocuparse: tenían órdenes estrictas de no salir de casa. Probó el pomo de la puerta y se sorprendió de que girara con suavidad: también tenían órdenes de cerrar con los dos pestillos. Entró con precaución. La joven del pelo rojo estaba en el suelo, abrazada a su madre que parecía inconsciente, meciéndola de lado a lado, como en una olvidada ceremonia pagana, susurrando una melodía casi ininteligible.

Guillem se detuvo, en silencio, contemplando la escena. El clérigo había desaparecido, no había rastro ni de él ni de sus pertenencias. Se acercó lentamente a la joven y se inclinó, intentando encontrar un signo de vida en el cuerpo de la mujer yacente, aunque el color de su rostro dejaba adivinar que la muerte ya hacía unas horas que la había visitado. Se sentó en un rincón, sin dejar de mirar a la joven que parecía ajena a su presencia, como si estuviera en un mundo tan lejano como su madre. ¡El maldito bastardo de Mateo había huido y las había abandonado a su suerte! Hubiera tenido que pensar en aquella posibilidad, hacer caso a las sabias palabras de Santos. «Será difícil tener atado a ese hijo de mala madre», le había dicho. Aún le costaba trabajo pensar en él como Jacques: Santos era un buen nombre. Se centró en la resolución de este nuevo problema. ¿Valía la pena perder el tiempo buscando a Mateo? En realidad, él mismo había firmado su sentencia de muerte, la Sombra no dejaría un cabo suelto como aquél, no era su estilo. Pero ¿qué iba a hacer con la muchacha? Quizás D'Arlés no se contentara con el clérigo y estuviera dispuesto a acabar con sus mujeres, por si acaso. ¿Debía abandonar a la chica a su suerte? La estudió con atención, era una muchacha muy hermosa, tras aquellos harapos informes se adivinaba un cuerpo joven, de formas armónicas y redondeadas. Sacudió la cabeza con fuerza. Bernard siempre había sido muy confuso a este respecto. Recordó a la bella dama de Tolosa, las escapadas de Bernard cuando creía que estaba dormido, su negativa a hablar del tema. «Son cosas muy complejas, Guillem, tú eres un crío y debes dejar de preguntar, ya hablaremos cuando tengas pelos en la cara, bribón, ahora tienes otras cosas en qué pensar.» Pero ni siquiera cuando el vello apuntaba en su barbilla quiso entrar en polémicas, a pesar de que seguía con sus escapadas, de dos o tres días, en que a Bernard se lo tragaba la tierra, aunque Guillem estaba seguro de que estaba en Tolosa. En realidad, más que excitación, Guillem había sentido curiosidad, sabía que su orden prohibía incluso besar a la madre o a la hermana y que la Regla era muy estricta en este tema, pero también había visto muchas cosas y no se atrevía a juzgar el comportamiento ajeno. Como le había enseñado Bernard, creía que era mejor observar que criticar, mucho más saludable para el cuerpo y la mente y también para el alma.

Se había quedado abstraído en la contemplación de la muchacha, preguntándose qué demonios iba a hacer ahora. No tenía muchas opciones. Se levantó y cogió a la muchacha por un brazo, con desgana. Ella se resistía a abandonar el cuerpo de su madre.

—Está muerta, ya nada podéis hacer por ella. Debemos irnos. Guillem la arrastró hasta la salida, intentando que se alejara de su pesadilla de muerte. Ella, finalmente, se dejó arrastrar, sin resistirse, muda a cualquier pregunta. Antes de llegar a la puerta, el joven encontró una vieja capa con capucha y se la colocó; después, le pasó un brazo por los hombros y ambos desaparecieron. Una espesa neblina caía sobre aquella parte de la ciudad, húmeda y fría. Los escasos viandantes se convertían en espectros de humo que aparecían y se esfumaban en medio de la bruma. El olor de los deshechos se mezclaba con un aire plomizo y mojado que parecía salir de los suspiros de una tumba vacía.

—No os conozco, no sé lo que queréis de mí.

Mateo intentaba controlar el miedo. Estaba atado de pies y manos con una soga áspera de marinero, sentado en el alféizar de la ventana que daba a un patio interior repleto de ropa tendida. La visión de la ropa, más abajo, lavada cien veces hasta parecer un harapo, le convenció del engaño que representaba el precio de aquella habitación. ¿Qué pretendía aquel hombre, tirarle por la ventana? Calculó que no habría más de tres metros, lo peor que le podía pasar era romperse una pierna o quedar atrapado entre aquellos paños impresentables. Pensó que su atacante estaba fanfarroneando y decidió que él no estaba dispuesto a colaborar. No quería admitir que le conocía, que sabía perfectamente que era el hombre de la ballesta, el de la taberna de Santos.

—Quiero que me expliquéis qué representa esto. —D´Arlés esgrimía un papel en la mano, el mismo que Guillem había dejado en casa del clérigo.

—No tengo la menor idea de lo que me estáis hablando —contestó Mateo, enfadado.

D´Arlés sacó una gruesa soga de su capa, estirándola, dándole unos golpes secos, como si comprobara su resistencia. Mientras hablaba, sus manos no dejaban de tironear la cuerda.

—No me gusta perder el tiempo, Mateo, soy un hombre muy ocupado. Encontré esta nota en tu casa. Está dirigida a mí. ¿Quién la dejó allí?

—Vinieron dos hombres a buscarme, se llevaron los pergaminos de D´Aubert. No los tengo, si son los que buscáis. Me los robaron.

—No me interesan tus papeluchos, Mateo, y no ha sido ésa la pregunta, o sea que te la repetiré: ¿quién dejó esta nota?

—No me fijé. Me pegaron, me torturaron… Uno de ellos, supongo.

D´Arlés había acabado de trenzar la cuerda. Se acercó al clérigo y se la puso alrededor del cuello; después dio un paso atrás, fascinado por su obra. Mateo empezó a sudar copiosamente, había comprendido que aquel hombre no tenía intención de tirarlo por la ventana, sino que ¡quería colgarlo! Procuró pensar con rapidez, no sabía qué respuesta esperaba de él, ni tampoco recordaba nada parecido a una nota. Tenía que intentar engañarle, decirle precisamente lo que deseaba oír.

—¿Dos hombres? ¿Y cómo eran esos dos hombres?

—Recuerdo a uno de ellos, era un gigante, muy alto, con una horrible cicatriz.

—¿Santos? ¿El patrón de El Delfín Azul? —preguntó D´Arlés, poniéndose en tensión.

—Sí, era Santos. —Mateo hablaba con precaución, temiendo provocar la cólera del intruso—. Y el otro, no sé… era más joven.

—¿No tenía ninguna característica especial? ¿Nada que le diferenciara de las otras personas? —La voz de D´Arlés se volvía más amenazante.

—¡No sé lo que queréis decir! —chilló Mateo.

—¿Era tuerto? ¿Era ese hombre tuerto?

—¡Sí, era tuerto! ¡Ahora lo recuerdo! —Mateo suspiró. Por fin sabía qué era lo que buscaba aquel hombre.

—¿Estás seguro? ¿Completamente seguro?

—Una cosa así no se olvida, no señor. Os puedo decir dónde me escondieron. Seguro que vuelven, ya sabéis…, me estaban vigilando. Los encontraréis allí, si es a ellos a los que buscáis.

—¿Y dónde te escondieron? —La voz de D´Arlés sonó casi amable.

Mateo seguía pensando, aquel hombre no le buscaba a él, iba detrás de los estúpidos que le habían sacado de su casa, sobre todo del tuerto. Y si lo que quería era un tuerto, él estaba dispuesto a servírselo en bandeja de plata.

El clérigo le susurró la dirección del escondrijo, con instrucciones precisas para llegar a él y vio cómo el hombre se acercaba para sacarle el nudo del cuello. Exhaló un suspiro de satisfacción, había llevado las cosas con maestría; siempre había sido un auténtico experto en el comportamiento humano y una vez más las cosas iban a salirle bien. Pero el gesto del hombre de la ballesta le convenció rápidamente de lo contrario, sólo había sido un instante de esperanza, roto por el brusco tirón de la cuerda atenazando su garganta como una serpiente, casi ahogándole. D´Arlés observó la ventana, el patio en que desembocaba y sonrió con ironía.

—¡Es perfecto, Mateo, el lugar adecuado!

Dio un violento empujón al clérigo que, por unos breves segundos, quedó encajonado en el alféizar, preso de su propia obesidad, pero el mismo peso acabó arrastrándole al vacío. Los ojos desorbitados de Mateo desaparecieron de la vista de D´Arlés, y la cuerda, atada a una de las vigas, se tensó con un crujido desagradable. No hubo tiempo ni para un alarido.

D´Arlés arregló la cama con delicadeza, odiaba el desorden. La preocupación endurecía sus facciones. ¿Era posible que Guils estuviera vivo? Eso encajaría con el interés del Temple de mantener a Abraham incomunicado y encerrado en su Casa. Acaso no fuera exactamente protección lo que le estaban ofreciendo al judío. ¿Tal vez querían ocultar que Guils estaba vivo? ¿Y por qué?

Giovanni contempló cómo el cuerpo de Mateo caía pesadamente, como un fardo de harina, y quedaba suspendido en el aire, balanceándose de lado a lado. Se apartó de la ventana, justo a tiempo. D´Arlés se asomó desde la habitación del clérigo para admirar su obra. El italiano se hallaba en la estancia de al lado; dos hombres dormían en los camastros habilitados, ajenos a su presencia y al drama que había tenido lugar unos segundos antes. Nada parecía tener el poder de despertarles. Se apoyó en la pared, cerca de la ventana. Había oído con toda claridad la conversación entre D´Arlés y el clérigo, sin perderse ni una sílaba. ¿Bernard Guils vivo? De ser cierto, la Sombra se hallaría en grandes dificultades. El Bretón y Dalmau formaban una peligrosa pareja, pero si Guils vivía, el trío era mortal y D´Arlés lo sabía.

Todavía no tenía muy claro cuál sería el plan adecuado. Actuaba por intuición, dejándose llevar por la cadena de acontecimientos. No se presentó ante Monseñor, ni tampoco le había comunicado que sus hombres habían localizado a D´Arlés y le seguían a todas partes. Aunque no podría explicar las razones de su convicción, sabía que aún no había llegado el momento de hacerlo. Se preguntó qué debía hacer ahora. D´Arlés estaba aislado, su único punto de conexión con la realidad era aquel fraile dominico, el tal fray Berenguer, aunque quizás era ya tiempo de cortar aquel lazo, de inutilizarlo. A decir verdad, su servicio era escaso y de pésima calidad. Aquella ciudad, Barcelona, no era territorio de la Sombra, pensó con satisfacción. Más bien al contrario, era un terreno inseguro y lleno de antiguos camaradas sedientos de venganza. Siempre existía la posibilidad de que la Sombra lograra escabullirse de nuevo, escapándose a una de sus madrigueras seguras, pero ¿se lo permitiría su patrón, el déspota Carlos d´Anjou? No, de ninguna manera, aquellos pergaminos tenían una importancia vital para Carlos y para el Papa, para Roma y para el Temple. D´Arlés no podía presentarse ante su amo con un fracaso, no habría excusas suficientes para una cosa así, con un asunto de aquella naturaleza. Sin embargo, no había nada seguro sobre el tablero de juego, nada previsible que pudiera guiarle en una dirección concreta. Decidió dejar de pensar, seguir con la intuición, le llevara donde le llevase, y en aquel preciso momento, le conducía hasta fray Berenguer. «Monseñor tiene razón en una sola cosa —pensó—, hay demasiada gente implicada en aquel asunto. Ya es hora de hacer limpieza a fondo.»

Salió de la habitación sin prisas, había oído el portazo de D´Arlés, que indicaba su huida, pero sus hombres se encargarían de seguirle, era el momento preciso de hablar con Monseñor.

Jacques *el Bretón* quedó paralizado ante la puerta. Dalmau, a sus espaldas, gruñía de desaprobación ante su inmovilidad.

—Pero, bueno… ¿A qué estás esperando?

—Creo que los problemas están aumentando a gran velocidad, Dalmau.

Jacques entró en la estancia seguido por su nervioso compañero y se inclinó sobre el cuerpo de la mujer, la vieja compañera de Mateo.

—¡Santo Cielo, Dios nos proteja! ¿Qué es esto? ¿Dónde están los demás, y Guillem?

El Bretón no respondió a ninguna de sus preguntas.Registró cuidadosamente el resto de la casa, palmo a palmo. Al acabar, su gesto expresaba gravedad.

—Sólo nos faltaba esto. Esta mujer está muerta, Dalmau, calculo que debe hacer un par de horas. Y encima, Abraham y Arnau desaparecidos. ¡Vaya panorama! Pero ¿dónde está el chico?

Dos sonoros golpes en la puerta sobresaltaron a los dos hombres. Jacques indicó a su compañero que guardara silencio y se acercó con sigilo a la puerta, entreabriéndola unos centímetros sin apartar la mano de la empuñadura de su espada. Un hombre entrado en años esperaba en el dintel, con el puño en alto, dispuesto a seguir golpeando la puerta hasta el día del juicio final.

—¡Por todos los...! ¿De dónde sales tú?

—Del infierno, Jacques, del abismo de Lucifer. ¿Qué ocurre, ya me dabas por muerto y enterrado? —El hombre entró, apartando a un lado al Bretón, inmóvil por la sorpresa—. ¿Qué hay, Dalmau?

—¡Por los clavos de Cristo! ¿Eres tú, Mauro? ¡Te suponía muerto hace años! —exclamó igual de asombrado Dalmau.

—Siento decepcionaros, muchachos, pero Bernard me mantiene vivo, durmiendo a temporadas, pero vivo. Vengo a encargarme del cadáver y a entregaros un mensaje de Guillem de Montclar.

—Bernard ha muerto, Mauro. ¿No te has enterado? —Dalmau estaba intranquilo.

—¡Bah! Vivo o muerto..., ¿qué diferencia hay? Yo sólo cumplo sus órdenes. —El viejo les miraba con una sonrisa cómplice.

—¿Dónde está Guillem? ¿Qué mensaje traes? —Jacques estaba impaciente, conocía las tendencias filosóficas de Mauro.

—No tengo la menor idea de dónde se encuentra, pero me ha ordenado que os transmita que está bien, que no debéis preocuparos por él. Dice que tiene una nueva pista de los pergaminos y que va a seguirla, que os dediquéis a liquidar vuestras viejas cuentas con toda tranquilidad, que no tiene tiempo de interferir en vuestros asuntos aunque le agradaría hacerlo, a pesar de vuestra opinión. Se pondrá en contacto con vosotros cuando pueda. Fin del mensaje. —Mauro había recitado sus palabras de un tirón, con los ojos cerrados para no olvidar ni una sola sílaba.

—¿Y qué nueva pista es ésa? —inquirió Dalmau.

—Pasan los años y tú sigues como siempre, Dalmau —respondió Mauro con una mirada irónica—. He dicho fin del mensaje, porque nada más me ha dicho. Sólo me encargo del transporte de cadáveres y mensajes, no intento descifrar ni lo uno ni lo otro. Ése es vuestro trabajo, no el mío. Aunque, en realidad, Guillem ha añadido otra cosa, dice que puedo echaros una mano en lo que gustéis, que no es bueno que Bernard me tenga dormido tanto tiempo y que necesito un poco de ejercicio, y...

—Bernard está muerto, Mauro —insistió Dalmau, visiblemente nervioso.

—Y la muchacha, ¿dónde está? —interrumpió Jacques.

—Me satisface ver que también estáis en baja forma, chicos —suspiró el viejo Mauro—. Eso, o es que los años han aumentado vuestra sordera. Por más que preguntes, Jacques, no tengo respuestas en mis alforjas.

Mauro abrió la puerta y dejó entrar a dos hombres jóvenes. Dalmau y Jacques se apartaron, permitiendo que los dos recién llegados se hicieran cargo del cuerpo de la pobre mujer. Cuidadosamente, la envolvieron en una sábana de lino, la cargaron a sus espaldas y salieron tan silenciosamente como habían entrado.

—¿Qué vas a hacer con ella, Mauro? —preguntó Dalmau con curiosidad.

—¡Por fin tengo una respuesta para ti! Vamos a enterrarla, lo que se acostumbra a hacer con los muertos. Decentemente, por supuesto, nada de agujeros anónimos. Eso lo dejó muy claro Guillem. Una sepultura digna para una vida de sufrimiento, es lo justo, caballeros. Bien, si me necesitáis dejad un aviso en el molino del Temple de Sant Pere de les Puelles. Ellos me avisarán.

Mauro soltó una carcajada al ver las caras llenas de perplejidad de sus compañeros, pero no añadió nada más. Con un saludo de cabeza salió de la habitación.

—Hubiera jurado que estaba muerto —susurró Dalmau.

—Que yo recuerde, no es la primera vez que resucita de forma tan dramática. Es uno de los perros fieles de Bernard, y no te olvides que siempre bromeaba acerca de su inmortalidad, creo que le gusta sorprendernos con sus apariciones.

—Tendremos que cambiar los planes, Jacques. La ausencia de Guillem nos complica las cosas. ¡Todo el mundo ha decidido desaparecer! ¡Es inadmisible!

—No te precipites, compañero —contestó Jacques, riendo ante el enfado de Dalmau—. Quizá sea lo mejor, hemos intentado apartar al chico de todo esto, ahora no podemos volvernos atrás.

—Tienes razón, pero el asunto del pergamino y de D´Arlés se han mezclado hasta tal punto, que ya no sé dónde empieza uno y acaba el otro.

—Por eso es mucho mejor que el chico se haya apartado del camino, Dalmau. Ese maldito pergamino nos ha apartado del nuestro y nos está confundiendo. Los datos se cruzan y se entremezclan sin orden ni concierto, eso nos ha despistado desde el principio.

—Quizá tengas razón, no lo sé… —Dalmau estaba dubitativo.

—Dalmau, tienes que escoger. Tu fidelidad a la orden está en encontrar los malditos documentos, y tu juramento te obliga a dar caza a D´Arlés. No debes confundir ambas cosas, aunque en tu interior así lo desees.

Dalmau meditaba con expresión abatida. Siempre había creído que lo tenía claro, lo había expuesto ante sus superiores con exactitud. Saldar cuentas había sido lo prioritario, si se presentaba la posibilidad. Y ahora la tenía y, sin embargo, dudaba. Jacques pareció entender el ánimo de su amigo.

—Dalmau, déjalo ahora, no tiene importancia, han pasado muchos años, es lógico cambiar de opinión.

—¡Tú no has cambiado! —cortó Dalmau—. Sientes lo mismo que aquella noche. Bernard también sentiría lo mismo si estuviera vivo.

—No puedes tener la seguridad de que así fuera —le contestó Jacques con suavidad, en voz baja.

—Debo seguir, lo sabes. Acaso sólo sea temor, miedo a ser demasiado viejo para esto, Jacques, a no poder soportar un nuevo fracaso y que D´Arlés vuelva a huir… Mis piernas ya no son tan veloces, amigo mío, el dolor ha sustituido a la rapidez. Es miedo, Jacques. Simple y llanamente miedo, nada más.

—Entonces estamos en igualdad de condiciones, Dalmau. —El Bretón se había acercado a él, rodeándolo con un abrazo—. Dos viejos gruñones asustados planeando cosas perversas. Pero no debemos preocuparnos, no ahora que el inmortal Mauro se ha incorporado a nuestro pequeño ejército.

Dalmau le observó con seriedad, para estallar en carcajadas unos segundos después. Jacques no tardó en seguirle, el humor les ayudaba a ahuyentar los temores que cargaban sobre sus hombros.

—¡Por todos los diablos del Averno, Jacques, qué situación más ridícula! Tantas cicatrices para llegar a depender del viejo Mauro y su colección de espectros. ¿Te has fijado en que sigue hablando de Bernard en presente? —Dalmau se secaba las lágrimas, todavía riendo, pero de golpe volvió a la seriedad, como si una ráfaga de preocupación le hubiera envuelto—. De todas formas, tendremos que idear otro plan, sin el chico.

—Olvídate de Guillem. Nuestro plan es genial, sólo habrá que modificarlo un poco.

—¡Un poco! ¡Te has vuelto loco! —saltó Dalmau—. Todo el plan descansaba en la actuación de Guillem. No tenemos tiempo de encontrar a otro que se preste a esta locura y no podemos dar muchas explicaciones, la verdad.

—Cálmate y piensa. No necesitamos dar explicaciones a nadie, porque no necesitamos a nadie, ¿entiendes? —Jacques le observaba con atención, calibrando su peso y su estatura, dando vueltas a su alrededor y asintiendo con la cabeza. Dalmau empezó a intuir las intenciones de su amigo.

—¡Por todos los santos! ¡No! No va a funcionar, Jacques.

Monseñor estaba agitado, su elegante sotana, realizada con la mejor seda, revoloteaba de un lado a otro al compás de sus nerviosos pasos. Sus guantes negros reposaban sobre la mesa, y Giovanni no podía apartar la vista de sus manos: habían sido unas hermosas manos exhibidas con orgullo, pero habían dejado de serlo hacía ya mucho tiempo. Observó las deformadas extremidades, de un color rojizo, como las garras de algún animal del inframundo. Se hacía extraño contemplar a Monseñor sin sus guantes, casi nadie tenía esa oportunidad. Giovanni desconocía las circunstancias exactas en que había tenido lugar el accidente, pero sabía que D´Arlés había tenido mucho que ver en ello. Sólo podía recordar los gritos de Monseñor cuando entró en la habitación. Estaba en llamas, como una tea danzante, intentando apagar el fuego que consumía sus ropas, aullando el nombre de D´Arlés como un poseso. El hábito cubría la memoria del fuego, pero sus manos… Sólo los guantes ocultaban aquella pesadilla. Monseñor había descubierto el doble juego de D´Arlés y ese descubrimiento siempre era peligroso. De repente, Giovanni fue despertado de su ensueño.

—¿Y qué tiene que ver ese tal Berenguer de Palmerola con lo que nos ocupa? ¿De dónde sale este estúpido ahora, Giovanni?

—D´Arlés y él se han visto en varias ocasiones, Monseñor. Por mis averiguaciones, intenta utilizar al fraile contra vos.

—¡Contra mí! —le atajó bruscamente—. Vamos, Giovanni, no puede nada contra mí, no seas ingenuo.

—Monseñor, creo que no tenéis en cuenta la situación. El Papa ya no está en Roma y allí tenéis enemigos considerables. El propio Carlos d´Anjou no puede seguir tolerando vuestra influencia, tiene al Papa en sus manos, no debéis olvidarlo. La importancia de este asunto no puede cegar la realidad de vuestra situación.

—Conozco perfectamente la situación, Giovanni, no necesito consejeros políticos. ¿Qué es lo que se supone que D´Arlés puede utilizar en mi contra?

—Es un asunto delicado, Monseñor. Os referiré la última conversación que mantuvieron, vos decidiréis su importancia. —Vio la expectación en su superior, la curiosidad en su mirada. Giovanni aspiró una bocanada de aire fresco y empezó—: D´Arlés le contó a fray Berenguer una dramática historia en medio de sollozos y arrepentimiento, una historia que narra la espantosa seducción de la que fue víctima, la violación de su cuerpo y de su alma. Según él, vos, aprovechándoos de su inocencia y confianza, abusasteis de su tierna juventud y vuestra perversidad y concupiscencia han sido la causa de sus horribles sufrimientos durante estos años. Aseguraba que no podía soportarlo más en silencio y que estaba decidido a confiar en el benevolente corazón de fray Berenguer para que pusiera en conocimiento de quien corresponda tales hechos. D´Arlés le suplicaba que ningún otro joven tuviera que pasar por aquel calvario y…

Giovanni se detuvo unos instantes, contemplaba la extraña sucesión de sentimientos en el rostro de Monseñor: la cólera, el resentimiento, el asombro, el horror y el miedo.

—Y —continuó— se teme que no llegará a tiempo. Ha comunicado al fraile la sospecha de que muchos de vuestros servidores, sobre todo los más jóvenes, son víctimas de vuestra espantosa lujuria.

—¡Maldito bastardo! ¡El diablo se llevó su alma en el mismo momento de nacer!

—Lo que ignoro, Monseñor —siguió Giovanni, impasible—, es lo que puede hacer fray Berenguer al respecto, no es ninguna personalidad ni tiene ningún tipo de influencias, ni…

—¡No importa quién sea, estúpido! ¡No puedo permitir que ese bastardo provoque un escándalo en estos momentos! Un pequeño error, Giovanni, un sólo pequeño error y mis enemigos caerán sobre mí como aves carroñeras.

—Me encargaré de solucionarlo, Monseñor. No debéis preocuparos por fray Berenguer, nadie notará su ausencia.

—¡No! —exclamó rotunda y firmemente. Monseñor no podía ocultar su turbación, pero intentaba mantener el control—. No —repitió, con la mirada perdida—. No vas a encargarte de nada, Giovanni. Eso es asunto mío. Lo único que quiero es que me traigas a ese malnacido embustero, bastardo de Satanás. ¡Maldigo su vida mil veces! Tráemelo y olvídate de lo demás. Y ahora vete, necesito pensar. ¡Largo de aquí!

Giovanni retrocedió hacia la puerta, desconcertado por la reacción que habían causado sus palabras. Quería grabar en su memoria la imagen de aquel hombre en proceso de destrucción. Se detuvo, todavía tenía una noticia que dar.

—Por cierto, Monseñor, corren rumores de que Bernard Guils no ha muerto.

Esperó unos breves segundos, por una sola vez en muchos años, Monseñor no tenía una respuesta preparada, únicamente le miraba con estupefacción. Se giró, dirigiéndose hacia la puerta de salida, sin poder evitar una ancha sonrisa. Ya no necesitaba ver ni oír nada más.

En una esquina cerca de la Casa del Temple, uno de los espías de D´Arlés combatía el aburrimiento de la vigilancia. Nadie había entrado ni salido de la Casa, ni siquiera los mendigos habían acudido en demanda de su habitual mendrugo de pan. Se apoyó en la pared, le dolían los pies y tenía todo el cuerpo agarrotado. Pensó en la posibilidad de encontrar un nuevo trabajo y buscar una buena mujer, iba siendo hora de crear una familia y volver a casa. Empezaba a estar harto de viajes y de aquella maldita ciudad, húmeda y tediosa. Incluso su jefe había cambiado, todo el mundo le temía y últimamente actuaba como un ser enloquecido y demencial. Recordaba con espanto cómo había matado a uno de sus compañeros, uno de sus propios hombres sólo porque las noticias que traía no eran de su agrado. Lo había acuchillado sin parar, sin que nadie pudiera impedirlo, ni apartarlo, ni convencerlo de que aquel hombre ya estaba muerto.

Un escalofrío helado le recorrió el cuerpo ante el recuerdo de aquella carnicería. Aquel hombre no estaba bien, estaba descontrolado y representaba un peligro para sus propios hombres. Nunca le había gustado D´Arlés, pero necesitaba el trabajo y éste traía consigo una suma considerable de monedas. Las grandes puertas de la Casa del Temple se abrieron, sorprendiéndole en mitad de sus reflexiones. Abandonó el gesto cansino y se puso alerta. Dos hombres salieron llevando de la mano las bridas de sus respectivas monturas; reconoció de inmediato a Jacques *el Bretón*, no era fácil de confundir, pero el otro… «¡Por todos los santos! —murmuró—. O sea que es cierto lo que dicen, los rumores no mentían, es Guils, Bernard Guils en persona.» Estudió con detenimiento al hombre, iba envuelto en una capa oscura, con la capucha echada sobre el rostro, pero había visto perfectamente el parche negro sobre su ojo. No había error posible, él conocía a Guils, estaba más delgado, pero era él.

Pegó la espalda a la pared, respirando con dificultad, aquello no iba a gustar nada a su patrón y temía sus excesos, estaba completamente loco. Todavía estaba allí cuando se acercó uno de sus compañeros.

—¿Lo has visto, lo has visto? —cuchicheaba.

Asintió con la cabeza. Ambos se miraron con temor reverencial, hasta que su compañero sacó una moneda del bolsillo.

—¿Cara o cruz?

—¡Cruz! —respondió, en un arranque de piedad religiosa.

La moneda saltó en el aire, mientras ambos la veían caer conteniendo la respiración.

—¡Cruz! —exclamó su compañero con el miedo en el rostro.

Le vio alejarse abatido y asustado, ignoraba si volvería a verlo con vida alguna vez, pero no pudo evitar un suspiro de satisfacción. D´Arlés iba a volverse más loco con la noticia, si es que ello era posible. Ya no se trataba de un rumor, lo habían visto con sus propios ojos, no había ninguna duda. Guils estaba vivo y dispuesto a pasar cuentas al maldito D´Arlés. El hombre se encogió en su esquina, había decidido cambiar definitivamente de trabajo, buscar a una de sus primas… desaparecer.

Un rumor corría por la ciudad, una red invisible pero tupida se extendía como una plaga bíblica, distribuyéndose por finos canales, de oído en oído, de boca en boca.

Bernard Guils estaba vivo y había vuelto.

Capítulo XII

La carta

«En verdad, gentil hermano, que debéis escuchar bien lo que os decimos. ¿Prometéis a Dios y a Nuestra Señora obedecer al maestre o a cualquier comendador que tengáis, todos los días de vuestra vida a partir de este momento?»

Guillem hizo retroceder su montura hasta ponerse al lado de la muchacha. Se estaba retrasando mucho y no parecía importarle, las bridas de su caballo estaban sueltas, sin dirección, las manos apretando la capa, ausente y distante, ajena al viaje. El joven no se dirigió a ella. Lo había intentado sin conseguir ningún resultado, y se preguntaba si no sería sorda o muda, o ambas cosas a la vez. No había salido del estado en que la encontró, junto a su madre muerta. Recogió las bridas abandonadas, poniendo la montura al mismo ritmo que la suya. Debía hacer una jornada de viaje y sólo al completarla podía abrir la carta, eso era lo único que sabía. Había sido un día muy extraño.

La joven y él llegaron a un nuevo escondite, lejos de la ciudad, y Guillem volvió a acometer, sin conseguirlo, la tarea de averiguar su nombre. Después, resignado ante su silencio, reflexionó con calma: ¿Qué debía hacer con aquella chica? ¿Dejarla al cuidado de las clarisas? ¿Buscar a alguien de confianza que se encargara de ella? Unos discretos golpes en la puerta de su nuevo refugio le arrancaron de sus cavilaciones y, cuando abrió, se encontró con un joven musulmán que requería hablar con él. Guillem, sorprendido, desconfió.

—¿Cómo sabíais que me encontraríais aquí? —preguntó, inquieto.

—Llevo dos días recorriendo toda la red de refugios, en alguno de ellos os tenía que encontrar. Si no conseguía localizaros en tres días, debía acudir a la Casa. Ésas fueron las órdenes de Bernard y así las he cumplido.

—¡Bernard! —Guillem respiró con fuerza, el espectro volvía a apoderarse de él.

—Os traigo una carta y esto de su parte —dijo, entregándole un rollo y lo que parecía una cruz templaria de metal.

—Bernard está muerto —le espetó Guillem con desconfianza.

—Lo siento, él ya me avisó de que era probable que eso pasara, por eso estoy aquí. Tenía órdenes de actuar sólo en el caso de que él no pudiera terminar su misión. Y tengo otra orden para vos.

—¿Y cómo demonios voy a creerte? Podría pensar que es una trampa.

Impertérrito, ante la desconfianza de Guillem, siguió con sus instrucciones.

—Debéis abandonar la ciudad, en dirección norte, sin paradas. Al completar una jornada, os detendréis a descansar y entonces leeréis la carta. Ésas son sus órdenes. «Utilizad vuestra intuición, no hay más camino.» Ahora debo partir.

Y sin permitir más preguntas, salió del lugar dejando a Guillem con la boca abierta y la carta en la mano.

—¿Qué significa todo esto? —lanzó la exclamación en voz alta, sin recibir contestación, ni tan sólo una mirada de consuelo de la muchacha que, ajena a cualquier problema, seguía sentada en el mismo lugar. Manoseó la carta, estudiando cada centímetro del papel cerrado y enrollado. Incluso la olió, sin saber muy bien qué esperaba de tan minucioso examen. A punto estuvo de abrirla en un arranque de enfado y desconfianza, pero no llegó a hacerlo.

¿Tal vez fue su intuición lo que le obligó a no abrir la carta?, pensaba Guillem mientras cabalgaban alejándose de la ciudad, en dirección norte, arrastrando todavía a la muchacha silenciosa. Intuición, una de las palabras mágicas de Bernard y que a él le costaba interpretar, otorgarle el sentido que él le daba, como un talismán que abría todas las puertas. No sabía por qué seguía las indicaciones de aquel desconocido, aunque era probable que lo hacía porque todo aquel misterio era muy propio de Bernard. La carta seguía escondida en su camisa, sin abrir, como los pergaminos falsos, celosamente guardados por su maestro. Acabaría la jornada y leería la carta, y entonces averiguaría si alguien se estaba divirtiendo a su costa... Por ejemplo, aquellos dos, Dalmau y Jacques, ansiosos por apartarle de su particular ajuste de cuentas. Se enfadó pensando que podía ser una jugarreta y, torciendo su boca y dando una extraña forma a sus cejas, la ira apareció en sus facciones. Pero ¿y la cruz? ¿Otra treta? No se trataba de una cruz templaria normal, como había creído al principio. Tenía esa forma, desde luego, pero cada uno de sus lados mostraba unas oberturas irregulares y diferentes, como si fueran cuatro llaves unidas. No tenía la menor idea de para qué podía necesitar un artilugio como aquél. Otra vez vino a su mente la imagen de sus dos amigos, sus repetidas negativas a que él participara en la caza de la Sombra. ¿Estarían montando aquel colosal engaño para tenerlo apartado?

Un novicio arrancó a fray Berenguer de la insoportable traducción en la que estaba trabajando, indicándole que se presentara ante la presencia del padre superior. No debía demorarse lo más mínimo, ya que la llamada era urgente. En un arranque de crueldad, fray Berenguer pensó que quizá le esperaba otra regañina por presentarse en la enfermería del convento y haber expresado toda su repugnancia ante el comportamiento mentiroso y servil del joven Pere de Tever. «¡Que pecado peor que la mentira era la traición!», mascullaba colérico. Aquel jovenzuelo le había traicionado, había abusado de su confianza y ahora tenía que cargar con todas las culpas a causa de su aborrecible conducta.

Llamó con fuerza a la puerta, no iba a permitir que le amilanaran por culpa de aquel jovencito impertinente, ya había comprobado cómo utilizaba su estúpida caída para medrar a su costa. El propio bibliotecario le había comunicado que fray Pere de Tever ocuparía un lugar destacado de trabajo en la biblioteca por sus grandes conocimientos. ¡Aquello era escandaloso!

Abrió la puerta al oír una voz que le autorizaba y entró en la estancia, pensando en encontrar a fray Pere cómodamente sentado. Pero no fue así. En su lugar, un hombre de negro ocupaba la silla preferente y su superior le recibió con una gélida mirada de hostilidad.

—¡Al fin se ha hecho la luz, hermano Berenguer, y vuestras intenciones se han manifestado! —El superior estaba realmente enojado.

—No sé de qué me habláis.

—Vuestro delito es de suma gravedad, hermano Berenguer. Nunca había tenido la lamentable responsabilidad de enfrentar un caso parecido —el hombre de negro habló al tiempo que se volvía para mirarlo—, ni la vergüenza de tener que admitir en un hombre de la iglesia tal comportamiento.

—Os consideraba capaz de graves infracciones, hermano, pero esto no me atrevo ni a nombrarlo. —El superior lo observaba con desagrado—. Vuestra falta es tan grave que me siento incapaz de juzgaros con imparcialidad. A Dios gracias, Monseñor me evitará tan pesada tarea.

—¡No lo entiendo! No sé de qué me habláis. A buen seguro, fray Pere de Tever intenta causarme daño con otra mentira y…

—¡No pongáis el nombre de esta inocente criatura en vuestra boca! Os lo prohíbo. Bendigo a Dios porque este joven no haya caído todavía en vuestras sucias garras. —La voz atronadora de Monseñor golpeó a fray Berenguer, que se quedó atónito, sin entender nada de lo que estaba ocurriendo. El hombre de negro se volvió hacia el superior del convento, con gesto compungido.

—No sabéis cuánto lamento que hayáis tenido que pasar por todo esto, querido hermano. Teníais una serpiente en el nido y no es fácil descubrirla. Sólo la voluntad de Dios ha puesto en nuestro camino a un testigo que, salvando la vergüenza y el deshonor, se ha atrevido a desenmascarar a este corrupto fraile.

—¡Os lo suplico, señores, decidme de qué se me acusa y quién lo hace! No creáis más mentiras y difamaciones! —Fray Berenguer empezaba a estar asustado, aquello no tenía ningún sentido y debía tratarse de un error, un espantoso error.

—¡Ya basta, no deseamos oír vuestras palabras! Seréis juzgado y condenado, ningún tribunal dudaría de ello.

Monseñor se levantó enérgicamente y dio una palmada. Al momento, tres hombres entraron en la habitación y rodearon a fray Berenguer.

—No deseo alargar más este penoso asunto, mi querido amigo, sé lo que representa para vos. Pero no sufráis, no habrá escándalo, llevaremos este asunto con la máxima discreción. Vuestra orden no se verá manchada por las acciones de este vil fraile. Tenéis mi palabra, nada de lo que aquí nos hemos visto obligados a hablar saldrá de esta habitación. Rezad por nosotros, querido hermano.

Monseñor se dirigió hacia la puerta. Los tres hombres cogieron a fray Berenguer por los brazos y lo arrastraron trás de él. Los gritos del fraile rebotaron en las paredes del claustro, sobresaltando a los hermanos en la hora del rezo. Finalmente, el eco se apagó y el silencio retornó, inundando todos los rincones del gran convento.

Cuando despertó, fray Berenguer se dio cuenta de que se había desvanecido. Tantos acontecimientos imprevistos le habían conmocionado y confundido, aunque estaba seguro de que todo era una pesadilla, un mal sueño provocado por alguno de los dulces de los que últimamente había abusado. «No debo comer tanto —pensó—, mi salud empieza a resentirse y eso no es bueno.» En aquel momento empezó a ampliar su perspectiva. Se incorporó y vio que no se encontraba en su cama, ni tampoco en su celda. Había una gran oscuridad, sólo una tea encendida, a la izquierda, iluminaba tenuemente el lugar donde se encontraba. No había ventanas, era imposible saber la hora del día. Pensó que tal vez seguía soñando. Se levantó y, guiándose por la tea que brillaba de forma irregular, caminó hasta que chocó contra algo duro y frío, golpeándose la cara. Sus manos palparon una reja, barrotes. ¡Toda la pared era una continuación de barrotes! Un sudor frío le recorrió el estómago. ¿Qué clase de lugar era aquél? Gritó en demanda de auxilio y contempló cómo un hombre se acercaba. La tea que llevaba el hombre en la mano iluminó el lugar.

—¡Más vale que no gritéis, miserable, aquí no nos gusta el escándalo ni el vocerío! ¿Lo habéis entendido, puerco cebado? —El hombre, mugriento y con los dedos llenos de grasa, hablaba al tiempo que daba grandes mordiscos a un trozo de carne—. Veo que estáis muy gordo, maldito fraile, pero no creo que aquí eso os sirva de mucho.

Rompió a reír al ver la cara aterrorizada del dominico. Fray Berenguer contemplaba a la luz tenue de la antorcha un lugar de pesadilla, y no estaba ocurriendo en sus sueños. No, no era una celda de su convento, era una mazmorra lóbrega e inmunda. Retrocedió ante las sonoras carcajadas de su carcelero, aquella bestia con forma humana, y se refugió en las sombras. De la negrura, su voz, en un aullido sin nombre, chilló cuatro palabras, repitiéndolas como en una letanía sin fin.

—¡*Terribilis est locus iste!*

La posada era una sencilla y agradable casa de campo, amplia y luminosa, a decir de sus grandes ventanales abiertos a los campos de trigo. La noche empezaba a caer y Guillem decidió que la jornada completa había finalizado. Pidió una única habitación, arriesgándose a la maliciosa mirada de la robusta posadera, pero sin atreverse a dejar a la muchacha sola en aquel estado, desconocía de lo que era capaz. La arrastró escaleras arriba hasta la habitación que le indicó la mujer. Agradeció que fuera una estancia limpia, con una gran cama de matrimonio en su centro, una pequeña mesa y una silla. La posadera le enseñó una amplia ventana, asegurándole que los aires de aquella zona eran los más saludables de la comarca. Guillem le aseguró que no tenía ninguna duda de ello, aunque le estaría mucho más agradecido si le proporcionaba algo de comer allí mismo. La robusta mujer pareció aprobar la decisión y desapareció de su vista tras asegurarle que así lo haría.

Guillem dejó las alforjas en un rincón y acomodó a la enajenada muchacha en la cama, tapándola con suavidad. Después se instaló en la mesa, que arrastró hasta la ventana, contemplando el anochecer y esperando la comida. Sentía la carta, como una voz reclamando atención, quemándole la piel, pero aún no era el momento. Seguiría las estrictas normas del manual de Bernard Guils a rajatabla: «Con el estómago vacío no se puede pensar bien».

—Bien, compañero, tengo hambre y comeré. Mi cabeza y mi estómago estarán en perfectas condiciones cuando abra la carta. Nada turbará mi atención.

—Se pondrá bien, mi querido amigo. Crecerá sana y fuerte, no debéis preocuparos. —Abraham consolaba a un emocionado Camposines, con los ojos enrojecidos por el llanto, manteniendo su mano entre las suyas.

El anciano médico estaba satisfecho de su decisión. En esta ocasión sus conocimientos eran útiles y aquella dulce criatura se salvaría de la muerte. Contempló divertido a su amigo Arnau que se había quedado dormido en la silla, tieso como un palo de escoba, con la cabeza caída hacia atrás en una postura imposible. Su cuerpo sufría regulares sacudidas al compás de sus sonoros ronquidos. Abraham lo señaló con un gesto y, junto a Camposines, rieron por lo bajo, casi en silencio, para no turbar el sueño de la pequeña ni del viejo guerrero. Elvira, la mujer del comerciante, se había retirado a dormir, exhausta por las emociones. Todos necesitaban descansar, la jornada había sido interminable y el cansancio se acentuaba en sus facciones. Abraham tocó levemente al boticario, que se levantó de golpe, con la mano en la espada.

—Cálmate, Arnau, no hay peligro. Siento haberte despertado, pero estabas en una postura insana y mañana no hubieras podido dar ni dos pasos.

—¿Dormido, qué dices? Sólo estaba pensando. ¿Cómo está la pequeña? —Arnau mantenía los ojos fijos, como si saliera del sueño de los justos.

—Se pondrá bien, amigo mío, nuestros esfuerzos han encontrado la recompensa.

—No podemos seguir aquí, Abraham, temo por tu vida. —El boticario seguía empeñado en la seguridad de su amigo.

—Está bien, Arnau, ahora tienes toda la razón. He hablado con Camposines y le he recomendado a un colega mío. Acabo de escribir una carta de presentación, dándole instrucciones. El peligro ya ha pasado, pero hay que tomar muchas precauciones

con esta bella muchachita. Estará aquí mañana, a primera hora, le he mandado aviso y me ha respondido afirmativamente.
Ahora podemos pensar en nosotros.

—¡Por fin! —exclamó el boticario—. Perdóname, Abraham, no es que la salud de esta chiquilla no me importe, pero
estoy preocupado. Me alegro de que la hayas salvado, me alegro por ella y por ti, pero, como dices bien, es tiempo de pensar
en nosotros.

—A partir de ahora, me pongo en tus manos, Arnau. ¿Qué
debemos hacer?

—Partiremos mañana por la mañana, en cuanto llegue tu
colega. Mientras tanto hablaré con Camposines, vamos a necesitar un par de caballos y un asno, provisiones, mantas…

—¿Nos vamos de viaje? ¿No vamos a volver a la Casa, amigo mío? —preguntó Abraham sorprendido. La insistencia del
boticario en su seguridad le había hecho pensar que volverían
a la Casa del Temple de la ciudad.

—No volveremos, Abraham. He estado pensando y creo
que ya es hora de buscar un refugio seguro para «tu amigo de
Palestina». De esta manera también pondremos distancia entre
la Sombra y nosotros. Es mucho mejor, aprovechar el momento y alejarnos de la ciudad.

—Ya sabes que confío en ti, Arnau, como si fueras mi propio hermano. Tú eres el estratega y sabes lo que nos conviene.
¿Ya sabes adónde ir?

—Tengo una idea, creo que debemos ir al norte, hacia la encomienda del Mas-Deu. Allí tengo a un buen amigo mío que
podrá aconsejarnos… ya sabes… ¿Crees que estarás en condiciones de viajar?

—Estoy mucho mejor, no te preocupes —respondió Abraham con una sonrisa cómplice—. Y siempre estarás tú para
perseguirme con las medicinas, amigo mío. Sí, creo que estoy
preparado. Mi promesa a Nahmánides me da fuerzas para seguir adelante, incluso me siento más joven. Pero ahora necesitamos descansar, Arnau, o mañana no llegaremos muy lejos.

Guillem repasó el plato con un gran trozo de pan tierno,
había comido un excelente estofado de cordero con verduras y

se sentía en plena forma. No consiguió que la muchacha comiera nada y la dejó dormir, sin insistir. Colocó el candil en el alféizar de la ventana medio abierta. El aire frío le ayudaba a pensar, y sacó la carta. Desdobló el papel y lo alisó, la letra era de Bernard.

Querido muchacho:

Si estás leyendo esta carta, significará que mi viaje al otro mundo ya se ha iniciado, y espero que hayas tenido un instante para desearme suerte. He ordenado a Abdelkader que te entregue esta carta si las cosas se tuercen, es una persona de toda mi confianza y un buen amigo, no debes sospechar de él, aunque a buen seguro ya lo has hecho. Me imagino que en estos momentos estarás metido en un buen lío y que ya habrán descubierto la falsedad de los pergaminos que llevaba encima. Te confesaré que sólo de pensarlo me entran ganas de reír, me imagino a Dalmau y a Jacques, a los que inevitablemente habrás conocido, preparando de nuevo los planes de nuestra particular guerra con la Sombra, aunque también me entristece no estar a su lado. Sin embargo, como soy un espectro primerizo, no estoy seguro de no poder actuar junto a ellos. ¿Quién sabe? Tú debes apartarte de la Sombra, no ir a su encuentro, tengo otros planes más interesantes para ti.

D'Arlés, el maldito bastardo francés, ha sido una de las piezas que me ha obligado a retocar mis planes, pero, como habrás comprobado, he conseguido atraerlo hacia Barcelona, tal como tenía previsto, para facilitarles el trabajo a mis compañeros. Ésa era mi parte. Este detalle es importante, siendo ésta mi última misión, no podía evitar la fascinación que sentía por la casualidad (¿casualidad?) de que D'Arlés estuviera implicado en todo esto, como si algún elemento mágico me recordara el juramento que hice en medio de un desierto, junto a dos buenos amigos. Comprendí que se me daba la posibilidad extraordinaria de cerrar el círculo y que no podía desaprovechar la situación.

Dos días antes de que me entregaran los pergaminos, detecté la presencia de D'Arlés y sus hombres a mi alrededor, y fue entonces cuando empecé a preparar mi plan, no sólo para proteger los documentos, sino también para tender la trampa a la Sombra. Quien me entregó los documentos me dio instrucciones muy precisas, las suficientes como para no cumplir ninguna de ellas, como puedes suponer. Mis superiores conocen mi inclinación a obedecer desobedeciendo. Durante tres días, al tiempo que desaparecía para el Temple, me hacía visible para los hombres de D´Arlés, viajando de un lado para otro, hablando con cientos de personas de todo tipo, entregando multitud de paquetes parecidos al que llevaba. En una palabra, creo que conseguí volverlos completamente locos. Finalmente, desaparecí para ambos bandos durante doce horas (doce horas completamente organizadas) hasta el día que embarqué en Limassol. Aquí, en este hermoso puerto chipriota desde donde te escribo, ya se ha cometido otro asesinato: uno de los tripulantes de la embarcación en la que viajaré ha sido encontrado muerto. Ha sido un aviso que me hace temer lo peor, pero lo que debe ser protegido ya está en lugar seguro, gente anónima y de toda confianza está en ello. Esta carta es el último eslabón que queda para que el círculo inicie su giro en la dirección adecuada. Todo está previsto y ni tan sólo el factor humano podrá detenerlo. El círculo se cerrará a tiempo, a pesar de que muy probablemente lo hará conmigo en su interior. Tendrás que aceptar que es una bella forma de morir.

Y ahora, presta toda tu atención. Debes ir al Santuario Madre, encontrar la tumba que un día te mostré y orar ante ella. He leído los pergaminos, desde luego, no dudo que ellos sabían que lo haría, y siempre, extrañamente, han confiado en mí. Sé por qué lo hacen, y es posible que algún día tú también lo descubras. Bien, muchacho, tendrás que tomar tu propia decisión. Ellos querrán que ocupes mi lugar, para ello te he preparado durante estos cinco años. Pero debes pensarlo con detenimiento, no permitas que te presionen ni fuercen tu voluntad, debes escoger libremente, como yo mismo, como Dalmau, como Jacques. Es tu elección.

En cuanto a los pergaminos, siento curiosidad ante lo que vas a hacer, pero confío plenamente en ti, sea cual sea tu decisión. De todas formas, la Cruz te llevará a la Verdad. Eres el único en el mundo que sabe dónde se encuentran, y en cierto sentido te pertenecen, hay una «legitimidad» especial acerca de lo que decidas hacer con ellos. Tienes una opción, un camino para el que necesitarás ayuda, y he previsto que la encuentres en el momento adecuado. Mauro sabrá qué se debe hacer, el resto será cosa tuya. Sé que estarás maldiciendo tanto misterio, tantas opciones, ¿tanta responsabilidad? Debes entender que es la última parte de tu aprendizaje. Una vez finalizada, estarás preparado. Has sido mi mejor alumno y puedes hacerlo. En cuanto al misterio, siendo necesario, no puedo negarte mi fascinación por él después de tantos años en este trabajo, me ha divertido. Es mi único consejo, Guillem: no dejes de divertirte con lo que haces. Cuando todo desaparece, una fina ironía y la predisposición a reír ayuda a sobrellevar este valle de lágrimas.

El tiempo apremia, han encontrado un nuevo tripulante y han avisado del embarque. Ocurra lo que ocurra, no debes preocuparte por mí, casi todo está planificado, y lo que no lo está no tiene mayor importancia, créeme. Cuídate, chico, y abraza de mi parte al Bretón y a Dalmau. Esos dos viejos se lo van a pasar muy bien.

¿He de decirte qué debes hacer con esta carta? Sólo necesitas la memoria, sabes que siempre estaré ahí.

Bernard Guils

Las lágrimas aparecían de nuevo en el rostro del joven. El eco familiar de las palabras de Bernard resonaba en sus oídos y, al tiempo, le recordaban su estrenada soledad. La idea de no ver nunca más a Bernard, sus gritos, sus carcajadas, sus abrazos. No era capaz de imaginar la vida sin él. «¿Cómo se supone que voy a divertirme, Guils? ¿Cómo tomar decisiones sin tu consejo ni ayuda?» Releyó de nuevo la carta, como si quisiera entrar en ella, confundirse con el papel y la elegante caligrafía. «¿He de decirte qué debes hacer con esta carta?» «Desde luego que sí, Bernard. Sabes que hay que recordármelo, como si conocieras de antemano mi estado de ánimo, mi necesidad de aferrarme al papel como si fuera un sustituto.» «Ya no puedes contar conmigo, Guillem, soy sólo parte de tu memoria, debes andar tu camino —le susurraba Bernard en voz baja—. Quema la carta, muchacho, debes quemarla.»

Acercó la carta a la luz del candil, la mano temblorosa y vacilante. Ya sabía lo que tenía que saber y vio cómo el fuego prendía en una de sus esquinas, extendiéndose hacia los lados —«has sido el mejor alumno»— ennegreciendo el centro que se tornó de un color pardusco —«cuídate, chico»—. Soltó el papel a tiempo de que las llamas no rozaran sus dedos y se quedó abstraído, con la mirada en el suelo, en los fragmentos carbonizados y ligeros. Tenía la horrible sensación de haber prendido fuego en la pira de Bernard. «Sólo soy parte de tu memoria.» Era un escaso espacio, pensó el joven. Ignoraba que los años lo ampliarían y que llegaría un momento de su vida en que la memoria ocuparía, por derecho propio, un territorio inabarcable.

Un ligero sonido le sobresaltó y le sacó de su ensimismamiento, la puerta estaba entornada, y la brisa la hacía mecerse levemente. La muchacha había desaparecido del lecho. Se levantó de un salto, corriendo hacia el pasillo que daba a las habitaciones, pero no vio a nadie. Un crujido en las escaleras superiores le indicó el camino, y las subió hasta llegar a una pequeña azotea. Allí, subida sobre una frágil baranda, estaba la muchacha, con los brazos abiertos, iluminada por la intensa luz de la luna. Guillem se quedó paralizado, inmóvil ante la imagen.

—Timbors, mi nombre es Timbors. —La muchacha hablaba por primera vez, su voz tranquila, serena.

—No lo hagáis, Timbors. —Guillem intentaba no gritar.

—Timbors, mi nombre es Timbors —repetía la joven.

Guillem se acercó con sigilo, no deseaba asustarla.

—Si lo hacéis, Mateo habrá ganado, toda la gentuza como él habrá ganado. Venid hacia mí, Timbors, bajad, todo ha pasado, ya no corréis peligro.

La joven se volvió hacia él, su cabellera rojiza brillando como si finos hilos de plata recorrieran su cabeza. Parecía una diosa extraña, una deidad pagana de la Madre Tierra, aparecida para amenazar a los hombres por su crueldad. Guillem, fascinado, le tendió una mano, casi podía tocarla. La joven permaneció inmóvil, mirándolo fijamente.

No supieron nunca el tiempo que transcurrió, Guillem con la mano extendida, ella inmóvil sobre el frágil espacio, el silencio como única compañía. Finalmente, la muchacha extendió su mano, él la asió con suavidad. Timbors bajó de su pedestal y se abrazó a él con fuerza. Guillem sintió el cuerpo joven y apenado de Timbors, su sufrimiento y soledad fundidos en su pecho, como si las fuerzas de la naturaleza hubieran estallado en su interior y le mostraran un nuevo camino. La cogió en brazos y la llevó a la habitación. Sus cuerpos se unieron sin una palabra, como si fueran seres antiguos reencontrados en cientos de vidas anteriores, conociendo cada recoveco de sus cuerpos, cada escondite de sus almas, sin lugar para mentiras ni traiciones. Ambos reconocían en sus cuerpos una patria olvidada y añorada, los inmensos desiertos de su interior convergían en un bosque profundo y familiar, ambos volvían a casa.

La noticia le dejó sobrecogido, inmerso en una especie de temor sobrenatural. Finalmente, el rumor se había confirmado, y varios de sus hombres juraban que habían visto a Guils en persona. Al principio, se había negado a creer en tales habladurías, pensaba que se trataría de simples supersticiones de ignorantes… Al fin y al cabo, su propia fama se la debía al rumor que había sabido distribuir sabiamente: la Sombra era un nombre que imponía temor. Después las noticias adquirieron la solidez de testimonios fiables, pero a pesar de todo, la duda seguía instalada en la mente de Robert d´Arlés. ¿Era aquello posible? No podía serlo, de ninguna manera, él sabía mejor que nadie que la dosis ponzoñosa administrada a Guils podía matar a diez personas sin vacilación. Pero ¿y si Guils, al encontrarse mal, había vomitado y había logrado expulsar gran parte del veneno? Eso sería posible, desde luego, y mucho más con un médico de la categoría de Abraham Bar Hiyya a su lado. ¡Posible, desde luego, pero el veneno utilizado jamás le había fallado!

Tenía que pensar con rapidez, de lo contrario el estúpido de Giovanni iba a tener razón, se estaba quedando en desventaja. Sin embargo, carecía de libertad de movimientos y no estaba acostumbrado, no podía arriesgarse por las calles con el Bretón y Dalmau rondando como lobos hambrientos, y quizá Guils. ¡Guils, Guils, Guils! ¡Dios Santo, cuánto había amado a aquel hombre! Todavía no podía evitar el recuerdo de su desprecio y la hostilidad con que recibió su confesión de afecto, la repugnancia con que lo rechazó y sus continuadas tretas para alejarlo de él, sus intentos para expulsarlo de aquel cuerpo de élite formado en Tierra Santa. Pero lo había pagado caro, él y sus malditos compañeros, siempre unidos en aquella extraña cofradía de la que él nunca fue parte: «¡Malditos hijos de Satanás! —pensó D'Arlés—. Por lo que a mí respecta, pueden pudrirse en el infierno».

D´Arlés estaba en una elegante habitación, rodeado de una hermosa biblioteca de fina madera de castaño, pulida hasta brillar como si fuera un metal precioso. En su escritorio se amontonaban las cartas que no había contestado desde hacía días. El de Anjou estaba inquieto y nervioso ante sus continuados fracasos y quería resultados inmediatos. Aquel maldito arrogante creía estar en una banal cacería de zorros. «¡Que los perros hagan su trabajo! Pero los perros están hartos —pensó D´Arlés—, que venga él mismo a husmear y a buscar sus malditos pergaminos.» Nunca pensó que el juego iba a complicarse tanto, que pudiera encontrarse en aquella situación de extrema debilidad, sin la victoria al alcance de la mano. Nunca antes le había ocurrido y le costaba aceptar las dificultades. Debía encontrar una salida.

Apartó los papeles de la mesa de un manotazo, empujando la silla de un puntapié y dejando caer los puños con fuerza encima del escritorio. La rabia de la impotencia le estallaba en el cerebro, era un dolor agudo al que no estaba habituado y que no podía soportar. Resbaló, dejándose caer, hasta que sus rodillas tocaron el suelo, con los ojos fuertemente cerrados. Vio a Guils bebiendo el agua que se le ofrecía, el destello del reconocimiento en su pupila, la mirada irónica mientras tragaba sin apartar la vista de él. Le había reconocido, estaba seguro, y a pesar de todo, bebía el líquido emponzoñado. ¿Por qué?, se preguntó D´Arlés, ¿por qué le hacía aquello, acaso deseaba morir?

Sabía que Guils no llevaba los pergaminos auténticos. Le conocía lo suficiente para saber que no se arriesgaría a llevarlos en la travesía. ¿De qué demonios se mofaba aquel bastardo del infierno? ¿De que a pesar de que le matara no iba a encontrar nada? D´Arlés se encogió en el suelo, con las manos en la cabeza a punto de estallar. ¿Qué hacía él en aquella nave, sabiendo que no encontraría lo que buscaba? El deseo de matar a Bernard, simplemente, acabar con aquella mirada despreciativa, con la sonrisa irónica con que le taladraba, con su desprecio.

Se estiró en el suelo cuan largo era, acariciando las hermosas losas de mármol, siguiendo el dibujo del mosaico con los dedos y apartando los papeles caídos. «¿Dónde has escondido los pergaminos, maldito hijo de perra? ¿Dónde estuviste durante doce horas, con quién hablaste? ¿Sabría algo aquel miserable judío?»

No se había dado cuenta de la presencia de uno de sus hombres que lo contemplaba atónito, tendido en el suelo, arrastrándose y hablando solo con sus espectros.

—¡Malditos inútiles! ¡Tenéis la culpa de todo!

—Perdonad, señor, me ordenasteis que os avisara de cualquier pequeño cambio. —El hombre temblaba.

—¿Y te crees lo suficientemente importante para prescindir de una llamada a la puerta, estúpido? —D´Arlés se levantó con lentitud.

—Lo siento, señor, es la urgencia de la noticia. Fray Berenguer ha sido arrestado, señor.

—¿Arrestado ese cerdo?

—Monseñor se lo ha llevado, señor. Hay rumores…, se dice que este fraile sentía un malsano interés por los jóvenes, que…

D´Arlés estalló en grandes carcajadas, se retorcía sobre sí mismo como un poseso ante el asombro de su esbirro que, retrocediendo con cautela, intentaba llegar a la puerta. Se paró en seco, al ver que su señor lo miraba fijamente, enmudeciendo las risas.

—¿Y tú quién eres? —preguntó D´Arlés con los ojos extraviados.

—Dubois, señor, soy Dubois. —Temblaba de miedo ante el comportamiento de su patrón. Trabajaba para él desde hacía cinco años y conocía su refinada crueldad, pero ahora era diferente. Parecía descontrolado, enloquecido. Llevaba días sin contestar los apremiantes mensajes que llegaban de París, de la Provenza, de Roma… Nadie sabía qué hacer. Muchos de sus compañeros habían huido ante la situación, atónitos y atemorizados, con la convicción de que debían dar aviso de su comportamiento antes de que los matara en un arranque de furia destructora. Él no tardaría en hacer lo mismo, no podía soportar aquella incertidumbre. Había tenido suficiente con la muerte de Peyre, su compañero, a manos de su propio patrón. Aquel encarnizamiento había sido atroz y le era difícil borrarlo de su memoria.

—¡Lárgate, Dubois, no te conozco, no sé quién eres! —Le hizo un gesto de desdén con los brazos, como si intentara ahuyentarlo. El hombre respiró tranquilo y salió de la habitación apresuradamente, para no volver.

D´Arlés volvió a sentarse en el suelo. Aquellos inútiles eran incapaces de hacer un buen trabajo, ni tan sólo le permitían pensar, únicamente se obstinaban en traerle malas noticias. Carlos d´Anjou no le perdonaría aquel fracaso y eso iba a reportarle muchos problemas, su influencia se convertiría en polvo y su ascenso, que consideraba imparable, se vería detenido, paralizado... o mucho peor. Alguien tenía que sacarle de aquel atolladero, pero ¿quién? Por un instante pensó en Monseñor, en aquel maldito arrogante con el que había aprendido tantas cosas, y estalló de nuevo en carcajadas. El buitre negro tenía muchos problemas, se estaba apagando a la velocidad del rayo y el Papa tampoco iba a ser muy generoso con sus fracasos. ¿Quién si no él le había puesto en el camino del crimen y la conjura? ¿Quién si no él había conseguido que ingresara en la orden del Temple para convertirlo en su mejor espía? Aquel demonio oscuro le había cambiado, le había moldeado a su gusto y placer, sin tener en cuenta sus propios sentimientos. Se dio cuenta de que nunca le había manifestado lo que realmente pensaba de él, que no se había atrevido a escupirle la repugnancia que le producía el roce de sus manos. Ahora quería comunicarle la salvaje alegría que sentía ante su imparable caída, a la que había contribuido con todas sus fuerzas. El fuego no había sido suficiente, el hijo de perra había sobrevivido.

Su rostro se iluminó de golpe. Había tenido una idea extraordinaria. Había estado demasiado preocupado por Guils y su banda, le tenían ciego y sordo, por eso no lo había pensado antes, a pesar de tenerlo en sus propias narices. Siempre había sido así, siempre había funcionado. ¿Por qué no esta vez? Tenía que encontrar al chivo expiatorio. Eso le había salvado en innumerables ocasiones y podía volver a hacerlo, buscar una historia inverosímil, mucho más creíble que la propia realidad. Una persona y una buena historia era lo único que necesitaba, no había por qué preocuparse.

Se levantó de un salto, dando vueltas por la habitación, y se detuvo ante uno de los ventanales. Una sonrisa se extendía por su rostro y empezó a canturrear por lo bajo. Sí, un oscuro sendero se extendía a través de su mente en una dirección muy adecuada a sus intereses. Estaba claro y diáfano como la mismísima luz del día. El susurro de su canto empezó a elevarse hasta atronar las paredes. Fuera de la habitación dos hombres que hacían guardia se miraron con temor, era el momento preciso para largarse de allí.

Monseñor leía con atención los últimos mensajes recibidos. No eran buenas noticias, la situación parecía empeorar por segundos y su reputación en la corte pontificia sufría un desgaste continuado. Sus enemigos tenían una información precisa de sus continuados fracasos y no tenían reparo alguno en utilizarla de forma artera. Hacía demasiado tiempo que estaba fuera de la corte y ese riesgo se estaba cobrando un alto interés. Aquel nido de aves de rapiña siempre al acecho de los despojos más próximos estaba dispuesto a sacarle las entrañas en vida. Había estado demasiado obsesionado con D´Arlés, y aquella obsesión le había restado capacidad para ocuparse de problemas más importantes, como los pergaminos. A pesar de todo, ¿cómo estaba llegando la información a la corte, con tanta rapidez? ¿Había en su propio nido serpientes dispuestas a traicionarle? ¿De quién se trataría? Escogía personalmente a sus hombres, los vigilaba, incluso los más cercanos habían sido educados bajo su protección. ¿Quién?

Firmó unos despachos y mandó llamar a Giovanni, era la única persona en la que podía confiar. Llevaba tantos años con él que ni tan sólo recordaba con precisión el tiempo transcurrido. Conservaba la imagen de un jovencito muy atractivo, casi un niño. Su propia familia, gente de la baja nobleza con ínfulas aristocráticas, se lo habían entregado a cambio de algunos favores. Lo había moldeado a su gusto, educado bajo una estricta supervisión para que sirviera fielmente sus intereses privados y públicos. Y aquel experimento había funcionado con Giovanni, se había convertido en su perro más leal, sin más ambiciones que satisfacer a su amo. En cambio, con D´Arlés, aquel maldito bastardo del demonio…

—Monseñor. —Giovanni entró en la estancia con un breve saludo de cabeza.

—Mi querido Giovanni, tenemos un problema grave. Uno de esos problemas que tú siempre solucionas a la perfección.

—¿Un problema, Monseñor? ¿Uno solo?

—Veo que no pierdes el sentido del humor y me alegro, Giovanni. En esta situación, otros ya se habrían ahorcado. ¿Sabes algo de D´Arlés?

—Si éste es el problema, Monseñor, todos mis hombres están trabajando en él, y tengo noticias que seguramente os agradarán. Los hombres de D´Arlés le están abandonando. Corren rumores de que está loco, algunos de ellos han partido hacia Provenza con graves quejas contra él.

—Sus hombres le abandonan. ¿Qué significa esto? —Monseñor no podía disimular su asombro.

—He estado hablando con uno de ellos, antes de que huyera, y ni siquiera ha querido cobrar la confidencia. Según él, D´Arlés se ha vuelto completamente loco, parece que mató a dos de sus propios hombres sin causa aparente. Este hombre asegura que la causa fue el desagrado de D´Arlés ante las noticias que traían.

—¿Son de confianza esos hombres, Giovanni? ¿No podría tratarse de una trampa de ese bastardo?

—También lo pensé al principio, Monseñor, pero conozco a Dubois hace tiempo y nunca hemos perdido el contacto. No es de los que mienten. Estaba realmente atemorizado y os puedo asegurar que jamás le faltó el valor. Me contó que D´Arlés se encarnizó con su compañero, y que casi tuvieron que enterrarlo a trozos.

—¿Está Carlos d'Anjou al corriente?

—No sé si ya ha llegado a sus oídos, Monseñor, pero os aseguró que no tardará en hacerlo.

—¡Ese bastardo enloquecido se está buscando la ruina! ¿Cómo ha podido llegar a este punto? —Monseñor estaba perplejo ante las noticias, no se esperaba algo así.

—Tendréis que perdonarme, Monseñor, pero no sé de qué os asombráis. Siempre fue un loco asesino, la sangre derramada le producía placer y sus métodos… aunque en un tiempo trabajó para vos, sus prácticas siempre fueron especiales.

—Ni siquiera tendré que darle un empujón si sigue así. —Monseñor parecía decepcionado, incluso abatido—. Bien, Giovanni, tengo otra cosa para ti. Tendrás que hacerlo solo, en estos momentos no puedo confiar en nadie más. Estoy convencido de que alguien habla más de la cuenta en nuestro nido, en la corte pontificia corren rumores que me afectan gravemente, rumores que sólo pueden salir de nuestra propia casa.

—¿Un traidor, Monseñor? ¿Aquí? Eso es difícil de creer, ninguno de mis hombres se atrevería a algo parecido.

—Es tiempo de cambios, Giovanni, grandes cambios. Lo que antes no tendría lugar, sucede en tiempo de mudanzas. Hay un traidor, créeme, alguien que intenta precipitar mi caída, mis informes lo aseguran.

—Entonces no debéis preocuparos, Monseñor, yo personalmente me ocuparé de ello. —Giovanni inclinó la cabeza al comprobar que Monseñor se había refugiado en una profunda meditación y salió de la habitación.

Monseñor contemplaba fijamente el cuadro que tenía delante: un obispo, en un pedestal, exhortaba a los fieles, una muchedumbre anónima y confusa, casi sin rostro, que se agolpaba entre banderas y armas. Detrás del obispo, unos caballeros montados en sus corceles, rendían el poder temporal ante la fuerza divina de la iglesia. Aquel cuadro siempre había inspirado sus mejores proyectos, lo llevaba consigo allí donde fuera y en aquel momento todas sus energías se concentraban en pedirle un milagro, una estrategia perfecta que acabara con sus enemigos. Oyó un murmullo a sus espaldas, pero siguió inmerso en su contemplación.

—Padre.

—¿Habrá un solo momento del día en que me permitáis medit…? —La pregunta quedó en el aire y el estupor más profundo apareció en su cara.

—Padre amadísimo.

D'Arlés se hallaba postrado ante él, el cuerpo estirado en el suelo formando una cruz, la cabeza oculta entre los brazos extendidos.

—Perdóname, padre —casi en un susurro íntimo.

—¡Levántate maldito bastardo del demonio! ¿Acaso crees que vas a engañarme con tus miserables representaciones? —Sin embargo, Monseñor se había quedado paralizado, incapaz de reaccionar.

—Tenéis razón, soy un bastardo sin nombre, padre. —D'Arlés se había incorporado, quedando de rodillas, con el rostro inundado de lágrimas—. ¡Matadme! He venido para que me matéis. Sólo vos, eminencia, sólo vos habéis sido un padre y yo os traicioné con la peor de las traiciones. Merezco la muerte, padre, y sólo vos podéis hacerlo. Sólo me quedáis vos.

Monseñor vacilaba ante aquella imagen, nunca antes había visto a alguien tan sinceramente arrepentido, y mucho menos a D'Arlés, arrogante traidor, el hombre que había traspasado su alma y la había arrojado el infierno de la desesperación y la oscuridad.

—Me han abandonado, padre, por mis muchos pecados y errores. Me buscan para matarme, porque así me lo merezco. He sido ruin y vil, mi orgullo es la causa de mi perdición. ¡Lo merezco, padre, lo merezco! ¡Abrazadme, limpiad mi alma de pecado!

—Me han dicho que os habéis vuelto loco. Acaso vuestro arrepentimiento sea causa de vuestra locura, y un demente no tiene conciencia, hijo mío. —Monseñor estaba roto por la duda, quería creer en él, en su arrepentimiento, en sus lágrimas, pero algo retenía aquel deseo.

—Jamás dejé de pensar en vos, en la seguridad de vuestro abrazo, como un pequeño que busca el consuelo que le es negado, pero temía vuestra legítima ira, decían que vos ya no me amabais.

—Levantaos, hijo mío, levantaos. —El tono había cambiado, la cólera luchaba con el deseo, la esperanza borraba lentamente la duda.

D'Arlés intentó incorporarse, con dificultad, pero los sollozos le obligaron a arrodillarse de nuevo, escondiendo la cara entre las manos. Monseñor corrió hacia él, como un padre turbado ante el dolor de su hijo, y le cogió entre sus brazos, levantándolo del suelo. El hombre se aferró a su abrazo, entre lágrimas, y así permanecieron durante unos minutos, Monseñor acariciando la cabeza del sufriente, transmitiéndole todo el deseo y la alegría por la llegada del hijo pródigo. Transcurrido ese tiempo, su rostro experimentó un cambio, de nuevo el asombro y el estupor aparecieron, sin aviso alguno que los provocara. Monseñor caía con lentitud, sus ropas formando una danza circular de destellos de seda, todavía abrazado al hijo que lo sostenía.

—Eres el padre de todos los demonios del Averno —le susurraba D'Arlés al oído, en voz muy baja, todavía abrazado a él con fuerza—, mi mejor maestro, y yo soy tu engendro especial, también el mejor engendro, el más hermoso. Padre, he venido en tu ayuda.

Monseñor se deslizó hasta el suelo, suavemente. El dolor comenzaba a aparecer tras aquel golpe seco, duro, que había conmocionado su rostro. Sus hermosas ropas empezaron a empaparse del fluido vital que corría, libre, lejos de sus cauces, y un sopor profundo le invadió. Su mirada se detuvo, por un instante, en los ojos de aquel al que había amado tanto, y vio la locura en sus pupilas, en el fino estilete que le mostraba con una sonrisa. Se le otorgó una última gracia, algún dios oscuro y olvidado se apiadó de él y le sumió en la inconsciencia que precede a la agonía, borrando la imagen de aquel rostro y de su cuchillo. Cuando D'Arlés, empapado en sangre, iniciaba su macabro ritual, Monseñor se alejaba, perdido en sueños de grandeza y ambición.

Capítulo XIII

Dies irae

«Nosotros, en nombre de Dios y de Nuestra Señora Santa María, de Monseñor San Pedro de Roma, de nuestro padre el Papa y de todos los hermanos del Temple, os admitimos a todos los favores de la Casa, a aquellos que le fueron hechos desde su comienzo y que le serán hechos hasta el final.»

*L*a luz del amanecer entraba sin prisas en la habitación. Guillem se removió en el lecho, estirando los brazos, relajado y tranquilo. Hacía muchos días que no se encontraba tan bien, por unas horas había conseguido arrancar de su mente la figura de Bernard y los problemas que había causado su muerte, incluso podía recordar su carta, línea a línea, con las palabras exactas, sin sentir una profunda turbación. Se volvió buscando la calidez de la piel ajena, el abrazo que lo guiara de nuevo a la luz del día y sin embargo, sólo halló el vacío, la delicada huella de un cuerpo frágil había desaparecido. Se levantó, inquieto, y se vistió rápidamente. Un penetrante olor a leche recién ordeñada inundaba la escalera, indicándole el camino a la cocina donde la mujer de la posada atendía sus múltiples quehaceres. Dos niños de corta edad fijaron su atención en él, abandonando por unos segundos los vasos de leche y la pelea que mantenían por la posesión de una reluciente manzana. La luminosa sonrisa de la mujer, dándole los buenos días, le tranquilizó.

—¡Buenos días, caballero! ¿Deseáis algo de comer?

—Os lo agradezco, tengo un hambre de mil demonios. ¿Habéis visto a la mujer que me acompañaba?

—Claro que sí, señor. Bajó a la cocina muy temprano, antes del alba. Quería dar un paseo y me preguntó si había alguna iglesia por aquí cerca.

—¿Una iglesia? —Guillem parecía sorprendido.

—Sí, señor. Le indiqué el camino a la ermita de San Gil. Aunque tiene un buen trecho, es la única que tenemos cerca, y ella parece una joven fuerte y decidida, no como yo, aquella cuesta tan empinada y estrecha ya me hace resoplar.

Guillem se quedó pensativo. Una intuición extraña y desconocida le llenó de ansiedad y después de preguntar por el camino, se dirigió a la ermita con paso rápido. Detrás de la casa, se adivinaba un pequeño sendero que subía lentamente hacia una colina. Los prados se extendían a un lado, ofreciendo toda la gama de los verdes salpicados de alfombras rojas de amapolas. Su estado de ánimo no le permitía disfrutar del placer que la naturaleza le brindaba; más bien al contrario, a cada paso crecía su inquietud. Intentaba tranquilizarse, pensando que al fin y al cabo no era tan extraño que la joven deseara un momento de recogimiento. Las cosas habían ocurrido con mucha rapidez, y ninguno de ellos había supuesto que el deseo se impondría con la fuerza de un vendaval y él mismo ignoraba cuáles eran sus sentimientos, sus emociones. La muchacha le había atraído desde el primer momento y a pesar de haber construido un espeso muro de razonamientos, reglas y deberes, no podía evitar preguntarse, de forma continua, por la profunda turbación que sentía, por el violento desasosiego interior que le producía contemplarla. Ahora empezaba a comprender la poderosa fuerza que había estallado en su interior. Por unas horas había dejado de sentirse solo, la delicada piel de la muchacha había envuelto su alma con la mejor medicina posible, como una piedra filosofal que lo protegía contra la soledad y el desamor. ¿Debía sentirse culpable por ello? Pensó en Bernard, en sus misteriosas escapadas, algún día descubriría todo aquello que le ocultó, aunque fuera con la mejor de las intenciones.

Tras un recodo, el sendero empezaba a subir en una pendiente rocosa y abrupta, estrechándose y alejándose de los campos verdes que dormían más abajo. El rumor del agua empezaba a oírse, tenuemente, mezclado con el canto de los pájaros y la brisa que mecía los arbustos, llevando un agradable aroma a tomillo. Tardó todavía media hora en llegar a un pequeño salto de agua que brincaba entre las rocas, para desaparecer cuesta abajo, y media hora más en llegar a la ermita, en un claro rocoso en lo más alto de la colina. Era una construcción pequeña y sencilla, aislada entre el terreno pedregoso y árido, su espadaña medio derruida daba una sensación de desamparo y soledad. No se veía un alma. Comprobó que la puerta estaba cerrada y dio la vuelta al edificio, sin encontrar a nadie, encogido por una sensación helada que le recorría el cuerpo. Algo llamó su atención, unos metros más al este de la ermita, cerca del borde de la roca. Se acercó, la capa de la muchacha estaba extendida, repleta de amapolas rojas y ya mustias, como una ofrenda a algún dios antiguo. Guillem cayó de rodillas sobre las flores, sin querer pensar, sin atreverse a mirar hacia abajo, esperando un milagro que sabía con certeza que no ocurriría. De su garganta salió un gemido, un sollozo débil que fue aumentando hasta convertirse en un grito desesperado, inhumano, como una fiera herida.

Unos metros más abajo, en una repisa rocosa de forma extraña, como un trono incrustado en la pared vertical, Timbors dormía. Su hermoso rostro, vuelto hacia el cielo, sonreía, ya nada ni nadie volvería a turbarlo. Su sueño se había hecho realidad.

—Dudo de que esto funcione, amigo mío. —Dalmau se quitó el parche que llevaba en el ojo y se sentó con gesto cansado.

—El rumor se ha extendido con rapidez, Dalmau. Los hombres de D´Arlés creen que Bernard está vivo, y la noticia no tardará en llegarle. Va a salir bien, no te preocupes. —Jacques miraba con afecto a su compañero de armas. Sin la barba parecía más joven a pesar de que había sido una difícil tarea convencerlo de la necesidad de rasurársela. Un caballero templario sin su fiera barba no era nada y Dalmau parecía muy afectado por su cambio de imagen.

—¿Y ahora qué hacemos, Jacques? —Dalmau se rascaba la barbilla, casi inconscientemente, se encontraba casi desnudo sin su barba.

—Debemos esperar la reacción de D´Arlés. No tardará mucho, entonces se hará visible a nuestros ojos y podremos actuar.

—Estoy preocupado por Arnau y Abraham, Jacques. —Dalmau no tenía la seguridad del Bretón.

—¡Santo Cielo, Dalmau, abandona este pesimismo! Por lo menos sabemos que no están en poder de D´Arlés.

—¿Y cómo estás tan seguro? No lo puedes saber, en realidad no estamos seguros de nada, Jacques. Trabajamos a oscuras, esperando que un golpe de suerte nos traiga a D´Arlés hasta nuestras narices.

—No sabemos casi nada, tienes razón, ni bueno ni malo, y eso es ya una buena noticia. Si les hubiera ocurrido algo malo, ya tendríamos conocimiento. La verdad, Dalmau, estás consiguiendo desmoralizarme. —Jacques parecía enfurruñado con la insistencia pesimista de su amigo.

Una llamada a la puerta hizo que se levantara rápidamente. El viejo Mauro entró en la habitación con una media sonrisa, observando la situación. Dalmau, en una esquina con aspecto abatido y el Bretón con cara de pocos amigos.

—¿Y bien? ¿Qué noticias traes?

—Vamos por partes, caballeros, hay noticias para todos los gustos que no me atrevo a descifrar. La primera y más importante es que Monseñor ha muerto.

—¡Muerto! —Dalmau pareció despertar de su somnolencia.

—¿Cómo ha ocurrido, qué demonios le ha pasado al viejo cuervo? —Jacques estaba realmente intrigado.

—Sólo hay rumores, os lo advierto, los he recogido todos como si fuera la recolección de manzanas, pero son sólo eso, rumores. Dicen por ahí que D´Arlés lo ha convertido en picadillo para cerdos. Uno de sus hombres me ha dicho que tienen órdenes de hacer desaparecer cualquier rastro del asesinato, y de largarse después. En una palabra, Monseñor jamás ha estado en la ciudad.

—¡Por los clavos de Cristo! D´Arlés se ha vuelto loco. —Jacques estaba asombrado ante la noticia.

—En eso llevas razón, Bretón, por las habladurías, parece que este hombre ha enloquecido completamente, y ya vuelan los emisarios a toda velocidad para comunicárselo al de Anjou. La ciudad está revuelta ante la acumulación de rumores, a cada hora hay uno nuevo. ¡Ah! Y Bernard Guils está vivo, o eso dicen por ahí. —Mauro soltó una risa cavernosa, cogiendo de la mesa el parche que Dalmau se había quitado—. No puedo negar que habéis hecho una buena representación, caballeros.

—¿Sabes algo de D´Arlés? —preguntó Dalmau, volviendo a su abatimiento.

—Ha desaparecido de la faz de la tierra. Todo el mundo le busca con muy malas intenciones —respondió Mauro, mirándolos con curiosidad—. Pero tengo algo para vosotros.

—¿De qué se trata, Mauro? —saltó Jacques.

—Alguien quiere hablar con vosotros, hacer un trato.

—¿Qué clase de trato? —casi gritó Jacques, nervioso ante la lentitud del viejo.

—Me ha parecido intuir que se refiere a D´Arlés, pero no estoy seguro. Esa persona sólo desea hablar con vosotros, sin intermediarios. Quizá sea una trampa, no lo sé.

—¿Vas a tenernos aquí todo el día, en ascuas, dándonos información gota a gota? —estalló Jacques.

—No te pongas nervioso, Bretón, digo lo que sé, nada más. Ese hombre me ha dado una cita, un lugar y una hora. Quiere hablar con vosotros. El resto es cosa vuestra.

—¿Podemos contar contigo, Mauro? —preguntó Dalmau con suavidad.

—Lo siento, chicos, de verdad, pero tengo que partir inmediatamente, son órdenes de Bernard. Y ya sabéis que jamás discuto las órdenes de Bernard.

—¡Por todos los infiernos posibles! ¿Es que tú también te has vuelto loco? ¿Qué quiere decir que tienes órdenes de Bernard, maldita sea? —Jacques estaba perdiendo la paciencia.

—Eso he dicho y es lo único que me es posible comunicaros, caballeros. —Mauro conservaba su media sonrisa, inmune a las maldiciones del Bretón. Comunicó a sus compañeros la cita que les esperaba y volviendo a insistir en sus enigmáticas órdenes, desapareció sin añadir nada más. Dalmau y Jacques se miraron con estupor.

—Vamos a acabar todos como D´Arlés, si es que no lo estamos ya, Jacques.

Guillem cambió el rumbo de su montura, hacia el noreste, hacia el punto indicado por Guils. No apresuró el paso, nada le obligaba a cumplir las órdenes con rapidez. Dejó que el caballo encontrara el ritmo más cómodo, como un vagabundo al que no importara su destino. Su mente intentaba ordenar lo sucedido, colocar cada pieza en el lugar adecuado y comprender su significado. Aquella mañana había vuelto a la posada, pidió unas sogas para recuperar el cuerpo de Timbors y contempló la infinita tristeza de la posadera ante la noticia, sus inútiles excusas. Intentó tranquilizar su ánimo, nadie podía esperarse algo así, le dijo, no tenía culpa alguna por el hecho de indicarle el camino a la ermita, si no hubiera ocurrido allí, hubiera ocurrido en otro lugar.

Hablaba mecánicamente, sin saber qué sentir. Timbors no deseaba vivir, su existencia sólo era sufrimiento y dolor, nada podía salvarla porque nada conocía, sólo la pena. Los hijos mayores de la posadera le ayudaron, dos muchachos adolescentes de mirada grave, impresionados ante la juventud de Timbors, su belleza. «¿Por qué?», preguntó uno de ellos a un conmocionado Guillem, y éste no supo qué responder, sólo contener el sollozo que subía por su garganta. Había sido un trabajo arduo, colgado de la pared vertical, mirando fijamente el abismo que había sido la última compañía de la joven. «Timbors, Timbors», repitiendo su nombre como un talismán que impidiera su caída, que detuviera la duda de reunirse con ella para siempre, de alejarse del dolor. ¿Por qué no? Abrazó el frágil cuerpo roto, hundiendo su cabeza en su pecho, confundiéndose en el mismo dolor, pero ya no estaba allí, el sufrimiento había desaparecido liberando a la joven, ya no había nada.

Pidió enterrarla en uno de los campos de amapolas, solo, sin ayuda, llevando el cuerpo a sus espaldas. Antes de dejarla en su tumba, contempló su rostro, el vestido blanco que la posadera le había dado para enterrarla, y la tapó con una fina sábana de hilo, para que la tierra no la molestara. «¡Timbors, Timbors! Un puñado de tierra en medio del esplendor rojo. No pude salvarte, mi dulce Timbors.» Se quedó en la posada durante todo el día, contemplando desde la ventana el campo de amapolas. No tenía prisa ni nada en qué pensar, cerraba los ojos para contemplar un espacio en blanco, sin color, como si una espesa niebla se hubiera instalado en su mente dejándola en paz. No se movió del lugar durante horas y al alba, sin despedirse de nadie, preparó su montura y desapareció. Dos muchachos, desde los ventanucos de la buhardilla, le vieron partir en silencio. Sólo paró su montura una sola vez, para perder su mirada en el campo rojo.

El almacén estaba atestado de sacos ordenados en hileras y amontonados hasta la altura de dos hombres. Entre ellos había un mínimo espacio convertido en camino de un laberinto. Los dos hombres caminaban con precaución, las armas desenvainadas, el paso cauteloso, sin levantar un simple murmullo. El Bretón se detuvo haciendo un gesto de aviso a su compañero.

—No hay peligro, sólo quiero hablar con vosotros. —Una voz se oyó a su izquierda, apareciendo una silueta.

—¿Te parece un buen lugar esta pocilga? —El tono de Jacques era burlón.

—No te preocupes, Bretón, he procurado disponer de un lugar adecuado para nosotros. No es exactamente la corte pontificia, pero creo que nos servirá.

Giovanni les guió hasta lo que parecía el centro de aquel laberinto de sacos y mercancías. Allí dos candelabros esperaban a sus visitantes, y varios sacos dispersos estaban preparados como improvisados asientos.

—Poneos cómodos, caballeros. —Giovanni sacó de las alforjas un pequeño barril y unas delicadas copas—. Brindaremos a la salud de Monseñor que ha sido tan amable de proporcionarnos su inmejorable vino y sus preciadas copas de plata.

—¿Has robado todo esto a Monseñor? —Dalmau estaba escandalizado.

—En estos momentos, Dalmau, dudo mucho que puedan hacerle falta en su viaje, ¿no crees?

—¿Qué significa todo esto, Giovanni? ¿También tú te has vuelto loco? —Jacques desconfiaba, su mirada vigilante escudriñaba cada rincón.

—Creí que Mauro os lo había explicado, quiero hacer un trato.

—Eso es bastante difícil de creer, Giovanni, hace ya demasiado tiempo que trabajamos en bandos diferentes —saltó Dalmau con gesto de duda.

—Sí, tienes razón, es difícil de creer. Llevamos años jugando al ratón y al gato, como estúpidos corderos al servicio de perversos pastores. Nada puedo objetar a tu desconfianza, Dalmau, pero estoy harto y cansado.

Giovanni se sentó en uno de los fardos dispuestos y llenó su copa de vino, abstraído, ajeno a la desconfianza que despertaba. El Bretón lo observaba con atención, calibrando sus palabras.

—No me extraña que estés harto. Monseñor era un auténtico hijo de mala madre y lamento decirlo, Giovanni. Lo realmente extraño es que lograras aguantar tanto tiempo a su servicio. —El gigante decidió sentarse al lado del agente papal, y aceptar la copa que se le ofrecía.

—No voy a brindar por ninguna muerte, ni siquiera por la de ese malnacido. —Dalmau vacilaba, se negaba a aquella turbia camaradería.

—No te preocupes, nadie te obliga a ello. Puedes brindar por lo que te apetezca. Por tu hermano Gilbert, por ejemplo.

Dalmau se abalanzó sobre el italiano con los ojos ardiendo en cólera, y el Bretón tuvo que hacer un esfuerzo por separarlo.

—¡Maldita sea, Dalmau! Tu hermano era mi amigo. ¿Lo has olvidado? —Giovanni se secaba el vino derramado.

—¡No me olvido de a quién sirves, esbirro del diablo! ¡Ni te atrevas a pronunciar el nombre de mi hermano! —La ira dominaba al buen Dalmau, todavía en forcejeo con su compañero.

—¡Cálmate, Dalmau! No ganamos nada actuando de esta manera. Siéntate y escuchemos lo que nos tiene que decir. Lo único que nos liga al pasado es una maldita cuenta pendiente. ¡Déjalo correr, por el amor de Dios!

Jacques empujó a su colérico compañero sobre uno de los fardos y volvió a sentarse.

—Está bien, Giovanni, no perdamos más el tiempo. ¿De qué se trata?

—Sé dónde se encuentra D´Arlés.

—¿Y por qué maldita razón estás dispuesto a darnos esta información? ¿Crees que somos un hatajo de imbéciles? —Dalmau no estaba dispuesto a tranquilizarse fácilmente.

—No quiero regalaros esta información, quiero venderla.

—¿Quieres vender a D'Arlés? —Jacques no pudo disimular su asombro.

—Creo que hablo vuestra lengua con bastante corrección, pero si lo deseáis puedo explicarlo en árabe. —El sarcasmo fue lanzado con dureza.

—¿Y cuál es el precio en que has pensado, Giovanni?

Jacques seguía sorprendido, no se esperaba aquello de un hombre como Giovanni. Le conocía desde hacía ya mucho tiempo y podía jurar que su forma de actuar era, en cierto sentido, honesta, si es que se podía utilizar la palabra en un sucio trabajo como aquél. Se habían enfrentado en varias ocasiones e incluso recordaba el respeto que le profesaba Bernard. Siempre aseguraba que Giovanni era un rara avis en medio de las intrigas pontificias. El Bretón se preguntaba qué había podido suceder para que el italiano actuara de aquel modo. Sabía que odiaba a D'Arlés con todas sus fuerzas, pero... Miró a Dalmau, que se había quedado paralizado al oír la respuesta de Giovanni, como una gárgola de piedra detenida en el tiempo.

—¿Cuál es el precio, Giovanni? —repitió.

—Quiero ingresar en el Temple, en una encomienda alejada, sin cargos ni responsabilidades. Quiero alejarme de todo esto y que nadie pueda encontrarme. Ése es mi precio.

—¡Realmente todo el mundo se ha vuelto loco! —exclamó Dalmau en tono lúgubre.

—¿Estás hablando en serio, Giovanni, o simplemente te estás riendo de nosotros, para luego contárselo a tus compinches? —Jacques no salía de su asombro.

—Estoy hablando en serio, Jacques. Y os aviso, D'Arlés está trastornado, enfermo de sangre, como una bestia enloquecida. No sé si podréis detenerlo. No tenéis ni idea de lo que hizo con Monseñor, ni en vuestras peores pesadillas os lo podríais imaginar. Quiero acabar con esto, ya he tenido suficiente.

—¿Es por eso, por lo que le hizo a Monseñor? —preguntó Dalmau.

—No, no tiene nada que ver. Yo mismo hubiera acabado con él si hubiera tenido valor. Es por mí, Dalmau, únicamente por mí, quiero cambiar mi vida ahora que estoy a tiempo.

—¿Tienes miedo a que D'Arlés te atrape? —insistió Dalmau.

—No puedes entenderlo, ¿verdad? —Giovanni pareció entristecerse—. Está bien, olvidadlo, yo mismo me encargaré de D´Arlés, también tengo viejas cuentas que saldar. Él o yo, tanto da, sea quien sea, el que sobreviva poca cosa cambiará. Pero tenía que intentarlo.

—¡Espera Giovanni! Nadie ha tomado una decisión todavía. Déjame hablar con Dalmau un momento, a solas.

Los dos hombres desaparecieron tras una fila de fardos, mientras Giovanni prescindía de la hermosa copa de plata y bebía directamente del barrilete. Tras unos breves minutos, reaparecieron con semblante serio.

—De acuerdo, Giovanni, trato hecho. —Jacques le tendía una mano.

Los tres hombres volvieron a sus asientos. Giovanni llenó de nuevos las copas y tres brazos se alzaron en la penumbra del almacén. Bebieron en silencio y después, en tono muy bajo, Giovanni empezó a hablar.

Salió del bosque para enfilar un sendero que discurría paralelo a un arroyo. Los campos y la exuberante vegetación empezaban a dar paso a un paisaje diferente. Miró hacia lo alto, contemplando la montaña de piedra rojiza, tallada de forma caprichosa, como si un escultor se hubiera dedicado a dar forma a sus pesadillas. Por el camino, que iba estrechándose, todavía podía disfrutar del olor de las plantas aromáticas que definían su límite, el tomillo que abrazaba con fuerza la roca y el orégano meciéndose al compás de la ligera brisa que presagiaba lluvia. El aire llevaba consigo ráfagas de una humedad fría que le recordaba el ambiente de una tumba abierta. Guillem sacudió la cabeza, no podía desprenderse de la memoria de la muerte, la vieja dama de la guadaña le visitaba con demasiada frecuencia últimamente, como si intentara transmitirle un mensaje oculto y enigmático. Vio a dos águilas a lo lejos, planeando por encima de las peñas, ascendiendo en círculos concéntricos. El camino se había convertido en un pedregal y, en uno de sus lados, el arroyo se transformaba en un torrente que caía hacia un abismo cada vez más profundo. Su caballo seguía con paso lento, tranquilo, indiferente al precipicio y a las dificultades, seguro de su destino.

Llegó a un amplio terraplén donde el camino parecía terminar, y una solitaria torre se erguía pegada a una impresionante pared vertical de piedra gris. El rojo y el gris de la roca eran los dos únicos colores que se alternaban en aquel paraje desolador y sombrío. Minúsculas gotas de lluvia comenzaron a caer, alterando el silencio del lugar. Guillem se envolvió en su capa oscura y desmontó. Descargó al animal de todo su peso y contempló la torre abandonada de vida. Había sido una construcción importante hacía ya muchos años, pero la frontera se había desplazado y las victorias cristianas la habían convertido en lo que actualmente era un simple recuerdo que la escasa vegetación conquistaba día a día. Doce metros de orgullosa altura, con estrechas saeteras que parecían observarle con prepotencia. Se acercó a la construcción. Su única puerta colgaba a unos cuatro metros de altura del suelo, como un enorme escalón para gigantes o dioses que no necesitaran de escaleras ni cuerdas para acceder a ella. Sobre la inalcanzable puerta, una pétrea cruz del Temple indicaba a los extraños quién era el verdadero señor del lugar. Guillem dio la vuelta al edificio, en el lugar donde la torre se fundía con la pared rocosa, convirtiéndose en parte de ella. Se arrodilló en el mismo ángulo, donde una losa cubierta de moho, parecía empotrada en la roca y presionó con fuerza sobre ella hasta que se hundió con un seco crujido. Un sonido de ruedas y goznes se mezcló con la lluvia que arreciaba con fuerza, empapando al joven que volvió a su posición anterior, ante la elevada puerta, esperando. La fachada de la torre sufrió una sacudida y lo que hasta entonces parecían grandes sillares perfectamente tallados, empezaron a transformarse en bloques más pequeños que, a breves intervalos, se desplazaban hacia el exterior. Bajo la elevada puerta, de forma ordenada, aparecían unos estrechos escalones de la propia piedra, uno tras otro, hasta que el último, a unos treinta centímetros del suelo, dio por terminada la operación. Con un último temblor, la construcción quedó de nuevo en silencio.

Guillem subió los empinados escalones hasta la puerta y entró en la torre. Las saeteras dejaban entrar una tenue luz gris y mortecina y esperó unos instantes hasta que su vista se acostumbrara a la pálida claridad. No había nada en la estancia. Su desnudez sólo estaba rota por una colosal chimenea en el lado norte, donde la torre se fundía con la roca viva. Guillem se acercó al hogar, viejos rescoldos en descomposición eran el último vestigio de una presencia humana, y el joven recordó la exquisita meticulosidad de Bernard en el arte de borrar cualquier rastro de su presencia. Sacó de la alforja una pequeña tea preparada y los utensilios para encenderla, y una luz rojiza brillante inundó de improviso la estancia, iluminando sus altos muros. Entró en la chimenea, alzando el brazo en su interior hasta que su mano rozó la forma de una cadena, y tiró con un movimiento brusco. La pesada losa que cerraba el hogar se levantó lentamente, casi sin un ruido y, a la luz de su antorcha, pudo ver el comienzo de una angosta escalera tallada en la piedra. Respiró hondo varias veces, como si intentara llenar sus pulmones con todo el aire contenido en la torre y emprendió el ascenso. Doscientos cincuenta y dos escalones, pensó, dos más cinco más dos, nueve. «Si estás abatido, piensa en el nueve, dibújalo en el aire, dentro de tu mente», le aconsejaba Bernard el Cabalista: nueve días, nueve horas con Timbors, nueve maldiciones en tu honor, querido maestro.

Se detuvo a descansar, sentado en la estrechez del frío escalón, contemplando el agujero negro que seguía delante de él y que seguía a sus espaldas. Con un último esfuerzo, empujó la trampilla de madera con la espalda, y quedó tendido en el suelo, respirando con dificultad y absorbiendo el aire helado, limpio, que le llegaba. Después de unos largos minutos allí, boqueando como un pez arrojado fuera del agua, se levantó y caminó por la áspera roca, desembocando en una impresionante balma, una gran cueva abierta como una herida en el corazón de la montaña, azotada por el viento y la lluvia. Desde cientos de metros de altitud, contempló la inmensidad del paisaje que se abría ante sus ojos, la diminuta silueta de la torre allá abajo, perdida su arrogancia en un punto indefinido, devorada por los picos montañosos que la rodeaban.

Se sentó, recordando el asombro que le produjo el lugar la primera vez que lo visitó con Bernard, su incredulidad ante aquella obra de la naturaleza. Y pensó que sus emociones cada vez, habían sido distintas, como si el paraje cambiara constantemente para sorprenderlo. La gruta tenía la forma de una lágrima horizontal. Su punto más estrecho, en el inicio de la lágrima, era un pasadizo natural que se abría al exterior y donde se hallaba la trampilla de madera, el final de la larga escalera que ascendía por el vientre pétreo. Desde allí, la caverna se abría a lo largo y ancho, extendiéndose y formando una gran bolsa y, a la vez, ocultándose a la mirada humana.

Al final, en su lado más amplio, en el lado contrario de donde se hallaba el joven, una sencilla construcción se erigía dentro de la balma, aferrada a los mismos bordes de la cornisa más extrema que caía sobre un precipicio vertical de piedra casi lisa. Sólo las águilas eran las fieles guardianas del Santuario Madre.

Bernard le había explicado muchas leyendas acerca del lugar, de cómo al construir la torre de defensa sobre unas antiguas ruinas paganas, se habían encontrado la escalera tallada en roca viva, los doscientos cincuenta y dos escalones pacientemente esculpidos, del olvido de sus constructores, perdidos en el laberinto de las memorias, y de sus poderosos dioses. Le explicó que la torre había sido construida especialmente para proteger aquel lugar secreto e inaccesible, que nadie sabía el nombre del lugar hasta que él decidió bautizarlo como el Santuario Madre, el primigenio, el principio y fin de todas las cosas. Leyendas acerca de otros túneles, cegados o destruidos que perforaban las entrañas de la tierra y nadie sabía a dónde llevaban. Guillem había quedado impresionado por el misterio, la cavernosa voz de Bernard, el contador de cuentos y enigmas le sobrecogía de terror con sus historias de espectros y dioses antiguos. Sonrió con ternura ante el recuerdo y se levantó, estirando sus doloridos miembros, casi se había olvidado del por qué se hallaba allí.

Se encaminó hacia el pequeño templo, en el interior de la cueva, y de nuevo las cruces templarias le dieron la bienvenida. En el interior, iluminado por un rústico rosetón, la desnudez era también la protagonista de la nave. Un único sepulcro de mármol ocupaba el centro exacto, como el punto máximo de gravedad del que dependiera la estabilidad de toda la montaña. Se acercó a él y con esfuerzo tiró de la pesada losa que lo cubría, buscando en su interior. Extrajo un paquete cuidadosamente envuelto y lo dejó en el suelo, a su lado, observándolo con respeto. Volvió a mirar en el interior y pareció sorprenderse, otro envoltorio estaba esperando en el interior del sepulcro. Se apartó, apretando contra sí el segundo paquete, abandonando su primer hallazgo en el suelo como si fuera portador de una extraña peste y volvió al exterior, sentándose contra el muro, casi sin atreverse a respirar. A pesar del aire helado, el joven sudaba cuando arrancó el cordel y una hermosa espada resbaló hasta el suelo, provocando que su eco metálico se multiplicara a través de la bóveda de piedra, quedándose en el suelo desnudo y lanzando destellos ante la hipnótica mirada del muchacho. El resto del paquete se escurrió de entre los dedos de Guillem, esparciéndose el contenido, fragmentos de ropa dispersa y el vuelo de la capa blanca cayendo suavemente hasta quedar inmóvil. Un pequeño papel se mantuvo en el aire, mecido por el viento, acercándose al joven que lo atrapó al vuelo. «Tu capa blanca y mi compañera de acero. Ya no necesitarás nada más. Bernard.»

Se quedó allí, encogido, entre las ropas dispersas de un caballero templario, con la mirada fija en la empuñadura de la espada. Un destello carmesí en el centro de una cruz paté, le observaba sin intervenir, esperando.

Se despertó de golpe incorporándose sobre el lecho, chorreando sudor. Su mente, inundada de rojo escarlata, inmersa todavía en su pesadilla de muerte. Las manos enguantadas de Monseñor seguían ante él sin que nada lograra hacerlas desaparecer, danzando al son de una melodía muda. Se levantó de la cama en un intento de vencer a los espectros que le perseguían, y se dio cuenta de que estaba empapado, sus manos rojas y húmedas. Se arrastró hasta apoyarse en la pared, frente a la cama. Un cuerpo yacía allí, cubierto con una sábana, rojo, rojo, rojo… D´Arlés lanzó un aullido de terror. Monseñor le había perseguido hasta allí y clamaba venganza, no estaba dispuesto a partir sin él. Pero no podía permitírselo, si era necesario lo mataría cien veces, mil veces. Vio su estilete en el suelo, la afilada punta enrojecida, a un solo metro de él, y arrastrándose con cautela se apoderó de él, la silueta bajo la sábana no pareció oír. Esta vez no iba a fallar, Monseñor moriría definitivamente, desaparecería de su vida. Retiró la sábana de golpe, con el cuchillo fuertemente aferrado y dispuesto. Una larga melena oscura tapaba el rostro, el cuerpo estaba irreconocible, un simple amasijo de sangre y hueso en desorden. D´Arlés estaba sorprendido, aquello no parecía Monseñor, sus manos eran demasiado pequeñas, sin sus guantes. Estuvo a punto de sonreír. ¿Acaso su amado mentor no encontraba la puerta de regreso del infierno? De repente, recordó a la delgada prostituta, tan orgullosa de su interés por ella. Aquella infeliz de los ojos redondos. Una carcajada sorda y silenciosa se apoderó de su cuerpo. El maldito bastardo de Monseñor intentaba invadir su sueño, atraparlo en la pesadilla, pero no lo había conseguido, él era más fuerte. Pretendía viajar en compañía, no quería estar solo en la puerta del Averno. ¡Maldito esbirro del diablo! No lo conseguiría, no volvería a dormirse, no le daría aquella oportunidad. Todavía riendo, se acercó a la jarra de agua y se limpió, tiró la camisa ensangrentada y se quedó desnudo, admirado de la perfección de las formas de su cuerpo. No tardaría en largarse de aquella maldita ciudad, faltaban pocas horas para embarcar y esperaría la protección de la noche para huir, desaparecería para siempre. Robert D´Arlés la leyenda, la Sombra, se desvanecería en la niebla. Se vistió lentamente, con extremada pulcritud, atisbando de vez en cuando por el ventanuco de aquella espantosa posada. Desde allí tenía una inmejorable vista de la nave con la que pensaba huir, y seguía allí, mecida por las olas, esperándole. Su rostro se ensombreció al recordar a Bernard Guils, otro espectro que le perseguía con saña, porque sólo podía ser eso, un miserable y vengativo aparecido. Lo había matado, nadie era capaz de sobrevivir a su pócima. ¿Por qué Guils iba a ser diferente? Sólo intentaban asustarle, ¡a él, la Sombra! ¡Hatajo de inútiles! Volvió a estallar en carcajadas contenidas, sordas, tapándose la boca con ambas manos. Empezaría de nuevo, podía hacerlo, incluso era posible que volviera al servicio del de Anjou, ¿por qué no?, sólo se trataba de encontrar una bonita historia y todos caerían rendidos ante él. Siempre había sucedido así, nada había cambiado.

Contempló una silueta en la playa, cerca del agua, inmóvil, impidiéndole la visión completa de su nave. ¿Quién demonios sería? No faltaba mucho para salir, la oscuridad empezaba a cubrir el cielo rápidamente. Era una hora tranquila, sin actividad aparente, y le había costado una fortuna que el patrón de la nave consintiera en viajar a aquella hora. Aguzó la vista, la luz de la luna era todavía incierta y espesos nubarrones amenazaban con taparla completamente. Le pareció vislumbrar una capa blanca. La silueta había empezado a pasear arriba y abajo. La escasa luz daba un sinfín de tonalidades a la capa que ondeaba con la brisa. Tenía que prepararse para salir, pero estaba paralizado ante el ventanuco, vacilando, aquel andar le parecía familiar. Dos hombres se sumaron a la silueta que vagaba por la playa. Miraban en su dirección, como si pudieran verle perfectamente.

D´Arlés sintió un escalofrío de terror. Debía salir, no podía perder el tiempo con espectros infernales. Pensó que su imaginación le estaba jugando una mala pasada, y se apartó del ventanuco respirando con dificultad. No había nada ni nadie allí, estaban muertos, todos muertos. Volvió a mirar, la playa estaba desierta, todo eran imaginaciones suyas, estúpidas visiones de espejismos, como en el desierto de Palestina. Era Monseñor, intentaba manipular su mente desde los infiernos, gritaba su nombre llamándolo. No lo conseguiría, nadie iba a detenerlo, nadie de este mundo y mucho menos un espectro colérico clamando venganza.

—¡Estás muerto, hijo de mala madre! ¡Muerto! —Se tiró la capa sobre los hombros, dejando caer la capucha sobre la cabeza, y salió del cuartucho sin volver la vista atrás.

La playa estaba desierta y ninguna barca le esperaba todavía. Sin embargo, se encaminó hacia el lugar pactado, en donde lo recogerían para embarcar. Los nubarrones avanzaban con rapidez y la luz se extinguía mortecina. De golpe, lo vio, a su izquierda: Bernard Guils con la espada en la mano, envuelto en la difusa claridad, avanzando hacia él. Corrió en dirección contraria en el mismo momento en que la barca se acercaba a la orilla, no cesó de correr, luchando con la arena que atrapaba sus pies y dificultaba su marcha. A pocos metros, delante de él, una voz le saludó:

—¡Robert d´Arlés, por fin nos encontramos! —Jacques *el Bretón* le cortaba la retirada y, junto a él, Dalmau.

Lanzó un alarido y sacó su espada. Tres hombres se acercaban a él, rodeándolo. Su mente trabajaba con rapidez, como un animal herido, pensando en la dirección adecuada. Dio un rodeo, corriendo en dirección a Guils y pasando a un escaso metro del espectro, oyendo el seco silbido de una estocada, pero siguió adelante en su enloquecida carrera, sin detenerse, notando la ligereza del brazo armado, hasta que se dio cuenta con horror de que su brazo había desaparecido con el arma. En su lugar, un chorro incontrolado de un líquido viscoso salía con fuerza. D´Arlés gritó, girándose, sintiendo que sus piernas desfallecían. Los tres hombres se acercaban, parecían gritarle algo, maldiciéndole quizás. Reunió todas sus fuerzas, todavía podía llegar a la barca, todavía estaba a tiempo. Dio media vuelta para emprender de nuevo la carrera, cuando contempló con supersticioso espanto la silueta de un caballo blanco acercándose a él. El corcel parecía emerger de la espuma de la olas, galopando ciego y desbocado, las crines flameando al viento, su poderoso pecho avanzando sin freno que lo detuviera. D´Arlés cayó de rodillas en la arena, con la boca abierta, el grito enmudecido, con el tiempo justo de volver el rostro hacia sus perseguidores, paralizados como él, atrapados en las arenas movedizas de la memoria. El caballo no se apartó de su camino, el choque lanzó a D´Arlés, todavía consciente, hacia la orilla. Tumbado boca abajo, intentó incorporarse con el único brazo que le quedaba, los ojos desorbitados ante el avance del corcel que pateaba el viento con sus patas delanteras. Un agudo relincho desesperado, atravesándole los tímpanos, fue lo último que pudo oír. Unas manos enguantadas danzaban en el agua, acercándose, acariciando la cabeza rota, medio sumergida, arrastrando el cuerpo con el ritmo pausado de la marea.

Guillem bajaba de la torre. Poco quedaba del joven que había iniciado la ascensión y, en su lugar, un reconocible templario avanzaba hacia la pequeña losa que devolvió los escalones de piedra a su secreto refugio. Cuando regresara, le esperaba una sorpresa.

—No has tardado en venir —dijo, sin saludar.

—Mis órdenes son esperar el tiempo que haga falta, eso me ha dicho Bernard y eso haré. Una palabra tuya y me iré por donde he venido.

—Bernard está muerto, Mauro.

—¡Bah! Todos estamos muertos y vivos a la vez. No soy yo quien decide el momento, muchacho, sólo obedezco órdenes.

—¿Órdenes de un muerto? —le respondió Guillem, fascinado por la lealtad del hombre.

—Eso es una superficialidad y me extraña de ti, la verdad. Si me permites, conozco a muertos que están más vivos que los que todavía respiran. ¡Fíjate en mí! ¿Crees que estoy vivo o muerto? Estás enfadado, Bernard ya me avisó de que lo estarías.

—¡Vaya! O sea, que Bernard sabía exactamente cómo estaría! —El joven empezaba a estar de mal humor.

—Exacto, y como llevas el hábito, supongo que he de llevarte a dónde Bernard me ordenó.

—¡Bernard, Bernard, Bernard. Basta de letanía, Mauro!

Guillem se apartó, dejó las alforjas en el suelo y se sentó, sacó un trozo de pan seco y queso y empezó a comer. Mauro le observaba con atención, acercándose a él.

—Esa espada que llevas se la regalé a Bernard cuando tenía más o menos tu edad. —Mauro estalló en una risita seca y aguda—. Le expliqué una historia fantástica de verdad: le conté que la había encontrado en un sepulcro de un rey bárbaro, entre los huesos de sus dedos… y ¿sabes qué? No me creyó, pensó que le estaba tratando como a un estúpido, y se enfadó, igual que tú.

—¿Y qué, Mauro? ¿Por qué no me dejas en paz?

—Estuvo enfadado dos días enteros, con sus noches completas. Al tercer día, se dio cuenta de que se había equivocado. Comprendió que la historia era cierta, que el sepulcro del que le hablaba era el de allá arriba, y que, aunque vacío, en algún momento tuvo que proteger algún cuerpo. Entonces dejó de ser un jovenzuelo, podía andar su propio camino.

—No tengo ganas de oír historias, Mauro.

—Te comprendo, es una decisión difícil.

—¡Qué demonios sabes tú de mis decisiones! —estalló el joven.

—Sé de las decisiones de Bernard, de sus dudas y sufrimientos. —Mauro se apartó de Guillem y fue a refugiarse junto a los caballos.

El muchacho había quedado en silencio. En su interior se desarrollaba una lucha tensa y contradictoria. Era injusto que Bernard le hubiera dejado una responsabilidad tan inmensa, que hubiera confiado en su buen juicio. La situación era insoportable, ignoraba si la solución escogida sería la adecuada. ¿Y qué podía saber Mauro? Miró al anciano cabizbajo, entretenido en arrancar briznas a su alrededor.

—Fuiste el maestro de Bernard.

—Lo fui hasta el día en que él se convirtió en el mío.

—Podrías haber ayudado mucho antes, desde el principio... hasta es posible que no hubiera perdido tanto el tiempo.

—Ésas no eran mis órdenes. En cuanto al tiempo, es tuyo, si crees que lo has perdido estás en desventaja y lo siento. A mi parecer, el tiempo no se pierde nunca. Tú eres el único que cree que no está preparado. Ni Bernard, ni yo pensamos así, por eso estás tan enfadado. Cuando dejes de estarlo, es probable que sepas qué es lo que hay que hacer.

Guillem suspiró y puso una mano en el hombro del anciano.

—Lo siento, Mauro, tienes razón. Supe lo que había que hacer cuando estaba allá arriba, pero me negaba a aceptarlo.

—¿Debo irme? —preguntó Mauro con suavidad.

—No. Debes guiar mis pasos, Mauro. Juntos cerraremos el círculo que inició Bernard.

Capítulo XIV

El secreto

«Ecce quam bonum et jucundum habitare fratres.»

—¿*D*e verdad te encuentras bien? —Arnau estaba preocupado, la palidez de Abraham era visible y las grandes ojeras que se marcaban bajo sus ojos no indicaban nada bueno.

—Estoy cansado, amigo mío, nada más. Me vendrá bien descansar unas horas.

Finalmente habían llegado. Parecía una posada limpia y en condiciones, y Arnau había temido que su amigo no fuera capaz de llegar hasta allí. Se había arrepentido de haber iniciado el viaje, hubiera tenido que esperar o volver a la Casa, arriesgarse había sido un error. Había ayudado a su compañero a desmontar y le acompañó hasta la entrada. Esperaba encontrar una habitación digna. Sabía el tipo de posadas que uno podía encontrarse en el camino, una pandilla de ladrones que cobraban por un pajar el precio de un aposento real.

—Deja ya de maldecir, Arnau, todavía no sabes nada de esta posada, además ya te lo he dicho, sólo quiero dormir unas horas, no me ocurre nada malo —respondió Abraham ante la sorpresa del boticario.

—¡Pero si no he dicho nada!

—Tus pensamientos son muy ruidosos, Arnau.

Entraron en una amplia sala comedor, y el boticario se apresuró a ofrecer una silla al anciano judío, en tanto le comunicaba que iba a ver qué se podía encontrar allí. Se dirigió hacia lo que parecía la cocina, atraído por un tentador aroma a asado, y encontró a un hombre corpulento inclinado ante el hogar. La amabilidad del cocinero sorprendió agradablemente al boticario, y todas las complicaciones que había temido se transformaban en un trato exquisito. Desde luego que había habitaciones libres, naturalmente que le serviría algo de comer y beber. No debía preocuparse por su amigo enfermo, en su posada cualquier dolencia huía ante una buena comida. El posadero rió con voz potente y atronadora, mientras Arnau salía de la cocina con una sonrisa beatífica en los labios. Su estómago había iniciado un escandaloso concierto ante la perspectiva de olores y texturas. Sin embargo, al dirigirse hacia la mesa en donde había acomodado a Abraham, sufrió un sobresalto al ver que no se hallaba allí.

—¡Arnau, Arnau! No te lo vas a creer. —Los gritos de Abraham llamaron su atención. Su amigo estaba instalado en otra mesa, más alejada, hablando animadamente con dos hombres, uno de ellos un templario.

—¡Por todos los santos, Abraham, no vuelvas a desaparecer de mi vista! Los latidos de mi corazón se pueden oír hasta el otro lado de los Pirineos. Estoy demasiado viejo para sobresaltos. —El asombro se pintó en su rostro—. ¿Guillem, Guillem de Montclar?

El joven se levantó de un salto, abrazando al boticario, incrédulo ante su presencia.

—¡Mi buen Arnau! ¡Amigo mío!

—Pero ¿es esto posible? ¿Qué haces por aquí, muchacho? No te había reconocido vestido así, como un perfecto caballero templario. Creí que tu profesión…

—Por lo que veo, prefieres verme con mis disfraces. Por una vez que puedo manifestarme como lo que soy. —Guillem reía, alborozado de ver a sus viejos amigos en perfecto estado—. Vamos siéntate, Arnau, tenéis muchas cosas que contarme. Soy el primer asombrado al contemplar a Abraham vestido así, como yo. ¿Qué ha ocurrido en Barcelona?

—Abraham tiene que descansar, es mejor que se acueste un rato.

—¡Ni hablar, Arnau! Ver a este muchacho me ha devuelto los ánimos. No estoy dispuesto a perderme un rato de diversión. —El rostro del anciano judío se había iluminado y el cansancio desapareció por arte de magia.

—¡Está bien, está bien! Pero será mejor que comas algo antes de descansar. ¿Mauro, es posible que seas tú? —Arnau contemplaba con sorpresa al hombre que se había levantado detrás de Guillem.

—Exacto, viejo compañero, pero no me preguntes cuánto tiempo llevo muerto. La pregunta empieza a irritarme.

—Pero, muchacho, el propio Bernard me explicó una historia increíble de tu muerte y…

—Lo sé, lo sé. A Bernard siempre le he hecho más falta muerto que vivo, ¡qué le voy a hacer! Como puedes comprobar, sigo en este valle de lágrimas, Arnau. Me alegro de verte.

El posadero, con una gran sonrisa, avanzaba hacia ellos con cuatro humeantes platos. Todos se lanzaron sobre el asado como náufragos sobre un madero, intercambiando bromas y hambre. Una vez saciados y ante unas generosas jarras de buen vino, Abraham se disculpó:

—Señores, ha sido una comida exquisita y vuestra compañía ha devuelto fuerzas a mi ánimo, pero ahora me retiraré. Necesito unas horas de sueño para que mañana Arnau tenga un compañero de viaje en condiciones.

Abraham se encaminó hacia su habitación, tras una polémica con el boticario que se empeñaba en acompañarlo, en la que acabó jurándole que él mismo podía tomarse sus medicinas. Los tres hombres quedaron en silencio unos minutos, satisfechos del encuentro y paladeando sus jarras.

—Bien, Arnau, cuéntame —suplicó Guillem.

—Voy a decepcionarte, Guillem —respondió el boticario—. No tengo ni idea de lo que ha ocurrido en Barcelona. Abraham y yo llevamos un par de días de viaje. Verás, antes de trasladarnos a la Torre, a las habitaciones de Dalmau, apareció el comerciante Camposines pidiendo ver a Abraham con urgencia. Al principio le negué que estuviera en la Casa con todo lo que estaba pasando, no me hubiera fiado ni de mi madre, pero, Abraham, ¡maldito obstinado!, se empeñó en recibirle. Camposines tenía a su hijita gravemente enferma y suplicaba la ayuda de Abraham. No hubo manera de convencerlo de lo peligroso que todo aquello resultaba, salir de la

Casa... ¡En fin! Salimos por los subterráneos hasta la casa del comerciante y allí, Abraham salvó a la pobre criatura de una muerte cierta. Después, se me ocurrió que lo mejor era largarse de la ciudad, aprovechando la situación él parecía encontrarse bien pero... ¡en mala hora! El viaje está resultando muy duro para él.

—¿Y adónde pensabas ir? —preguntó Guillem.

—Al Mas-Deu, como al principio, tengo buenos amigos allí.

—¡Esto sí que es una casualidad, Arnau! Nosotros también vamos en la misma dirección —exclamó Mauro, ante la sorpresa de Guillem.

—Es extraordinario: Abraham va a alegrarse mucho de vuestra compañía. Además, tenemos un pequeño problema. No te lo habíamos dicho porque ya tenías muchas dificultades y no queríamos ser una carga para ti.

—¿Qué clase de «pequeño problema», Arnau? —La mirada de Guillem todavía estaba fija en el viejo Mauro, que en ningún momento le había comunicado la dirección de su camino, pero éste parecía ajeno a su enfado.

—Es un poco delicado, muchacho, puede reportarte muchos problemas y también a Mauro.

—¡Oh, no te preocupes por los problemas, Arnau! Últimamente nuestro trabajo está plagado de conflictos diversos y variados, ¿no es cierto, Mauro? —Guillem no pudo evitar el sarcasmo.

—Bien, no sé cómo empezar. ¿Os suena el nombre de Nahmánides?

—Bonastruc de Porta —interrumpió Mauro—. ¡Cómo no vamos a saber quién es, Arnau!

—Se trata de él y de Abraham. —Arnau había bajado la voz, obligando a sus interlocutores a inclinarse hacia él—. Veréis, Abraham fue a Palestina a visitarlo (una especie de despedida, sabía que no volvería a verlo con vida) y Nahmánides le entregó algo para que lo custodiara.

—Pensaba que nuestra etapa de secretismos empezaba a terminar y creo que no ha hecho más que empezar. —Guillem miraba con atención al boticario. Arnau se quedó en silencio.

—Tienes razón, no debo cargarte con nuestros problemas, Guillem, ha sido un error y lo siento.

—Perdóname tú a mí, Arnau. —Guillem estaba arrepentido de sus ironías—. No debí decir algo parecido. Estoy harto y cansado y te lo hago pagar a ti, no es justo. Olvídate de mis palabras, te lo suplico. Sigue, por favor.

—De todas formas, no debí empezar a contarte nada, tengo que consultar a Abraham y... —Arnau se levantó, estaba compungido y herido. Mauro le cogió por un brazo, obligándole a sentarse de nuevo.

—El chico se ha disculpado sinceramente, Arnau, no se lo tengas en cuenta. Está enfadado con todo el mundo y se ha cansado de culparme de todo a mí. Posiblemente ha pensado que eras un buen sustituto. Por favor, permítenos ayudarte, sigue con tu historia.

—Abraham y yo tenemos que encontrar un buen escondite para «algo». —Arnau no estaba convencido, miraba de reojo al joven y a Mauro, sin atreverse a ir más lejos.

—Nosotros también estamos buscando un refugio seguro para «otra cosa», Arnau —le confesó Mauro.

—Por favor, Arnau, todos tenemos problemas y no es justo que los míos sean los más importantes. —Guillem se esforzaba en enmendar su hostilidad—. Mauro tiene razón, me he dejado llevar por los malos presagios y mi mal humor es una pésima respuesta. Te suplico que lo olvides. Hagamos el viaje juntos. Creo que el hecho de habernos encontrado es mucho más que una simple casualidad, es como una señal para todos nosotros, ¿no crees? Vine a vosotros tras la muerte de Bernard, como si un hilo invisible me arrastrara a vuestro encuentro, fuisteis mis primeros amigos, consolasteis mi dolor y me ayudasteis. ¿No crees que encontrarnos en estos momentos es una señal del Cielo, Arnau?

El boticario vio la sinceridad en la mirada del joven. No mentía, y parecía profundamente abatido por su reacción. «Acaso hemos colocado una carga demasiado pesada sobre sus jóvenes espaldas», pensó. Además, el chico tenía razón, era un milagro haberse encontrado allí, una señal. Abraham y él estaban un poco viejos para aventuras, era posible que el Señor hubiera puesto un auxilio en su camino.

—¿Has terminado tu misión, Guillem? —preguntó con suavidad.

—Casi, Arnau, casi. La terminaremos juntos, tal como la empezamos.

El boticario asintió en silencio, vacilando.

—Supongo que será un viaje del que nunca podremos hablar, no sólo por Nahmánides y lo que Abraham desea ocultar y proteger. Tampoco nadie debe saber lo que deseas guardar. ¿Lo has encontrado?

—Estás en lo cierto, querido amigo, será un viaje que sólo existirá para nosotros —respondió el joven, afirmando lentamente con la cabeza.

Los tres quedaron mudos, abstraídos, como si las palabras sobrasen y sólo el silencio ayudara a ordenar sus mentes y alejara la inquietud. Sin embargo, en el fondo de sus almas, no ignoraban que la inquietud y la duda jamás les abandonarían. Al rato se levantaron, se abrazaron con fuerza y subieron a sus habitaciones, mientras organizaban la jornada del día siguiente.

En la amplia sala que se encontraba en el primer piso de la torre de la Casa del Temple, Dalmau y Jacques *el Bretón* se hallaban desmoronados sobre unos sillones, sucios y empapados.

—Creo que no voy a olvidarlo jamás —sentenció un pálido Dalmau.

—Te creo, Dalmau, te creo, pero ha terminado, todo ha terminado.

—No puedo borrar de mi memoria el corcel blanco, Jacques, parecía que Bernard...

—Ya es suficiente, Dalmau, no te martirices. El hombre nos avisó, se le escaparon los caballos y no pudo detenerlos. Eso es todo.

—No puedes negar que todo esto tiene un aire sobrenatural, Jacques, ese mismo hombre nos dijo que era la única yegua blanca, ¡la única, entre treinta caballos! Una pura sangre árabe, que tenía sólo hace unos días. —Dalmau estaba sobrecogido.

—Te estás torturando inútilmente, Dalmau. Pero si fuera

cierto, ¿qué cambiaría? Robert D´Arlés está muerto, y si Bernard quería participar en su caza desde el otro mundo estaba en su pleno derecho.

—No te entiendo, Jacques, para ti no hay nada asombroso.

—Te equivocas, eres tú quien está atemorizado ante los hechos asombrosos, has perdido el contacto, Dalmau, inmerso en tus letras de cambio, has perdido el contacto. No estoy asombrado porque creo que lo sobrenatural existe entre nosotros, que no todo tiene una explicación lógica, y que no siempre la culpa es del diablo, pero tampoco creo que lo de esta noche haya sido responsabilidad de un espectro infernal, ni nada de eso. Se escaparon unos caballos, cosa que acostumbra a suceder, y uno de ellos se escapó hacia la playa. ¡Y sí, era blanco, como el de Bernard! El caballo estaba asustado y descontrolado, embistió a D´Arlés que ya se estaba desangrando, lo pateó y lo remató. ¿Qué quieres, Dalmau? ¿Deseas que fuera el fantasma de Bernard desde su lejano mundo? Pues me alegro, muchacho, me alegro mucho si fue así. D´Arlés se lo merecía y si pudo salir del Averno por un instante para acabar con el bastardo, mucho mejor.

—Giovanni estuvo magnífico, parecía realmente Bernard. No creí que colaborara con nosotros hasta ese punto. —Dalmau seguía fascinado por los acontecimientos.

—Ni tú, ni yo conocíamos a Giovanni tan bien como Guils, Dalmau, pero confieso que me sorprendió su actuación, y también el precio de su colaboración. Creo que odiaba a D´Arlés tanto como nosotros, ¡Dios nos perdone!

—Me quedé paralizado, Jacques, totalmente paralizado. Ese bastardo corriendo hacia él, gritando como un loco el nombre de Guils, y Giovanni, inmóvil, con la espada en alto. —Un escalofrío recorrió a Dalmau.

—Yo también me quedé de piedra, el plan era que D´Arlés corriera hacia nosotros, huyendo del espectro de Bernard, pero ¿por qué se lanzó contra Giovanni? ¿Por qué si estaba convencido de que se trataba de Bernard?

—Ya nadie podrá saber sus razones, pero fue una suerte que Giovanni estuviera preparado, fue una buena estocada. Soñaré con ese brazo empuñando la espada, volando por los aires. ¡Santo Cielo!

—¿Y qué vas a hacer ahora, Dalmau? —preguntó con interés el Bretón.

Dalmau pareció sorprendido por la pregunta, aquella venganza se había llevado muchos años de su vida. Se dio cuenta de que se sentía vacío por dentro, como si le hubieran arrancado una parte de sí mismo, de su propia esencia, y se sintió extrañamente solo.

—Volveré a mi trabajo —contestó escuetamente.

—¿Conseguiste lo que te pedí? —preguntó Jacques con delicadeza.

Dalmau lo miró, abatido. Se levantó con gesto cansado y se dirigió hacia un gran baúl que ocupaba toda una esquina. Rebuscó en su cuello una cadena de la que pendían varias llaves, y lo abrió. Se volvió hacia Jacques con una caja de madera labrada y se la entregó.

—Me ha costado cometer muchas irregularidades, Jacques, y la mala conciencia de estar profanando tumbas, pero es posible que tengas razón. Tanto tú como Bernard siempre tuvisteis ideas propias acerca de las reglas.

—Gracias, Dalmau —dijo Jacques, tomando la caja que se le ofrecía—. ¿Te encargarás de que Giovanni tenga lo que pidió?

—Puedes estar tranquilo, estará a salvo. Por cierto, he recibido dos notas al llegar, una de Arnau en la que me comunica que están perfectamente bien, que se encaminan hacia el Mas-Deu, y que ya me escribirá desde allí.

—¡Gracias a Dios! El anciano estará feliz cuando sepa que puede volver a casa sin peligro —exclamó Jacques.

—La otra es de Guillem —continuó Dalmau—. Dice que la pista que seguía no le ha llevado a nada nuevo y apunta a la posibilidad de que alguien destruyera los pergaminos. Me comunica que después de seguir varias direcciones en la investigación, todas le han llevado a un callejón sin salida. Me ruega autorización para disponer de una temporada de reflexión, que parece ya ha comenzado, y no dice nada de dónde se encuentra.

—Déjale respirar, Dalmau, se lo merece. Deja que asimile la muerte de Bernard en paz. A ti te ha llevado toda una vida aceptar la muerte de Gilbert, y a mí…

—¡Ya sé que se lo merece, Jacques! No es eso, es que tengo

la intuición de que nos esconde algo, es sólo una sensación, no lo sé con exactitud.

—Vamos, Dalmau, muchacho. Tus intuiciones sólo han sido buenas para los negocios, pero en lo demás… Recuerda que fuiste el único que creyó en el maldito manto de la Virgen, hace ya muchos años.

—¡Eso es un golpe bajo, y no me hace ninguna gracia!

—Está bien, tienes toda la razón, en estos momentos es una broma de mal gusto y lo siento, perdóname. Pero deja en paz al muchacho una temporada, no le presiones ahora. Que «ellos» se esperen. Sólo te pido eso, Dalmau.

—Hay un mensaje enigmático para ti, en la nota de Guillem —apuntó Dalmau en tono de desconfianza—. Textualmente dice: «Supongo que lo has conseguido. Tus oraciones han sido escuchadas y yo me uno a tus plegarias». ¿Qué significa? ¿Sabes dónde está ahora?

—¿Enigmático? Vamos, Dalmau, supongo que se refiere a que hemos acabado el asunto D´Arlés.

—¡No soporto que me trates como a un estúpido, Jacques! Es posible que sea una maravilla en los negocios, pero no soy un estúpido en todo lo demás. No niego que Bernard fuera un inmejorable maestro, pero me temo que este chico, como tú y como él, tenga un escaso respeto por las reglas más elementales. Temo que, al igual que vosotros, olvide en demasiadas ocasiones que somos religiosos, y que tenemos una responsabilidad extrema.

—¡Basta, Dalmau, basta! ¿Cómo puedes hablar así? ¿Acaso olvidas para lo que fuimos adiestrados? Nos encargamos del trabajo sucio, tú también empezaste con nosotros, ¿lo has olvidado? No hace ni dos horas estabas dispuesto a matar a otro cristiano, por muy bastardo que fuera, a ejercer tu derecho a la venganza. ¿Te he dicho, acaso, algo que pusiera en tela de juicio tus creencias o tu moralidad? Sabes que es muy complejo, Dalmau, lo sabes perfectamente. Y sí, el mensaje de Guillem es enigmático, por la simple razón de que no queremos perturbar más tu vida.

Dalmau escondió el rostro entre las manos, la contradicción en que vivía subía en oleadas, inundando su alma. Jacques lo miró con afecto.

—Dalmau, viejo compadre, no te tortures. —Se acercó a él, rodeando su espalda con sus brazos—. Nadie te trata como a un estúpido y lo sabes. Quizás lo único que pretendemos hacer es evitarte más sufrimientos. Siempre supimos lo que este trabajo representaba para ti, eres demasiado bueno para esto, Dalmau, te parte el alma y no te deja vivir. Bernard y yo siempre fuimos unos animales, muchacho, nos encantaba revolcarnos en la porquería, pero tú eres diferente. No te preocupes por nosotros, siempre estaremos a salvo si alguien como tú reza por nosotros. Recuerda lo que decía Guils siempre, que eras la salvación de nuestras almas.

—¿Te llevas a Bernard a Palestina? —preguntó un Dalmau entristecido, mirando la caja de madera que Jacques tenía entre las manos.

—Sabes que sí, ése era su deseo. Por esto te pedí algo que rompe todas las reglas, Dalmau, y con ello volví a perturbar tu alma y lo siento. Eras el único que podía conseguirme las cenizas.

Dalmau suspiró hondo. Envidiaba la seguridad de Jacques, en cierto sentido envidiaba su falta de escrúpulos en muchas cosas. Como si fuera parte misma de su alma, la parte que le faltaba y que deseaba en muchas ocasiones. Ésa había sido la base de su amistad durante años, como si fueran fragmentos sueltos de un todo que sólo se manifestaba cuando estaban juntos, como una moneda partida en pedazos.

—No sabes lo mucho que me gustaría acompañarte, Jacques —murmuró con tristeza.

—Lo sé, y de alguna manera, estarás allí. Cuando el viento del desierto esparza las cenizas de Bernard, estarás allí, siempre estuviste allí.

Una pequeña comitiva avanzaba lentamente por el camino bordeado de bosques. La mañana era espléndida, sin una sola nube en el horizonte, y el intenso sol había obligado a los viajeros a aligerarse de ropa. Abraham montaba erguido, con la capa blanca ondeando sobre su montura y nadie hubiera adivinado tras el altivo templario a un anciano judío y enfermo. El viaje le estaba sentando bien, y las profundas ojeras que mostraba en la posada, habían desaparecido para dejar paso a una miríada de minúsculas arrugas rodeando a sus pequeños ojos claros.

Arnau había dejado de observarle continuamente y había aceptado la regañina que el anciano médico, harto de su vigilancia, le había lanzado. «Si me sigues examinando así —le había dicho Abraham—, voy a empeorar de un momento a otro.» El boticario comprendió que su amigo tenía toda la razón del mundo, su exagerada atención no hacía más que exasperar al anciano y no servía de otra ayuda. En realidad, lo que tenía más preocupado al boticario en aquellos momentos era la actitud de Guillem. El joven parecía encerrado en una profunda meditación, sin comunicar sus preocupaciones a nadie. Abstraído y silencioso cabalgaba a su lado contestando con monosílabos a sus intentos de entablar conversación. Arnau estaba convencido de que su alma estaba atravesada por graves problemas, y su actitud, cerrada y aislada, le confirmaban sus sospechas, pero no sabía qué hacer para procurarle alivio.

Detrás de él, Mauro y Abraham habían hecho una buena amistad, sin parar de hablar, descubriendo amistades comunes que les llenaban de regocijo. «¡El viejo Mauro! —reflexionaba Arnau—, nadie sabe la edad que tiene, es un misterio peor que la propia resurrección de Cristo, ¡que el Cielo me perdone!» Pero su memoria, aburrida, seguía buscando una referencia que le aproximara a la edad de su viejo compañero: era mayor que él, de eso estaba seguro. Había sido el maestro de Guils, y ya estaba en la orden cuando Arnau ingresó, ¿o no? Se esforzó en recordar cuándo conoció a Mauro por primera vez. ¿Fue en Palestina?

Llegaron a una encrucijada de camino. En el de la izquierda, una cruz de piedra solitaria parecía marcar el límite de algún territorio. Mauro les avisó que tenían que seguir por aquel sendero, y tanto él como Abraham se colocaron a la cabeza de la comitiva, abriendo la marcha, como si fueran portadores de un invisible «bausant», la enseña del Temple, blanca y negra, que marcaba el compás de los combates. Arnau sonrió, aquellos dos simbolizaban el mejor «bausant» posible. La teoría de los contrarios hecha carne y sangre, un viejo espía del Temple al que todos daban por muerto y un viejo judío que seguía vivo por algún milagro del cielo.

El sendero se adentraba en un hermoso bosque de encinas, estrechándose en curvas sinuosas, con los cálidos rayos del sol filtrándose entre el techo vegetal. Media hora después, volvían a desviarse para entrar en un olvidado atajo, sus bordes casi borrados por la maleza, obligados a seguir en fila de a uno, uno tras otro, ordenadamente. Mauro, en cabeza, seguido por Abraham, después Arnau y, cerrando la marcha, un melancólico Guillem.

El pequeño sendero desembocaba en una planicie y desde la breve plataforma una continuación de bajas colinas verdes se extendía ante sus ojos, salpicada de reflejos dorados. Se detuvieron allí unos minutos, para admirar el paisaje, momento que aprovechó Abraham para desmontar en busca de plantas medicinales.

—¡Ven Arnau, mira qué maravilla! ¿Cuánto tiempo hacía que no veías esta variedad tan extraña?

El boticario se contagió del entusiasmo de su compañero, dedicándose ambos a la búsqueda, mientras los demás se disponían a tomar un breve respiro. Mauro aprovechó el momento para indicar un alto en el camino, preparando una improvisada mesa sobre una gran piedra plana, y dando cuenta de los restos del asado que les había preparado el cordial posadero. Después, continuaron el viaje descendiendo por la suave colina, hacia los destellos dorados. Transcurrida una hora, Arnau descubrió con asombro que los destellos eran estanques, una serie de estanques agrupados por alguna mano humana y desconocida y repartidos de forma extraña.

El boticario conocía la habilidad que su orden había adquirido en la construcción de estanques artificiales para todo tipo de usos: viveros de peces, regadío, reservas de agua en tiempos de escasez… Por lo que pudo observar, Arnau comprobó que se dirigían hacia ellos.

Al rato, Mauro ordenó que se detuvieran y desmontaran, el resto del camino sería a pie, les dijo. Se internaron en el bosque, hasta llegar al primer estanque, rodeado de arboleda y vegetación, con perfectas piedras talladas que delimitaban su perímetro de aguas cristalinas. Pasaron de largo, y así lo hicieron con los cinco estanques que seguían, hasta llegar al séptimo. Mauro les comunicó que habían llegado. Guillem se quedó perplejo ante las palabras de Mauro, estudiando la zona con asombro.

—¿Es aquí? ¿Por qué aquí, qué tiene de diferente éste de los demás? ¿Esto es lo que buscabas, Mauro, un estanque?

—Si hay algo que no soporto de la juventud es la avalancha de preguntas sin sentido —respondió el viejo templario.

—No es igual a los demás, Guillem —apuntó Abraham—. Éste tiene una peana en el centro, y estoy seguro de que los demás carecían de ella.

—Y su forma es diferente, muchacho, éste es redondo y los demás eran cuadrangulares o cuadrados —añadió Arnau observando con atención el estanque.

—Está bien, está bien, me rindo ante la perspicacia de la senectud. Y ahora, mis sabios amigos, ¿qué se supone que hay que hacer?

—No me ha gustado nada lo de senectud, muchacho —respondió Mauro—. Y se supone que eres tú, y no nosotros, quien sabe lo que hay que hacer.

Los tres viejos se lo quedaron mirando con curiosidad, un tanto divertidos ante la perplejidad del joven.

—Siempre tienes la posibilidad de quedarte con tu enfado y melancolía, Guillem, pero si nos dices lo que hay que hacer, quizá nosotros… —Abraham lo contemplaba con afecto y ternura.

—¿Qué te ha dicho Bernard? —interrogó Mauro.

—¡Maldita sea, Mauro! Bernard está muerto, no puede decirme nada.

—Estás equivocado, te escribió una carta, yo te la hice llegar. Y también te mandó algo más.

—¿Por qué no nos lo cuentas, Guillem? Es posible que podamos ayudarte, puedes confiar en nosotros. —El boticario intentaba convencerlo.

—¿No has aprendido nada allá arriba, en el Santuario Madre, Guillem? —inquirió Mauro con firmeza—. Qué importa la vida o la muerte: Bernard te escribió, te dio instrucciones. No eran las palabras de un hombre muerto, y tú te obstinas en el dolor de la pérdida, en el dolor de tu propia soledad. Bernard está vivo, esté donde esté, y te sigue hablando, muchacho, y seguirás ciego en tanto no puedas escucharlo. Está aquí, con nosotros. ¿Por qué yo puedo percibirlo y tú no?

Guillem se sentó en la orilla del estanque, mirando sus aguas, y de repente empezó a hablar de Timbors y de su muerte, de la carta de Bernard, del Santuario Madre. Los tres hombres se acercaron a él, rodeándolo, escuchándole con atención, sin interrumpirle, comprendiendo su tristeza.

—Eso es todo. Lo único que no puedo explicaros es la naturaleza de los pergaminos. Bernard echó sobre mis espaldas esa responsabilidad.

—¡Mi pobre muchacho! Qué desgraciada muerte la de esa hermosa joven, qué extraña liberación y cuánto dolor para ti. —El boticario tenía lágrimas en sus ojos.

—Guillem, Guils confiaba en ti, sabía que tus espaldas soportarían el peso de la responsabilidad. No debes estar enfadado con él. Yo descargaré ese peso y llevaré la mitad, muchacho. —Mauro intentaba transmitirle algo, cogía su brazo con calidez y le miraba con tristeza. Guillem se dio cuenta, de repente, de que Mauro sabía la verdad, conocía la naturaleza de los pergaminos. Comprendió que aquella mirada le comunicaba el mismo dolor que él sentía, que Bernard había recurrido a su viejo Maestro en busca de consejo y guía, y que lo había encontrado. Ahora se lo ofrecía a él, sin interferir en sus decisiones, regalándole la libertad de una confianza absoluta. Sí, el viejo Mauro tenía razón, el dolor le había cegado completamente, Bernard estaba allí, más vivo que nunca, con la mano tendida, esperando simplemente que él alargara la suya.

La enfermería del convento era una luminosa sala cerca del huerto, tres camas se alineaban de forma ordenada en el muro, recibiendo la luz que entraba por los ventanales de la pared contraria. Fray Pere de Tever yacía en una de ellas, con una de sus piernas rígidas por los vendajes.

—Os agradezco mucho vuestra visita, frey Dalmau, sois muy amable.

—Quería tranquilizaros, poneros al corriente de los últimos acontecimientos. —Dalmau estaba sentado en una silla, delante del enfermo.

—¿El anciano Abraham está bien? —Fray Pere tenía los ojos excitados.

—Podéis descansar tranquilamente, mi querido joven, Abraham está perfectamente bien y no hay ningún peligro que le aceche.

—¿Aquel hombre perverso, el caballero francés...?

—Ha muerto, fray Pere, ya no podrá perjudicar a nadie, pero decidme, ¿cómo os encontráis?

—Me siento mucho mejor, pero el hermano enfermero desea que esté aquí unos días más, sin mover la pierna. Es muy aburrido. Frey Dalmau, ¿qué le han hecho al pobre fray Berenguer? Nadie quiere decirme nada.

—Está en un buen lío, me temo —contestó Dalmau.

—¡Dios mío, todo es por mi culpa! —Las lágrimas asomaron a los ojos del joven fraile.

—No, fray Pere, vos no tenéis ninguna culpa de lo que ocurre, su desmedida ambición ha sido la única causante de su desgracia. He hablado con vuestro superior, fray Berenguer fue utilizado por gente perversa que se aprovechó de su orgullo, y ése es su único pecado, joven. Merece un castigo, aunque no sea el que le tenían reservado, por lo tanto no creo que tarden mucho en sacarlo de la mazmorra en que se halla. Su castigo será consecuente con su pecado. Me han dicho, aunque sólo son rumores, que sus superiores tienen la intención de enviarlo a un convento alejado, tan alejado que ni siquiera recordaban el nombre.

—¡Pobre fray Berenguer! —exclamó fray Pere.

—Vuestra misericordia os honra, pero tengo entendido que fray Berenguer va a salir de la mazmorra con su orgullo muy menguado, lo cual es una buena noticia.

—Quiero que me hagáis un favor, frey Dalmau. Deseo que comuniquéis mi agradecimiento al templario que me salvó la vida en la cripta. Si no hubiera sido por él, estaría muerto en aquellos laberintos. Decidle que rezaré por él hasta el día en que me muera.

—¿Un templario os salvó la vida? ¿Cómo fue eso?

Fray Pere de Tever pasó a explicarle, con todo lujo de detalles, su odisea por la cripta de la nueva iglesia. Dalmau le escuchaba con atención, perplejo ante aquella nueva historia. ¿Giovanni haciéndose pasar por un templario?, ¿perdiendo el tiempo en salvar a un mozalbete? Porque no había ninguna duda, por la descripción del joven fraile, sólo podía tratarse de Giovanni. «Los caminos del Señor son muy oscuros», pensó Dalmau.

—No os preocupéis. Comunicaré a frey Giovanni vuestro agradecimiento. ¿Tenéis pensado lo que haréis en cuanto estéis bien?

—Volveré a mi convento, frey Dalmau. Me gusta mi trabajo e incluso encuentro a faltar a mis hermanos. Ayer vinieron a visitarme, hicieron un largo viaje sólo para comprobar que estaba bien y para mostrarme su afecto.

Dalmau salió del convento con aspecto pensativo, el comportamiento humano siempre había sido un enigma difícil de resolver. Sonrió al pensar en el astuto espía papal, Giovanni, en socorro de jóvenes frailes perdidos en subterráneos. Giovanni, cuyo único precio era convertirse en templario. Giovanni, convertido en un Bernard sediento de venganza… ¡Por los clavos de…! Detuvo la maldición en su mente, Jacques le había contagiado el gusto por las blasfemias y se temía que alguna otra cosa más. Lanzó un profundo suspiro de satisfacción al pensar en el día siguiente, se levantaría temprano, como siempre, pasearía hasta su mesa del alfóndigo, disfrutando del aire frío del alba, ordenaría sus papeles y no dejaría de vigilar a sus competidores. ¡Bendita rutina, que lo alejaba de la tentación! Jacques tenía razón, alguien tenía que hacer el trabajo sucio, alguien que supiera hacerlo sin que su espíritu se atormentase. Simplemente, en muchas ocasiones, él daba las órdenes. ¿No era esto también una forma de mancharse las manos? Bernard se lo había aconsejado hacía ya muchos años, «aléjate de esto, Dalmau, te está matando por dentro, dedícate a lo que sabes hacer. Organiza nuestro trabajo, desde lejos, conviértete en cabeza y deja para nosotros las manos y los pies». Y le había hecho caso, aunque siempre les echó de menos, las atronadoras carcajadas del Bretón y Bernard, irreverentes y, en ocasiones, obscenas. Sí, cada uno a su trabajo, Dios los protegería igual a todos, sin diferencias. Los hombres eran los únicos que las establecían.

Se sentía contento, por primera vez desde la muerte de Bernard, su corazón volvía a latir con su ritmo pausado, sin sobresaltos. ¿Y qué demonios les iba a explicar a «ellos», como decía Jacques? Algo se le ocurriría, había que otorgar a Guillem un plazo de tiempo. ¿Y los pergaminos? ¿Estarían perdidos? No iban a contentarse con eso, lo mejor era ceñirse a la verdad. Nadie los había encontrado, ni D´Arlés, ni Monseñor, ni ellos. Hasta aquí llegaba lo que él sabía, pero ¿y Guillem? Nadie iba a creerse que Bernard hubiera perdido algo de tanto valor, no Bernard Guils, desde luego. Era posible que los hubiera escondido y que hubiera muerto sin poder comunicar el escondrijo donde los había guardado. Ésa era una buena hipótesis por el momento. Sabía que sus superiores seguirían buscando y que no se darían por vencidos fácilmente, pero por lo menos facilitaría que Guillem se tomara un respiro, un descanso, fuera lo que fuera lo que necesitara.

—La cruz te llevara a la verdad —exclamó Mauro.

—¿Y qué significa esto? —inquirió Arnau.

Guillem terminó de contar las indicaciones que Bernard le había transmitido en la carta, enseñándoles la cruz metálica. Abraham la cogió, observándola con atención, dándole vueltas en su mano.

—Eso es lo que decía la carta. Pensé que Mauro sabría qué hacer después, que conocería el escondite, no lo sé. —Guillem se había recuperado. Vaciar su alma, contar a sus viejos amigos gran parte de la historia, le había ayudado a encontrarse. Al tiempo que narraba sus dificultades, se oía a sí mismo, como si fuera un extraño el que hablara, un extraño al que podía comprender y entender.

—¡Una llave, es una llave! —gritó Abraham.

—¿De qué estás hablando, viejo amigo? —El boticario estaba sorprendido ante los gritos de Abraham.

—¡Os digo que esta cruz es una llave! Había visto algo parecido hace mucho tiempo, pero no lo recordaba.

—¿Una llave para abrir qué? —Guillem miraba a su alrededor.

—Busquemos una cruz, si Bernard dice que la cruz nos lle-

vará a la verdad, hay que buscar una cruz que encaje con ésta.
—Mauro se alejó de ellos, estudiando cada piedra que formaba
el perímetro del estanque, seguido por la mirada de Guillem,
todavía incapaz de acostumbrarse a la forma en que tenía de
referirse a Guils, en presente.

Los tres ancianos se apresuraron, uno por cada lado, a examinar las piedras, tocándolas, buscando en cada ranura y resquicio, y expresando sus ideas en voz alta. Guillem los observaba, divertido, intentando hacerse una idea general del
asunto. De repente se quedó paralizado, como si un rayo lo hubiera partido por la mitad, ¡la peana! Sin pensarlo dos veces,
se sumergió en el estanque. Tenía bastante profundidad ya
que su pie no tocaba el fondo, y las aguas eran más oscuras
que en los anteriores. No se había fijado en ello hasta aquel
momento, en el resto de los estanques, el agua cristalina permitía vislumbrar el fondo, pero en aquél las aguas eran tan oscuras que nada dejaba adivinar de su fondo. Nadó lentamente
hasta el centro, seguido por las exclamaciones de sus compañeros.

—¡Ten cuidado, chico, es posible que haya serpientes!
—Las serpientes de agua no son peligrosas, Arnau.
—¿Estáis seguros de que ahí dentro hay serpientes? Odio a
estos bichos, me dan repugnancia.
—¡Qué estupidez, Mauro! Ya has oído a Abraham, estas
serpientes no hacen nada.

Guillem había llegado a la peana, una especie de monolito
de forma triangular, y sus pies tocaron fondo. La peana parecía
estar fija a una plataforma como base, y unos escalones descendían hasta el fondo. Se alzó del agua, agarrándose a ella, es-
tudiándola detenidamente.

—¡Está aquí, está aquí! ¡La cruz está aquí! Es mejor que
vengáis todos aquí conmigo, lo más prudente es seguir todos
juntos.

Contempló la mirada de prevención de sus compañeros, no
parecían muy entusiasmados con la travesía, pero la curiosidad
era más fuerte que el temor. Abraham fue el primero, despren-
diéndose de la capa, se sumergió en el estanque, nadando con
dificultad. Arnau y Mauro le siguieron, con rapidez, el temor a
los posibles habitantes marinos imprimía velocidad a sus pies.

Cuando llegaron al centro, el joven les indicó que se pusieran en los cuatro lados de la base, bien agarrados a la peana. Cogió la llave e intentó introducirla en la muesca que había en uno de los lados de la peana, bajo el signo de una cruz paté, sin conseguirlo. Abraham limpió de moho la superficie y le animó a intentarlo de nuevo. Cuando lo hizo, la cruz se deslizó sin dificultad en la ranura, hasta el fondo. Los cuatro quedaron a la expectativa, sin que nada sucediera, mirándose entre sí, con la duda y el temor en los ojos.

—¿Y ahora qué hacemos? —Arnau temblaba de frío.

—Es una llave, Guillem, muévela, gírala —sugirió Abraham.

—¿En qué dirección? Caballeros, esto puede ser peligroso, algo que está tan oculto a la mirada, acostumbra a tener trampas para incautos. —Guillem no se decidía.

—¿Podría ser de izquierda a derecha? —apuntó Mauro.

—¡O al revés! ¡Pruébalo con mucho cuidado, chico!

El joven presionó la llave de derecha a izquierda, y pareció ceder. Cogiendo aire, dio la vuelta completa a la llave. Esperaron unos segundos con el rostro demudado, aferrados a la peana, casi sin atreverse a abrir la boca. Un temblor los sacudió, sobresaltándoles; un nuevo temblor, seguido de otros más, les obligó a pescar a Abraham que había resbalado y manoteaba asustado. Un murmullo de agua deslizándose empezó a oírse a espaldas de Arnau, hasta convertirse en un atronador ruido de cascada. Los cuatro hombres, con los ojos fuertemente cerrados, abrazados entre sí y aferrados a la peana central, iniciaron un coro de alaridos de pánico. El ruido era ensordecedor y en la mente de todos ellos, voló el pensamiento de que estaban a punto de asistir a una de las sesiones del Juicio Final con todas sus consecuencias. Un grito de Mauro los rescató de peores pensamientos.

—¡Está bajando! ¡El agua está bajando!

Estaba en lo cierto, el nivel del agua bajaba con gran rapidez, dejando al descubierto los escalones de la base de la peana. El fragor desapareció tan repentinamente como había aparecido y se encontraron en lo alto de una base que descendía veintiún escalones hasta el fondo del estanque. Abajo el suelo era de un negro intenso, brillante. Bajaron con precaución los empinados escalones, empapados y tiritando de frío, asombrados ante la maquinaria que había hecho realidad tal prodigio. El estanque, completamente vacío, asemejaba un gran pozo. Guillem anduvo por el fondo seguido de cerca por los demás, hasta encontrar una losa de una tonalidad negra diferente, sin brillo, casi mate, con una argolla de plata en uno de sus extremos. Entre los cuatro la levantaron, dejando al descubierto una boca oscura en la que se adivinaba el principio de una estrecha escalera.

—Nos hemos dejados las alforjas fuera, las teas están allí. —Mauro estaba preocupado, no le gustaba la oscuridad.

—Tendremos que arriesgarnos, quizá quien construyó esto pensó en nuestra ignorancia —respondió Guillem, iniciando la bajada.

Los tres ancianos vacilaban, parecían no ponerse de acuerdo en quién debía ser el primero en bajar. La voz de Guillem, desde abajo, les sacó de dudas.

—Aquí hay todo lo necesario para procurarnos luz, bajad de una vez.

Ordenadamente y sin discusión, los tres desaparecieron por el agujero. A los pocos metros, la escalera se ensanchaba para desembocar en una estancia de dimensiones regulares. Guillem les esperaba con una tea encendida, y con las restantes dispuestas para ser repartidas. Un túnel de anchura considerable, se abría en el centro de uno de los muros, y por él se adentraron, cada uno portando su propia luz. Caminaban en silencio, impresionados. El túnel finalizaba en tres escalones que se abrían a otra estancia de grandes dimensiones. El suelo era del mismo material que la losa del estanque, un negro mate, y por todos los lados se veían objetos cuidadosamente envueltos, refugiados en nichos perfectamente tallados en las paredes.

—¡La cueva de los secretos! —musitó Mauro.

—No tocaremos nada, no miraremos nada. Sólo haremos lo que hemos venido a hacer —instruyó Guillem.

Sacó de su camisa un paquete cuidadosamente atado y protegido con brea y tendió una mano a Abraham. El anciano judío, rebuscó entre sus ropas y le entregó el Manuscrito de Nahmánides, envuelto en varias capas de tirante cuero. El joven miró a su alrededor, pero Arnau se le había adelantado, ofreciéndole un paño blanco, con la cruz del Temple bordada en rojo, en uno de sus costados, y unos cordeles dorados. Con un gesto, le indicó uno de los nichos. Cuidadosamente apilados, paños blancos y cordeles dorados, parecían soñar el momento de descubrir su utilidad. Guillem escogió uno de los nichos vacíos y se apoyó en él, envolvió con delicadeza ambos objetos —Nahmánides y los pergaminos de Guils, hermanados en el secreto— y los ató con firmeza. Después los colocó en el nicho y se retiró unos pasos.

Abraham se acercó y besó el paquete.

—Buena suerte, querido amigo, aquí estarás seguro —dijo en un murmullo suave y bajo.

Los cuatro permanecieron unos minutos allí, contemplando el fruto de su aventura, en silencio. Después, volvieron sobre sus pasos y salieron al estanque, cerraron de nuevo la losa y se encaramaron a los veintiún escalones, aferrándose a la peana. Volvieron a girar la llave, pero esta vez el estrépito no les sobresaltó. El agua subía con la misma rapidez que había desaparecido, apoderándose de sus ropas, impregnando sus helados huesos. Nadaron hacia la orilla del estanque, exhaustos, tirados sobre la hierba, intentando recuperar la respiración.

Guillem apretaba la llave en su mano, mientras el estanque volvía a su tranquila apariencia, sus aguas rizadas por una ligera brisa.

En un muelle abandonado en la playa, cerca de la ciudad de Marsella, tres hombres se reunían cerca del fuego. Pan, queso y uvas ocupaban parte de la mesa y el vino corría con generosidad. Jacques *el Bretón* se levantó para sentarse en el suelo, cerca del fuego. Tenía frío en el cuerpo y en el alma. Mauro, en un rincón, parecía amodorrado, con una jarra balanceándose en sus rodillas. Guillem seguía hablando:

—Entonces encontré los pergaminos de Guils, en el Santuario Madre, donde él los había guardado. Eran tres documentos, en realidad. Dos pergaminos eran muy antiguos, uno escrito en arameo y el otro en griego. El tercero estaba en latín, con el sello de la orden, escrito hace setenta y siete años. Por comodidad, decidí empezar por éste. Era un informe de las excavaciones en el templo y ofrecía con todo detalle el resultado de un hallazgo especial, el descubrimiento de una tumba real. Explicaba las medidas de un sepulcro, construido con una piedra parecida al mármol, en perfecto estado de conservación. Por sus inscripciones, en arameo, descifraron que el cuerpo allí exhumado pertenecía a un tal Joshua Bar Abba, para nosotros, Jesús Hijo del Padre, perteneciente a la línea davídica y por lo tanto de linaje real. Su cuerpo mostraba indicios de haber sufrido crucifixión y tenía las piernas rotas. Dentro del sepulcro, encontraron los pergaminos: el texto arameo era el resumen de un juicio, llevado a cabo por los romanos, y que un escriba del sanedrín había abreviado para información de los sacerdotes. Se acusaba a Joshua Bar Abba de sedición y rebelión contra Roma, de encabezar innumerables revueltas contra el Imperio, de cobrar diezmos e impuestos y de practicar la delincuencia junto a sus tropas. La condena era a muerte por la cruz, junto a dos de sus lugartenientes. El escriba del sanedrín añadía otros datos más, a instancias del sumo sacerdote: la constatación de dos ataques al templo de Jerusalén, agresiones a cambistas, mercaderes y peregrinos, que señalaban igualmente a Joshua Bar Abba y sus tropas como autores de los delitos. El texto griego es una traducción de todo lo anterior. En un añadido posterior de nuestro documento latino, dando cuenta del resultado de las excavaciones, se asegura que todo volvió a dejarse en el mismo lugar en que se había encontrado, tapiando la cámara mortuoria y abriendo un pasadizo desde allí hasta el almacén de grano de la explanada del Templo, cerca de las caballerizas. Y volvieron a tapiar la entrada. Otro breve apunte afirma que un año antes de caer Jerusalén de nuevo en manos musulmanas, el sepulcro fue trasladado, con gran secreto, a San Juan de Acre, «en espera de que el Consejo tome una decisión», textualmente. No hay firmas ni nombres, sólo el sello templario, nada más.

Jacques no se había movido. Le escuchaba sin mirarle, junto al fuego.

—Hubo rumores, hace muchos años —dijo en un murmullo casi inaudible.

—¿Quieres decir que sabíais algo de todo esto, Jacques?

—Quiero decir lo que he dicho, muchacho. Oímos rumores

de que había un secreto, algo muy peligroso de conocer, algo que podría salvar o destruir nuestra orden.

—¿Y crees que es verdad, que no se trata de una nueva falsificación, que son documentos auténticos? —Guillem parecía esperar la respuesta del Bretón.

—Te daré dos respuestas a eso, puedes quedarte con la que más te plazca. Hace años, me explicó un hombre muy sabio que me encontré en Alejandría, que en el siglo cuarto después de la muerte de Cristo los mandatarios de la Iglesia ordenaron realizar multitud de copias de los textos considerados sagrados, y destruyeron los originales. No contentos con ello, copiaron y mutilaron obras de historia y filosofía. Siempre según él, estos mismos personajes reescribieron la historia y la adecuaron a sus intereses. Con el tiempo eran tantas las falsificaciones y las contradicciones, que ni ellos mismos podían recordar dónde empezaba la verdad y terminaba la mentira. Este hombre del que te hablo creía que el poder necesita mentir para conservar sus privilegios y que todo esto no era más que un grano de arena en la gran historia de la infamia.

—¿O sea que crees que los pergaminos son auténticos?

—Mi segunda respuesta, muchacho —continuó Jacques sin levantarse—, es que soy un simple servidor del Temple, que no me importa la verdad o la mentira, cuando están tan íntimamente mezcladas que, siendo opuestas, resultan iguales. Soy viejo, Guillem, he aprendido a soportar la mentira del poderoso, pero soportar no es creer.

—¿Te das cuenta de lo que representa, de lo que significa este hallazgo, Jacques? Todo el poder de Roma, de la Iglesia, se basa en la resurrección de Cristo, en el privilegio de los primeros doce apóstoles, con los que compartió el misterio.

—Deja de pensar, muchacho, te volverás loco —atajó Jacques, con un gesto de malhumor.

Los doce apóstoles fueron los únicos que conocían la verdad, y la autoridad de Roma, del Papa, emana directamente de ellos, de su experiencia. Pedro fue el primer testigo de la resurrección. ¡Y si mintieron? —Guillem parecía pensar para sí, concentrado en sus propias reflexiones, ajeno a la expresión de indiferencia del Bretón—. ¿Te das cuenta, Jacques? Esa resurrección convirtió a ese selecto grupo de apóstoles en un poder incontestable. Nadie podía acceder a Cristo sino era a través de ellos y de sus continuadores, hasta ahora.

—¿Y qué importancia puede tener todo ello, Guillem?, ¿qué demonios importa ahora? ¿Tan vital es descubrir quién mintió? Alguien lo hizo, de eso no hay duda, pero es posible que ellos hablaran en un sentido simbólico, no real, del momento de la muerte como una resurrección espiritual, de iluminación.

—Y alguien lo transformó en un instrumento de poder —puntualizó el joven con el ceño fruncido.

—¿Y qué, Guillem, qué cambia esta teoría? El mundo avanza mentira sobre mentira, así ha sido desde el principio de los tiempos, y así continuará, el poder es el eje sobre el que bailamos, muchacho, ¡deja de atormentarte!

—Ninguna de estas respuestas me sirve, Jacques.

—Está bien, lo comprendo, pero no tengo otras. Tendrás que construir tus propias respuestas, chico, y actuar en consecuencia.

Guillem calló, absorto en sus propios pensamientos. La autoridad del Papa fluye directamente de Pedro, pensaba, y a la Iglesia de los primeros tiempos, sacudida por graves enfrentamientos internos, le convenía aceptar aquella verdad, la resurrección del Cristo como un hecho real y literal. Los beneficios eran inmensos, un inmenso poder sobrenatural, de ultratumba, que les ofrecía el poder absoluto sobre la masa de creyentes. Un poder para unos pocos escogidos…

—¿Qué creía Bernard de todo esto, Bretón. —El joven buscaba la seguridad del maestro.

—Bernard creía en la vida y en la existencia irrefutable de los espías papales. —Jacques soltó una carcajada—. Déjalo, muchacho, no conseguirás nada por este camino, da media vuelta y entra en tu interior, allí están las respuestas.

—Bernard está orgulloso de ti, Guillem… —La voz de Mauro los sobresaltó, ambos creían que el anciano dormía.

—Abraham y Arnau ya habrán vuelto a Barcelona —murmuró Guillem, llenando de nuevo su copa.

Se envolvió en la capa oscura, el vino le proporcionaba una agradable calidez y le protegía del frío helado que se había instalado en su interior. Subía en suaves oleadas por su garganta, destellos azules en su mente. Estaba flotando en la estancia sin esfuerzo…, el Bretón estaba acurrucado junto al fuego como una vieja, el inmortal Mauro dormía con los ojos abiertos, las cenizas de Bernard Guils soñaban en su caja de madera tallada. El frío desaparecía y una dulce modorra le invadía, meciéndole, suspendido en el aire. Un rostro se acercaba a él envuelto en una lluvia de pétalos rojos. «Timbors, Timbors…»

Núria Masot

Núria Masot nació en Palma de Mallorca en 1949. Procede del mundo del periodismo y del teatro, y actualmente se dedica a la pintura y la literatura en el pueblo de l'Empordà en el que reside. *La sombra del templario* es la primera entrega de la tetralogía sobre los Templarios protagonizada por Guillem de Montclar.

La Sombra Del Templario, de Núria Masot
se terminó de imprimir en septiembre de 2008
en los talleres de Litográfica Ingramex, S.A. de C.V.
Centeno 162-1, Col. Granjas Esmeralda,
C.P. 09810 México, D.F.